Maurizio de Giovanni wurde 1958 in Neapel geboren, wo er auch heute noch lebt. Er studierte Literatur und arbeitete als Banker. «Das Krokodil», der erste Fall in der Serie um Inspektor Lojacono, wurde 2012 mit dem wichtigsten Preis der italienischen Kriminalliteratur ausgezeichnet, dem Premio Scerbanenco. De Giovanni ist einer der erfolgreichsten lebenden Krimiautoren Italiens. Seine Bücher erscheinen in zahlreichen Ländern, unter anderem in Frankreich, England und in den USA.

«Niemand schreibt so gute Krimis wie die Schweden? Irrtum! Der neue Lieblings-Commissario der Cosmo-Redaktion ist Italiener und jagt in Neapel einen Killer.» *Cosmopolitan*

«Maurizio de Giovannis Kriminalromane gehören zu den trefflich eigensinnigen.» *Frankfurter Rundschau*

«Neuer Kult-Kommissar ermittelt (...) Mit Andrea Camilleri schreibt Maurizio de Giovanni inzwischen in derselben Liga.» *Leipziger Volkszeitung*

«Klug und voller Menschenkenntnis.» *NDR*

«Maurizio de Giovanni – zweifellos einer der interessantesten Krimiautoren unserer Zeit.» *Gioia*

Maurizio de Giovanni

FROST IN NEAPEL
LOJACONO ERMITTELT

Kriminalroman

Aus dem Italienischen
von Olaf M. Roth
und Susanne Van Volxem

Rowohlt Taschenbuch Verlag

Die Originalausgabe erschien 2014 unter dem Titel «Gelo»
bei Giulio Einaudi editore s.p.a., Turin.

Veröffentlicht im Rowohlt Taschenbuch Verlag,
Reinbek bei Hamburg, Dezember 2018
Copyright © 2017 by Rowohlt Verlag GmbH,
Reinbek bei Hamburg
«Gelo» Copyright © 2014 & 2016
by Giulio Einaudi editore s.p.a., Turin
Redaktion Petra Müller
Umschlaggestaltung any.way, Barbara Hanke/Cordula Schmidt
Umschlagabbildung Neuebildanstalt/Freudenthal
Satz aus der Dolly, InDesign,
bei Pinkuin Satz und Datentechnik, Berlin
Druck und Bindung CPI books GmbH, Leck, Germany
ISBN 978 3 499 27235 6

Für Caterina, Emiliano,
Delia, Ludovica.
Allen die wunderbare Zukunft,
die in ihren Augen und Herzen leuchtet.

1

Auf einmal spürst du die Kälte.

Sie trifft dich wie ein Peitschenhieb, wie ein plötzliches Erkennen.

Du spürst sie, während du dich über sie beugst, dein Gesicht nur wenige Zentimeter von ihrem entfernt, du schaust in ihre erloschenen Augen. Die Kälte. Dieses stechende Gefühl auf der bloßen Haut, heftig, gnadenlos, als gäbe es nichts anderes als die Kälte, als hätte es nie etwas anderes gegeben.

Du nimmst sie mit allen deinen Sinnen wahr, du siehst sie in den Schwaden, die aus deinem Mund aufsteigen, hörst sie in deinem keuchenden Atem, inhalierst sie durch die Nase, schmeckst sie sogar auf deiner ausgedörrten Zunge. Und du spürst sie auf der Haut.

Du springst auf, als hättest du erst jetzt begriffen, wo du bist und was du getan hast. Du schaust dich um, orientierungslos. Allmählich lässt die Wut nach und macht Platz für die Vernunft. Wie eine Stimme von weit her, die an die Oberfläche zu dringen versucht, möchte sie sich Gehör verschaffen. Schnell, schnell.

Du beeilst dich, auch wenn es vielleicht nicht nötig ist. Von draußen dringt kein Geräusch herein: Wenn es so kalt ist, igeln sich die Leute in ihrem warmen Zuhause ein, lassen sich berieseln vom Fernseher, hängen vor der Playstation und haben nur noch ein Gesprächsthema: «Was für eine Kälte! So eine verfluchte Kälte! Menschenskinder, habt ihr schon mitgekriegt, wie saukalt es draußen ist? Und die Temperatur soll sogar noch fallen – da kann man sich ja nur noch ins Bett legen und auf den Sommer warten.»

Dummköpfe, alles Dummköpfe. Sie denken, die anderen sind genauso dumm. Aber du nicht. Du bist nicht dumm.

Du schaust dich ein letztes Mal um. In ihrem Zimmer. Überall sind ihre Sachen verteilt. Plüschtiere, Wäsche. Ein einziges Chaos. Nichts von dir, kein verräterisches Detail. Sehr gut. Langsam gehst du hinaus, da ist die Tür zur Küche, die Eingangstür. Zu deiner Rechten das große Zimmer.

Vom Flur aus ist er nicht zu sehen. Du reckst dich vor, nur ein paar Zentimeter, hältst den Atem an, die Schwaden aus deinem Mund versiegen. Im ersten Moment denkst du, er sei aufgestanden, warte auf dich hinter der Tür, womöglich mit einem langen Messer in der Hand, wie in einem dieser schlechten amerikanischen Filme, bei denen die Handlung so vorhersehbar ist.

Doch, da ist er. Du siehst seine Hände, einen Block, das Display seines Handys. Er hält einen Stift in der Hand.

Du bleibst stehen. Denkst, er nimmt seine Notizen wieder auf oder macht sich anderswie bemerkbar, mit einem Hüsteln, einem Lachen. Das schwache Licht der Deckenlampe, das rote Leuchten vom Heizstrahler, dessen Kabel er mit Isolierband verstärkt hat, weil er immer darüber stolperte, zerstreut, wie er ist.

Wie er war ...

Wieder diese innere Stimme: «Nun mach schon, beeil dich! Jede Sekunde zu viel kann dein Verhängnis sein. Du musst dich beeilen.»

Du atmest tief durch und betrittst das Zimmer. Du schaffst es nicht, zu ihm hinzuschauen, zu dem auf die Tischplatte gesunkenen Kopf, dem herabhängenden Arm, der Hand mit dem Stift.

Jetzt wäre eine Stärkung gut, denkst du und schluckst. Etwas Kräftiges, ein Glas Wein oder besser einen Schnaps. Etwas, das in der Kehle brennt, das Wärme im Bauch und Leichtigkeit im Kopf erzeugt. Vielleicht haben sie hier ja was zu trinken. Quatsch, denkst du, was sollen sie denn schon haben, diese armen Schlucker. Diese Phantasten, die sich verzweifelt an die Vorstellung geklammert haben, ihren Weg zu machen, in einer Stadt, die sie nicht wollte.

Verhungert sind sie.

Tot sind sie. Mausetot.

Hier drinnen ist es kälter als draußen, denkst du. Wie in einem Eisloch. Oder wie im Leichenschauhaus. Mit zitternder Hand fasst du dir an die Stirn. Vielleicht hast du Fieber? Vielleicht ist alles nur ein Traum, einer von diesen verfluchten Albträumen, aus denen man endlich aufwachen möchte? Vielleicht schlägst du ja jeden Moment die Augen auf und findest dich unter deiner warmen Bettdecke wieder. Und denkst mit einem Lächeln: Gott sei Dank, es ist vorbei.

Es ist alles vorbei …

Die Stimme, diese Stimme in deinem Kopf: «Beeil dich. Schau genau hin: Gibt es etwas, das dich verraten könnte? Das deine Anwesenheit hier bezeugt?»

Du musst auf jeden Fall noch mal zu ihm zurück, ob du willst oder nicht. Jede Geste, jede Bewegung musst du von ihm aus rekonstruieren. Von ihm und seinem Kopf aus.

Sein verdammter Kopf, mit dieser absurden Vertiefung am unteren Ende, dort, wo die Wirbelsäule beginnt. Die Stelle ist jetzt feucht und dunkel, als hätte ihm jemand Farbe übergeschüttet, über Nacken und Schultern. «Schau mal, wie lustig!» Sein Hemdkragen ist ganz schwarz von Blut.

Das rote Leuchten des Heizstrahlers erscheint wie das Licht der Hölle.

Dein Blick wandert über den Boden. Endlich sehen deine Augen, was sie sehen müssen: die Bronzeplastik. Du beugst dich hinunter und greifst nach ihr.

Du bist überrascht. Sie war so leicht vorhin. Vorhin, als die Wut deinen Arm geführt hat, als der Furor durch deine Adern strömte. Jetzt wirkt sie zentnerschwer, das in Metall gegossene Abbild einer Frau mit Schärpe, die Trophäe von irgendeinem geistlosen Sommerabend mit Musik aus den Sechzigern und jungen Männern auf der Suche nach flüchtigen Bekanntschaften. Du betrachtest sie, als würdest du sie zum ersten Mal sehen.

Symbole. Sein Kopf, ihr Gesicht.

Sein Kopf, den du gerade erst zertrümmert hast, ein Kopf voller Geist, Ehrgeiz und Wissensdurst. Ein Kopf, auf den du eingehauen hast: zwei, drei, fünf Mal, obwohl schon der erste Schlag genügt hätte. Ein dumpfes, feuchtes Knacken, wie wenn man eine Nuss zertritt.

Ihr Gesicht, ihr schönes Gesicht, die perfekte Nase, die verlockenden roten Lippen: geschwollen, von dir verunstaltet, nicht mehr wiederzuerkennen, aufgeplatzt, zerstört wie ihr Leben.

Symbole.

Genau, denkst du, während du die Bronzeplastik in deiner Jacke verstaust: zerschlagen und zerstört wie eure Hoffnung, das Elend zu verlassen, in dem ihr aufgewachsen seid und wo ihr besser geblieben wärt. Sein Kopf, ihr Gesicht. Du hast es nicht mit Vorsatz getan, aber wenn du hättest wählen können, hättest du nicht anders gehandelt. Es war ihre einzige Hoffnung, ihre Eintrittskarte in ein besseres Leben.

Oder in die Hölle.

Panik überkommt dich. Du musst hier weg!

Du gehst zurück in den Flur. Du bist jetzt hellwach, dein Verstand ist klar wie ein Morgen, an dem der Nordwind bläst, kalt wie die Temperaturen, die da draußen herrschen. Du machst die Tür hinter dir nicht zu, du lehnst sie nur an. Womöglich würde jemand das Schloss einschnappen hören, und alles wäre verloren.

Besser, du nimmst die Treppe als den Aufzug, so weiß niemand, aus welchem Stockwerk du kommst. Du könntest dicht an die Wand gepresst die Stufen hinuntergehen, im Halbdunkel, aber wer sollte dich schon sehen? Es ist spät am Abend, und bei dieser Kälte geht sowieso niemand raus, wenn es nicht unbedingt erforderlich ist.

Während du dich im Treppenhaus nach unten schleichst, kannst du das Plärren der Fernseher aus den Wohnungen hören.

Da, die Haustür! Und schon stehst du auf der Straße.

Der eisige Wind schlägt dir entgegen und nimmt dir den Atem. Du verbirgst dein Gesicht hinter dem Mantelkragen, auch wenn die Gasse menschenleer ist. Du musst etwas trinken, du sehnst dich nach Wärme. Jeder Schritt führt dich weiter fort von diesem Leichenschauhaus, von diesen Zimmern, in denen der Tod sich breitgemacht hat. Du zitterst am ganzen Körper, deine Hände ebenso wie deine Beine. Dein Rücken schmerzt vor Anspannung. Das Gewicht der Bronzeplastik in deiner Jacke sagt dir, dass alles wahr ist.

Du siehst die Leuchtreklame von einer Bar. Das Schöne an dieser verdammten Stadt ist, dass sich zu jeder Tages- und Nachtzeit irgendjemand findet, der dir was zu essen, zu trinken oder zu rauchen gibt, weil er scharf auf dein Geld ist.

Du trittst ein. In einer Ecke stehen ein paar Typen vor einem Spielautomaten. Drei Männer und eine Frau sitzen an einem Tisch. Es riecht nach Schweiß und altem Fett, aber wenigstens ist es warm.

Du setzt dich hin, befreist dich von deiner Jacke und dem Totengewicht der Bronzeplastik. Du legst deine Hände auf den Tisch und wartest darauf, dass sie aufhören zu zittern.

Du bestellst was zu trinken und auch zu essen, um nicht aufzufallen.

Lauter unnötige Vorsichtsmaßnahmen, denkst du, denn die übernächtigte Bohnenstange, die dich bedient, schaut dir nicht mal ins Gesicht.

Ein neapolitanischer Schlager dröhnt aus den Lautsprechern. Die Videopokerspieler sind auf ihre Automaten fixiert. Die vier jungen Leute an einem der Tische amüsieren sich und lachen laut.

Endlich im Alltag angekommen. Unsichtbar. Alles ist gut jetzt. Alles ist gut.

Du trinkst. Und trinkst. Und nimmst noch einen Schluck.

Doch die Kälte will nicht weichen.

2

Mit einem eleganten Hüpfer, der einer Ballerina würdig gewesen wäre, betrat Polizeioberwachtmeister Marco Aragona den Raum.

«Guten Morgen, die Herrschaften. Ist das nicht ein wunderschöner Tag heute?»

Seine Begrüßung stieß auf düsteres Schweigen. Inspektor Lojacono schaute von seinem Aktenordner auf und warf dem jungen Kollegen einen entnervten Blick zu. Der Stellvertretende Kommissar Giorgio Pisanelli seufzte und schüttelte den Kopf.

Aragona ließ nicht locker. In beleidigtem Unterton sagte er:

«Also hört mal ... Was ist denn das für eine Frontenbildung? Darf man vielleicht erfahren, welche Laus euch über die Leber gelaufen ist, dass ihr nicht mal mehr guten Tag sagt?»

Ottavia Calabrese schaute hinter ihrem großen Bildschirm hervor.

«Du hast ja recht, Marco. Guten Morgen! Auch wenn ich ehrlich gesagt nicht finde, dass heute ein schöner Tag ist. Nachts war es unter null, und am Morgen, als ich mit unserem Hund Gassi gegangen bin, waren die Bürgersteige komplett vereist.»

Lächelnd rieb Aragona sich die Hände.

«Aber was ist denn so schlimm an einem schönen, kalten Wintertag? In dem Dorf meiner Eltern schneit es jedes Jahr, und alle freuen sich und sind guter Dinge.»

Der Mann mit dem Stiernacken und den breiten Schultern, der an einem Schreibtisch etwas abseits saß und Zeitung las, brummelte:

«Was man an Eis und Schnee so toll finden kann, würde ich wirklich gerne mal wissen. Die alten Leute rutschen auf der Straße aus und brechen sich die Knochen, die Autofahrer produzieren massenhaft Auffahrunfälle, und draußen hält man es vor Kälte nicht aus.»

Aragona breitete resigniert die Arme in Richtung seines Kollegen Francesco Romano aus.

«Du hat doch immer was zu meckern, Hulk. Ich kann mich nicht erinnern, dich in den letzten Monaten mal lächeln gesehen zu haben, von herzhaft lachen ganz zu schweigen. Versuch doch wenigstens ein Mal, die Dinge positiv zu sehen! Die Kälte versorgt einen mit Energie, macht Lust, sich zu bewegen. Vielleicht sogar, sich mal so richtig zu verausgaben, was in diesen Breitengraden ja eher untypisch ist.»

Alessandra Di Nardo, deren Schreibtisch sich ganz am Ende des Großraumbüros befand, unterbrach das Reinigen ihrer Dienstwaffe und blaffte:

«Darf ich dich darauf hinweisen, dass du wie üblich der Letzte bist, ganz egal ob warm oder kalt? Von ‹verausgaben› kann bei dir also kaum die Rede sein. Und außerdem, wie siehst du eigentlich aus? Was ist das für ein Pullover?»

Gekränkt fuhr Aragona mit der Hand über den hummerfarbenen Rollkragenpullover, den er unter seinem Jackett trug.

«Schon seltsam, dass ausgerechnet die Jüngste hier in diesem Altersheim keinen Sinn für die Schönheit einer Farbe hat, die immerhin etwas Licht in diese dunkle Jahreszeit bringt. Abgesehen davon hat der Pullover so viel gekostet wie …»

Lojacono und Ottavia beendeten seinen Satz im Chor:

«… sämtliche Klamotten von uns allen hier zusammen.»

«Genau. Weil ihr nämlich Polizisten vom alten Schlag seid. Solche Typen wie euch sieht man nicht mal mehr in den Fernsehserien aus den Siebzigern. Dieser Job geht mit der Zeit, er entwickelt sich, und ihr versteht das einfach nicht. Das ist auch der Grund, warum …»

Diesmal vervollständigten Alex und Romano seinen Satz:

«… ich der Erste sein werde, der hier Karriere machen und diesem …»

Aragona, die Hände wie ein Dirigent beim Einsatz erhoben, setzte zum Schlussakkord an:

«… verschissenen Kommissariat von Pizzofalcone den Rücken kehren wird.»

Hinter ihm ging die Tür auf, und Kommissar Luigi Palma stand im Raum. Alle Anwesenden wandten den Blick ab und ihre Aufmerksamkeit wieder dem zu, womit sie ursprünglich beschäftigt gewesen waren. Außer Aragona, der davon nichts mitbekommen hatte und einen Kratzfuß machte, bei dem er seinem Vorgesetzten den Hintern entgegenstreckte.

Betont langsam klatschte Palma in die Hände.

«Bravo, Aragona, bravo! Mein Kompliment für deinen kleinen morgendlichen Slapstick. Aber jetzt würde ich gerne klären, wie wir den Vormittag hier in diesem Altersheim gestalten, wenn du nichts dagegen hast.»

Der Polizeioberwachtmeister sprang zur Seite, wobei er gerade noch seine blau verspiegelte Sonnenbrille auffangen konnte, die ihm von der Stirn gerutscht war. Er richtete seine Elvis-Tolle, die dem doppelten Zweck diente, seine beginnende Glatze zu verdecken und ein paar Zentimeter Körpergröße hinzuzuschummeln, und setzte sich an seinen Schreibtisch.

Palma schaute auf die Papiere, die er in der Hand hielt, als suchte er Zuspruch in ihnen. Schon am frühen Morgen sah er wie üblich verknittert und erschöpft aus, was durch seinen Dreitagebart, den verrutschten Krawattenknoten und die hochgekrempelten Hemdsärmel noch unterstrichen wurde. Seine widerspenstigen Haare verstärkten den Eindruck von Chaos und Überarbeitung.

«Also», sagte er, «ich habe eine Dienstanweisung für euch. Pisanelli wird euch ins Bild setzen. Wir werden Unerledigtes aufarbeiten, sprich: uns die ungelösten Fälle vornehmen. Es geht darum, festzustellen, wo man noch was machen kann. Alles andere archivieren wir mit einer kurzen Aktennotiz.»

Romano schlug seine Zeitung zusammen und murmelte:

«Schreibkram, immer nur Schreibkram. Wenn ich das vorher gewusst hätte, wäre ich zum Katasteramt gegangen.»

Besorgt wandte sich Ottavia an den Kommissar.

«Ist das eine Anordnung, die vom Präsidium kommt, Commissario? Hat das was zu bedeuten?»

Lojacono musterte seinen Vorgesetzten mit unergründlicher Miene.

«Soll das etwa heißen, dass sie immer noch überlegen, den Laden hier dichtzumachen?»

Pisanelli platzte dazwischen:

«Immer noch diese alte Geschichte? Haben wir nicht längst gezeigt, was in uns steckt? Sollen wir auf ewig mit dem Makel der Erbsünde herumlaufen?»

Das mit dem Makel spielte auf die berühmt-berüchtigte Geschichte von den «Gaunern von Pizzofalcone» an, als die sie jeder einzelne Polizist der Region kannte. Die früheren Kollegen hatten sich des schlimmsten Verstoßes gegen die ehernen

Regeln ihres Standes schuldig gemacht und beschlagnahmte Drogen weiterverkauft. Es hatte einen riesigen Skandal gegeben, und das kleine Kommissariat stand kurz vor der Schließung. Am Ende entschieden die übrigen Kommissariatsleiter der Stadt, das Polizeirevier für eine Übergangszeit auf Probe bestehen zu lassen.

Giorgio Pisanelli war neben Olivia Calabrese der einzige Überlebende der nachfolgenden Welle von Verhaftungen und Frühverrentungen und deshalb diesbezüglich besonders empfindlich. Sollte das Kommissariat doch noch geschlossen werden, würde er sich für immer verantwortlich fühlen, obwohl er genauso wenig wie die Kollegin in den Coup involviert gewesen war.

Aragona unterbrach das Gespräch, um wieder einmal seinen unverbesserlichen Optimismus zur Schau zu stellen.

«Vielleicht wollen sie ja nur ein bisschen Altpapier loswerden. Die werden sich hüten, uns rauszuschmeißen: Worüber sollen sich die Kollegen aus den anderen Polizeirevieren denn das Maul zerreißen, wenn es uns, die neuen Gauner von Pizzofalcone, nicht mehr gibt?»

Mit einer heftigen Bewegung drehte Pisanelli sich zu ihm um. Normalerweise war er die Ruhe in Person, doch allein bei der Erwähnung dieses Spitznamens schwoll ihm der Kamm.

«Aragona, ich habe es dir schon tausendmal gesagt, aber du begreifst es einfach nicht! Die Schuldigen haben für ihre Sünden bezahlt oder werden noch dafür bezahlen. Aber die Leute aus dem Viertel hier, das ohne uns eine vollkommen rechtsfreie Zone wäre, sie tragen keinerlei Schuld. Wir müssen weiterhin für sie ansprechbar sein. Und an unserem Image arbeiten. Wir schaffen das, und dann …»

Mit einem bitteren Unterton fiel Romano dem Stellvertretenden Kommissar ins Wort.

«Tolle Imagekampagne! Die benutzen uns, damit wir den Kehraus machen. Und dann Schluss mit lustig. Wir haben alle Dreck am Stecken, wie du weißt. Und wer einmal Mist gebaut hat, der wird es wieder tun. Das kannst du vergessen, glaub mir.»

Palma nahm die Zügel erneut in die Hand.

«Ihr regt euch nur unnötig auf. Wirklich, ohne Grund. Alles, was wir tun müssen, ist ein bisschen aufräumen, mehr nicht. Sobald ein neuer Fall reinkommt, hören wir natürlich sofort damit auf. Also, Giorgio, du gehst mit Aragona und Romano die alten Ordner holen und …»

Das Läuten des Telefons unterbrach ihn. Wie immer ging Ottavia an den Apparat. Nach einem kurzen Smalltalk legte sie den Hörer auf und sagte:

«Das war die Telefonzentrale vom Präsidium. Bei ihnen ist ein Anruf eingegangen, offenbar ein Notfall, im Vico Secondo Egiziaca 32, nur ein paar Schritte von hier.»

Lojacono war bereits aufgestanden und hatte nach seinem Mantel gegriffen.

«Ich übernehme das.»

Palma nickte.

«Einverstanden. Di Nardo, du gehst mit ihm. Dann kommt deine Pistole wenigstens mal an die frische Luft.»

3

Kaum waren Lojacono und Alex zur Tür hinaus und Palma in sein Büro zurückgekehrt, haute Romano mit der Faust auf den Tisch.

«Verdammte Scheiße! Die dürfen raus auf die Straße, und wir sitzen hier und machen Buchhaltung.»

Aufgeschreckt von Romanos Gepolter, sagte Ottavia:

«Komm schon, Francesco. Palma hat ganz sicher niemanden bevorzugen wollen und überhaupt ...»

Aragona unterbrach sie.

«Immer musst du Partei für unseren Chef ergreifen. Hulk hat völlig recht: Wenn's was Wichtiges ist, schickt Palma den Chinesen los. Und Calamity Jane hat genauso einen Stein bei ihm im Brett. Ich möchte wirklich mal wissen, wie man hier Karriere machen soll, wenn man sich mit diesen uralten Fällen befassen muss, die nur noch nicht abgeschlossen sind, weil eure Kollegen vor lauter Dealerei keine Zeit hatten.»

Pisanelli warf ihm einen finsteren Blick zu.

«Aragona, da ich diesen Job hier zu koordinieren habe, neige ich dazu, dir einen hübschen staubigen Aktenordner aufs Auge zu drücken, der seit zehn Jahren darauf wartet, endlich durchgeackert zu werden. Was hältst du davon?»

Ottavia versuchte, die beiden zu besänftigen.

«Ich kann's nur noch mal sagen: Der Kommissar hat ganz

bestimmt nicht vor, irgendjemanden zu bevorzugen. Lojacono hat einfach die meiste Erfahrung. Er hat schließlich in San Gaetano den Fall mit dem Krokodil gelöst und hier die Sache mit der Notarsgattin, bei der du im Übrigen Teil der Ermittlung warst, Marco, also ...»

Romano hatte kein Einsehen.

«Auf diese Weise sammelt Lojacono immer mehr Erfahrung, und wir kommen hier nie raus. Ich werde mit Palma reden und ihm sagen, wenn er ...»

Ein Hüsteln, das vom Eingang kam, unterbrach ihre Diskussion. Sämtliche Köpfe wendeten sich zur Tür. Auf der Schwelle stand eine gepflegte Frau mittleren Alters, die darauf wartete, dass ihr jemand Aufmerksamkeit schenkte.

«Bitte, Signora, was können wir für Sie tun?»

Auf Ottavias Aufforderung hin trat die Frau einen Schritt vor. Sie schien sich sichtlich unwohl zu fühlen. Aus den Tintenflecken auf ihren Händen, mit denen sie die Henkel ihrer Tasche knetete, schloss Pisanelli, dass es sich um eine Lehrerin handeln musste. Er registrierte auch die rundlichen Formen und die geringe Körpergröße, die von den niedrigen Absätzen kaum kompensiert wurde.

«Ich ... Ich möchte Anzeige erstatten. Oder besser: Ich möchte eine ... eine Meldung machen, genau. Eine Meldung.»

Romano stand auf. Er wollte sich nicht die zweite Gelegenheit des Tages entgehen lassen, mit dem wahren Leben in Berührung zu kommen statt mit abgelegten Fällen.

«Wir sind ganz Ohr, Signora. Ich bin übrigens Hauptwachtmeister Francesco Romano.»

Die Frau schenkte ihm ein angespanntes Lächeln, das sie gleich viel jünger wirken ließ.

«Guten Morgen. Mein Name ist Emilia Macchiaroli, ich bin Lehrerin und unterrichte an der Sergio-Corazzini-Schule, nur wenige Schritte von hier entfernt. Kann ich ... Können wir offen reden?»

«Natürlich, Signora. Wir sind unter uns, das sind alles Kollegen.»

Die Frau schaute sich um und fuhr sich mit der Zunge über die Lippen. Noch immer schien sie sich unbehaglich zu fühlen.

«Nun ... Ich bin mir nicht sicher, ob ich richtig handele. Ich hatte einfach das Gefühl, ich müsste das melden ... Also, nicht melden im Sinne von ... Ich habe versucht, die Mutter zu überreden, dass sie ... Aber aus irgendeinem Grund will sie nicht. Nicht, dass das ungewöhnlich wäre, für eine Mutter ist so etwas ziemlich unvorstellbar, und dann ist das Mädchen ein Einzelkind, was es nicht besser macht, wie Sie sich vorstellen können. Auf der anderen Seite habe ich mich gefragt: Was, wenn es stimmt? Natürlich wird zu diesem Thema auch viel herbeiphantasiert, bei dem ganzen Schmutz, der so im Fernsehen gezeigt wird, aber jeder einhundertste Fall ist wahr. Und Sie kennen ja die Geschichte vom Hirtenjungen, der immer aus Spaß ‹Ein Wolf, ein Wolf!› ruft, und als dann wirklich ein Wolf kommt, glaubt ihm keiner mehr ... Ich bin wirklich niemand, der überall Gefahr wittert, aber man kann doch auch nicht alles unter den Teppich kehren, oder?»

Aragona starrte sie mit offenem Mund an. Pisanelli versteckte sich hinter einem Aktenordner. Ottavia versuchte, ihre ganze Konzentration auf ihren Bildschirm zu lenken. Romano fragte sich, ob die Frau wirklich eine Antwort erwartete. Aber da das offensichtlich der Fall war, probierte er es auf die unverbindliche Tour.

«Äh, ja, gewiss doch. Und was den Tatbestand betrifft, Signora, worum geht es genau?»

«Na ja, um sexuellen Missbrauch natürlich. Wissen Sie,

ich unterrichte Literatur. Heute heißt das Fach anders, aber wir Lehrer vom alten Schlag halten es mit der Tradition. Das ist eine Frage der Prägung: Wenn ich mich als junger Mensch an eine bestimmte Bezeichnung gewöhne, dann ...»

Aragona konnte nicht mehr an sich halten.

«Bitte, Signora, kommen Sie zur Sache. Sonst versteht weder der Kollege, um was es geht, noch wir anderen. Und wenn wir Sie nicht verstehen, können wir Ihnen auch nicht helfen.»

Signora Macchiaroli zwinkerte irritiert, als könnte sie es nicht fassen, dass jemand gewagt hatte, sie zu unterbrechen.

«Ich erkläre es Ihnen doch gerade, oder etwa nicht? Wie gesagt, ich unterrichte Literatur, das heißt, ich bin die zuständige Fachbereichsleiterin. Die Kinder schreiben Kurzessays und Erörterungen, machen Recherchen, und ich lese ihre Texte. Natürlich sollen diese in erster Linie widerspiegeln, was sie im Unterricht gelernt haben: Kenntnis über Autor und Werk, das historische Umfeld, in Teilen auch ...»

Aragona sprang auf.

«Signora, wenn Sie Ihren Unterricht genauso zäh gestalten wie Ihren Bericht hier, wundert mich gar nicht, dass der Wissensstand in diesem Land immer mehr sinkt. Ich bitte Sie, sagen Sie endlich, warum Sie gekommen sind!»

Romano bedachte Aragona mit einem vernichtenden Blick und bemühte sich um Schadensbegrenzung:

«Signora, wir versuchen lediglich zu verstehen, wozu Sie Anzeige erstatten möchten.»

«Nein, Herr Wachtmeister, keine Anzeige. Ich glaube, eine Anzeige setzt voraus, dass man Gewissheit über ein Verbrechen hat. Diese Gewissheit habe ich jedoch nicht, und ich kann sie auch gar nicht haben. Aber ich habe den begründeten Verdacht, dass eine meiner Schülerinnen sexuell belästigt wird. Und da ich mit meinem Gewissen im Reinen sein möchte, fühle ich die Verpflichtung, das zu melden.»

Ein unbehagliches Schweigen machte sich im Großraumbüro breit. Palma, der von seinem Zimmer aus die Unterhaltung mitgehört hatte, tauchte im Türrahmen auf. Interessiert fragte er:

«Wie alt ist denn Ihre Schülerin? Und wer belästigt sie Ihrer Meinung nach?»

Die Frau drehte sich zu dem Kommissar um und musterte ihn ruhig aus ihren klaren blauen Augen.

«Zwölf Jahre. Sie heißt Martina Parise und geht in die 7b. Und derjenige, der sie sexuell belästigt, ist ihr Vater.»

4

Der Vico Secondo Egiziaca befand sich tatsächlich nur zwei Schritte vom Kommissariat entfernt. Lojacono und Alex Di Nardo brauchten weniger als drei Minuten. Den Mantelkragen hochgeschlagen, die Augen wegen des eisigen Winds zusammengekniffen, drückten sie sich eng gegen die Hauswände, um der Kälte zu trotzen. Bei jedem Atemzug bildeten sich kleine Wölkchen vor ihren Mündern.

Alex atmete genüsslich ein und aus.

«Du kannst sagen, was du willst, Lojacono, aber ich mag diese Kälte. Man muss sich nur bewegen, schon wird einem warm. Bei Hitze kannst du nicht viel machen. Selbst wenn du halb nackt bist, ist es weiterhin heiß. Die einzige Zuflucht bieten Räume mit Klimaanlage, was aber ungesund ist, wie wir alle wissen.»

«Mir ist wirklich schleierhaft, was an einem Wind, der einem die Ohren abreißt, schön sein soll, Di Nardo. Du willst mich wohl auf den Arm nehmen? Was bei mir zu Hause kalt ist, empfindet ihr hier als Hitze. Heute Morgen habe ich gedacht, ich bin in Lappland gelandet. Das Aufstehen war die reinste Tortur. Hier, wir sind da.»

Sie hatten gar nicht erst nach der Hausnummer Ausschau halten müssen. Vor der Eingangstür parkte ein Streifenwagen mit eingeschaltetem Blaulicht. Ein junger Polizist hüpfte von einem Bein aufs andere, um nicht festzufrieren.

Lojacono trat auf ihn zu.

«Wir kommen vom Kommissariat Pizzofalcone.»

Der Uniformierte machte mit dem Kopf eine Bewegung in Richtung Treppenhaus und hauchte weiter in seine zu einem Trichter gewölbten Hände.

«Endlich! Ihr habt ganz schön lange auf euch warten lassen. Ich bin Ciccoletti, vom Präsidium. Zweiter Stock. Ein junger Mann und ein Mädchen. Es gibt keinen Pförtner, falls ihr einen suchen solltet. Mein Kollege erwartet euch oben. Die Spurensicherung müsste auch jeden Moment hier sein.»

Lojacono hatte sich noch immer nicht an das saloppe Verhalten der Kollegen gewöhnt. Einer der Gauner von Pizzofalcone zu sein, war offenbar ein unauslöschlicher Makel.

Er durchbohrte den Streifenpolizisten mit einem düsteren Blick und zischte:

«Ciccoletti, du hast es hier mit einem Inspektor zu tun. Also nimm gefälligst die Hände vom Mund und stell dich anständig hin. Sonst verpass ich dir ein paar Backpfeifen, damit dir warm wird. Verstanden?»

«Jawohl, Herr Inspektor. Es ist nur so verdammt kalt heute Morgen, und dann dieser Wind. Wir waren so schnell vor Ort und warten hier schon …»

Wortlos drehte Lojacono sich um und betrat das Wohnhaus. Mit einem halb mitleidigen, halb vorwurfsvollen letzten Blick auf den Uniformierten ging Alex ihm nach.

Das Gebäude hatte wie die meisten im Viertel schon bessere Tage gesehen. Doch trotz seiner ramponierten Fassade machte der verwinkelte Altbau einen soliden Eindruck, von den missglückten Modernisierungsversuchen im Treppenhaus einmal abgesehen. Auf dem Weg nach oben registrierte Lojacono die abgeblätterte Tapete, die andersfarbigen Ersatzkacheln und die roh verputzten Risse in der Wand, die nicht noch mal über-strichen worden waren. Jede der hölzernen Wohnungstüren sah anders aus. Ein paar kleinere Aluminiumtüren mit meh-reren Klingelschildern davor ließen darauf schließen, dass die ehemals großen Etagenwohnungen in Apartments unterteilt worden waren. Das war auch bei der Wohnung im zweiten Stock der Fall, denn hinter der ersten Tür befand sich ein kleiner Flur mit zwei weiteren Türen, die beide offen standen.

Ein uniformierter Polizist erwartete sie auf dem Treppen-absatz. Er war älter als sein Kollege auf der Straße, was viel-leicht der Grund für sein formelles Verhalten war. Er tippte sich an die Mütze.

«Guten Morgen, mein Name ist Stanzione. Sie sind die Kollegen aus Pizzofalcone? Man hat Sie per Funk angekün-digt.»

Alex nickte.

«Ja, das sind wir. Ich bin Polizeioberwachtmeisterin Di Nardo, und das ist Inspektor Lojacono. Was können Sie uns sagen?»

Der Mann wandte sich direkt an Lojacono. Wegen des Dienstgrads. Aber auch weil er ein Mann war, dachte Alex mit leichtem Groll.

«Die Tat ist unmittelbar hier passiert, in der rechten Woh-nung vom Eingang aus. Zwei junge Leute, Studenten, ein Mann und eine Frau: Sie liegt auf dem Bett, und er sitzt am Schreibtisch im Nebenraum.»

Alex schaltete sich in barschem Ton ein:

«Wer hat sie gefunden?»

Zögernd wandte sich Stanzione erneut an Lojacono, als wäre dieser ein Bauchredner und Alex seine Handpuppe.

«Ein Kollege des Jungen. Er steht ziemlich unter Schock. Er hält sich im Moment bei den Nachbarn auf, zwei … zwei

Männer, die ihm erst mal einen starken Kaffee gemacht haben, dem armen Teufel.»

Ohne die Hände aus den Manteltaschen zu nehmen, begutachtete Lojacono erst die Haupteingangstür und dann die zu der rechten Wohnung, auf die der Uniformierte gezeigt hatte: Beide wiesen keinerlei Einbruchsspuren auf. Er trat einen Schritt vor. Das Apartment wurde durch eine nackte Glühbirne und das Licht vom Fenster erhellt.

Immer noch kurz angebunden, kam Alex dem Inspektor zuvor.

«Hast du das Licht angemacht, Stanzione?»

«Um Himmels willen, nein. Ich habe nichts angefasst. Ich bin rein, habe mich umgesehen und sofort wieder raus. Bin ja schließlich kein Anfänger.»

Lojacono, dem Alex' durchaus berechtigte Feindseligkeit nicht entgangen war, unterdrückte ein Lächeln.

«Als du gekommen bist, Stanzione, waren die Türen da offen, geschlossen oder angelehnt?»

«Offen, Ispettore, alle beide. Und auch die von der anderen Wohnung.»

Alex hatte das vordere Zimmer betreten, aus dem der Lichtschein der Glühbirne kam. Lojacono folgte ihr.

Die Polizistin blieb am Fußende des Bettes stehen, das fast den ganzen Raum ausfüllte.

Vor ihr lag ein junges Mädchen, auf dem Rücken, die nackten Beine leicht gespreizt. Ihre Jacke war offen, und die Fetzen ihres zerrissenen Hemdes bedeckten ihren Oberkörper nur notdürftig. Sie hatte keinen BH an. Ein winziger Slip war bis zu ihrem linken Knie hinuntergerollt. Auf dem Boden ein Paar Jeans.

Selbst in diesem derangierten Zustand mit den blauen Flecken bot ihr Körper einen wunderschönen Anblick.

Lojacono kniete sich hin, um besser sehen zu können: Das Gesicht des Mädchens wies eine Schwellung an Mund und Nase auf, am Hals befanden sich rote Striemen.

Als er den Blick hob, sah er, dass seine Kollegin auf ein großformatiges Foto an der Wand starrte. Es zeigte das Opfer: strahlend im Sonnenschein, nur mit einem Bikini bekleidet, hinter sich das glitzernde blaue Meer. Der Kontrast hätte nicht größer und verstörender sein können: ein Stück Papier voller Leben und daneben ein Körper aus Fleisch und Blut, dem man das Leben genommen hatte.

Der Inspektor verließ den Raum, Alex blieb wie versteinert zurück.

Ein schmaler Flur führte zu dem zweiten Zimmer, das etwas größer war. In der Mitte des Raumes standen ein Schreibtisch und ein Stuhl, auf dem ein Mann saß: den Oberkörper vornübergebeugt, einer seiner Arme baumelte herab, der Kopf und die andere Hand, die noch einen Stift umklammert hielt, lagen auf der Schreibtischplatte.

Achtsam, wo er seine Füße hinsetzte, trat Lojacono näher. Der Leichnam drehte ihm den Rücken zu. Der Hemdkragen war im Nacken dunkel von Blut, unten am Schädel klaffte eine Wunde. Die Kleidung musste das ganze Blut aufgesogen haben, denn nirgendwo auf dem Boden waren rote Flecken zu sehen.

Der Polizist umrundete den Schreibtisch, sodass er das Gesicht des Opfers sehen konnte. Der junge Mann war kaum älter als zwanzig, höchstens fünfundzwanzig. Der Tod hatte in seinem Gesicht einen seltsamen Ausdruck hinterlassen, ein verzerrtes Lächeln, das die obere Zahnreihe freilegte. Die Augen waren halb geöffnet und starrten ins Leere. Es gab keinerlei Anzeichen von einem Kampf, der oder die Mörder schienen ihn überrascht zu haben.

Im Flur stieß Lojacono auf Alex, die auf dem Boden kniete. Den Blick auf einen Gegenstand gerichtet, der unter einer kleinen Kommode lag, fragte sie:

«Was würdest du sagen, was das ist?»

Auch Lojacono kniete sich hin.

«Sieht aus wie ein Handy mit Kopfhörern. Kann man von hier aus schlecht sagen.»

Alex streckte die Hand aus, doch Lojacono hielt sie zurück.

«Lass alles so, wie es ist. Die Kollegen vom Kriminaltechnischen Institut sind unterwegs, sie werden das Teil rausholen und untersuchen. Und wir hören uns jetzt mal an, was derjenige zu sagen hat, der die beiden gefunden hat.»

5

Signora Macchiaroli hatte eine erstaunliche Wandlung vollzogen. Palma vermutete, dass das an der zunehmenden Gewissheit lag, mit dem Gang zur Polizei das Richtige getan zu haben. Er hatte die Lehrerin mit dem Versprechen entlassen, dass sie ihrem Verdacht nachgehen würden, selbstverständlich mit der gebotenen Diskretion. Sie hatte die ganze Zeit die Henkel ihrer Handtasche geknetet und ihm mit äußerster Kühle geantwortet:

«Keine Sorge, Commissario. Ich bin mir meiner Verantwortung voll bewusst und habe ganz bestimmt keine Angst davor, dass jemand mitbekommt, wie ich mich um eine Schülerin in Not kümmere. Lassen Sie nur dort Diskretion walten, wo Sie anders nicht an Informationen herankommen: Häufig verschließen sich Jugendliche ja im Kontakt mit Fremden, und dann muss man ihnen jedes Wort aus der Nase ziehen. Sollten Sie meine Unterstützung benötigen, finden Sie mich in der Schule.»

Die Kollegen im Großraumbüro schätzten den Sachverhalt unterschiedlich ein. Aragona war überzeugt, dass seine Theorie am stichhaltigsten war.

«Wenn ihr mich fragt, hat das Mädel irgendeinen Schwachsinn im Fernsehen gesehen und in einem Schulaufsatz verarbeitet. Und die Alte hatte nichts Besseres zu tun, als gleich zur Polizei zu rennen.»

Romano nickte.

«Nicht unwahrscheinlich. Der Grat zwischen Realität und Fiktion ist an dieser Stelle oft schmal. Ein Vater ist zärtlich zu seiner Tochter und wird gleich zum Kinderschänder gemacht.»

Pisanelli blätterte in dem Ordner vor ihm auf dem Tisch.

«Ich weiß nicht … Diese Lehrerin scheint mir ziemlich viel Erfahrung zu haben, das ist nicht ihr erster Job. Für mein Gefühl ist sie niemand, der sich von Emotionen leiten lässt oder überreagiert. Was meinst du, wie viele Schülerinnen sie in ihrem Lehrerinnenleben schon gesehen hat? Dass sie sich jetzt bei uns meldet, wird seinen Grund haben.»

Aragona ätzte zurück:

«Wie schön, diese Solidarität im Alter: Der in Ehren ergraute Polizist vertraut blind der in Ehren ergrauten Lehrerin! Ich sage dir eins, Presidente: So wie du dir deine komischen Selbstmorde einbildest, bildet sie sich ihre Vergewaltiger-Väter ein. Vielleicht ist es ja sogar eine Art Übertragung: Die Signora möchte gern vergewaltigt werden, du würdest dich gern umbringen. Also fabuliert ihr alle beide davon, dass dieses Schicksal anderen widerfährt.»

Die plötzliche Anspielung auf das, was die anderen für einen harmlosen Spleen ihres dienstältesten Kollegen hielten, löste ein peinliches Schweigen im Raum aus. Pisanelli war überzeugt, dass die Serie von Selbstmorden, die in den letzten Jahren im Viertel stattgefunden hatten, in Wirklichkeit echte Morde waren, und ging hartnäckig dieser Theorie nach, indem er alle möglichen Fakten, Zeugenaussagen und Fotos sammelte. Er tat dies außerhalb der Dienstzeit und zum Schaden von niemandem, daher tolerierte das Team seine fixe Idee, ohne große Worte darüber zu verlieren, und machte sich höchstens in seiner Abwesenheit darüber lustig.

Ottavia half dem Kollegen aus der Verlegenheit.

«Aragona, manchmal bist du wirklich ein Ekel, das man am liebsten zum Mond schießen würde. Du hast kein Recht, dich so über Giorgio zu erheben. Ich bin mir ziemlich sicher, dass du in seinem Alter nicht halb so weise sein wirst.»

Auch Romano, der die Lehrerin ebenso wenig ernst nehmen wollte, reagierte heftig.

«Du bist echt ein Idiot, Aragona! Ein Vollidiot. Ausgerechnet du, der du keine Ahnung von nichts hast, machst hier einen auf Superpsychologe.»

Aragona zuckte mit den Achseln.

«Also wirklich, was habe ich denn schon gesagt? Das war ja nun echt keine Beleidigung, oder, Presidente? Habe ich dich etwa gekränkt? Ich habe nur einen kleinen Scherz gemacht.»

Pisanelli versuchte ein Lächeln.

«Lass gut sein, Marco. Und mach dir keine Sorgen, ich bringe mich schon nicht um. Im Gegenteil, irgendwann werdet ihr alle noch einsehen müssen, dass ich recht habe mit meiner Theorie. Ich weiß, ihr denkt, ich spinne und vergeude meine Zeit. Aber solange meine Arbeit davon unberührt bleibt ... Außerdem habe ich meine Gründe, warum ich diesen Fällen weiter nachgehe. Und was diese Lehrerin betrifft: Ich habe nur gesagt, man sollte gewisse Dinge nicht unterschätzen, mehr nicht. Manchmal denkt man sich nichts weiter dabei, und dann ist ...»

Romano ließ ihn nicht ausreden.

«Klar, die einen ermitteln in einem doppelten Mordfall, und die anderen müssen sich den Phantasien einer alten Jungfer widmen. Soll der Kommissar doch Lojacono in diese Schule schicken!»

«Wie schon gesagt, Francesco, hier wird niemand bevorzugt», sagte Ottavia beschwichtigend. «Aber davon unabhängig denke ich auch, wir sollten der Sache nachgehen. Solange hier nur der geringste Verdacht von sexuellem Missbrauch besteht ...»

Palma erschien auf der Türschwelle zu seinem Büro.

«Wenn nichts Dringenderes anfällt, möchte ich, dass ihr das mit dem Mädchen überprüft, Kollegen. Einen Blick sollten wir riskieren, sicher ist sicher. Romano und Aragona, ihr übernehmt das.»

Aragona versuchte, Widerspruch anzumelden.

«Chef, die Alte sieht Gespenster. Sollen wir nicht wenigstens warten, bis sie Anzeige erstattet, bevor wir aktiv werden? Es gibt mit Sicherheit Wichtigeres zu tun.»

«Zweifellos, Aragona. Wir hatten ja vorhin schon von den ungelösten Fällen gesprochen. Vielleicht sollte ich dir die Protokolle anvertrauen, die noch abgeschrieben werden müssen. Diese Aufgabe würde dich bestimmt ein halbes Jahr lang an deinen Schreibtisch fesseln. Was meinst du?»

Aragona hatte seinen Mantel schon in der Hand. Mit einem Brummeln erhob sich Romano, um ihm zu folgen.

Palmas Stimme nahm einen ernsten Tonfall an.

«Also, Jungs, Schluss mit den Befindlichkeiten, ja? Ein Polizist ist ein Polizist, der jeden Fall mit der gleichen Professionalität angehen muss. Ich will nicht, dass man sich im Präsidium über uns beschwert. Wenn sie den Laden hier schon dichtmachen, dann wenigstens nicht, weil wir Mist gebaut haben. Sind wir uns da einig?»

Aragona schlug die Hacken zusammen und legte zwei Finger an die Stirn, als wäre er bei der Marine.

«Jawohl, Herr Kapitän. Seien Sie unbesorgt. Wir werden uns von unserer besten Seite zeigen und nur Einser aus der Schule mitbringen.»

«Du bist wirklich ein Idiot, Aragona.»

6

Kaum hatte Lojacono die Nachbarwohnung betreten, wurde ihm klar, warum der Kollege Stanzione vorhin ins Stottern geraten war.

Sie ähnelte nicht im Entferntesten der Wohnung der Opfer. Man kam sofort in ein großes helles Zimmer, dessen eine Wand aus einer Fensterfront mit Balkon bestand. Die Einrichtung war eher schwülstig und wurde dominiert von viel Rosa, Spitzenstoffen, Plüschtieren und ausladenden Lampenschirmen auf vergleichsweise dünnen Beinchen.

An einem verchromten Glastisch saß ein schlaksiger junger Mann mit Brille, der sich unaufhörlich seine immer wieder zurückfallenden Haare aus der Stirn strich. Seine Lippen zitterten, und zwei rote Flecken auf seinen Wangen verrieten, wie aufgeregt er war.

Neben ihm stand ein weiterer junger Mann, der eine bunt gemusterte knöchellange Tunika trug. Mit seinem Pferdeschwanz, den nackten Füßen und den geschminkten Augen bot er einen ungewöhnlichen Anblick.

Etwas abseits, als wollte er sich von den beiden anderen distanzieren, befand sich ein dritter junger Mann, der komplett in Schwarz gekleidet war. Sein Körper war untersetzt, und seine Nase und Ohren zierten mehrere auffällige Silberringe.

Stanzione, der Lojacono und Alex Di Nardo begleitet hatte, sagte:

«Ispettore, das ist der junge Mann, der die Toten gefunden und die 112 angerufen hat.»

Lojacono wartete darauf, dass der Polizist auf einen der drei Anwesenden zeigte, doch nichts geschah. Er wandte sich an Alex.

«Di Nardo, erklärst du ihm, dass er sich ein bisschen präziser ausdrücken möchte? Oder soll ich ihm mit Hilfe einer kleinen Skizze verdeutlichen, dass sich in diesem Raum drei junge Männer befinden?»

Der Brillenträger hob zitternd die Hand, wie ein Schüler, der die Antwort auf eine Frage des Lehrers kennt, aber sich nicht traut, sie laut auszusprechen.

«Ich bin ... Ich bin derjenige, der ... Ich habe die Polizei, also euch gerufen.»

Er stand sichtlich unter Schock. Seine Stimme, die ohnehin nicht sehr tief war, drohte ins Falsett zu kippen, was er mit einem vorgetäuschten Hustenanfall zu überspielen versuchte.

Lojacono musterte ihn schweigend. Schließlich fragte er: «Wie heißen Sie?»

Der Tunikaträger ergriff das Wort, mit kräftiger Stimme und eindeutig apulischem Dialekt.

«Renato, sag jetzt nichts! Ruf deinen Anwalt an, die verarschen dich sonst. Hast du nicht gemerkt: Der Bulle hat sich uns noch nicht mal vorgestellt.»

Stanziones Stimme triefte vor Verachtung, als er sich in das Gespräch einmischte.

«Nun mach mal halblang, du Vogelscheuche! Leute, die so rumlaufen wie du, gehören eh eingesperrt. Ein bisschen mehr Respekt, klar?»

«Sie können sagen, was Sie wollen, mir machen Sie damit keine Angst! Sie befinden sich ohne jede Befugnis in unserer Wohnung und sollten dankbar sein, dass wir Sie überhaupt reingelassen haben. Stattdessen benehmen Sie sich hier wie die Axt im Wald – ohne auch nur ansatzweise darauf Rücksicht zu nehmen, dass wir alle unter Schock stehen.»

Das war zu viel für Stanzione. Mit rot angelaufenem Gesicht trat er vor und brüllte:

«Du verdammte Tunte, gleich setzt's was in deine geschminkte Visage!»

Mit einer Kraft, die den Polizisten sichtlich überraschte, packte Alex ihn am Handgelenk.

«Halt den Mund, du Idiot. Dir ist wohl gar nicht klar, dass der Typ dich anzeigen kann, und zwar aus gutem Grund?»

Mit einer entschuldigenden Geste hob Lojacono beide Hände und schob sich zwischen Stanzione und den jungen Mann in der Tunika.

«Entschuldigung, das tut mir leid. Situationen wie diese sind für niemanden leicht. Man gewöhnt sich einfach nicht daran. Mein Name ist Inspektor Giuseppe Lojacono, ich komme vom Kommissariat Pizzofalcone. Das ist meine Kollegin, Polizeioberwachtmeisterin Alex Di Nardo. Den Kollegen brauche ich Ihnen nicht vorzustellen, weil er sowieso gleich geht. Er wird sich zu seinem Kumpel unten am Eingang gesellen und zusammen mit ihm auf die Kriminaltechniker warten – nicht wahr, Stanzione?»

Dem Polizisten schien klar, dass er besser daran tat, sich zu fügen. Mit einem letzten finsteren Blick auf seinen Kontrahenten verließ er die Wohnung. Zumindest für einen Moment schien es, als würde die Spannung im Raum etwas nachlassen.

Der Tunikaträger blies sich eine Haarsträhne aus dem Gesicht und stellte sich vor.

«Angenehm. Ich bin Vinnie Amoruso und wohne hier zusammen mit meinem Freund Paco Mandurino.»

Er zeigte auf den Schwarzgekleideten, der ein Nicken andeutete.

Lojacono wandte sich an den dritten jungen Mann, der die Toten gefunden hatte.

«Und Sie? Wer sind Sie, und warum sind Sie in die gegenüberliegende Wohnung gegangen?»

Der Angesprochene machte den Mund auf, schloss ihn wieder, stieß einen tiefen Seufzer aus und sagte:

«Ich heiße Renato Forgione. Ich bin ein Freund ... ein Kollege und Freund von Biagio. Gestern ist er nicht zur Uni gekommen, ich habe den ganzen Nachmittag auf ihn gewartet. Er ist auch nicht an sein Handy gegangen oder hatte es ausgeschaltet, jedenfalls bin ich heute Morgen ... O Gott, mir wird schon wieder ganz schlecht ...»

Als wollte er Erlösung erflehen, hatte er bei seinen letzten Worten den Blick auf Vinnie gerichtet, der ihm sanft über die Schulter strich. Er fuhr sich mit der Hand übers Gesicht, wandte den Kopf zu Lojacono und fuhr fort:

«Wir sind ständig in Kontakt, wir arbeiten zusammen, kümmern uns um dieselben Projekte im Fachbereich. Ich habe mir Sorgen gemacht. Er bleibt doch nicht einfach so weg, so ist er nicht ... war er nicht, das war absolut ungewöhnlich. Also bin ich hergekommen. Die Tür war nur angelehnt, ich bin rein und habe sie ... habe sie ... Entschuldigen Sie mich ...»

Er sprang auf und rannte ins Bad.

Lojacono wandte sich an Amoruso.

«Kannten Sie die Opfer?»

Der junge Mann hatte seinen Pferdeschwanz gelöst und spielte mit dem Haargummi.

«Wir können es immer noch nicht glauben, Ispettore. Wer tut so was? Wer hat das getan? Jedenfalls hießen die beiden

Biagio und Grazia Varricchio, sie waren Bruder und Schwester. Sie kamen aus Kalabrien, aus einem Dorf in der Nähe von Crotone. Er war älter als sie, ein kluger Kopf, ein Kollege von Renato, ich glaube, Biochemiker oder Biologe, irgendwas in der Art, ich kenne mich da nicht aus. Er hat schon eine ganze Weile hier gewohnt, länger als wir. Und wir sind hier seit wann? Seit zwei Jahren vielleicht?»

Der Schwarzgekleidete, der bisher nicht ein Wort gesagt hatte, erwiderte:

«Seit zwei Jahren und zehn Monaten, Vinnie.»

In gespielter Überraschung schlug Amoruso sich die Hand vor den Mund.

«Mein Gott, so lange schon? Wir beide studieren Jura. Zugegeben, wir sind keine sehr eifrigen Studenten, aber wir haben immerhin genug mitgekriegt, um unsere Rechte zu kennen.»

Lojacono brachte das Gespräch zurück aufs Thema.

«Sie haben gesagt, dass er schon eine ganze Weile hier gewohnt hätte – seine Schwester auch?»

Entschieden schüttelte Vinnie den Kopf.

«Das Mädchen ist erst seit ein paar Monaten hier.»

Paco präzisierte seine Aussage erneut.

«Seit sieben Monaten.»

Vinnie bedachte ihn mit einem harten, bösen Blick. Dann wandte er sich an den Inspektor.

«Wenn Paco sich so genau erinnert, werden es in der Tat sieben Monate gewesen sein.»

Forgione kehrte zurück, bleich wie ein Bettlaken und ähnlich zerknittert. Alex nutzte die Gelegenheit, sich in die Diskussion einzumischen und Lojacono zuvorzukommen.

«Sie haben gesagt, die Tür sei nur angelehnt gewesen. Meinten Sie die zum Treppenhaus oder die zur Wohnung?»

«Die zu Biagios Wohnung. Die Tür zum Treppenhaus hat Vinnie mir aufgemacht.»

Alex musterte den Tunikaträger nachdenklich und stellte die unvermeidliche Frage:

«Und Sie haben bis dahin nicht mitgekriegt, dass die Tür nur angelehnt war? Haben Sie nichts gehört, keinen Krach, Schreie, nichts dergleichen?»

Ohne zu zögern, entgegnete Vinnie:

«Doch, Signorina, aber nicht gestern Abend, sondern gestern Nachmittag. Es gab einen Streit. Die eine Stimme gehörte Biagio, die andere einem Mann, den ich nicht kenne. Sie haben starken Dialekt gesprochen. Dann ist jemand gegangen, und Paco ist kurz raus auf den Flur, um nachzusehen. Aber die Tür war zu.»

Lojacono schaute den Schwarzgekleideten an.

«Sind Sie sicher?»

Paco nickte.

«Absolut.»

«Und Sie haben denjenigen, der gegangen ist, nicht gesehen?»

«Nein, er war schon weg.»

Bei der Erwähnung des Streits hatte Renato die Augen aufgerissen, und seine Lippen hatten erneut zu zittern begonnen. Alex tauschte mit Lojacono einen vielsagenden Blick und wandte sich dann an den jungen Mann:

«Wissen Sie, wer der zweite Mann gewesen sein könnte? Hat Biagio Ihnen was erzählt?»

Renato reagierte nicht.

Lojacono versuchte, die Frage noch einmal anders zu stellen.

«Signor Forgione, wussten Sie, dass Varricchio Besuch erwartet hat?»

Der Angesprochene schien ihn noch nicht mal gehört zu haben, sein Blick klebte an Vinnie.

Der Inspektor gab auf und wandte sich erneut an den Tunikamann.

«Die beiden haben also Dialekt gesprochen? Das heißt, Sie haben sie auf Kalabresisch streiten hören?»

Vinnie nickte.

«Ich habe kein einziges Wort verstanden. Nicht, dass ich sie hätte belauschen wollen, aber sie haben total gebrüllt. Grazia war allerdings nicht da, glaube ich, oder sie wollte sich nicht einmischen.»

Langsam drehte Forgione den Kopf zu den beiden Polizisten.

«Ja, Biagio hat Besuch erwartet. Er hat mir vor ein paar Tagen davon erzählt. Und er hatte wirklich Angst vor dem Besuch.»

Lojacono ließ nicht locker.

«Und wen hat er erwartet?»

«Seinen Vater. Er wollte aus seinem Dorf hierherkommen.»

Alex meldete sich zu Wort.

«Aber Sie sagten doch, er hatte Angst vor dem Besuch. Warum das?»

Renato schwieg für einen Moment. Verzweifelt fuhr er mit der Hand über die gläserne Tischplatte. Als er den Blick hob, um zu antworten, lag in seinen Augen eine unendliche Traurigkeit.

«Biagio hat seinen Vater seit fast siebzehn Jahren nicht gesehen. Er hat versucht, diesen Teil seines Lebens zu vergessen. Und vor keiner Sache hatte er mehr Angst als vor dieser Begegnung.»

Nach diesen Worten wurde es still im Raum. Paco und Vinnie schienen verzweifelt einen Weg zu suchen, den Freund zu

trösten. Lojacono war derjenige, der schließlich das Schweigen brach.

«Warum hat er ihn so lange nicht gesehen? Hat es Streit
gegeben? Eine Trennung? Eine Geldgeschichte?»

«Nein. Biagios Vater war im Gefängnis, sechzehn Jahre
lang. Er ist vor gut einem Jahr entlassen worden.»

«Wissen Sie zufällig, warum er im Gefängnis war?», wollte
Alex wissen.

Renato drehte sich zu ihr um. Seine Stimme war kaum
mehr als ein Flüstern, als er sagte:

«Wegen Mord.»

7

Die Mittelschule *Sergio Corazzini* befand sich in einer Art Niemandsland. Um genau zu sein, dachte Romano, während er sich mit Aragona auf den Weg dorthin machte, war das ganze Viertel ein Niemandsland: ein langer, an den Rändern ausgefranster Grenzstreifen, der zwei völlig verschiedene und in ständiger Alarmbereitschaft befindliche soziale Schichten nur um wenige Meter voneinander trennte.

Er musterte die Marktstände, die die Bürgersteige blockierten und die Fußgänger zwangen, auf der Fahrbahn zu gehen und sich dem Risiko auszusetzen, von einem der gegen die Einbahnstraße rasenden Motorroller über den Haufen gefahren zu werden. Die Eiseskälte hatte dem alltäglichen Leben nichts anhaben können. Schließlich musste man sich auch ernähren, wenn draußen Frost herrschte, aber die Marktverkäufer hatten sich in den Schutz der Toreinfahrten zurückgezogen, von denen aus sie eingemummelt in Wintermäntel und Wollmützen das Geschehen im Auge behalten und beim geringsten Anzeichen von Kaufinteresse zur Stelle sein konnten.

Niemandsland zwischen zwei Welten.

Die Taschendiebe sind blitzschnell, ob zu Fuß oder zu zweit auf ihren frisierten Rollern, sie haben die Alten, Schwachen und Zerstreuten genau im Blick, schnappen sich, was sie kriegen können, und verschwinden im Labyrinth der Gassen, das sie wie ihre Westentasche kennen und wo sie sich innerhalb von Sekunden in ihre Schlupflöcher zurückziehen können.

Niemandsland.

Die Angestellten aus den Bankfilialen im Anzug oder Kostüm, die mit ernstem Gesicht und konzentriertem Blick selbst auf der Straße noch Millionendeals und Devisengeschäfte abwickeln. Das Headset am Ohr oder das Handy zwischen Wange und Schulter geklemmt, gestikulieren sie im Laufen, während sie ihre falsch geparkten Autos suchen: halb auf dem Bürgersteig und dann noch auf dem Behindertenparkplatz – ist ja nur für eine Minute.

Niemandsland.

Schwarzhändler. Dutzende, Hunderte von Schwarzhändlern. Die Asiaten mit ihren Ständen voller Radios, Ladegeräten, Barometern und Kamerastativen. Die Afrikaner mit ihren auf der Straße ausgebreiteten Tüchern, auf denen sich gefälschte Designerhandtaschen und geschnitzte Holztiere stapeln. Die Osteuropäer mit ihren Flohmarktklamotten, die sie aus der Heimat mitgebracht oder nachts aus der Altkleidersammlung geklaut und notdürftig geflickt haben. Und die Italiener mit ihren Blumen, Nylonstrümpfen, Besen, Schuhen, bedruckten T-Shirts, Fußballfahnen und Azzurri-Schals. Alle lauern sie den Vorbeigehenden auf, packen sie manchmal sogar am Arm, laut und aufdringlich, lästig wie Fliegen, und später gehen sie ihre Stütze kassieren und demonstrieren wutgeladen unter den Fenstern der Regierungspaläste, «Wir wollen Arbeit! Wir wollen Arbeit!», als verdienten sie nicht genug mit ihrem Schwarzhandel, mit ihren Schreiner-, Klempner- oder Elektrikerjobs ohne Rechnung, ohne Beleg: «Seien Sie doch froh, Dottore, so sparen Sie Geld.»

Niemandsland.

Die hundert, tausend, zehntausend Anwälte und Anwältinnen mit ihren wehenden Mänteln oder Zwölf-Zentimeter-Absätzen, die ledernen Aktentaschen vollgestopft mit komplizierten Fallakten, treppauf, treppab hasten sie durch die Gerichtsgebäude in dem Versuch, eine Urteilsverkündung zu beschleunigen, die auf sich warten lässt und an der sie sich noch die Zähne ausbeißen werden. So viele Jahre an der Universität, unzählige Praktika, Kongresse, sinnlose Veröffentlichungen, Spezialisierungen und Zusatzdiplome für einen Fall mit Rechtsschutzversicherung und Hungerlohn: «Ich bin der Cousin von einem Ihrer Freunde, lieber Anwalt, können Sie mir mit Ihrem Honorar nicht entgegenkommen?»

Niemandsland.

Die Richter: misstrauisch und eingeschüchtert von dem undurchsichtigen Geflecht an Bekanntschaften, man kann schließlich nie wissen. Die Notare: besorgt wegen des stagnierenden Immobilienmarkts, des nicht mehr zu haltenden Lebensstandards, der von mächtigen Auftraggebern gewünschten nebulösen Vertragsabschlüsse. Die Unternehmer: terrorisiert von der drohenden Schließung ihrer Firmen, blutrünstig wie die Haifische auf der Suche nach Geld, um die Forderungen der Inkassobüros zu erfüllen. Die Wucherer: zunehmend unsicher, weil es immer mehr Nichtzahler werden, du kannst sie noch so sehr in die Zange nehmen oder ihnen die Knochen brechen, sie zahlen einfach nicht, die Schweine, und verstecken sich nicht mal mehr: «Mach mit mir, was du willst, es ist eh alles egal.» Sie sind am Ende. Die Geschäftemacher, die nicht existentes Geld von einem Land ins andere transferieren, von einem Fonds zum nächsten, von nichts zu gar nichts.

Niemandsland.

Allesamt ernüchtert, gebeugt von dem unsichtbaren

Kreuz, das sie zu tragen haben, erdrückt von einem namenlosen Schicksal, jeder in seinem privaten Niemandsland: zwei Millionen Inseln in einem riesigen Archipel ohne Brücken und Fähren. Alle unterwegs in der Stadt, bei dieser Kälte, die einen auf und ab hüpfen lässt, die Hände aneinanderreiben, die Ohren schützen und davon träumen, zu Hause geblieben zu sein, unter der warmen Bettdecke, geborgen vom Schlaf, der vor den verzweifelten Momenten im Wachzustand schützt.

Davon träumen, ins Bett zurückkehren zu dürfen, um wenigstens heute keinen Fuß in das Niemandsland setzen zu müssen.

Aragona unterbrach sein von Romano gelegentlich mit einem Brummen kommentiertes Nörgeln, wie viel erträglicher, weil nicht so feucht die Kälte bei ihm zu Hause sei, um auf das Schild der Schule zu zeigen.

Vom Hausmeister herbeigerufen, stieß Signora Macchiaroli im Foyer des Hauptgebäudes zu ihnen, wo sie sich neben eine altersschwache Elektroheizung gestellt hatten, die kaum sich selbst wärmen konnte. Vom Schulhof drang das Gejohle der Schüler zu ihnen, die im Sportunterricht gerade Volleyball spielten.

«Guten Morgen! Schön, dass Sie da sind. Ich muss ehrlich sagen, Ihr Engagement rührt mich. Ich war mir ziemlich sicher, meine Worte würden ohne jede Wirkung bleiben. Das widerlegt doch die landläufige Annahme, dass die Polizei kein Verantwortungsgefühl habe und, solange es sich nicht um einen Mordfall handelt, nicht einmal ans Telefon gehe. Beim Verlassen des Kommissariats war ich überzeugt, Sie würden mich für eine verrückte Alte mit fixen Ideen halten, für deren Belange man besser keine Energie vergeudet.»

Aragona trat unbehaglich von einem Bein aufs andere. Konnte die alte Hexe etwa Gedanken lesen?

«Und ich habe mir sogar ausgemalt, dass einer von Ihnen sagen würde: ‹Die einen ermitteln in einem doppelten Mordfall, und die anderen müssen sich den Phantasien einer alten Jungfer widmen.›»

Romano lief ein Schauer über den Rücken. Er beschloss, die Sache möglichst kurz abzuhandeln: Im schlimmsten Fall hatten sie ein bisschen gefroren.

«Würden Sie uns bitte erzählen, wie Sie zu Ihrem Verdacht gekommen sind, Signora? Haben Sie mit dem Mädchen gesprochen?»

Signora Macchiaroli verzog das Gesicht.

«So einfach ist das nicht, meine Herren. Wissen Sie, es passiert ziemlich oft, dass Jugendliche etwas erzählen und anschließend genau das Gegenteil behaupten. Wir Lehrer sind daran gewöhnt, ihre Aussagen nicht so ernst zu nehmen, vor allem bei bestimmten Themen. Etwas anderes ist es, wenn sie uns unfreiwillig etwas mitteilen. Dann kann man davon ausgehen, dass es sich nicht um einen Racheakt an Eltern oder Klassenkameraden handelt. Oder einfach um einen üblen Streich. Denn auch das gibt es.»

Aragona ließ seine Blicke umherschweifen, ohne zu verhehlen, dass er mit seiner Geduld am Ende war. Schließlich brach es aus ihm hervor:

«Und in dem Fall, von dem Sie uns erzählt haben: Gibt es da Beweise? Und wenn ja, können wir sie sehen?»

Die Lehrerin durchbohrte ihn mit ihrem Blick.

«Wie ich Ihnen bereits im Kommissariat erörtert habe, hätte ich Strafanzeige erstattet, wenn ich Beweise vorlegen könnte, und nicht bloß eine Meldung gemacht. Aber es ist meine eigene Schuld, ich bin eigentlich alt genug, um zu wissen, dass manche Dinge nur mühsam zu begreifen sind. Bitte, kommen Sie mit ins Lehrerzimmer.»

Während sie der Frau die Treppe hinauf folgten, raunzte Romano den Kollegen wütend an:

«Je weniger hier herumpolemisiert wird, desto eher sind wir wieder im Kommissariat. Musst du dich unbedingt wie ein Idiot benehmen? Du kannst einfach das Maul nicht halten, oder?»

Aragona dachte nicht daran, klein beizugeben.

«Wir verplempern hier nur unsere Zeit – das weißt du genauso gut wie ich. Die Frau hat nicht alle Tassen im Schrank, sie sieht Gespenster, und hässlich ist sie auch noch. Lass uns schnell machen und dann abhauen.»

Als hätte sie ihn gehört, blieb die Macchiaroli vor einer verschlossenen Tür stehen und sagte im Flüsterton:

«Natürlich können Sie auch gerne wieder gehen, wenn Sie zu der Ansicht gelangt sind, die Sache nicht vertiefen zu wollen. Dann würde ich mich allerdings fragen, warum Sie überhaupt hergekommen sind.»

Romano nickte.

«In der Tat. Also bitte: weiter im Text.»

Die Lehrerin drückte die Türklinke herunter und machte den Polizisten ein Zeichen, ihr zu folgen. Die Lehrerkollegen saßen an einem langen Konferenztisch, einige lasen Zeitung, andere korrigierten Hausaufgaben oder machten sich Notizen. Bei ihrem Eintreten hoben sie neugierig den Kopf. Doch Signora Macchiaroli hatte offenbar nicht die Absicht, ihre Begleiter vorzustellen. Aus einem Wandschrank entnahm sie ein paar längsgefaltete handbeschriebene Blätter, machte den beiden Polizisten erneut ein Zeichen und verließ den Raum. Romano und Aragona grüßten verlegen in die Runde, ohne weitere Beachtung zu finden, und folgten ihr.

Kaum standen sie draußen vor der Tür, sagte Signora Macchiaroli:

«Über solche Dinge spreche ich nicht mit den Kollegen. Vielleicht ist mein Verdacht ja völlig unbegründet, aber wenn sich meine Vermutungen als wahr herausstellen sollten, haben wir ein echtes Problem. Ich bringe Sie jetzt zur Schulleiterin, die ich heute Morgen vor meinem Besuch bei Ihnen informiert habe.»

Während sie sich durch die Scharen von Schülern auf den Fluren hindurchdrängelten, die von einem Klassenraum zum nächsten pilgerten, auf die Toilette oder zum Getränkeautomat gingen, dachte Romano, dass die Wahrscheinlichkeit, es mit einem echten Verbrechen und keiner spinnerten Idee zu tun zu haben, umso größer war, je mehr ein solcher Verdacht mit anderen geteilt wurde. Wenn die Macchiaroli mit ihrer Chefin darüber gesprochen und sie gemeinsam beschlossen hatten, sich an die Polizei zu wenden, war es angebracht, die Sache nicht zu unterschätzen.

Die Schulleiterin erhob sich von ihrem Schreibtischstuhl, um ihnen entgegenzukommen, und weckte damit schlagartig Aragonas Interesse an dem Fall. Sie war jung und attraktiv, mit langen braunen Haaren und wachen Augen. Ein knielanges Wollkleid betonte ihre schlanke Figur mit dem beachtlichen Busen und gab den Blick auf ihre wohlgeformten Beine frei.

In Aragonas Gesicht zeigte sich ein Lächeln, das Romano vorkam wie eine Potenzierung des üblichen grenzdebilen Ausdrucks seines Kollegen.

Die Frau begrüßte sie.

«Guten Tag, ich bin Tiziana Trani. Danke, dass Sie gekommen sind. Ich muss zugeben, wir hätten nicht damit gerechnet.»

Aragona streckte ihr die Hand hin und musterte sie mit

einem betont verführerischen Blick, der allerdings hinter den blau verspiegelten Sonnengläsern verborgen blieb.

«Ich bitte Sie, Dottoressa! Wir gehören nicht zu der Sorte Polizisten, die die Anliegen der Bürger nicht ernst nehmen. Uns war sofort klar, dass wir der Sache nachgehen und uns den Fall näher anschauen müssen. Ich bin Polizeioberwachtmeister Marco Aragona. Schön, Ihre Bekanntschaft zu machen.»

Romano traute seinen Ohren nicht. Dieser Schurke hatte überhaupt keine Hemmungen.

«Mein Name ist Romano. Wir wollen Ihnen nicht unnötig Ihre Zeit stehlen, Signora, wenn Sie uns daher kurz die Details der Angelegenheit darlegen würden.»

«Natürlich. Bitte, nehmen Sie Platz. Signora Macchiaroli wird Ihnen alles erzählen.»

Die Lehrerin legte die Blätter, die sie dem Wandschrank entnommen hatte, eines nach dem anderen auf den Schreibtisch und strich mit der Hand darüber. Es handelte sich offensichtlich um Klassenarbeiten; einige Passagen waren rot unterstrichen. Umständlich setzte sie sich die Brille, die sie an einer Kette um den Hals hängen hatte, auf die Nase.

«Das sind die drei Klassenarbeiten, die Martina Parise im laufenden Schuljahr geschrieben hat. Die Themen unterscheiden sich natürlich: Die erste Arbeit betrifft den Wechsel der Jahreszeiten in der Stadt, die zweite den Komplex ‹Immigration und Integration›. Und in der dritten Arbeit von vor ein paar Tagen geht es um die persönlichen Beziehungen der Schüler. Dieses letzte Thema habe ich absichtlich ausgewählt, um meinem Verdacht nachzugehen, der nach Lektüre der ersten beiden Arbeiten entstanden ist – in Absprache mit der Schulleiterin, versteht sich.»

Tiziana Trani nickte.

«In der Tat. Signora Macchiaroli ist bereits nach der ersten

Arbeit zu mir gekommen, aber wir wollten ganz sicher sein, bevor wir irgendwelche Schritte unternehmen. Bitte, lesen Sie.»

Romano nahm das erste Blatt, das die Lehrerin ihm reichte, registrierte beiläufig die runde, klare Handschrift und begann, den rot unterstrichenen Absatz zu lesen.

«... *insofern unterscheiden sich die verschiedenen Jahreszeiten in der Stadt kaum, abgesehen von Hitze und Kälte. Vor allem in den Wohnungen. Ich zum Beispiel möchte immer rausgehen, selbst wenn das Wetter schlecht ist, weil es bei mir zu Hause oft unerträglich ist. Besonders weil jedes Mal, wenn ich ins Bett gehen will, dort jemand wartet, der mich unbedingt küssen und liebkosen will, statt mich schlafen zu lassen.»*

Schweigend gab Romano das Blatt an Aragona weiter. Er fühlte sich unangenehm berührt, als wäre er aus Versehen in eine Damentoilette geraten.

«Na ja, viel besagt das nicht. Zumindest wird niemand namentlich erwähnt, und die Rede ist von Küssen und Liebkosungen ... ‹Jedes Mal, wenn ich ins Bett gehen will ...› Womöglich handelt es sich um den üblichen Gutenachtkuss ... Hinweise auf Gewalt oder Ähnliches fehlen. Scheint eher, als wäre das Mädchen genervt von zu viel Elternliebe.»

Die Macchiaroli reichte Romano das zweite Blatt.

«... *ich verstehe nicht, warum sich andere Kinder beschweren, wenn sie ins Internat müssen. Sie erkennen nicht, wie wertvoll das Alleinsein sein kann, der Abstand zu den Eltern. Ich wäre froh, wenn ich meinen Vater mit seinen Macken nicht mehr täglich ertragen müsste. Zum Beispiel diese nervige Angewohnheit, dass er sich immer neben mich legen muss, mit seinem keuchenden Atem. Im Internat würde ich sicher in einem Schlafsaal mit ganz vielen anderen Mädchen übernachten, und die Väter würden höchstens einmal im Monat zu Besuch kommen.»*

Diesmal unterließ Romano jeden Kommentar. Er reichte das Blatt an Aragona weiter, der mit einem Prusten sein Erstaunen kundtat.

Dottoressa Trani setzte zu einer Erklärung an.

«Nach dieser Klassenarbeit haben Signora Macchiaroli und ich den Fall noch einmal sehr ausführlich diskutiert. Aber wir waren immer noch der Ansicht, es wäre verfrüht, die Mutter zu kontaktieren. Wissen Sie, manchmal zerstört man nur wegen einer vagen Vermutung den Familienfrieden, und dieses Risiko wollten wir nicht eingehen. So war es doch, nicht wahr, Emilia?»

«Ja, genau. Wir Erzieher müssen uns stets der Verantwortung bewusst sein, die wir den Kindern gegenüber tragen. Wir haben überlegt, wie wir am besten vorgehen sollen, und uns dann wie gesagt dieses sehr spezifische Thema für die dritte Klassenarbeit ausgedacht. Vielleicht, so unsere Hoffnung, lag es nur an der mangelnden Übung im Schreiben, dass das Mädchen Dinge zu Papier brachte, die so und so verstanden werden konnten. Wir hatten gehofft, dieser dritte Aufsatz würde klarmachen, dass es sich um eine ganz normale Familie handelt und wir unseren Verdacht ad acta legen können.»

«Und, was ist dabei rausgekommen?», wollte Aragona wissen.

Statt ihm zu antworten, beugte die Lehrerin sich zum Schreibtisch vor und gab dem Blatt mit der dritten Arbeit einen kleinen Stups in Romanos Richtung. Sie hatte es nur mit einem Finger berührt, als wollte sie jeden näheren Kontakt vermeiden.

«… Ich verstehe das nicht. Er sieht doch, dass es mich anwidert, dass ich mich jedes Mal abwende, wenn er mir zu nahe kommt. Aber er macht es trotzdem. Er kann es einfach nicht lassen. Ich schließe die Augen und versuche, an was anderes zu denken. Ich stelle mir

vor, wie ich aus dem Fenster davonfliege, hinauf zu den Wolken hin, bis hoch in den Himmel. Am liebsten wäre ich tot, dann müsste ich wenigstens diese Hände nicht mehr auf meinem Körper spüren. Ja, am liebsten wäre ich tot.»

Romano begann, vor Wut zu zittern. Er spürte das Blut in seinen Ohren rauschen, während jenes wohlbekannte unangenehme Gefühl in ihm hochstieg, das seinen cholerischen Anfällen vorausging und seine Karriere und sein Privatleben zerstört hatte. Es war jedes Mal so, als würde in seinem Kopf eine fremde Macht das Ruder übernehmen. Nicht, dass er nicht mehr klar denken konnte, aber er schätzte die Dinge vollkommen anders ein: Auf einmal schien es normal, jede Vernunft fahren zu lassen und allein seinen nackten zerstörerischen Instinkten zu folgen.

Bemüht, nicht die Kontrolle zu verlieren, reichte er das Blatt an Aragona weiter, der es überflog und einen leisen Fluch ausstieß.

«Was für ein widerliches Schwein!»

Tiziana Trani hatte den Blick nicht von Romano gelöst, als ahnte sie, welcher Kampf in seinem Inneren tobte. Mit ihrer ruhigen Stimme sagte sie:

«Wir haben das Mädchen daraufhin in mein Büro gebeten. Abgesehen von dem möglichen Missbrauch hat uns natürlich die Äußerung von Selbstmordgedanken beschäftigt.»

Schwer atmend fragte Romano:

«Und was hat sie Ihnen erzählt?»

Signora Macchiaroli ergriff das Wort.

«Oh, die Kleine ist taff. Schweigsam, aber stark. Sie gehört zu den Anführern in ihrer Klasse, die aus lauter höheren Töchtern besteht, Kinder von Unternehmern, Anwälten und so weiter. Sie selbst stammt aus einer eher durchschnittlichen Familie, aber trotzdem ist sie eine, die den Ton angibt …»

Sie hielt inne und schaute zu ihrer Vorgesetzten, als wäre ihr bewusst geworden, dass es eigentlich an dieser war, solche Auskünfte zu erteilen.

Die Schulleiterin ließ sich nicht lange bitten.

«Wir haben Martina Parise um eine Erklärung gebeten. Ihre Antwort lautete, sie hätte diese Dinge ganz allgemein gemeint, sie wären ihr einfach so in den Sinn gekommen und völlig frei erfunden ... Allerdings war sie unsicher, man konnte sehen, dass sie die Andeutungen bereute und dass sie Angst hatte. Also haben wir ihr vorgeschlagen, mit ihrer Mutter zu sprechen, doch das wollte sie nicht. Ja, sie hat uns regelrecht angefleht, es nicht zu tun.»

Aragona empörte sich.

«Wie kann so etwas ‹frei erfunden› sein? Hier wird ganz eindeutig geschildert, wie sich jemand an ihr vergriffen hat. So was erfindet doch keiner! Nicht mit zwölf!»

Die Direktorin nickte.

«Das haben wir ihr auch gesagt, doch wie meine Kollegin schon sagte: Das Mädchen ist taff. Sie hat steif und fest behauptet, die Klassenarbeit aus der Perspektive einer anderen Person geschrieben zu haben, sozusagen eines anderen Ichs, das diesen Missbrauch erlebt. Sie hat wörtlich zu uns gesagt: ‹Meinetwegen geben Sie mir eine schlechte Note, aber bitte sprechen Sie mit niemandem darüber.› Wir haben trotzdem versucht, mit der Mutter zu reden, ganz behutsam, aber die Signora hat sofort das Telefonat beendet. Sie schien nichts davon wissen zu wollen.»

Romano fragte:

«Und dann?»

Emilia Macchiaroli nahm ihre Brille ab.

«Und dann bin ich damit zu Ihnen gegangen.»

8

Auf ein Zeichen von Lojacono zog Alex sich zurück, um die Kollegen im Kommissariat anzurufen. Die Informationen, die sie inzwischen hatten, reichten aus, damit Ottavia Calabrese ihre Recherchen in den polizeieigenen Datenbanken und im Internet starten konnte. Es war immer wieder erstaunlich, wie schnell auf diese Weise notwendige oder auch nur hilfreiche Informationen gefunden werden konnten, um ein Verhör auf effiziente Weise fortzusetzen.

Die Wartezeit überbrückte der Inspektor mit dem Versuch, mehr über die Opfer, ihre Nachbarn und den jungen Mann herauszufinden, der die Toten gefunden hatte.

Er begann mit Vinnie.

«Wie war Ihr Verhältnis zu Biagio und Grazia? Haben Sie Zeit zusammen verbracht, sich gegenseitig besucht, gemeinsame Bekannte gehabt?»

Der Angesprochene zuckte mit den Schultern.

«Eher nicht, würde ich sagen. Biagio war extrem zurückhaltend und verschlossen. Er ging nie aus und war entweder an der Uni oder hat zu Hause gebüffelt. Zumindest haben wir nie mitgekriegt, dass er etwas anderes gemacht hätte. Grazia ist oft ausgegangen, aber ich habe keine Ahnung, was sie so getrieben hat. Mehr als ein Ciao war da nicht zwischen uns. Und an gemeinsamen Bekannten hatten wir nur Renato.»

Lojacono drehte sich zu Forgione um, der allmählich wieder Farbe annahm, wenngleich er ständig zur Tür starrte, als erwartete er, jeden Moment seinen Kollegen mit eingeschlagenem Schädel dort auftauchen zu sehen. Der junge Mann kam seiner Frage zuvor.

«Wir kennen uns, weil diese Wohnung, also die beiden Wohneinheiten, mir gehören. Genauer gesagt, meiner Familie, das heißt, meinem Vater. Ich habe mich darum gekümmert, unter den Studenten von außerhalb Mieter zu finden.»

Vinnie stieß einen ironischen Lacher aus.

«‹Mieter› ist gut! Paco und ich zahlen Miete, und zwar nicht zu knapp, aber Biagio und Grazia wohl kaum. Stimmt doch, oder?»

Renato errötete.

«Biagio und ich haben zusammen den Vorbereitungskurs aufs Examen gemacht. Anfangs hat er noch im Studentenwohnheim gewohnt, und wir haben uns bei mir getroffen. Aber dann ist die Wohnung hier frei geworden, und ich habe sie ihm angeboten, auch weil seine Schwester zu ihm ziehen wollte und …»

Paco warf ein:

«Und das hat er teuer bezahlt!»

Sämtliche Anwesende zuckten zusammen. Bis dahin hatte der Schwarzgekleidete sich nicht besonders gesprächig gezeigt.

«Paco», warf Vinnie mit schriller Stimme ein. «Was sagst du da, bist du verrückt geworden?»

Lojacono wollte den jungen Mann nicht verunsichern, doch er wollte seine Bemerkung auch nicht einfach übergehen.

«Wie kommen Sie zu dieser Aussage?», fragte er möglichst beiläufig.

Der Angesprochene drehte sich zu seinem Freund um.

Vermutlich bereute er das Gesagte bereits, konnte aber auch nicht mehr zurück.

Mit leiser Stimme erwiderte er:

«Sie haben sie doch gesehen, da drinnen in ihrem Zimmer. Ganz bestimmt ging es bei dieser Sache nicht um den armen Biagio. *Ihretwegen* gab es diesen Streit gestern. Und dieser Typ, ihr Freund ... Einmal haben wir die beiden unten an der Haustür erwischt, wie sie sich geprügelt haben. Sagt nicht, dass ihr es nicht auch gedacht habt: Biagio wäre noch am Leben, wenn seine Schwester zu Hause in ihrem scheiß Kaff geblieben wäre.»

Renato und Vinnie schauten betreten zu Boden. Lojacono ließ einen Moment verstreichen, bevor er seine Frage an alle richtete:

«Wer ist der Freund des Mädchens? Kennt jemand seinen Namen?»

Renato hob langsam den Blick.

«Biagio hat nicht allzu viel von ihm erzählt. Er hat generell kaum über seine Familie gesprochen. Soweit ich weiß, heißt der Typ Nick und will Sänger werden. Er jobbt als Kellner in einem Pub, keine Ahnung, wo. Manchmal tritt er sogar irgendwo auf.»

Vinnie, der seinem aus dem Fenster starrenden Freund hin und wieder einen schrägen Blick zuwarf, ergänzte seine Informationen.

«Abgesehen von dem einen Mal, an das sich Paco so gut erinnert, haben wir ihn noch ein paarmal gesehen. Seltsamer Typ. Den ganzen Kopf voller Dreadlocks. Sah aber gut aus, echt sexy.»

Der letzte Satz war eindeutig für Paco bestimmt, als wollte er ihm eins auswischen. Doch der Schwarzgekleidete schien keinerlei Notiz davon zu nehmen.

Alex musste mit dem Handy das Haus verlassen, um genügend Netz zu haben. Kaum war sie unten auf der Straße, unterbrachen die beiden uniformierten Polizisten ihr Gespräch und bedachten sie mit feindseligen Blicken. Alex ließ sich nicht aus der Ruhe bringen. Allmählich hatte sie sich an solche Idioten gewöhnt, die Sklaven ihrer eigenen Vorurteile und Dummheit waren. Doch das war nicht der Grund für ihre Gelassenheit.

Dass Vinnie und Paco schwul waren, hatte sie gemerkt, noch bevor sie ihren Kleidungsstil und ihre Art, sich zu bewegen und zu reden, registriert hatte. Sie hatte die Spannung zwischen den beiden gespürt, das stille Einvernehmen, das jeweilige Bewusstsein der Präsenz des anderen. Plötzlich war Neid in ihr hochgekommen. Ein Gefühl, das sie immer häufiger an sich bemerkte. Der Frust, dass es ihr nicht gelang, sie selbst zu sein, dem Leben die Stirn zu bieten und frei heraus zu sagen, wer sie war und was sie empfand.

Denn auch Polizeioberwachtmeisterin Alex Di Nardo war homosexuell. Lesbisch, dachte sie, während sie die Nummer des Kommissariats wählte und auf die Verbindung wartete. Es heißt «lesbisch».

Sie war sich schon als junges Mädchen darüber klargeworden, damals im Internat. Es hatte nichts mit einer Phase zu tun oder einer zufälligen Begebenheit. Es war nicht aus Liebeskummer passiert, weil ein Junge sie verlassen hatte oder weil sie sexuell missbraucht worden war. Sie konnte nur höhnisch lachen, klammheimlich natürlich, wenn sie diese bigotten Schwätzer im Fernsehen von Homosexualität reden hörte, als wäre es eine Krankheit. Die Krankheit, ihre Krankheit, äußerte sich darin, dass sie nicht den Mut hatte, sich zu outen.

Auf der anderen Seite waren Lesben und Schwule, wie

dieser Schwachkopf von Stanzione gerade eindrucksvoll bewiesen hatte, noch immer weit davon entfernt, bei ihren Mitmenschen auf Verständnis zu stoßen. Immer wieder machten sich die Leute über sie lustig, stießen sich gegenseitig mit den Ellbogen an, zeigten sich unangenehm berührt. Und manch einer hielt eine lesbische Frau ganz unverhohlen für pervers, für gestört und widernatürlich. Für eine Frau, die sich wegen eines Lasters in der Sünde suhlen wollte und damit einen anständigen Familiennamen in den Schmutz zog.

So würde sich ihr Vater ausdrücken, wenn er davon erfahren sollte. Und er würde sich zurückziehen in sein schreckliches, endloses Schweigen, das manchmal Wochen und Monate andauern konnte. Wahrscheinlich würde er in einem solchen Fall bis in alle Ewigkeit schweigen oder sogar sterben vor Scham, der General. Dieser Mann ohne Fehl und Tadel. Der Soldat ohne Zweifel und Unsicherheiten, der von seinen Auslandseinsätzen mit Ehrenabzeichen dekoriert heimgekehrt war. Der zielsichere Schütze, dem sie sich nur annähern konnte, indem sie sich schon als kleines Mädchen für Waffen begeistert hatte. Ihr geliebter, bewunderter, in den Himmel gehobener, verhasster Vater.

Sein Gesicht hatte sie vor Augen, wenn sie sich ihrer Lust hingab und sich in ein heimliches erotisches Abenteuer stürzte, mit anderen jungen Frauen, die wie sie in privaten Clubs außerhalb der Stadt die Grenzüberschreitung suchten. Sein Gesicht sah sie vor sich, wenn sie den Wunsch verspürte, in die Welt hinauszuschreien, dass sie auf Frauen stand. Wenn sie sich bewusst wurde, dass sie nicht mal die Kraft besaß, sich auf eigene Füße zu stellen und die bedrückende Atmosphäre der dunklen, immer aufgeräumten elterlichen Wohnung zu verlassen, die wie eine Friedhofskapelle auf sie wirkte. Der Tempel einer allmächtigen und pensionierten

Gottheit, mit einer Ehefrau als Priesterin, die schweigend und willenlos die Riten zelebrierte.

Papas einziges Kind. Ein Mädchen und dann auch noch lesbisch.

Vielleicht schwieg ihre Mutter deshalb: weil sie sich schuldig fühlte, keinen Stammhalter auf die Welt gebracht zu haben, kein Abbild des Generals. Wenn du die Wahrheit kennen würdest, Mama, würde dich das vielleicht auf eine absurde Weise trösten: So ganz versagt hast du am Ende doch nicht.

Endlich ging Ottavia ans Telefon. Alex gab ihr alle Informationen zu den Opfern, deren Vater, den Nachbarn und dem jungen Mann, der die Leichen entdeckt hatte. Die Kollegin unterbrach sie nicht mit unnötigen Fragen, sondern machte sich eifrig Notizen. Ottavia war eine tolle Frau. Ganz und gar nicht ihr Typ, dazu war sie ihr zu hetero, zu mütterlich, romantisch und sensibel. Aber vielleicht konnten sie Freundinnen sein.

Die Kollegen aus diesem Auffangbecken, in das man sie nach ihrer kleinen Schießerei in ihrem ehemaligen Kommissariat geworfen hatte, waren längst nicht so übel wie erwartet. Die Gauner von Pizzofalcone, über die sich sämtliche Polizisten der Stadt das Maul zerrissen, die Aussätzigen sozusagen, waren immerhin noch in der Lage, ihren Job zu erledigen. Sie selbst eingeschlossen.

Klar hatten sie alle ihre Macken. Aber wer hatte die nicht? Romano mit seinen cholerischen Anfällen. Lojacono, dem in seiner sizilianischen Heimat vorgeworfen wurde, mit der Mafia zu kollaborieren. Aragona, lästig wie eine Fliege und mit einem begnadeten Talent gesegnet, sich das Maul zu verbrennen. Pisanelli mit seinen eingebildeten Selbstmorden. Und schließlich Ottavia mit ihrem Sohn, über den man kaum etwas wusste, abgesehen davon, dass sie seinetwegen hin und wieder alles stehen und liegen lassen und nach Hause eilen musste. Jeder von ihnen hatte ein größeres oder kleineres Kreuz zu tragen und endlos Buße zu leisten. Jeder trug seine eigene Last, und alle trugen daran ein bisschen mit.

Ottavia versprach ihr, sie anzurufen, sofern sie nicht schon zurück im Kommissariat sein würden. Alex sah praktisch vor sich, wie die Kollegin sich sofort im Internet auf Spurensuche nach den Personen machte, die sie ihr soeben genannt hatte, während Pisanelli sich ans Telefon hängen und Informationen von seinen zahlreichen Freunden und Bekannten aus dem Viertel zusammentragen würde. Die beiden verließen nur selten das Büro, aber sie arbeiteten genauso effizient wie ein ganzes Einsatzkommando.

Sie beendete das Gespräch und stellte fest, dass ihre Finger steif gefroren waren, sie fühlten sich taub an. Das Handy glitt ihr aus der Hand und fiel zu Boden. Sie bückte sich, um es aufzuheben, aber jemand anders war schneller als sie.

Sie hob den Kopf und schaute direkt in ein Paar leuchtender Augen, die die Farbe von Kirschholz hatten.

«Ciao, Di Nardo.»

Die leise klangvolle Stimme gehörte zu Rosaria Martone, Leiterin des Kriminaltechnischen Instituts.

Die Frau, in die Alex sich verliebt hatte.

9

Romano brach das Schweigen und sagte zähneknirschend:

«Sie haben gut daran getan, uns zu rufen.»

Nachdem er die rot unterstrichenen Textstellen aus Martina Parises Aufsätzen gelesen hatte, verspürte er ein starkes Schuldgefühl. Er hatte der Geschichte keinen Glauben geschenkt, als er sie im Kommissariat zum ersten Mal hörte, als Palma ihn bat, sie zu überprüfen, und selbst dann nicht, als die Macchiaroli ihn und Aragona wie zwei undisziplinierte Pennäler durch die Schulkorridore zur Schulleiterin geführt hatte.

Nun war er der Ansicht, dass die beiden Frauen eher zu vorsichtig gewesen waren, dass sie besser schon früher hätten eingreifen sollen. Und er verspürte großes Mitleid mit dem Mädchen. Wie schwer musste es für sie sein, den eigenen Vater anzuklagen, und wie viel Angst hatte sie vermutlich vor dessen Reaktion? Er merkte, wie in ihm die dunkle Wut gegenüber demjenigen anwuchs, der es gewagt hatte, sich an seinem eigenen Kind zu vergreifen.

Auch Aragona bebte vor Zorn. Er hatte längst vergessen, dass er die Angelegenheit als Zeitverschwendung betrachtet hatte. Ganz zu schweigen von der Auseinandersetzung mit Palma. Inzwischen war er voll und ganz darauf bedacht, sich als unermüdlichen Hüter des Gesetzes darzustellen und möglichst viel Eindruck bei der Schulleiterin mit den schönen

Beinen zu schinden, die leider hinter dem Schreibtisch verborgen waren.

Mit der für ihn typischen Geste, die er einem Fernseh-Cop abgeschaut hatte, nahm er seine blau verspiegelte Sonnenbrille ab und deutete mit dem Bügel auf die Direktorin.

«Wäre es an dem Punkt nicht tatsächlich angebracht, ein ernstes Wort mit der Mutter zu sprechen? Klar, man sollte nicht unnötig Porzellan zerschlagen und so weiter, aber was hier steht, scheint mir doch ziemlich eindeutig zu sein.»

Tiziana Trani war anderer Ansicht.

«Keine Frage, das sehen wir auch so. Aber wenn das Mädchen nicht hinter dem steht, was es geschrieben hat, wenn es weiterhin behauptet, es sei alles erfunden, was können wir dann tun? Wir sind Erzieherinnen, wir müssen uns um die Ausbildung unserer Schüler kümmern, nicht das kontrollieren, was in den Familien vor sich geht. Wir haben es hier mit einer echten Gewissensfrage zu tun, daher dachten wir, wir wenden uns besser an die Experten.»

Bei dem Wort «Experten» nahm Aragona auf seinem Stuhl Haltung an und senkte seine Stimme um eine ganze Oktave.

«Das haben Sie sehr richtig gemacht. Ich denke, wir sollten uns das Mädchen noch einmal vornehmen.»

Die Schulleiterin schenkte ihm ein dankbares Lächeln.

«Wir hatten gehofft, dass Sie das sagen würden. Aber ich würde Martina lieber nicht verraten, wer Sie in Wirklichkeit sind, sonst zieht sie sich sofort in ihr Schneckenhaus zurück, und wir werden nicht ein vernünftiges Wort aus ihr herausbringen. Wir könnten Sie als zwei Kollegen vom Schulamt vorstellen, die von ihren Texten erfahren haben und sie kennenlernen wollten.»

Romano war bass erstaunt. Am liebsten hätte er Aragona den Hals umgedreht.

«Ich bezweifle, dass das eine gute Idee ist. Meines Erachtens werden hier Leute gebraucht, die darauf spezialisiert sind, solche Gespräche mit Jugendlichen zu führen. Lassen Sie uns lieber das Jugendamt informieren und den Fall in die Hände einer Psychologin legen. Wir sind nicht dazu ausgebildet, um …»

Nach einem besorgten Blickwechsel mit ihrer Kollegin fiel ihm Tiziana Trani ins Wort.

«Nein, nein, bitte nicht! Wir haben bereits unsere Erfahrungen gemacht in anderen … sagen wir pathologischen Fällen, und das Ergebnis war alles andere als erfreulich. Die Jugendlichen haben absolut dichtgemacht, und die sogenannten Spezialisten sind zu keinerlei Erkenntnissen gekommen. Also ist alles beim Alten geblieben, und am Ende ging es den Kindern noch schlechter als vorher. Wenn Sie nicht die Absicht haben, die Angelegenheit weiterhin mit abgedunkelten Scheinwerfern zu verfolgen, um es mal so auszudrücken, danken wir Ihnen für Ihr Kommen und würden es vorziehen, die letzte Aussage von Martina Parise für bare Münze zu nehmen, sprich: davon auszugehen, dass sie alles nur erfunden hat.»

Aragona hüstelte und warf Romano einen verstohlenen Blick zu.

«Ich finde, wir sollten es versuchen. Wir schauen uns das Mädchen an und entscheiden dann, ob wir die Mutter hinzuziehen. Nach der Lektüre dieser Seiten gar nichts zu unternehmen, kommt einfach nicht in Frage.»

Romano fühlte sich in die Enge getrieben und sagte nach kurzem Zögern:

«Na gut, dann treffen wir sie eben. Trotzdem bleibe ich dabei, dass der Fall in professionellen Händen besser aufgehoben wäre.»

Erleichtert erhob sich Tiziana Trani von ihrem Stuhl.

«Es dauert sicher nur ein paar Minuten. Wir müssen bloß den richtigen Dreh finden, um die Wahrheit aus ihr rauszuholen. Vielleicht hat sie ja wirklich alles erfunden. Emilia, könntest du sie bitte herbringen?»

Sobald die Lehrerin den Raum verlassen hatte, erstarb das Gespräch. Romano fühlte sich unwohl: Aus seiner Sicht war die Situation aus dem Ruder gelaufen. Er war niemand, der sich streng an die Regeln hielt, aber in diesem Fall hätte er das lieber getan. Andererseits konnte er nicht zulassen, dass das Mädchen weiterhin hilflos dieser unerträglichen Situation ausgesetzt war – wenn es denn so war. Aragona war überzeugt, dass es sich tatsächlich um sexuellen Missbrauch handelte, und sein romantisch verklärtes Bild von einem heldenhaften Polizisten verlangte von ihm, dass sie den Fall lösten, ohne einen nutzlosen Bürokraten einzuschalten, dem der Täter wegen einer banalen Formalität durch die Lappen ging.

Nach nicht einmal fünf Minuten war ein leises Klopfen an der Tür zu hören. Signora Macchiaroli betrat den Raum. Hinter ihr Martina Parise.

Das Mädchen war schlank und grazil, durchschnittlich groß für ihr Alter und vergleichsweise elegant gekleidet; Aragona mit seinem geschulten Auge erkannte sofort die teure Marke von Pullover und Jeans. Martina hatte ebenmäßige Gesichtszüge und glattes kastanienbraunes Haar, das ihr auf die Schultern fiel. Sie schien nicht überrascht, die beiden Männer im Büro der Schulleiterin zu sehen. Für einen kurzen Moment kniff sie die großen haselnussfarbenen Augen zusammen und biss sich auf die Unterlippe, doch dann wurde ihre Miene schnell wieder ausdruckslos.

Die Schulleiterin ergriff das Wort.

«Guten Morgen, Martina. Wir haben nach dir rufen lassen, weil die beiden Herrschaften hier deine Arbeiten gelesen haben und dir ein paar Fragen stellen möchten. Du musst wissen, sie arbeiten in einer Art … Kontrollinstanz, und hin und wieder lesen sie, was unsere besten Schüler so schreiben.»

Romano griff die Steilvorlage auf.

«So ist es, Martina. Kompliment, du bist wirklich gut, deine Aufsätze sind echt klasse. Hör mal, der Teil, der deine Familie betrifft, die Situation, in der du …»

Das Mädchen unterbrach ihn mit Bestimmtheit.

«Ich habe die Figur, die die Geschichte erzählt, bloß erfunden. Das habe ich auch meiner Lehrerin und der Schulleiterin schon erklärt. Das ist nicht meine Familie.»

Ihr Tonfall ließ keinen Widerspruch zu. Prompt verhaspelte sich Romano, der wenig Erfahrung im Umgang mit Jugendlichen hatte.

«Wir … Also, uns geht es vor allem darum, dass … Nun, wir …»

Aragona kam ihm überraschend zu Hilfe.

«Exakt darüber wollten wir mit dir sprechen. Denn deine Erzählerfigur, also dieses Mädchen, das du erfunden hast, ist sehr interessant, sie gefällt uns als Charakter. Glaubst du, wir könnten sie als Heldin für eine Fernsehserie vorschlagen? Was meinst du?»

Überrascht starrten die Anwesenden den jungen Polizisten an. Romano unterdrückte gerade so einen Ausruf der Verwunderung. Martina biss sich erneut auf die Unterlippe, doch ihre Neugier war geweckt.

«Für eine Fernsehserie? Wirklich?»

Aragona nickte und führte seine Sonnenbrillen-Nummer vor. Nicht mal vor einer Zwölfjährigen konnte er seine Mätzchen unterlassen.

«Klar. Sie ist authentisch, hat einen tiefgründigen Charakter und verrät dem Leser eine Menge über die Probleme der Jugend von heute. Interessant ist zum Beispiel – und darauf hat sich auch mein Kollege eben bezogen –, was da in ihrer Familie los ist. Hast du Lust, uns mehr darüber zu erzählen?»

Martina warf einen flüchtigen Blick auf ihre Lehrerin, die ihr aufmunternd zunickte.

«Sie … Sie ist ein Mädchen in meinem Alter, das auf eine Schule wie diese hier geht. Es würde ihr gut gehen, sie wäre glücklich, wenn nicht … Also …»

Aragona, der ganz in seiner Rolle als Schauspielcoach à la Stanislawski aufging, hakte nach.

«Sei ganz präzise: Wenn nicht …? Weißt du, im Fernsehen ist der Konflikt das Wichtigste, diesen Punkt darf man nicht vernachlässigen. Also, was fehlt ihr, dass sie nicht glücklich ist?»

«Ihr fehlt … der Vater. Oder vielmehr, er fehlt ihr nicht, sie hat einen Vater. Leider. Denn der Vater ist das Problem. Der Vater ist ein schrecklicher Mensch.»

Romano versuchte, das Konzept weiterzuverfolgen.

«Du meinst, er mag dich … sie nicht?»

Martina drehte sich zu ihm um. Ihre Pupillen waren geweitet.

«Doch, er mag sie. Er mag sie sogar zu sehr, um genau zu sein.»

«Was heißt das – zu sehr?»

In Martinas Augen standen Tränen. Ihre Stimme wurde so leise, dass Romano sich anstrengen musste, sie zu verstehen.

«Er kommt zu ihr, nachts. Er streichelt sie, aber nicht so, wie ein Vater es mit seiner Tochter tun sollte. Er fasst sie an. Und manchmal will er auch, dass sie ihn anfasst.»

Auf Romano wirkte sie in diesem Moment noch jünger, als

sie tatsächlich war. Nach einer längeren Schweigepause sagte Aragona:

«Möchte sie, dass ihr jemand hilft? Dass zum Beispiel ein Held kommt und sie aus dieser ... dieser Situation befreit?»

Martina murmelte:

«Ja. Das möchte sie unbedingt.»

Romano nickte. Er wechselte einen Blick des Einvernehmens mit der Schulleiterin, die dem Mädchen zulächelte.

«In Ordnung, Martina. Danke dir. Du kannst jetzt in deine Klasse zurückgehen, Signora Macchiaroli wird dich begleiten.»

Als sie allein waren, sagte Aragona:

«Ich denke, damit ist die Sache ziemlich klar. Wie gehen wir weiter vor?»

Nachdenklich starrte Romano ins Leere. Schließlich blickte er auf und sagte an die Schulleiterin gewandt:

«Wir reden mit der Mutter.»

10

Fasziniert verfolgte Alex das Schauspiel der Kriminaltechniker, die in der Wohnung der beiden ermordeten Geschwister agierten wie auf einer Bühne. Die Art und Weise, wie sie sich um die Leichname herumbewegten, erinnerte an ein Ballett, an einen Totentanz. Eine Choreographie, bei der die Tänzer vorherbestimmten Bahnen folgten, ohne sich je zu berühren.

Die Leiterin des Erkennungsdienstes nicht mit eingeschlossen waren sie zu sechst: drei Mitarbeiter aus der Abteilung von Rosaria Martone und drei von der Rechtsmedizin, die für die Leichenschau und die Sicherung der Spuren für die Laboranalyse zuständig waren. Alle waren sie in weiße Overalls gekleidet, schweigsam, konzentriert und geübt darin, sich zu bewegen, ohne irgendetwas zu berühren.

Neben Alex tauchte Lojacono auf. Auch er folgte mit den Augen dem stummen Ballett der Kriminaltechniker.

«Ich habe den drei Jungs drüben gesagt, sie sollen sich nicht von der Stelle rühren. Der mit der Tunika hat prompt Ärger gemacht und gesagt, er muss zu einem Seminar an der Uni. Ein ziemlich energischer Typ, wenn du mich fragst.»

«Sehr energisch. Und eifersüchtig noch dazu. Keine Ahnung, ob dir das auch aufgefallen ist ...»

«Doch, doch. Aber mehr auf das Mädchen als auf den Jungen. Seltsame Dynamik.»

«Was soll das heißen? Wenn einer eifersüchtig ist, ist er eifersüchtig. Männlein oder Weiblein, was macht das für einen Unterschied?»

«Keinen, natürlich. Ich wollte damit nur sagen, dass bei dem Pärchen auch nicht alles eitel Sonnenschein ist, mehr nicht. Dass sie wie zwei Katzen sind, die einen Buckel machen. Das hatte keinen tieferen Sinn.»

Alex zog es vor, das Thema zu wechseln.

«Ich habe noch mal über die Türen nachgedacht. Die Haupttür zu dieser Wohnungseinheit war zu; Forgione hat gesagt, dass er klingeln musste, um reinzukommen. Während die Tür zur Wohnung der Toten nur angelehnt war. Also gab es – zumindest theoretisch – nur einen Zugang über die Wohnung von Vinnie und Paco.»

«Vielleicht ist ja jemand rausgegangen und hat nur die Haupttür hinter sich zugezogen. Tatsache ist, es gibt nirgendwo Anzeichen für einen Einbruch. Der Mörder besaß also einen Schlüssel. Oder ihm wurde die Tür aufgemacht.»

Die Stimme von Rosaria Martone direkt hinter ihnen ließ sie hochfahren.

«Bravo, Ispettore, jetzt nehmen Sie uns auch noch die Arbeit ab!»

Lojacono drehte sich um.

«Dottoressa, welch eine Ehre: Die Chefin vom KTI bemüht sich wegen eines so unbedeutenden Kommissariats wie dem von Pizzofalcone höchstpersönlich an den Tatort.»

Die Frau lächelte ihm zu.

«Bei allem Respekt, aber das liegt weniger an euch als an den beiden Opfern hier. Ein Doppelmord ist selbst in einer Stadt wie dieser keine Alltäglichkeit. Aber sagen wir, ich habe das Angenehme mit dem Nützlichen verbunden.»

Den letzten Satz hatte sie mit Blick auf Alex gesagt, die sich errötend zu dem Zimmer umgewandt hatte, in dem die junge Tote auf dem Bett lag.

«Sie wurde vergewaltigt, oder? Vielleicht hat sie ja versucht, sich zu wehren.»

Rosaria Martone folgte mit den Augen dem Blick von Alex, und der ironische Ausdruck auf ihrem sonnengebräunten Gesicht verschwand.

«Vielleicht ja, vielleicht nein, wir wissen es noch nicht. Im Sommer, wenn alle nur leichte Kleidung tragen, sieht man sofort, ob eine Vergewaltigung stattgefunden hat, aber bei dieser Kälte mit den dicken Klamotten ist es schwieriger. Klar, die zerrissene Bluse und die Haltung der Beine lassen auf eine Vergewaltigung schließen, aber trotzdem ... Wie ihr wisst, gibt es Situationen, die eindeutig erscheinen, und doch ist die Wirklichkeit ganz anders. Es gibt auch Perverse, die sich post mortem an ihren Opfern vergnügen.»

«Also müssen wir auf die Ergebnisse der Obduktion warten?»

«Nein, Ispettore, nicht unbedingt. Sehen Sie dieses Gerät da, diese Lichtquelle? Das Ding nennt sich ‹CrimeScope›. Es strahlt Licht auf verschiedenen Wellenlängen aus, wodurch wir Fingerabdrücke, Fasern, Haare und biologische Substanzen wie zum Beispiel Sperma sofort erkennen können.»

«Und die Kleidungsstücke? Werden sie im Labor noch mal gesondert untersucht?»

«Ja, aber erst mal beenden wir unsere Analyse hier, mit Hilfe von Durchlichtfotografie und Direktpositiv-Verfahren. Das kann aber nicht mehr lange dauern, und der Kollege hat auch schon festgestellt, dass keine Samenflüssigkeit vorhanden ist. Die Klamotten können also tatsächlich gleich ins Labor.»

Alex wollte nicht von ihrer Theorie ablassen, dass das Mädchen sich gewehrt hatte.

«Aber vielleicht hat sie ihn gekratzt – das kann doch sein, oder? Vielleicht sind Spuren unter ihren Fingernägeln zu finden, oder ...»

Rosaria lächelte, und ihre Stimme wurde noch dunkler.

«Könnte schon sein. Zumindest wenn es ohne Einwilligung geschah. Manche Frauen behaupten ja auch einfach nur, vergewaltigt worden zu sein. Und manche Männer werden schnell mal übergriffig. Wir müssen auf jeden Fall den genauen Ablauf der beiden Morde rekonstruieren.»

Lojacono war ganz ihrer Meinung.

«Ja, unbedingt. Aber wenn sie noch ihre Jacke anhatte, dann war sie vielleicht gerade erst nach Hause gekommen oder wollte weggehen ...»

Alex führte seine Überlegungen fort.

«Die Tatsache, dass der Bruder in dem einen Zimmer am Schreibtisch saß und die Schwester in dem anderen auf dem Bett lag, sagt uns, dass der erste Mord stattgefunden hat, ohne dass das zweite Opfer davon etwas bemerkt hat oder dabei war. Ganz sicher haben sie sich nicht gegenseitig getötet.»

Rosaria fuhr sich mit dem Handrücken über die Wange.

«Auf jeden Fall war sie eine echte Schönheit. Schauen Sie sich diesen Körper an – perfekt! Auch auf dem Foto an der Wand: Was für ein wunderbares Lächeln! Eine solche Figur und ein solches Gesicht können einen völlig verrückt machen; nicht wenige Morde passieren aus sehr viel banaleren Gründen. Wenn ich Sie wäre, würde ich mich unter ihren Verehrern umsehen, davon gibt's bestimmt jede Menge.»

«Das werden wir, Dottoressa. Und jeder Ratschlag ist uns absolut willkommen, vor allem wenn er von einer Koryphäe wie Ihnen kommt.»

Verblüfft drehte Lojacono sich zu Alex um. Normalerweise

war sie extrem zurückhaltend und antwortete nur, wenn sie gefragt wurde. Diese Art von Ironie war so gar nicht ihr Stil.

Rosaria Martone schien nicht besonders beeindruckt. Im Gegenteil, sie setzte noch eins obendrauf.

«Haben wir uns nicht geduzt, Di Nardo? Unter Frauen – und unter Polizisten – sind wir doch sonst nicht so formell.»

Alex errötete erneut und sagte dann unvermittelt, als würde ihr das gerade wieder einfallen:

«Übrigens, Lojacono und ich haben vorhin unter der Konsole im Flur ein Handy oder einen Walkman liegen sehen, so ein Teil mit Kopfhörern. Habt ihr das zufällig schon entdeckt?»

«Ich frage mal nach.»

Kurz darauf kehrte Rosaria Martone mit einer durchsichtigen Plastiktüte und einem Gegenstand darin zurück.

«Meintest du das hier? Hübsch, nicht?»

Es war tatsächlich ein Handy, mit einem kaputten Display. Aus der rosafarbenen Schutzhülle, die in zwei langen Hasenohren auslief, ragte ein Kabel mit Kopfhörern.

11

Die Schulleiterin hatte Martinas Mutter noch immer nicht erreichen können.

Während sie warteten, informierte Signora Macchiaroli Romano und Aragona mit der ihr üblichen Weitschweifigkeit über die Familienverhältnisse.

«Die Familie ist sicher nicht reich, aber arm sind sie auch nicht. Ich würde sagen, eine ganz normale gutbürgerliche Familie, denen es vielleicht sogar mal richtig gut gegangen ist. Das ist schon verrückt: Vor der Krise konnte eine Familie von einem Angestelltengehalt noch anständig leben. Heutzutage reichen nicht mal zwei Gehälter bei drei Personen bis zum Monatsende aus. Dabei sollten die mit einem festen Einkommen ja noch privilegiert sein, wo man jetzt auf dem freien Markt sowieso keine Jobs mehr bekommt, finden Sie nicht?»

Gleich rastet Aragona aus, dachte Romano.

Und tatsächlich:

«Wie recht Sie haben, Frau Lehrerin. Aber die kleine BWL-Stunde sparen wir uns fürs nächste Mal auf, ja? Sagen Sie mir lieber, was der Vater der Kleinen beruflich macht.»

«Das wollte ich Ihnen gerade darlegen, Herr Polizeiwachtmeister», antwortete sie pikiert. «Er arbeitet bei einer Bank hier im Zentrum. Ein einfacher Angestellter. Ich weiß noch, dass die Mutter mir bei einem Elterngespräch einmal gesagt hat, ihr Mann habe sie nicht begleiten können, weil der Bankdirektor ihm nicht frei gegeben habe.»

«Und die Mutter?», wollte Romano wissen.

«Sie arbeitet in einer Boutique, in der Oberstadt. Ebenfalls während eines der Elterngespräche hat sie mir erzählt, dass sie gezwungen sei, dieser Arbeit nachzugehen, weil die Wohnungsmiete fast das ganze Gehalt ihres Mannes auffresse. Eigentlich habe sie ein Diplom als Handelssekretärin und sei im Vertrieb tätig gewesen.»

Aragona lachte höhnisch auf.

«So viel Brimborium, nur um zu sagen, dass die gute Dame Verkäuferin in einem Klamottenladen ist! Aber interessant zu wissen, dass man in Elterngesprächen über persönlichen Kram redet statt über die schulischen Leistungen der Kinder. Kein Wunder, dass da immer so viele Autos vor den Schulen parken und den Verkehr lahmlegen.»

Als hätte er Aragonas Sticheleien nicht mitbekommen, wandte Romano sich erneut an Martinas Lehrerin.

«Wir brauchen die Anschriften von der Bank und der Boutique, außerdem natürlich die von der Familie selbst. Wir schauen uns alles mal ganz in Ruhe an, und falls uns etwas seltsam erscheint, melden wir uns.»

Die Schulleiterin wedelte enttäuscht mit dem Telefonhörer.

«Tut mir leid, aber die Signora geht einfach nicht ans Telefon. Vielleicht ist sie gerade zu beschäftigt. Emilia, gib den Herrschaften bitte alle Informationen, die sie brauchen. Jetzt haben wir die Sache so weit vorangetrieben, dass wir nicht mehr zurückkönnen.»

Um zu dem Laden zu kommen, in dem Martinas Mutter arbeitete, nahmen Romano und Aragona die Funicolare. Vielleicht wäre es bequemer gewesen, zum Kommissariat zurückzukehren und einen Streifenwagen zu holen, aber beide hatten sie keine große Lust, Palma in die Arme zu laufen. Sie hätten zugeben müssen, dass er recht gehabt hatte, dass es sinnvoll war, der Sache nachzugehen, und sie sich getäuscht hatten.

Abgesehen davon war Romano noch nicht ganz überzeugt von ihrem Plan. Während sie inmitten einer Horde von Büroangestellten in dem ruckelnden Waggon ihr Gleichgewicht auszubalancieren versuchten, äußerte er seine Zweifel.

«Wir gehen jetzt also da hin und sagen: ‹Liebe Signora, wenn Sie nachts in Ihrem Bettchen liegen, passiert das und das›, und sie guckt uns an und fragt: ‹Entschuldigen Sie mal, wer sind Sie eigentlich? Woher wollen Sie das wissen? Wer hat Ihnen das erzählt? Was erlauben Sie sich? Und wenn ich Sie anzeige?›»

Aragona versuchte, sich unter der Achselhöhle einer stark übergewichtigen Frau wegzuducken, die sich am Handlauf festhielt und trotz der eisigen Kälte entsetzlich schwitzte. Mit angewidertem Gesichtsausdruck entgegnete er:

«Was würdest du denn vorschlagen? Dass wir ins Kommissariat zurückgehen und sagen: ‹Hallo, Chef, ruf mal das Jugendamt an, damit die in ein paar Monaten, wenn sie mit ihrer Pokerpartie fertig sind, einen von diesen Fünfhundert-Euro-Docs für einen Psychotalk zu dem Mädel schicken? Und währenddessen treibt das Schwein von Vater weiter seine Spielchen?»

Er hatte mit normaler Lautstärke gesprochen, was die Dicke neben ihm dazu veranlasste, sich interessiert in die Diskussion einzumischen.

«Um Gottes willen, was für Spielchen treibt dieser Vater denn mit seiner Tochter?»

Aragona bedachte sie mit einem finsteren Blick. Eingezwängt, wie er war, erwiderte er mit gepresster Stimme:

«Signora, das ist Sache der Polizei und geht Sie nichts an. Kehren Sie lieber vor Ihrer eigenen Haustür und passen Sie auf, dass Sie uns mit Ihrem Gestank nicht alle umbringen. Am besten nehmen Sie einfach den Arm runter. Mit Ihrer Statur kann man in dieser Sardinenbüchse sowieso nicht umfallen.»

Romano schüttelte resigniert den Kopf.

Die Boutique war ein Designerladen mit vier Schaufenstern, die auf die Hauptstraße hinausgingen. Trotz der zweifellos horrenden Preise konnten Romano und Aragona im Innenraum des Geschäfts mindestens zehn Kundinnen ausmachen, dazu vier Verkäuferinnen und einen Herrn, der vermutlich der Besitzer war.

Sie beschlossen zu warten, bis etwas weniger los war. Doch nach zehn Minuten hatte noch immer niemand das Geschäft verlassen. Sie vereinbarten, dass nur Aragona hineingehen sollte, um nicht zu viel Aufsehen zu erregen, während Romano in einem Café an der Straßenecke auf ihn warten würde. Die paar Minuten in der Kälte hatten genügt, die beiden Polizisten in Eiszapfen zu verwandeln.

In der Boutique war es im Gegensatz zu draußen regelrecht heiß. Wahrscheinlich harrten die Damen deswegen so lange in dem Laden aus, dachte Aragona. Er musterte die vier Verkäuferinnen, um herauszufinden, welche von ihnen Martinas Mutter war. Sein Blick blieb an einer zierlichen Brünetten mit großen dunklen Augen hängen, in der er eine gewisse Ähnlichkeit mit dem Mädchen zu sehen meinte.

Als sie mit ihrer Kundin fertig war, fragte er:

«Sind Sie Signora Parise?»

«Nein, leider nicht. Kann ich Ihnen vielleicht anders weiterhelfen?»

Geschmeichelt von so viel Zuwendung, nahm Aragona seine Sonnenbrille ab.

«Irgendeine Möglichkeit finden wir bestimmt, wie Sie mir weiterhelfen können ... Aber ich muss trotzdem dringend mit der Signora sprechen. Können Sie mir sagen, wer sie ist?»

Die Verkäuferin zog eine kleine Grimasse, als wäre sie fürchterlich enttäuscht.

«Wenn's sein muss ... Antonella! Der Herr hier möchte mit dir reden.»

Verwundert drehte die Angesprochene sich um. Sie hatte wenig Ähnlichkeit mit der eigenen Tochter: Ihr rotes Haar war zu einem Pferdeschwanz gebunden, sie hatte grüne Augen und eine phantastische Figur, die von einem rostbraunen Kleid umhüllt wurde. Sie schien nicht viel älter als fünfundzwanzig. Mit angespannter Miene trat sie auf Aragona zu.

«Was kann ich für Sie tun?»

«Ich muss mit Ihnen reden, aber die Sache ist etwas heikel. Könnten wir fünf Minuten rausgehen?»

«Ich ... ich bediene hier gerade ...»

Aragona unterbrach sie.

«Es geht um Martina.»

Antonella Parise starrte ihn an. Ihr Gesichtsausdruck war unergründlich. Aragona meinte, Besorgnis, aber auch Schmerz und Trauer in ihm zu lesen. Es war der Blick einer Mutter, die litt.

«Warten Sie draußen auf mich.»

Sie bat eine Kollegin, sich weiter um ihre Kundin zu kümmern, und wandte sich an den Herrn hinter der Kasse, einen eleganten Fünfzigjährigen, dem sie etwas ins Ohr flüsterte. Sofort verfinsterte sich der Blick des Mannes. Schließlich nickte er ihr unwirsch zu, und sie holte ihren Mantel und schlüpfte zur Ladentür hinaus.

Romano wartete an einem kleinen Tisch im hinteren Teil des Cafés. Als er Aragona mit Martinas Mutter kommen sah, stand er auf und reichte ihr die Hand.

«Guten Morgen, Signora. Mein Name ist Francesco Romano, und das hier ist mein Kollege Marco Aragona – falls er sich Ihnen noch nicht vorgestellt haben sollte. Bitte, setzen Sie sich. Kann ich Ihnen etwas zu trinken bestellen?»

Mit steifer Haltung nahm die Signora Platz.

«Einen Espresso, bitte. Darf man erfahren, was Sie von mir wollen?»

In ihrer Stimme schwang kaum Besorgnis mit. Auch Romano stellte fest, dass sie nur wenig Ähnlichkeit mit ihrer Tochter hatte. Er beschloss, für eine möglichst angenehme Gesprächssituation zu sorgen.

«Wir haben heute Ihre Tochter Martina kennengelernt, in der Schule. So jung, wie Sie aussehen, kann man kaum glauben, dass Sie ihre Mutter sind.»

So etwas wie Angst blitzte in den Augen der Frau auf. Angestrengt lächelnd fuhr sie sich mit ihren schlanken Fingern durchs Haar.

«Ich … ich war sehr jung, als sie geboren wurde. Gerade mal siebzehn. Inzwischen bin ich neunundzwanzig.»

«Kompliment, Sie sehen viel jünger aus.»

Der Kellner kam mit dem Kaffee.

«Bitte, spannen Sie mich nicht auf die Folter: Hat Martina was angestellt? Hat sie was erzählt?»

Romano nutzte die Steilvorlage.

«Wieso, was hätte Ihre Tochter denn anstellen oder erzählen sollen?»

Signora Parise machte Anstalten, sich zu erheben.

«Wenn Sie mir nicht sofort sagen, wer Sie sind, beende ich das Gespräch.»

Die beiden Polizisten wechselten einen unschlüssigen Blick. Schließlich sagte Romano:

«Signora, bitte beruhigen Sie sich. Wir sind dafür da, schlimme Dinge zu verhüten. Oder zu stoppen. Wir sind beide Polizisten und arbeiten im Kommissariat Pizzofalcone. Unsere Absichten sind keineswegs feindselig, wir wollen uns nur mit Ihnen unterhalten. Martinas Deutschlehrerin und ihre Schulleiterin haben sich an uns gewandt, sie machen sich Sorgen um Ihre Tochter. Aber ich glaube, das wissen Sie bereits.»

Romano und Aragona hatten erwartet, dass die Frau panisch, besorgt oder auch nur empört reagieren würde. Stattdessen stieß sie einen tiefen Seufzer aus und starrte in ihre Espressotasse, als wollte sie im Kaffeesatz lesen.

«So weit sind wir also schon. So weit, dass die Polizei eingeschaltet wird. Tatsächlich.»

Behutsam sagte Aragona:

«Signora, Sie dürfen den Lehrerinnen keinen Vorwurf machen. Auch sie sind Mütter, es ist nur verständlich, dass sie sich Sorgen machen. Wir haben die Aufsätze Ihrer Tochter gelesen und … Ehrlich gesagt finden wir, dass es nur legitim ist, sich hier ein paar kritische Fragen zu stellen.»

Die Frau schwieg, den Kopf gesenkt.

Romano fügte hinzu:

«Auf der anderen Seite kommt es natürlich vor, dass sich Kinder mit einer lebhaften Phantasie Dinge ausdenken, die mit der Realität nichts zu tun haben. Vielleicht ist das ja bei Martina der Fall, vielleicht ist sie einsam und hat sich eine Art Parallelexistenz ausgedacht. Ohne Ihnen davon zu erzählen – könnte doch sein.»

Ruckartig hob Antonella Parise den Kopf. Romano spürte ihren kühlen Blick aus den grünen Augen auf sich ruhen.

«Genau, Herr Wachtmeister, Sie haben den Nagel auf den Kopf getroffen: Ohne mir davon zu erzählen – könnte doch sein. Oder vielleicht hat sie es auch probiert, aber ich wollte nichts davon hören.»

Aragona verstand die Welt nicht mehr.

«Und warum wollten Sie nichts davon hören?»

«Weil es gelogen ist, darum! Sonst wäre *ich* zu Ihnen gekommen, und zwar sofort. Oder hätte ihn mit meinen eigenen Händen erwürgt. Aber es stimmt einfach nicht.»

«Wie sind Sie sich da so sicher?», fragte Romano.

Ihr Gesicht war blass und angespannt. Zwei tiefe Falten rechts und links der zusammengepressten Lippen verrieten, wie sie als alte Frau einmal aussehen würde.

«Weil ich meinen Mann kenne. Er ist ein einfacher, guter Mann, und Martina und ich sind sein Ein und Alles. Er hat keine perversen Neigungen, er ist weder verrückt noch ein Triebtäter.»

Romano beugte sich vor. So wenig, wie er anfangs mit dem Fall zu tun haben wollte, so wenig wollte er jetzt aufgeben.

«Und aus welchem Grund sollte Ihre Tochter eine so hanebüchene Story erfinden, können Sie mir das erklären? Und dann auch noch ausgerechnet in einem Schulaufsatz darüber schreiben?»

Die Unterlippe der Parise begann zu zittern.

«Ich weiß es nicht, ich weiß es wirklich nicht. Meine Tochter und ich, wir reden sehr viel miteinander. Ich habe keine Ahnung, warum sie das Bedürfnis verspürt, ihren Vater wegen … wegen … Ich kann das Wort noch nicht mal aussprechen! Aber ich bin mir hundertprozentig sicher, dass an der Sache nichts dran ist. Wenngleich ich nicht übel Lust hätte, die Schule wegen ihres Übereifers juristisch zu belangen, habe ich nicht vor, eine Verleumdungsklage einzureichen.

Mir ist klar, dass sie es nur gut meinen. Und daher werde ich auch so tun, als hätte diese Begegnung mit Ihnen beiden hier nie stattgefunden.»

Sie erhob sich, um zu gehen. Sie hatte ihnen schon den Rücken gekehrt, als Aragona ausrief:

«Signora, einen Moment noch! Da ist noch was, das ich nicht verstehe – bitte erklären Sie es mir. Vielleicht spinne ich ja auch. Aber mich würde brennend interessieren, wie Sie es hinkriegen, nachts ruhig zu schlafen, Ihren Job zu machen, einzukaufen und zu kochen in dem Bewusstsein, dass da bei Ihnen zu Hause jemand ist, der Hand an Ihre Tochter legt. Sie ist noch ein Kind, verdammt noch mal! Ist Ihnen das nicht klar?»

Antonella Parise rührte sich nicht. Steif wie eine Schaufensterpuppe stand sie da. Dann sackten ihre Schultern ein, und mit einer dünnen, monotonen Stimme flüsterte sie:

«Manchmal nehme ich sie mit. Nach dem Mittagessen, wenn ich noch mal zur Arbeit muss. Damit sie nicht alleine zu Hause ist.»

Ohne sich noch einmal umzudrehen, eilte sie aus dem Café.

12

Die Männer in Weiß hatten ihren Totentanz schon fast beendet, als plötzlich Laura Piras am Tatort auftauchte.

Normalerweise hatte sie es eilig, und ihr konzentrierter Gesichtsausdruck vermittelte ihren Gesprächspartnern den Eindruck, dass sie nur ihre Zeit stahlen.

Normalerweise bewegte sie sich schnell und dennoch graziös.

Normalerweise trug sie einen dunklen Anzug, eine Uniform ohne jeden Schnörkel, die trotzdem ihre Rundungen nicht verbergen und sie vor den Blicken der Männer schützen konnte.

Normalerweise hatte sie die Situation sofort im Griff.

Und normalerweise verspürte Lojacono, wenn er sie sah, zugleich Unruhe und Freude, einen Zustand, an den er sich allmählich zu gewöhnen begann.

«Sorry, dass ich so spät komme, ich war die ganze Zeit in einer Konferenz. Also, was gibt's Neues? Ah, Lojacono, so sieht man sich wieder! Und dann noch unter so reizenden Umständen.»

Trotz der Ironie hatte ihre Stimme nichts von ihrer Sinnlichkeit verloren, die von dem sardischen Akzent noch unterstrichen wurde.

Hinter ihrem Rücken tauchte Stanzione auf, der sie nach oben begleitet hatte.

«Hier entlang, Dottoressa. Also, dort im Schlafzimmer befindet sich das Mädchen, während der junge Mann …»

Ohne die Stimme zu erheben, fuhr Lojacono dem Wachmann in die Parade.

«Stanzione, wer hat dir erlaubt, deinen Posten am Eingang zu verlassen? Ich dachte, ich hätte mich klar genug ausgedrückt. Geh sofort zurück an deinen Platz. Ich möchte ungern eine Meldung machen müssen.»

Der Uniformierte deutete mit der Hand auf Laura Piras.

«Aber ich habe die Frau Staatsanwältin doch nur zum Tatort geführt. Wir waren zuerst hier, und ich …»

«Der Inspektor hat Ihnen eine Anweisung erteilt, also tun Sie, was er sagt. Ich komme schon alleine klar, Stanzione, machen Sie sich keine Sorgen.»

Der Uniformierte schlug die Hacken zusammen und verließ den Raum. Selbst von hinten war ihm seine Wut noch deutlich anzumerken.

Verwundert verzog Laura Piras das Gesicht.

«Erstaunlich, diese entspannte Atmosphäre hier. Habe ich was verpasst? Lojacono, bring mich doch bitte auf den aktuellen Stand.»

«Die Spurensicherung ist so gut wie abgeschlossen. Ich kann dir gerne erzählen, was wir bisher rausgefunden haben.»

Sein Bericht umfasste von Fundort und Stellung der Toten bis zu den Verhören mit den Nachbarn und dem jungen Mann, der die Leichen gefunden hatte, sämtliche bis dato bekannten Fakten.

Aufmerksam verfolgte die Staatsanwältin seine Worte, nagte an ihrer Unterlippe, nickte oder drehte eine Haarsträhne um ihre Finger, was Lojacono besonders unwiderstehlich fand.

Als er mit seinem Bericht fertig war, gesellte sich Alex hinzu.

«Guten Abend, Dottoressa. Entschuldige, Lojacono, aber Ottavia hat angerufen: Sie will gleich mit uns sprechen, wenn wir zurück im Kommissariat sind. Offenbar hat sie Neuigkeiten.»

Laura Piras musterte die junge Frau aufmerksam.

«Guten Abend, Di Nardo. Und, wie läuft's in Pizzofalcone?»

Alex warf einen unsicheren Blick zu Lojacono, doch ihre Stimme klang fest, als sie der Staatsanwältin antwortete.

«Danke, ich bin zufrieden. Viel Zeit ist ja noch nicht ins Land gegangen, aber bisher klappt alles gut mit der Arbeit. Und abgesehen davon kann man sich keinen besseren Lehrmeister als den Inspektor wünschen.»

Lojacono war erstaunt. Ein solches Lob hätte er von seiner Kollegin nicht erwartet. Er neigte bescheiden den Kopf und sagte:

«Auch ich profitiere von deinen Kenntnissen, Di Nardo.»

Laura lächelte.

«Mamma mia, so viel Honig! Jedenfalls freue ich mich, wenn bei euch ein gutes Arbeitsklima herrscht – immerhin war ich eine der Befürworterinnen, dass das Kommissariat nach der Sache mit den alten Gaunern von Pizzofalcone nicht geschlossen wird.»

Ihre Latexhandschuhe abziehend, gesellte sich Rosaria Martone zu ihnen.

«Guten Morgen, Laura. Hast du's geschafft, dich zu uns durchzukämpfen? Wir sind jetzt hier fertig, ich melde mich dann bei dir mit meinem Bericht.»

Die Staatsanwältin begrüßte die Kollegin herzlich.

«Immer im Einsatz, was? Und, hast du schon eine genauere Vorstellung?»

«Um ehrlich zu sein, nein. Es gibt keinerlei Kampfspuren, nicht mal bei dem Mädchen, das auf den ersten Blick Opfer einer versuchten Vergewaltigung zu sein scheint. Neben dem Bett stehen ein paar Deko-Gegenstände, die eigentlich hätten runterfallen müssen, sind sie aber nicht. Kann natürlich sein, dass der Mörder sie wieder zurückgestellt hat, aber das passt nicht zu den Klamotten auf dem Boden.»

Lojacono ergänzte ihre Ausführungen.

«Auch bei dem jungen Mann sind keinerlei Kampfspuren zu entdecken, er hat sogar noch den Stift in der Hand, mit dem er geschrieben hat. Sie müssen beide total überrascht worden sein, was ziemlich merkwürdig ist. Zumindest wenn sie nicht sehr laut Musik gehört haben oder etwas in der Art.»

Die Martone fügte hinzu:

«Außerdem fehlt die Tatwaffe. Dem Jungen haben sie mindestens dreimal mit einem schweren Gegenstand auf dieselbe Stelle am Kopf geschlagen, aber wir haben lediglich ein bisschen Blut und ein paar Haare unter seinem Stuhl gefunden. Der oder die Täterin muss die Tatwaffe mitgenommen haben.»

Lauras Blick wanderte von dem Bett mit dem toten Mädchen zu dem Schreibtisch mit dem Körper ihres Bruders.

«Na gut ... Am besten, ihr versiegelt die Wohnung, sobald die Leichen abtransportiert worden sind. Ich habe irgendwie das Gefühl, dieser Ort will uns noch was sagen. Rosaria, ich rufe dich morgen an. Und bitte: Der Fall hat absolute Priorität. Eben waren hier unten schon drei Journalisten und zwei Fernsehteams. Sie werden uns noch Druck genug machen, vor allem weil die Opfer so jung sind.»

Rosaria Martone verabschiedete sich und verließ, begleitet von Alex, den Tatort. Die Staatsanwältin wandte sich an Lojacono.

«Wir haben die nötigen Angaben zu den Toten, zu dem,

der sie gefunden hat, und zu den Nachbarn. Jetzt müssen wir nur noch den Vater ausfindig machen, um die Geschichte mit dem Streit zu klären. Und den Freund des Mädchens, der natürlich auch eine Rolle in diesem Drama spielen dürfte. Aber jetzt erzähl mal: Wie geht's dir? Was macht die Kleinfamilie?»

Der ironische Seitenhieb auf Marinella, seine Tochter, die vor einiger Zeit aus Sizilien gekommen war, um bei ihm zu leben, war dem Inspektor nicht entgangen.

«Gut, danke. Genau wie ihre Mutter weiß die junge Dame einem hin und wieder mächtig auf den Keks zu gehen, und außerdem ist sie für meinen Geschmack etwas zu selbständig, was sie wiederum von mir hat. Auf jeden Fall ist sie glücklich und fühlt sich wohl hier. Um es mit ihren eigenen Worten zu sagen: Alles ist ‹supertoll› und ‹megageil›. Seit kurzem geht sie hier auch zur Schule.»

«Und du, bist du auch glücklich?»

Lojacono ließ sich Zeit mit der Antwort auf diese Frage, als fiele sie ihm nicht ganz leicht.

«Ja. Und vor allem bin ich erleichtert, weil ich keine ruhige Minute mehr hatte, als sie noch in Palermo bei meiner durchgeknallten Exfrau war. Nur dass die Verantwortung wächst, je mehr sie sich zur Frau entwickelt. Anders als früher kann ich manchmal ihr Denken und Handeln überhaupt nicht nachvollziehen.»

«Das sollte dich aber nicht davon abhalten, ein eigenes Leben zu führen. Apropos: Ich glaube, ich habe noch ein Essen bei dir gut. Schaffst du es, dich einen der nächsten Abende freizumachen?»

Bei ihrem Kennenlernen hatten sie beide noch gedacht, mit dem Thema Beziehung abgeschlossen zu haben, und doch hatten sie sofort eine gegenseitige Anziehungskraft gespürt. Lojacono hatte jedes Gefühl für die Staatsanwältin, das sich in ihm regte, gleich im Keim erstickt. Aber ohne es zu wollen, kehrten seine Gedanken regelmäßig zu jenem Abend zurück, als Laura ihn nach Hause gebracht hatte und er ihr Profil in der regenfeuchten Scheibe gespiegelt sah. Er war sich sicher, dass zwischen ihnen etwas passiert wäre, hätte nicht Marinella, die von ihrer Mutter weggelaufen war, durchnässt wie ein junger Hund im Hauseingang auf ihn gewartet. Seitdem hatte er Laura Piras nur noch bei der Arbeit gesehen oder mit ihr telefoniert, manchmal sogar privat, aber sie waren kaum noch unter vier Augen gewesen.

«Klar schaffe ich das», antwortete Lojacono. «Wo ein Wille ist, ist auch ein Weg. Ich muss das nur noch mit Marinella klären.»

«Meinst du nicht, sie kommt alleine klar? Sie kann sich doch was zu essen machen, einen Film im Fernsehen schauen und dann ins Bett gehen. Du kannst natürlich auch einen Babysitter engagieren, wenn du dich dabei besser fühlst.»

Lojacono musste lachen.

«Nimm mich ruhig auf den Arm! Im Ernst, es ist völlig normal, dass Väter in ihren Töchtern immer das kleine Mädchen sehen, egal wie alt sie sind, das geht allen so. Aber keine Sorge, ich verspreche dir, dass ich dich bald zum Essen ausführen werde. Und was unseren Fall hier betrifft, den Vater und den Freund der Toten: Wir haben Ottavia Calabrese gebeten, ein bisschen zu recherchieren, und offenbar ist sie schon fündig geworden. Diese Frau bringt ihren Computer noch zum Fliegen. Und von Pisanelli, der jeden Stein hier im Viertel kennt, werden wir sicher auch noch das eine oder andere erfahren.»

Laura Piras wurde ernst.

«Ihr seid wirklich ein tolles Team, dafür, dass ihr so ein zusammengewürfelter Haufen aus Polizisten seid, die kein

Kommissariat dieser Stadt haben wollte. Aber du weißt, dass ihr nach wie vor argwöhnisch beäugt werdet, oder? Es gibt immer noch genug Leute, die Pizzofalcone am liebsten dichtmachen würden. Und die sind nicht ohne Einfluss.»

«Ich weiß. Wir alle wissen das. Aber wir leisten wirklich gute Arbeit. Manchmal werden aus Mängeln, wenn man sie addiert, eben doch Vorzüge. Wie war das noch in der Schule: Minus und minus ergibt plus.»

«Jetzt wirst du auch noch zum Mathegenie! Arbeitest du mit der Di Nardo an dem Fall?»

Lojacono schaute zu seiner Kollegin hinüber, die an der Wohnungstür gerade Rosaria Martone verabschiedete.

«Ja, ich denke schon. Palma hat es sich zur Regel gemacht, den Fall immer denjenigen zu geben, die als Erste an Ort und Stelle sind. Ich bin froh darüber, Alex ist wirklich gut.»

«Und angesichts ihres Verhaltens unserer Freundin vom KTI gegenüber muss ich noch nicht mal eifersüchtig sein.»

Lojacono starrte sie verwundert an.

«Was meinst du damit?»

Laura senkte die Stimme und zwinkerte ihm zu.

«Das weißt du nicht? Rosaria steht auf Frauen. Und deine Di Nardo scheint sich in ihrer Gegenwart äußerst wohl zu fühlen.»

Nur wenige Meter entfernt sagte Rosaria Martone gerade:

«Und? Wie lange willst du mich noch auf ein zweites Date warten lassen?»

Alex und sie hatten sich ein paar Wochen zuvor getroffen, nach zahlreichen Telefonaten und einem regen SMS-Austausch. Alex hatte mit extremen Schuldgefühlen gekämpft und wie ein Schießhund aufgepasst, dass niemand etwas von ihrem Rendezvous mitbekam. Sie waren in dem am wenigsten bekannten und intimsten Uferrestaurant der Stadt essen gegangen. Rosaria hatte einen Ecktisch abseits der anderen Tische reserviert, und Alex hätte sie küssen mögen für ihr Taktgefühl – sie, die keine Angst hatte, stolz auf ihre Veranlagung war und keineswegs ein Leben im Verborgenen führte.

Dank der lauen Brise vom Meer und zwei Flaschen Weißwein hatte Alex sich allmählich entspannt. Später am Abend, in einer Allee, geschützt vor fremden Blicken, hatten sie sich geküsst. Erst zögernd, dann umso leidenschaftlicher. Mit wachsender Erregung hatten ihre Hände nach nackter Haut verlangt, zwei verzweifelt Suchende, wie Teenager.

Rosaria war die Erfahrenere von beiden, die weniger Gehemmte, doch auch Alex spürte in sich ein lange unterdrücktes Feuer lodern. Sie hatte die Freundin als Erste zum Explodieren gebracht, mit fiebriger Gewissheit hatte sie Rosaria dort zu berühren gewusst, wo die es ersehnte. Dann war sie an der Reihe gewesen, so oft, dass sie ihre Höhepunkte nicht mehr zählen konnte.

«Ich will ein Bett für uns», hatte Rosaria gesagt. «Aber erst dann, wenn du mich fragst.» – «Ja», hatte Alex erwidert, «ich werde dich fragen.» Am liebsten hätte sie sofort gesagt: «Jetzt, jetzt, jetzt!» Aber daheim hatte sie erzählt, sie sei mit einer Freundin zum Essen verabredet, und sie wusste genau, dass weder der General noch ihre Mutter ein Auge zumachen würden, bevor sie nicht ihren Hausschlüssel im Schloss hörten.

Erhitzt und glücklich hatten sie sich voneinander verabschiedet. Es war der letzte warme Abend gewesen, den der Herbst den Bewohnern der Stadt noch gegönnt hatte. Danach war die Kälte hereingebrochen und Alex eingeholt worden vom Albtraum ihrer eigenen Unsicherheiten, Sklavin einer verlogenen Kleinbürgerwelt von Kindesbeinen an, zermürbt von der Unfähigkeit, so zu sein, wie der Vater es von ihr erwartete. Und dennoch hatte Rosaria den Kontakt zu ihr gehalten, die Tabus und Ängste erahnend, in denen die Jüngere gefangen war, und bereit, auf sie zu warten.

Was sie empfand, war etwas Großes, etwas anderes als sonst. Keines der üblichen Abenteuer, die sie sich hin und wieder gönnte. Auf seltsame Weise fühlte sie sich überwältigt von diesem zarten, verletzlichen Mädchen, das zugleich so stark und bestimmend war. Aber sie musste ihr Zeit lassen, aus ihrem Kokon hervorzukriechen. Sie begehrte Alex mit all ihren Sinnen, fürchtete aber zu sehr, sie an ihre Angst zu verlieren.

Immer wieder hatten sie miteinander telefoniert, und doch mussten erst zwei Menschen sterben, damit sie sich wiedersahen. Es war wirklich nicht der richtige Moment, aber Rosaria hatte der Versuchung nicht widerstehen können, ihrem Herzen Luft zu machen.

Alex wusste nicht, was sie sagen sollte, und verharrte in ihrem Schweigen. Das Blut rauschte ihr in den Ohren. Sie fühlte die Blicke von Lojacono und Laura Piras auf sich ruhen. Nicht zuletzt, um diese unangenehme Situation zu beenden, sagte sie schließlich:

«Also gut, übermorgen. Treffen wir uns übermorgen Abend.»

13

Als Alex und Lojacono am Ende des langwierigen Rituals, das unweigerlich zu jeder Mordermittlung gehörte, den Tatort verließen, war die Sonne bereits untergegangen.

Die Kälte überraschte sie wie eine Ohrfeige und ließ ihren Atem stocken. Die Wohnung der Opfer war unbeheizt gewesen, und es erschien kaum vorstellbar, dass es draußen noch kälter sein konnte. Und doch war es so. Lojacono dachte, dass es klimatisch am Nordpol wohl ähnlich angenehm sein müsse.

Quer in der Toreinfahrt geparkt stand mit eingeschaltetem Blaulicht noch immer ein Streifenwagen. Allerdings nicht mehr der von Stanzione und Ciccoletti, die inzwischen vermutlich in ihren warmen Wohnzimmern hockten und über den Tag nachsannen, der durch die Begegnung mit den Gaunern von Pizzofalcone noch unerfreulicher geworden war. Ihre Ablösung machte sich nicht mal die Mühe auszusteigen, um Lojacono und Alex zu begrüßen, sondern begnügte sich mit einem kurzen Winken aus dem Auto heraus. Die beiden Streifenpolizisten wurden selbst dann nicht aktiv, als aus dem Kleintransporter direkt hinter ihnen drei Frauen und zwei Männer sprangen, die bis über die Nase gegen die Kälte vermummt und mit Kameras bewaffnet waren. Stattdessen taten sie so, als wären sie in ein intimes Vieraugengespräch vertieft, wofür Lojacono sie im Geiste zur Hölle schickte.

Prompt hielt eine der Journalistinnen dem Inspektor mit ihrer behandschuhten Rechten ein Mikrophon vors Gesicht.

«Dies ist eine Live-Aufnahme, wir gehen direkt auf Sendung: Sie sind einer der Ermittler, die den zweifachen Mord im Vico Secondo Egiziaca untersuchen, richtig? Was können Sie uns zu diesem Fall sagen? Zu welchem Ergebnis sind Sie bisher gekommen? Gibt es bereits eine heiße Spur?»

«Wenden Sie sich ans Polizeipräsidium, wenn Sie Näheres erfahren wollen.»

Lojaconos Versuch, sich die Presse vom Leib zu halten, schlug gründlich fehl. Offenbar war die Frau die Reserviertheit von Kriminalbeamten gewöhnt, denn nun probierte sie, ihm von der anderen Seite den Weg abzuschneiden. Mit einer brüsken Geste schob der Inspektor das Mikrophon von sich weg. Die Journalistin dachte wohl, sie könnte auf weibliche Solidarität hoffen, und richtete ihre Waffe auf Alex Di Nardo.

«Stimmt das, dass wir es hier mit zwei Verbrechen von besonderer Brutalität zu tun haben? Die Rede ist von einem zertrümmerten Schädel und einer grausamen Vergewaltigung.»

Abgesehen von den drei jungen Männern, die sie verhört und dazu verpflichtet hatten, sich nicht von der Stelle zu bewegen, hatten nur Polizisten Zugang zum Tatort gehabt. Alex fragte sich, ob Stanzione diese Details hatte durchsickern lassen. Kühl erwiderte sie:

«Sie haben doch meinen Kollegen gehört: Wir geben an dieser Stelle keine Erklärungen ab.»

Die Journalistin machte dem Kameramann ein Zeichen. Als das kleine rote Licht an dem Apparat erloschen war, platzte es aus ihr heraus:

«Mein Gott, wo bleibt der Respekt gegenüber Leuten, die hier lediglich ihren Job machen? Stunden über Stunden in diesem scheiß Aufnahmewagen, der in Wirklichkeit eine

Tiefkühltruhe ist, und ihr rückt nicht mal mit einem winzigen Detail raus!»

Lojacono wurde wütend.

«Respekt, sagen Sie? Da oben liegen zwei Leichen! Deren Verwandte und Freunde eure scheiß Berichterstattung ertragen müssen. Wo bleibt denn da der Respekt?»

Die Journalisten wichen zurück und gaben den Weg frei. Lojacono eilte, dicht gefolgt von Alex, davon. Die beiden Kollegen im Streifenwagen steckten noch immer die Köpfe zusammen und waren angestrengt darauf konzentriert, aber auch ja nichts Ungewöhnliches zu bemerken, das ihr Einschreiten erfordert hätte.

Die paar Schritte zum Kommissariat legten Alex und Lojacono schweigend zurück. Hinter den gläsernen Eingangstüren empfing sie eine geradezu tropische Hitze.

Guida, der Wachmann, der fast jede Schicht am Empfang zu schieben schien, sprang wie von der Tarantel gestochen auf.

«Guten Abend, Ispettore! Haben Sie schon gemerkt: Ich habe die Heizung repariert. Jetzt funktioniert sie wieder.»

Guidas emotionales Verhältnis zu Lojacono bestand zu einem Drittel aus Diensteifer, einem weiteren Drittel aus einer nicht näher zu begründenden Ergebenheit und zu einem letzten Drittel aus nackter Angst. An seinem ersten Arbeitstag in Pizzofalcone hatte der Inspektor den Wachmann wegen seines flegelhaften Benehmens und seiner schlampigen Uniform nach allen Regeln der Kunst zusammengestaucht und ihn an die Werte erinnert, die er vergessen zu haben schien. Das Erlebnis hatte Guidas Stolz herausgefordert und in seinem kahlen Schädel den Ehrgeiz geweckt, seinem Vorgesetzten um jeden Preis zu gefallen und ihm zu beweisen, dass er sich in ihm getäuscht hatte.

Lojaconos ewiges Murren über die Eiseskälte im Ohr, hatte

er den halben Vormittag mit Schraubenzieher und Rohrzange bewaffnet im Heizungsraum verbracht, bis er die Temperatur auf ein seines Erachtens typisch sizilianisches Klima eingestellt hatte. Das Ergebnis erinnerte an einen Hitzerekord im Amazonasdschungel.

Lojacono schnappte nach Luft und beeilte sich, so viele Kleidungsstücke wie möglich abzulegen.

«Guida, bist du verrückt geworden? Dreh die Heizung runter! Wir holen uns den Tod, wenn wir nachher auf die Straße gehen. Ich frage mich, wieso die Fensterscheiben noch nicht zersprungen sind: Der Temperaturunterschied zwischen drinnen und draußen liegt garantiert bei vierzig Grad Celsius.»

Der Wachmann machte ein bestürztes Gesicht.

«Das tut mir leid, Ispettore. Ich kümmere mich sofort darum, zu Befehl. Es dauert allerdings eine Weile, bis die Wärme wieder raus ist, die Heizung läuft seit heute Morgen auf vollen Touren, und …»

Alex grinste zynisch, während sie ihren Mantel aufknöpfte.

«Am Ende machen sie den Laden hier nicht wegen unserer Vorgänger dicht, sondern wegen zu hoher Heizkosten.»

Im Großraumbüro war die Lage dank eines gekippten Fensters, durch das von draußen eisige Luft drang, lediglich einen Hauch erträglicher. Pisanelli, der voll im Zug saß, hatte das Gefühl, seine eine Körperhälfte wäre in der Arktis und die andere in Kambodscha. Seine Stimme triefte vor Ironie, als er auf Lojaconos Frage nach seinem Befinden erwiderte, es gehe ihm «gemittelt» gut. Er informierte den Inspektor, dass Palma ins Präsidium bestellt worden sei – man habe dort ein gewisses Interesse an dem Doppelmord entwickelt –, aber dass er bald wieder zurück sein müsse.

Ottavia bestätigte seine Worte.

«Er hat darum gebeten, dass wir auf ihn warten. Er möchte erst euren Bericht hören, bevor wir euch über unsere Rechercheergebnisse informieren.»

Lojacono zuckte mit den Achseln.

«Das Einzige, was wir mit Sicherheit wissen, ist, dass zwei junge Menschen umgebracht wurden. Und zwar auf ziemlich üble Weise. Auf jeden Fall war die Spurensicherung da, und die Kollegin Piras ist auf dem neuesten Stand.»

Weiter hinten in den Tiefen des Großraumbüros hörte man Romano und Aragona miteinander diskutieren. Es klang wie eine Meinungsverschiedenheit.

Neugierig geworden, drehte Alex sich um.

«He, ihr beiden, was soll die Heimlichtuerei? Plant ihr etwa eine Überraschungsparty?»

Aragona setzte an, ihr zu antworten, doch Romano fiel ihm ins Wort.

«Nein, nein, alles gut. Wir haben uns nur über den Fall unterhalten, mit dem wir befasst sind.»

Bevor Alex etwas entgegnen konnte, betrat Palma den Raum. Umständlich schälte er sich aus dem langen Schal, den er um den Hals gewickelt trug.

«Ah, ihr seid alle noch hier – sehr gut. Himmel noch mal, diese Kälte da draußen und die Affenhitze hier drinnen, da kriegt man ja einen Hitzschlag. Das reinste Wechselbad!»

Lojacono stieß ein amüsiertes Prusten aus.

«Fast wünschte ich mir den alten Guida zurück, als er noch in seiner schlampigen Uniform im Foyer rumsaß und ihm alles am Arsch vorbeiging ... Und, Chef, was wollten die hohen Herren von dir?»

Palma hatte Mantel und Schal über eine Stuhllehne gelegt und krempelte sich die Hemdsärmel auf.

«Das Übliche. Sie haben kein Vertrauen in uns. Sie wollten

hören, dass wir uns nicht in der Lage fühlen, so ein Riesending zu managen, und die Ermittlungen lieber abgeben würden. Diverse Fernseh- und Radiosender, sogar überregionale, haben sich wie die Aasgeier auf den Fall gestürzt, nach dem Motto ‹die Gefahren der Großstadt›, ‹jetzt ist man sogar in seinen eigenen vier Wänden nicht mehr sicher›, ‹wie in der Bronx ist das Verbrechen in dieser Stadt an jeder Ecke› und so weiter.»

Ottavia musterte ihn besorgt.

«Und?»

«Die meisten von denen hätten kein Problem damit, wenn wir die Segel streichen würden, im Gegenteil. Dann könnten nämlich die Geltungsbedürftigen unter ihnen endlich ihre grinsenden Visagen in die Kameras halten. Diejenigen, die meinen, die Lage würde sich sofort beruhigen, wenn der Fall von ‹echten› Ermittlern bearbeitet würde, ‹von guten und fähigen Leuten› statt von den Gaunern von Pizzofalcone.»

Aragona riss die Augen auf.

«Haben die das so gesagt, Chef?»

«Nicht wortwörtlich. Aber sie haben einen auf unheimlich besorgt gemacht: ‹Palma, bist du sicher, dass das nicht eine Nummer zu groß für euch ist? Palma, mach dir keinen Stress, wir kümmern uns darum. Palma, niemand macht dir einen Vorwurf, du brauchst nichts zu befürchten, bei dem Personal, das du zur Verfügung hast ...›»

Palma hatte den hölzernen, anbiedernden Duktus des Polizeipräsidenten so gut nachgeahmt, dass sie alle grinsen mussten, und doch machte sich sofort Unruhe breit. Der Makel. Wann würde es ihnen endlich gelingen, sich davon zu befreien?

«Und wie hast du reagiert?», fragte Pisanelli.

«Wie sollte ich schon reagieren? Ich habe mir die Litanei

angehört, hochkonzentriert und voller Respekt, versteht sich. Dann habe ich gesagt, danke nein, wir brauchen keine Hilfe. Meine Truppe sei ein super Team und für jede Lage gerüstet, egal wie dramatisch. Und dass wir ein Kommissariat wie alle anderen seien und uns darum kümmern, wenn in unserem Revier etwas passiert.»

Ein merkwürdiges Schweigen folgte auf die Worte des Kommissars. Alle schauten auf irgendeinen Punkt im Raum – Schreibtisch, Stuhl, Computer –, als wollten sie um jeden Preis vermeiden, dem Blick eines Kollegen zu begegnen. Stolz und Selbstbewusstsein einerseits und Angst und Unsicherheit andererseits hielten sich in ihrem Inneren die Waagschale. Jeder von ihnen hoffte, dass Palma recht behalten würde. Und jeder von ihnen fürchtete, dass er sich irren könnte.

Nur Aragona, ein ekstatisches Lächeln auf den Lippen, als hätte er eine Erscheinung gehabt, rief aus:

«Sehr gut, Chef! Großartig. Wir werden es ihnen zeigen, diesen ... diesen ... Sollen sie uns doch am ...»

Palma hob die Hand.

«Aragona, lass gut sein. Immerhin ist hier die Rede von unseren Arbeitgebern. Und eine Form von Hilfe habe ich mir doch erbeten, nämlich dass sie uns die Medien vom Leib halten, damit wir nicht unnötig Zeit verlieren. Die Pressesprecherin hat versprochen, sich darum zu kümmern. Die Frau ist gut, aber sie wird trotzdem nicht lange damit durchkommen. Wie dem auch sei: Von euch bitte kein Sterbenswort zu niemandem, klar? Sie werden alles tun, um euch zu interviewen und auszuquetschen. Aber ihr müsst absolut dichthalten, da gibt es kein Vertun.»

«Was heißt das, ‹sie wird trotzdem nicht lange damit durchkommen›?», fragte Lojacono.

Palma fuhr sich mit der Hand über sein stoppeliges Kinn. Eine typische Geste für ihn, wenn er im Stress ist, dachte Ottavia.

«Das heißt, wenn wir nicht ganz schnell erste Erkenntnisse vorlegen können, werden sie uns den Fall wieder abnehmen. Das Ding ist einfach zu groß: zwei junge Menschen, noch dazu von außerhalb, die getötet wurden, ein Vater, der wegen Mordes im Knast saß, und dann war sie noch eine echte Schönheit, wie man im Internet besichtigen kann ... Jede Menge Spuren, die verfolgt werden wollen. Wir müssen so schnell wie möglich fündig werden oder zumindest behaupten, wir hätten schon konkrete Anhaltspunkte.»

Von ganz hinten aus dem Großraumbüro ertönte die Stimme von Alex.

«Dann lasst uns zusehen, dass wir diese konkreten Anhaltspunkte finden.»

Palma nickte bedächtig.

«Fangen wir damit an, dass wir uns alle gegenseitig auf den aktuellen Stand bringen.»

14

Als er aufwachte, war ihm kalt. Schrecklich kalt.

Er schaute sich im Dämmerlicht um, ohne das Zimmer wiederzuerkennen. Ein strenger, säuerlicher Geruch lag in der Luft, und er hatte das Gefühl von etwas Feuchtem auf der Brust. Mit der Hand ertastete er einen schleimigen Brei. Er musste sich im Schlaf übergeben haben.

Er streckte die Hand zur einen Seite des Bettes aus und stieß etwas um, das nach Glas klang. Ein vertrautes Geräusch. Er hatte sich betrunken und war eingeschlafen.

Freiheit. Freiheit. Das war nicht das, wovon er geträumt hatte. Das war es nicht.

Seine Gedanken wanderten zu der Hure, einer Schwarzen, die er am Vorabend auf der Straße aufgelesen hatte; zum Glück war er noch klar genug im Kopf gewesen, sie danach wegzuschicken, sonst hätte sie ihn bestimmt beklaut. Unwillkürlich klopfte er seine Hosentaschen ab, um zu schauen, ob das Portemonnaie noch da war. Er hatte gezahlt, was zu zahlen war, und sie weggeschickt. Gut gemacht, das war schlau. Immerhin das hast du hingekriegt.

Wenn du im Knast bist, dachte er, malst du dir die Freiheit in so schönen Farben aus, dass du sie fast schon zu spüren glaubst. Wie eine frische Brise auf der Haut. Oder die Erinnerung an einen besonderen Geschmack auf der Zunge. Und du gibst ihr einen Vor- und einen Nachnamen und erstellst eine Liste, auf der steht, was du tun wirst, wenn niemand dir mehr mit einem schrillen Pfiff zu verstehen gibt, dass der Rundgang vorbei ist und du zurück in deine Zelle musst.

Während der ersten zehn Jahre hatte er an seine Frau und an die Kinder gedacht. Dann war ihm die Idee mit der schwarzen Hure gekommen, und er hatte sie gehegt und gepflegt. Sie war ihm gekommen, als seine Frau krank geworden und nicht mehr im Besuchszimmer aufgetaucht war, damit er den Tod nicht sah, der ihr auf der Schulter hockte, um sie bald zu sich zu holen.

Eine schwarze Hure, hatte er sich im Gefängnis immer wieder gesagt, ist nur ein Stück vom Leben. Du vergnügst dich, bezahlst sie und schickst sie weg. Sie ist keine echte Frau, sie hat nichts mit der Frau zu tun, die ihr Leben an deiner Seite verbracht hat, die Mutter deiner Kinder.

Eine schwarze Hure hat keinerlei Ähnlichkeit mit dem jungen Mädchen ganz in Weiß, das mit der Junisonne um die Wette gestrahlt hat, tausend Jahre zuvor.

Eine schwarze Hure hat nichts mit der lächelnden Frau zu tun, die nach der Arbeit auf dich gewartet hat und auf die du dich am liebsten sofort gestürzt hättest, kaum dass du sie gesehen hast, selbst ohne dir zumindest die Hände zu waschen.

Eine schwarze Hure hält nicht eine ganze Stunde lang deine Hand, während sie ein viereinhalb Kilo schweres Baby zur Welt bringt und dir trotz höllischer Schmerzen immer wieder zulächelt.

Einer schwarzen Hure streichelst du nicht übers Gesicht, während sie schläft, und du denkst auch nicht, dass dein Leben untrennbar mit dem ihren verwoben ist.

Eine schwarze Hure erkennst du nicht mal wieder, weil alle schwarzen Huren gleich aussehen. Du fickst sie und schickst sie weg, damit du saufen kannst, bis du ins Koma fällst.

Von draußen war kein Lärm zu hören. Er versuchte, sich zu erinnern, in welcher Ecke dieser absurden Stadt er gestrandet war.

Er stand auf und trat zum Fenster. Ein stechender Schmerz durch-
zuckte seinen Körper, sein Kopf reagierte sofort mit einem heftigen
Pulsieren in den Schläfen.

Er fühlte sich alt. Im Knast hatte das Alter keine Rolle gespielt.
Junge und Alte waren alle in ein und demselben Käfig eingesperrt
gewesen, Leidensgenossen, fremd in ihrer Haut und ihrer Seele. Nun
aber fühlte er sich alt.

Ein alter Mann ist etwas Trauriges, dachte er, während er in die
Dunkelheit hinter der schmutzigen Fensterscheibe starrte. Zumindest wenn er keine Familie hat.

Eine Familie. Er sah vor seinem inneren Auge das junge Mädchen
mit dem weißen Kleid in der Junisonne: Als sie noch da war, hatte er
eine Familie. Aber sie war tot. Sie war ohne ihn gestorben. Sie war
gestorben, während er im Knast saß.

Eine Familie. Eine Frau, ja, aber auch Kinder. Was bleibt einem
Mann, wenn sie ihm die Familie wegnehmen? Im Knast war einer,
vielleicht ein Professor, dessen Worte waren klar wie die Bergluft.
Er hatte seine Frau und ihren Liebhaber umgebracht und gesagt, er
bereue nichts. Muss man sich mal vorstellen! Der Professor hat ihm
die Bedeutung des Wortes «Proletarier» erklärt: ein armer Mensch,
ein sehr armer Mensch, dessen einziger Reichtum seine Kinder sei-
en, die proles nämlich, die Nachkommenschaft.

Proletarier.

Er hatte zwei Kinder gehabt, als er in den Knast kam, und als sie
ihn entließen, war nur noch eins da gewesen, seine Tochter, die auch
bald gegangen war. Was sollte er denn tun? Er war losgezogen, um
sie zurückzuholen. Das tat er.

Er hatte gedacht, dass er zwei Kinder hätte, stattdessen hat er
zwei Fremde vor sich gehabt. Der Junge, dieser kleine Wichser, hat
ihm sogar gedroht: «Hau ab, sonst zeige ich dich an, und die sperren
dich wieder ein.» – «Ich habe dich in diese Welt gesetzt», hatte er
ihm geantwortet, «und ich hole dich von dieser Welt auch wieder

weg.» Und sie, die sie ihren Namen trug und ihr so ähnlich war, dem in der Junisonne tanzenden jungen Mädchen in dem weißen Kleid, auch sie war verdorben. Um ihrem Nichtsnutz von Freund zu folgen, trägt sie ihren Arsch auf der Straße zur Schau. Proles. Eine tolle Nachkommenschaft hatte er.

Und dann wundern die sich, wenn sich einer das nicht gefallen lässt. Wenn er Mist baut, den man nicht mehr gutmachen kann.

Mein Gott, was für fürchterliche Kopfschmerzen! Er schleppte sich zurück zum Bett, vor seinem geistigen Auge flimmerte eine kaputte Leuchtreklame: eine Absteige in der Nähe vom Bahnhof.

Viel hatte er von seinem Gefängnislohn nicht mehr übrig. Zu Hause würde er vielleicht wieder einen Job als Hilfsarbeiter finden. So sehr wird sich der Job in sechzehn Jahren nicht verändert haben. Auch wenn die Welt verrückt geworden ist, dachte er, die Leute ständig mit dem Handy am Ohr, die Fernseher platt wie Flundern, sogar in den Bars, die Autos, die alle gleich aussehen.

Wenig war ihm geblieben, aber immerhin mehr als nichts. Seine Frau, bevor sie weit weg von ihm gestorben war – was für einen dummen Scherz hatte sie ihm damit gespielt, was für einen miesen Scherz –, seine Frau hatte es sogar geschafft, noch ein paar Kröten zur Seite zu legen, versteckt an ihrem üblichen Platz, in einer Schachtel unter den alten Schuhen im Keller. Als er die eng zusammengerollten Banknoten entdeckt hatte, deren Wert er immer noch nicht recht durchschaute, hatte er nicht mehr an sich halten können und geheult wie ein Schlosshund. Es war nicht viel, aber es war eine Nachricht von ihr, die ihn aus dem Jenseits erreichte.

Du bist tot, und ich weiß nicht, wie man lebt. Was für ein Elend!

Er griff nach der Flasche. Es war noch genug drin, um erneut in einen traumlosen Schlaf zu fallen. Heute Abend oder heute Nacht, egal, will ich keine schwarze Hure bei mir haben. Ich will niemanden bei mir haben. Auch wenn eine schwarze Hure mich wenigstens ein bisschen wärmt.

Am Ende kostet sie auch gar nicht so viel. Aber nicht weniger als die Flasche, die ein bisschen beim Sterben hilft.

Ein weiteres bisschen.

15

Als Alex und Lojacono ihren detaillierten Bericht über die Ereignisse im Vico Secondo Egiziaca beendet und die Fragen der Kollegen beantwortet hatten, senkte sich eine Art Dunstglocke über das Großraumbüro. Alle sahen sie vor ihrem inneren Auge plötzlich die Leichen der beiden jungen Menschen. So viele Jahre, die sie das Verbrechen nun schon bekämpften – das Bild wurde nicht weniger grausam dadurch.

Palma nickte in einem fort, als würden seine Gedanken einem Fluss folgen, den nur er allein kannte.

«Also, die Waffe, mit der der Junge getötet wurde, ist noch nicht gefunden worden, aber mit Sicherheit handelt es sich um einen schweren Gegenstand. Und das Mädchen ist wahrscheinlich erstickt oder stranguliert worden. Vermutlich von einem Mann, einem eher kräftigen Mann.»

Romano schüttelte den Kopf.

«Nicht, dass ich dir um jeden Preis widersprechen will, aber ich habe schon Frauen erlebt, die mit einem Fausthieb ein ausgewachsenes Pferd umgehauen haben. Außerdem ist der Junge offenbar überrascht worden. Einen solchen Schlag auf den Kopf kann auch ein kleines Mädchen ausführen. Was die Schwester betrifft: Sie wurde wahrscheinlich von hinten angegriffen. Ich glaube nicht, dass man daraus irgendwelche Schlüsse über die Konstitution des Mörders ziehen kann.»

Aragona kaute auf seiner Sonnenbrille herum.

«Mir gibt die Situation im Zimmer des Mädchens zu denken. Alex hat gesagt, die Martone meinte, bei einem Kampf hätte der ganze Nippes neben ihrem Bett auf den Boden fallen müssen. Das bedeutet, der Mörder oder die Mörderin hätte sich die Mühe gemacht, sie wieder aufzustellen. Was mir allerdings vollkommen unwahrscheinlich erscheint: Erst bringt einer zwei junge Leute um, und anschließend räumt er die Butze auf. Warum sollte er?»

Pisanelli nahm einen Zettel voller Notizen zur Hand.

«Lasst uns jetzt mal unseren Teil der Geschichte erzählen. Also, nach Alex' Anruf haben wir hier die Maschinerie in Gang gesetzt. Ottavia hat ein paar interessante Dinge rausgefunden, die sie euch gleich berichten wird. Währenddessen habe ich mich mit einem alten Freund unterhalten, der eins der angesehensten Maklerbüros hier im Viertel besitzt. Wie wir wissen, gehört das Apartment, in dem die Varricchios gewohnt haben, dem Vater von Renato Forgione, Biagios Kommilitonen, der die Toten gefunden hat, stimmt's?»

Lojacono nickte.

«So hat der Junge es uns gesagt.»

Pisanelli überflog weiter den Notizzettel, den er in der Hand hielt.

«Genau, das entspricht auch den Tatsachen. Der Vater von Renato, Professor Antimo Forgione, ist ein berühmter Biochemiker, der an der Universität unterrichtet: einer, der sich hochgearbeitet hat, er stammt aus einfachen Verhältnissen, kommt aus einem Dorf in der Provinz. Er ist eine echte Koryphäe in seinem Fach und hält Konferenzen auf der ganzen Welt ab. Sein Spezialgebiet sind Stoffwechselerkrankungen im Alter, womit er einen Haufen Geld verdient.»

«Lass dir mal seine Telefonnummer geben, Presidente. Der Mann kann dir bestimmt helfen.»

Aragona konnte es mal wieder nicht lassen. Pisanelli war der Einzige, der lachte.

«In der Tat, vielleicht kann er mir wirklich helfen. Gegen deine Krankheit allerdings ist kein Kraut gewachsen: Dummheit ist leider unheilbar … Wie dem auch sei, Forgione ist Besitzer verschiedener Apartments im Viertel. Die Wohnung von den Nachbarn der Toten zählt auch dazu, wie ihr wisst.»

Alex nickte.

«Offenbar sind sie mit dem jungen Forgione befreundet. Oder zumindest kennen sie sich näher.»

Pisanelli las vor:

«Vincenzo Amoruso aus Foggia, 24 Jahre alt, und Pasquale Mandurino aus Metapont, genauso alt. Sie sind beide Mieter der Wohnung, alles hat seine Ordnung, kein Gemauschel oder so. Der Professor ist in solchen Dingen sehr korrekt. Die Wohneinheiten sind – so jedenfalls mein Bekannter, nachdem er die Datenbank des Katasteramts überprüft hat – rechtmäßig voneinander getrennt worden, die Stadtverwaltung hat ihren Segen dazu gegeben.»

Palma wandte sich an Lojacono.

«Sind die beiden Jungs ein Pärchen, oder wohnen sie bloß zusammen?»

«Sie scheinen sich ziemlich nahezustehen.»

«Die beiden sind ein Pärchen», sagte Alex entschieden. «Und den giftigen Blicken und Bemerkungen nach ist zumindest Vinnie ziemlich eifersüchtig.»

Lojacono fühlte sich etwas unbehaglich.

«Beweisen können wir nichts. Wir haben das Gefühl, dass sie …»

Aragona zog eine Augenbraue hoch.

«Auf wen hat sich denn diese Tunteneifersucht bezogen? Auf den Wohnungseigentümer oder auf den Toten?»

Alex maß ihn mit kühlem Blick.

«Weder auf den einen noch auf den anderen. Vinnie – das ist der weiblichere Typ von den beiden – war eifersüchtig, weil Paco so genau über das Mädchen Bescheid wusste. Eifersucht hat, was du nicht zu wissen scheinst, mit Liebe zu tun, und Liebe kann man für jeden empfinden, oder jede.»

Ottavia beendete die Diskussion, noch bevor sie ausarten konnte.

«Die interessanteste Erkenntnis betrifft jedenfalls den Vater der Toten, Cosimo Varricchio, fünfundfünfzig Jahre alt. Aber eigentlich ist die ganze Familiengeschichte interessant.»

«Vier Stunden am Computer und am Telefon, und Giorgio und Ottavia liefern uns sämtliche Hintergrundinfos zu unserem Fall», kommentierte Palma mit sichtlichem Stolz auf seine beiden Ermittler.

Pisanelli dankte ihm mit einem Nicken.

«Hoffen wir, dass es was nützt. Auf jeden Fall stammt die Familie Varricchio aus Roccapriora in der Provinz Crotone. Ein Dorf im Hinterland mit dreitausend Einwohnern, die meisten davon Bauern. An einem Abend vor siebzehn Jahren ist Cosimo noch auf einen Sprung in die Bar an der Piazza gegangen, während seine Frau Annunziata, genannt Tatina, mit dem damals achtjährigen Biagio und der dreijährigen Grazia zu Hause geblieben ist. In der Kneipe hat sich ein Streit entzündet, wegen irgendeiner Banalität, alle waren betrunken, und Varricchio hat eine Schlägerei mit einem älteren Typen angefangen, einem Hilfsarbeiter wie er selbst. Er hat ihn zu Boden geworfen und war schon halb zur Tür raus, aber der Typ, so jedenfalls später ein Zeuge, hat ihm eine Beleidigung über seine Frau hinterhergerufen. Offenbar war Tatina das schönste Mädchen im ganzen Dorf, und alle Männer waren verrückt nach ihr.»

Romano war neugierig geworden.

«Wie geht das denn? Wie beleidigt man eine, nur weil sie schön ist?»

«Keine Ahnung. Jedenfalls hat Varricchio auf dem Absatz kehrtgemacht, einem Stuhl ein Bein abgerissen und so lange mit dem Teil auf den Typen am Boden eingeprügelt, bis der tot war.»

Alle Anwesenden zuckten zusammen, als hätte jemand einen schweren Stein ins Zimmer geworfen.

Schockiert fragte Aragona:

«Und niemand hat ihn zurückgehalten? In einer Bar an einer Piazza in einem kalabrischen Kaff? Du hast doch gesagt, es habe Zeugen gegeben.»

Ottavia kniff die Augen zusammen.

«Einunddreißig Zeugen, um genau zu sein. Die Carabinieri haben sehr sorgfältig gearbeitet. Aber sie waren viel zu spät vor Ort. Niemand hat gewagt einzugreifen. Offensichtlich war Varricchio blind vor Zorn.»

Palma kreuzte die Arme vor der Brust.

«Nun, er hat dafür sechzehn Jahre und sechs Monate im Gefängnis gesessen. Mit einem besseren Verteidiger hätten sie ihm vielleicht weniger aufgebrummt: Er war betrunken, man hat ihn provoziert, und eine Waffe hatte er auch nicht dabei. Aber es ist, wie es ist. Er ist noch kein Jahr wieder auf freiem Fuß, oder, Ottavia?»

«Ja, genau. In all den Jahren im Knast ist seine Ehefrau, die wunderschöne Tatina, ihm trotz zahlreicher Verehrer treu geblieben und hat sich um die Kinder gekümmert. Sie hat alles getan, damit es ihnen gut geht: Sie hat in Heimarbeit gebügelt, als Kellnerin gearbeitet und weiß der Himmel was für Jobs sonst noch gemacht, aber es war immer ehrliche Arbeit. Dann ist sie krank geworden, und vor sechs Jahren ist sie gestorben, viel zu jung. Der Bericht der Carabinieri lässt keinerlei Zweifel zu: Sie hat nie einen anderen Mann gehabt, hat extrem hart gearbeitet und war überall beliebt. Bei ihrer Beerdigung war das ganze Dorf dabei.»

Lojacono hatte eine meditative Haltung angenommen, die ihn noch mehr wie einen Asiaten aussehen ließ als sonst: Er hatte beide Handflächen vor sich auf die Schreibtischplatte gelegt und die Augen zu zwei Schlitzen zusammengekniffen, sodass man kaum die Iris sah.

«Und die Kinder?», fragte er.

«Tatina konnte dank ihrer Ersparnisse eine kleine Lebensversicherung zugunsten der Kinder abschließen, die den beiden in der ersten Zeit über die Runden geholfen hat. Dadurch konnte Biagio die Schule zu Ende machen. Seine Mutter hatte gewollt, dass er Abitur macht, obwohl alle auf sie eingeredet und ihr geraten haben, den Jungen von der Schule zu nehmen. Er war ein hervorragender Schüler, nur Einsen. Er hat sein Abitur mit Auszeichnung bestanden und ist zum Studium hierhergekommen. Nebenbei hat er immer gejobbt, um sich seinen Lebensunterhalt zu finanzieren. Letzteres hat Giorgio von seinen Freunden erfahren.»

Pisanelli hob entschuldigend die Hände, als müsste er sich für seine vielen Kontakte rechtfertigen.

«Die Studenten von außerhalb sind für die Kneipen und Geschäfte im Viertel die besten Mitarbeiter – zum einen weil sie es nötig haben, zum anderen wegen ihrer Arbeitseinstellung. Ich habe mich ein bisschen umgehört und bin auf einen Restaurantbesitzer gestoßen, bei dem Biagio Varricchio als Kellner gejobbt hat. Der Mann hat ihn und seine Zuverlässigkeit in den höchsten Tönen gelobt.»

Ottavia nahm den Faden wieder auf.

«An der Uni hat er schließlich Renato Forgione kennengelernt, der laut Dekanatssekretariat ebenfalls ein sehr fähiger Student mit einem tadellosen Curriculum ist. Sie haben sich angefreundet und zusammen ihre Prüfungen gemacht. Offenbar hat Forgione seinem Freund Biagio in finanzieller Hinsicht häufig unter die Arme gegriffen: Er musste keine Miete zahlen, natürlich im Einverständnis mit dem Vater, und Forgione hat wohl auch die eine oder andere Rechnung für ihn beglichen.»

Alex nickte.

«Er hat ihn sehr gemocht, das konnte man sehen. Er war völlig fertig mit den Nerven.»

Ottavia seufzte.

«Die beiden waren echte Cracks. Nach Abschluss ihres Studiums haben sich offenbar sämtliche Forschungsstellen und auch ein paar Firmen um sie gerissen. Aber die Jungs wollten an ihrer Uni bleiben und mit Renatos Vater zusammenarbeiten. Soweit wir bisher rausgefunden haben, hat Biagio ein völlig unauffälliges Leben geführt. Die meiste Zeit hat er gebüffelt oder sich seinen Recherchen gewidmet. Sein sozialer Umgang war entsprechend beschränkt, wenn man mal von ein paar weiblichen Bekanntschaften aus früheren Jahren absieht, die alle aus dem Umfeld der Uni kamen.»

«Und seine Schwester?», wollte Romano wissen.

«Jetzt wird's interessant. Während seiner ganzen Studienzeit hat Biagio Geld nach Hause geschickt, um mit für den Lebensunterhalt seiner Schwester zu sorgen, die bei Verwandten lebte. Offenbar war sie ein Abbild ihrer Mutter als junges Mädchen, allerdings weniger zugeknöpft – um es mal so zu formulieren. Sämtliche Knaben aus dem Dorf und auch aus den Nachbardörfern haben sie umgarnt, seit sie sechzehn war.»

Mit einem Augenzwinkern sagte Aragona:

«Ein kleines Flittchen, was?»

Alex versetzte ihm einen Stoß mit dem Ellbogen, und auch Ottavia strafte ihn mit ihren Blicken.

«Weit gefehlt, mein Lieber. Sie war einfach nur schön, immer freundlich nach allen Seiten und auffällig intelligent. Nach der Schule wollte sie aber trotzdem nicht studieren, obwohl ihre Verwandten angeboten haben, sie zu unterstützen. Sie wollte in dem Dorf bleiben, zumindest hat das der Kollege von den Carabinieri gesagt, mit dem ich mich unterhalten habe. Ein reizender Mensch übrigens.»

Aragona, der sich die Seite rieb, wo Alex' Ellbogen ihn erwischt hatte, brummelte:

«In meinem nächsten Leben gehe ich zu den Carabinieri statt zur Polizei und suche mir irgendein Kaff wie das da, wo es von schönen Frauen nur so wimmelt und man den ganzen Tag nichts anderes zu tun hat, als rumzutratschen.»

Mit einer Handbewegung brachte Ottavia ihn zum Schweigen.

«Der Mann ist schon ewig bei den Carabinieri, ein Unteroffizier, der seinen ganzen Dienst in dem Dorf abgeleistet hat. Die kennen sich da alle, das ist echt ein Nest. Auf jeden Fall hatte Grazia einen Grund, warum sie nicht wegwollte.»

Neugierig geworden, fragte Alex:

«Und der wäre?»

«Die Liebe. Sie ist so lange in Roccapriora geblieben wie der junge Mann, in den sie sich verliebt hat.»

«Wie lange also?», hakte Palma nach.

Ottavia schaute auf ihre Notizen.

«Scheint so, als wäre sie letztes Jahr im April weggegangen.»

«Also, als der Vater schon entlassen war.»

«Ja, seit ein paar Monaten. Laut dem Carabiniere ist Cosimo sofort wieder in das Haus der Familie gezogen, das etwas außerhalb liegt und seit Biagios Studienbeginn und Grazias Umzug zu den Verwandten leer stand. Er wollte wohl, dass Grazia wieder bei ihm einzieht. Es hat Streit gegeben, weil das Mädchen nicht wollte, und man munkelt sogar, wofür allerdings die Beweise fehlen, dass Varricchio mit den Fäusten auf den Bruder seiner verstorbenen Frau losgegangen sei, weil dieser sich auf die Seite des Mädchens geschlagen hat. Jedenfalls wurde keine Anzeige erstattet.»

Romano fragte:

«Wissen wir, wer der Freund ist?»

«Domenico Foti, zweiundzwanzig Jahre alt. Im Dorf kennen ihn alle als ‹Nick, die Gitarre›, bei Facebook nennt er sich ‹Nick Trash›.»

16

Du bist ein Stück Scheiße.

Du meinst, nur weil du genug Geld hast, um mit deiner Freundin hier an einem Tisch zu sitzen, zu bestellen, worauf du Bock hast, und schon nach zwei Minuten Wartezeit zu meckern, nur deswegen meinst du, was Besseres zu sein als ich.

Aber du bist nichts weiter als ein Stück Scheiße. Mehr nicht.

Allerdings bist du nicht der Einzige, nicht, dass du das denkst. Alle hier sind scheiße.

Dieser Ort ist ohnehin nur was für Schnösel, eins von den Restaurants, die sich maximal zwei, drei Jahre halten, dann kommt kein Schwein mehr. Eine Weile zehren die Besitzer noch von der Erinnerung an bessere Zeiten, hoffen vergeblich, dass sie wiederkehren, und dann machen sie dicht. Für einen von uns, der keinen reichen Papa hat, der die Mama nach Strich und Faden belügt und sein schlechtes Gewissen mit jeder Menge Kohle reinzuwaschen versucht, für einen von uns, der hier jobben muss, ist es fundamental zu wissen, wann der richtige Moment für den Turnaround gekommen ist.

Noch läuft hier alles gut. Klar, man muss ein paar Demütigungen ertragen, von solchen Typen wie dir, der du dich über miesen Service beschwerst und nur einen Euro Trinkgeld gibst. Ich hasse euch alle, aber am meisten hasse ich Leute, die nur einen Euro Trinkgeld geben. Besser nichts als einen Euro. Das ist wenigstens ehrlich: Ich habe die erwartete Leistung nicht erhalten, also gebe ich nichts. Aber ein Euro ist eine Beleidigung. Manchmal sogar eine unverzeihliche.

Ich kann einfach nicht über solchen Dingen stehen. Vielleicht lerne ich das nie. Und das ist auch gut so. Die Wut gibt mir Nahrung für meine Musik. Dank meiner Wut kann ich überleben und meinen Traum träumen.

Für solche Typen wie dich ist natürlich alles easy. Was hast du schon für Probleme im Leben? Hast du überhaupt jemals ein Problem gehabt? Schließlich bist du nicht in einem Kaff am Arsch der Welt geboren, einem Ort, der nicht mal auf der Landkarte zu finden ist, irgendwo im Nirgendwo, in einem Landstrich, der von ganz Europa ignoriert und mit Füßen getreten wird. Für dich geben sie an jedem Geburtstag eine Riesenparty, dein Papa schenkt dir ein neues Auto, und deine Mama kauft dir ein Paar Designerschuhe vom allerletzten Schrei. Und wenn sie sich scheiden lassen, verdoppelt sich noch dein Glück.

Ich aber muss hier sein, dich mit deinem bescheuerten Babyface weiterhin bedienen und mir dein Gemecker anhören, alles nur um an einem Traum festzuhalten, der vielleicht nie in Erfüllung gehen wird.

Ein paar kleine Triumphe kann ich mir trotzdem gönnen. Zum Beispiel in dein Bier spucken. Oder mit der Tusse flirten, die du hergeschleppt hast und die mir jedes Mal, wenn ich an deinem Tisch vorbeilaufe, auf den Arsch schielt.

Was im Übrigen normal ist, weil du ein Stück Scheiße bist, Kohle hin oder her. Klar starrt deine Tusse einem Mann hinterher, von dem sie denkt, dass er ihr endlich mal zeigen könnte, was das Wort «ficken» wirklich bedeutet.

Ich könnte darauf warten, dass sie zu dir sagt: «Entschuldige mich kurz», und ihr dann nach unten in Richtung Toiletten folgen, um sie in die Abstellkammer zu ziehen und ihr fünf Minuten Paradies und die passenden Vergleichsmöglichkeiten zu schenken. Ich *habe so was schon gemacht, früher, bis ich gerafft habe, dass es das Risiko nicht wert ist. Es gibt nicht viele Lokale, die einem neben dem Trinkgeld einen festen Stundenlohn geben.*

Manchmal frage ich mich, wie lange dieser Zustand noch andauern soll. Wie viele Sandwiches, wie viele Biere ich noch hin und her schleppen muss. Wie viele Fußböden abschrubben, nachts, wenn du in deinem Bett schlummerst und deine Tusse ihre Runden dreht, um dich mit Typen wie mir zu betrügen.

Weil die Weiber so sind, du Stück Scheiße. Sie schwören dir ewige Treue, behaupten, dass sie dich lieben. Sie folgen dir sogar, wenn du woanders hingehst, angeblich weil sie in deiner Nähe sein wollen, aber in Wirklichkeit nur, um dich zu kontrollieren und ihr eigenes Ding durchzuziehen. Wenn wir Freunde wären, du und ich, aber zu meinem Glück werden wir das nie sein, würde ich dir raten, dich vor der Liebe in Acht zu nehmen, denn die Liebe macht dich kaputt. Das habe ich sogar in meinem letzten Song geschrieben, der genau wie die anderen hundert vor ihm vielleicht nie eine Bühne erleben wird.

Die Liebe macht dich kaputt.

Im Dorf hat sie mich angeschaut, als wäre ich Gott. Alle waren sie hinter ihr her, aber sie hatte nur Augen für mich. Ich hätte ihr befehlen können, nackt auf der Straße rumzulaufen, und sie hätte es getan und immer noch mir alleine gehört. So ein Stück Scheiße wie du kann sich ja gar nicht vorstellen, wie schön sie ist. Sie ist nicht so ein Flittchen wie die Tussen aus deiner Stadt, die sich für Tausende von Euros Make-up, Klamotten und sonst was kaufen. An ihr wirkt jeder Putzlumpen, als wäre er ein Designerstück.

Weil sie wunderschön ist, verstehst du? Wunderschön!

Manchmal, nach dem Sex auf einer Wiese oder so, habe ich sie angeschaut und mich gefragt, ob es noch was Besseres auf der Welt gibt. Ich habe keine Antwort gefunden. Heute, wenn ich die Songs von damals spielen will, kommen sie mir vor wie von einem anderen.

Die Liebe braucht eine Heimat, verstehst du das, du Dreckskerl? Einen Ort, eine Straße, eine Postleitzahl. Wenn du sie von dort wegbringst, wird sie krank und geht ein wie eine Primel, wenn du nicht aufpasst.

Ich bin aus dem Dorf weg, weil ich dachte, dass sich die Dinge sonst nie ändern. Ich bin weg, weil ich dachte, ich ersticke, wenn ich dort bleibe. Aber in Wirklichkeit bin ich hier krepiert. Denn die Liebe, wenn du sie umtopfst, kann nicht mehr atmen.

Ich weiß noch, wie sie auf einmal vor mir stand, draußen vor dem Restaurant, genau hier, zehn Meter von dem Tisch entfernt, an dem du dein Bier mit meiner Spucke drin trinkst. Sie hat auf mich gewartet, bis ich fertig war mit Arbeiten. Wie aus einer Torte gesprungen stand sie mit einem Lächeln auf den Lippen urplötzlich da. Mein Gott, war ich wütend.

Ich bin gekommen, um hier zu arbeiten. Ich bin gekommen, um Leute kennenzulernen, die mir helfen, meine erste Platte zu produzieren. Ich bin gekommen, um mir und ihr eine Zukunft aufzubauen. Und auf einmal steht sie da, lächelnd im Regen. Sie hat nicht verstanden, dass ich sie fern von mir halten musste, sie, die Hüterin meines Herzens. Und dass ich sie hier partout nicht gebrauchen konnte.

Da stand sie nun. Abend für Abend, weil sie dachte, ich würde mit anderen Frauen rummachen, mich hinter ihrem Rücken vergnügen, statt zu arbeiten. Die paar Mal, die ich auftreten durfte, in irgendwelchen schäbigen Bars mit einer Minigage, kam sie angeschossen wie ein Falke, und statt mir zuzuhören, hat sie die anderen Frauen beobachtet, damit sie mir nicht zu nahe kamen.

Du kannst dir nicht vorstellen, was für Kräche wir hatten, was für eine Obsession daraus geworden ist. Nur um mich zu ärgern, ist sie zu ihrem Bruder gezogen, diesem Nerd, diesem nie jung gewesenen Greis, der keine Ahnung vom Leben hat, weil er immer nur an seine Bücher denkt.

Dann hat sie angefangen, sich umzuschauen.

Kannst du dir mit deinem Scheißhirn vorstellen, was diese oberflächliche, abartige Stadt mit einer Frau macht, die aus dem hinterletzten Kaff kommt und noch dazu so schön ist, dass es jedem den Atem raubt? Einer Frau, die sich in den Kopf gesetzt hat, dass ihr Liebster sie fast jeden Abend betrügt, und die sich an ihm rächen will?

Sie hat nicht lange gebraucht, um Erfolg zu haben. Sie hätte es auch hinter meinem Rücken tun können: So gestresst, wie ich bin, hätte ich es vielleicht nicht mal mitgekriegt. Aber vielleicht hätte es ihr dann keinen Spaß gemacht.

«Weißt du was», hat sie gesagt, «ich bin gefragt worden, ob ich modeln will.» – «Was?», habe ich gefragt. – «Modeln, verstehst du nicht? Mo-deln. Auf einem Laufsteg, wie die Fotomodelle in den Zeitschriften.» – «Wer hat dich das gefragt?» – «Ein Typ auf der Straße.» – «Wie, ‹ein Typ auf der Straße›?»

Es stellt sich raus, dass so ein SUV-Arsch ihr mit seiner Karre den Weg abgeschnitten hat, als sie beim Einkaufen war, wie in einem amerikanischen Film. «Signorina, verzeihen Sie, darf ich Ihnen eine Sekunde Ihrer kostbaren Zeit stehlen, nur eine Sekunde?» Sie, die sie ein Landei ist, ein Dorfmädchen, und nicht weiß, dass man sich in einer Stadt wie dieser nicht einfach anquatschen lässt, bleibt stehen und lächelt: «Gerne.» Mit diesem Gesicht. Mit diesem Körper, verstehst du? «Gerne.»

Fakt ist, der Typ hat eine Modelagentur. Er hat sie gesehen, als sie da auf der Straße rumgelaufen ist. «Wissen Sie, Signorina, ich muss Ihnen ein Kompliment machen für Ihre natürliche Grazie.» – «Das ist ja lustig, ich heiße tatsächlich Grazia.» – «So eine freundliche junge Dame – wollen wir uns nicht duzen?» – «Meinetwegen gerne.» – «Natürliche Grazie», dass ich nicht lache! «Hintern», wollte der Typ sagen, «Kompliment für deinen geilen Hintern.»

«Ah, jetzt regst du dich auf», hat sie zu mir gesagt. «Und wenn du

deine Musik machst oder von Tisch zu Tisch gehst, den Mädels zu-
lächelst und dich zur Schau stellst wie einer, der Geld dafür kriegt,
dann darf ich nichts sagen. Aber wenn sie mir einen Job anbieten,
der noch dazu ganz harmlos ist – schließlich arbeite ich nicht als
Callgirl, sondern führe bloß anderen Frauen Kleider vor –, dann bin
ich sofort eine Nutte. Ist doch so ...»

Du willst ihr klarmachen, dass das nicht dasselbe ist. Dass in einer
gefährlichen Stadt wie dieser an jeder Ecke irgendwelche Risiken auf
naive junge Mädchen lauern. Dass der Catwalk nur der erste Schritt
ist und danach Fotosessions und weiß der Geier was noch kommen.

«Du Egoist!», brüllt sie mich an. Mir schwillt der Kamm, ich will
sie schütteln, schlagen, irgendwelche Dinge mit ihr tun, du weißt
schon, die du garantiert auch mit deiner Tusse machst.

Jedenfalls habe ich ihr in der Situation die erste Ohrfeige verpasst. Ich habe sie vorher nie angefasst – gewaltsam, meine ich.
Keine Ahnung, was da in mich gefahren ist, aber irgendetwas ist in
mich gefahren. Sie hat mich angeschaut, eine ganze Minute lang,
die Hand am Gesicht, still, die Tränen liefen ihr über die Wangen.
Ihr Anblick hat mich zu meinem Song «Tears on Your Face» inspi-
riert, vielleicht der beste, den ich je geschrieben habe.

Zwei Tage lang ist sie nicht ans Telefon gegangen. Ich musste
zu ihr in die Wohnung gehen, und ihr bekloppter Bruder hat mich
nicht reingelassen. Schließlich habe ich ihn einfach weggestoßen.
Ich habe alles so gemacht, wie echte Männer es tun, nicht solche
Waschlappen wie du.

Sie hat gesagt, dass sie den Job ablehnen würde. Dass ich keine
Ahnung habe, nichts kapiere, aber dass sie meinetwegen darauf
verzichten würde, auch wenn nichts Schlechtes dabei ist.

Mir ist dieser Sieg zu einfach vorgekommen. Ich hatte mit mehr
Widerstand gerechnet. Das Ganze stank zum Himmel, also habe ich
mir einen Tag freigenommen, dem Restaurantbesitzer erzählt, ich
bin krank, und bin ihr nachgeschlichen.

Natürlich ging sie immer noch hin. Fröhlich hat sie sich auf den Weg gemacht, und als sie fertig war, kam sie mit fünf oder sechs noch schlimmeren Flittchen wieder raus. Kaum waren sie außer Sichtweite, bin ich rein, habe mich beim Wachmann eingeschleimt und mir erzählen lassen, was sie auf dem Laufsteg so anhatten.

Dessous! Was sagst du dazu, alter Scheißkerl? Dessous. Stringtangas, BHs.

Meine Frau, die in Stringtanga und Push-up vor Publikum auf und ab läuft, mit ihrem Traumkörper, der Seele und Herz verrücktspielen lässt, mit diesen endlosen, perfekt geformten Beinen, Armen, Bauch, Busen.

Dessous.

So was gucken sich doch nicht nur Frauen an, oder? Da gehen Geschäftsleute hin, die sich die entsprechenden Teile und Marken für ihre Läden ausgucken. Dieser Widerling von Wachmann hat mir sogar noch angeboten, mich mit einem der Mädchen in Kontakt zu bringen. «Du gibst mir zehn Euro, ich rede mit ihr und besorge dir ihre Telefonnummer.» Er hat mir Fotos hingelegt, ich habe auf sie gezeigt, und das Ekel meinte doch tatsächlich: «Ah, das Mädchen aus Kalabrien! Unsere Neue. Sie ist echt der Hammer, aber nicht so leicht zu knacken, rückt ihre Nummer nicht raus. Das macht mindestens einen Fuffi.» Keine Ahnung, warum ich diesem Widerling nicht die Fresse poliert habe.

Als ich sie an dem Abend gesehen habe, bin ich total ausgerastet. Ich habe sie ins Hinterzimmer von dem Restaurant geschleift, und Gott allein weiß, wie ich es geschafft habe, sie nicht umzubringen. Sie ist abgehauen, in Tränen aufgelöst, und seitdem ist sie nicht mehr wiedergekommen.

Ich bin hier, um zu arbeiten. Nur um zu arbeiten. Ich wollte mir eine Zukunft aufbauen, für sie und für mich. Ich weiß aber gar nicht mehr, ob ich sie wirklich noch an meiner Seite will. Für mich ist sie inzwischen auch nichts anderes mehr als das Flittchen, das da neben dir sitzt und mich heimlich anglotzt, sobald du dich einmal umgedreht hast. Was soll ich denn mit so einer?

So eine ist nichts für mich.

Verrecken soll so eine!

17

Pisanelli fuhr sich mit der Hand über die Augen. Er war müde. Die Schicht war seit Stunden vorbei, für ihn und für die anderen. Aber es galt die nächsten Schritte vorzubereiten, sie konnten jetzt keinen Feierabend machen.

Lojacono wirkte wie aus Stein gemeißelt, er bewegte keinen einzigen Muskel.

«Ist der Vater informiert worden?», fragte er ruhig.

Ottavia schüttelte den Kopf.

«Nein. Er ist nicht im Dorf. Er hat einem Bekannten gesagt, dass er herkommen wollte.»

«Hat er auch gesagt, warum?»

«Um seine Tochter zurückzuholen. Er wollte, dass sie mit ihm nach Hause zurückfährt.»

Ein paar Sekunden herrschte absolute Stille. Nur der eisige Wind draußen rüttelte an den Fenstern, die leise klirrten. Palma war der Erste, der etwas sagte.

«Das Mädchen wird sicher nicht damit einverstanden gewesen sein. Das war wahrscheinlich der Grund für den Streit, den die beiden Nachbarn mitgehört haben.»

«Gut möglich», sagte Alex. «Aber es sieht so aus, als wäre Grazia zu dem Zeitpunkt gar nicht in der Wohnung gewesen. Vinnie und Paco haben zwei Männer gehört, die auf Kalabresisch miteinander stritten, aber gesehen haben sie niemanden. Außerdem kennen sie Cosimo Varricchio nicht.»

Pisanelli spielte mit seinem Stift.

«Vielleicht war auch nur der Fernseher sehr laut gestellt, manchmal kommt das vor. Dieser Verdacht gegen den Vater scheint mir zumindest ziemlich aus der Luft gegriffen.»

Ottavia war anderer Ansicht.

«Vergiss nicht, dass er gewalttätig ist. Immerhin saß er wegen Totschlags im Knast.»

«Er hat einen Mann wegen einer absoluten Lappalie totgeprügelt. Kann doch sein, dass er erneut den Kopf verloren hat», ergänzte Aragona.

Romano fiel ihm ins Wort.

«Was redest du da für einen Mist, Aragona? Was weißt du denn schon davon? Nur weil einer mal einen Fehler gemacht hat, ist garantiert, dass er noch einen macht? Und was ist er dann, gebrandmarkt fürs Leben? Wir reden hier von einem Vater, der seine beiden Kinder umgebracht haben soll, ist euch das klar? Eine solche Tat hängt man niemandem einfach so an. Nicht mal in einem Gespräch auf Stammtischniveau unter frustrierten Polizisten.»

Romanos übertriebene Reaktion auf Aragonas Bemerkung löste bei den anderen ein Gefühl der Beklemmung aus. Allen war klar, dass er sich selbst verteidigte und nicht Cosimo Varricchio. Romano hatte aus Unfähigkeit, die eigene Wut im Zaum zu halten, in der Vergangenheit einen Verdächtigen mit bloßen Händen gewürgt, was ihm erst eine Beurlaubung und dann den Rausschmiss aus dem Kommissariat von Posillipo eingebracht hatte. Und das war nicht das erste Mal gewesen, dass ihm so etwas passiert war.

Palma versuchte, die Stimmung wieder aufzulockern.

«Natürlich, natürlich. Also lasst uns keine voreiligen Schlüsse ziehen. Wir müssen herausbekommen, was es mit dem Streit auf sich hatte und wer daran beteiligt war. Und wir müssen nach dem Vater suchen, zumindest um ihn über das zu informieren, was passiert ist. Den Freund des Mädchens knöpfen wir uns ebenfalls vor, um rauszukriegen, wann er Grazia zum letzten Mal gesehen hat. Ottavia, wissen wir, wo er arbeitet?»

«Ja, zum Glück gibt's die sozialen Netzwerke: Da posten die Leute wirklich alles. Er ist Kellner in der Innenstadt, in einem Szenerestaurant namens *Marienplatz*, das bis abends spät geöffnet hat. Heute ist allerdings Ruhetag. Wir müssten ihn aber morgen Vormittag dort antreffen, wenn im Lokal geputzt wird. Seine Adresse haben wir leider nicht.»

Lojacono hatte ihr aufmerksam zugehört, während Alex sich Notizen machte.

«Auch der Freund stammt aus dem Dorf, oder?», fragte der Inspektor. «Wie heißt es noch … Roccapriora? Also wird auch er in der Lage sein, ein Streitgespräch im Dialekt zu führen.»

Palma nickte erschöpft.

«Ja, aber noch bewegen wir uns im Bereich der Mutmaßungen, wir haben nichts in der Hand. Egal, packen wir es an. Lojacono, Di Nardo, wir stehen euch natürlich alle zur Verfügung, was auch immer ihr für Unterstützung braucht. Ich fürchte, das Überleben dieses Kommissariats hängt stark von diesem Fall ab.»

Lojacono runzelte die Stirn. Es war das erste Mal seit Stunden, dass er so etwas wie eine Gefühlsregung zeigte.

«Eine schöne Bürde, die du uns da auflädst, Chef! Aber wenn wir den Fall lösen, umso besser für alle. Die Informationen, die Ottavia und Giorgio zusammengetragen haben, ersparen uns viel Zeit. Und sogar Aragona spielt eine wichtige Rolle: Seine Anwesenheit hier im Büro weckt in uns allen die Lust, auf die Straße zu gehen und uns der Affenkälte auszusetzen.»

Alle lachten, nur Aragona protestierte.

«Aber wenn doch immer ich euch den Täter präsentieren muss, weil ihr alle schon eingerostet seid und verkrustete Synapsen habt …»

Palma wandte sich an Romano.

«Wie ist eigentlich die Sache mit dem Mädchen ausgegangen? Wart ihr in der Schule?»

Romano wechselte einen raschen Blick mit Aragona.

«Ja, ja, waren wir. Kann gut sein, dass die Lehrerin, wie wir ja schon vermutet hatten, ein bisschen paranoid ist. Wir haben die Rektorin getroffen: Sie und die Macchiaroli haben uns ein paar Passagen aus mehreren Aufsätzen von der Kleinen lesen lassen, die man unterschiedlich auslegen kann.»

Ottavia lachte.

«Da sieht man mal wieder, dass ihr keine Kinder habt: Seit Jahren werden Rektoren schon ‹Schulleiter› genannt, und statt Aufsätze schreiben die Kids heutzutage ‹Kurzessays›. Ihr solltet euch mal auf den neuesten Stand bringen.»

Aragona zog eine Schnute.

Doch Palma ließ sich nicht ablenken.

«Also, wie ist euer Eindruck?»

Aragona sah sich wachsam um. Die Atmosphäre im Raum war nicht mehr ganz so angespannt. Mit leisen Stimmen diskutierten die anderen noch immer über den zweifachen Mord. Die nachlassende Aufmerksamkeit der Kollegen ließ genug Spielraum für eine vage Äußerung.

«Äh, keine Ahnung, Chef … Vielleicht lohnt es sich, noch ein paar Details zu überprüfen. Wenn morgen nichts Wichtiges anliegt, statten wir den Eltern mal einen kurzen informellen Besuch ab.»

Palma sah ihn scharf an.

«Vorsicht, Jungs: Wenn da irgendwas im Argen ist, was auch immer, sagt ihr mir sofort Bescheid. Dann schalten wir nämlich das Jugendamt ein. Es gibt Dinge, um die müssen sich die Spezialisten kümmern. Auf jeden Fall sollten wir ganz sicher sein, bevor wir in Aktion treten. Wegen irgendwelcher Phantastereien das Leben anderer Leute zu zerstören, behagt mir gar nicht. Also seid vorsichtig!»

Romano kratzte sich die Wange.

«In Ordnung, Chef. Noch ein kurzes letztes Treffen, mehr nicht.»

Palma musterte ihn, wie um seinen Gesichtsausdruck zu enträtseln. Normalerweise teilte Romano seine Bedenken mit den Kollegen. Es war ungewöhnlich, ihn so zurückhaltend zu erleben.

Die zahlreichen dringlichen Aufgaben, die das Team zu bewältigen hatte, lenkten den Kommissar jedoch gleich wieder von seinen Überlegungen ab. Mit der Bitte um Aufmerksamkeit unterbrach er die Gespräche der anderen.

«Es ist spät, sehr spät, Kollegen. Ich danke euch, dass ihr eure Arbeitskraft so lange zur Verfügung gestellt habt, aber jetzt sollten wir uns ein bisschen ausruhen. Morgen wird ein harter Tag. Lasst uns nach Hause gehen.»

18

Lasst uns nach Hause gehen.

Über die verlassenen Straßen, durch die ein Wind peitscht, der aus der Steppe zu kommen scheint, der heult wie ein Wolf und kalt ist wie Eis.

Lasst uns nach Hause gehen. Dorthin, wo es zumindest warm ist, wo uns die vertrauten Dinge umgeben und die vertrauten Geräusche.

Lasst uns nach Hause gehen. Die Tür hinter uns schließen und diese grässliche Welt außen vor lassen.

Lasst uns nach Hause gehen.

Im Treppenhaus begegnete Pisanelli seinem Nachbarn Lapiana, der in der Wohnung neben ihm wohnte.

Auf dem Kopf trug er ein verrutschtes Toupet und unter seinem Mantel eine fleckige Schlafanzugjacke. Er musste aus dem Schlaf aufgeschreckt sein, weil ihm eingefallen war, dass er seine Hündin noch Gassi führen musste. Der kleine Bastard, den er an einer kurzen Leine hielt, wedelte freudig mit dem Schwanz. In der anderen Hand trug der Mann eine Schaufel und eine Plastiktüte für die Exkremente.

«Guten Abend, Commendatore. Baghira hat wohl keine Lust zu schlafen, was?»

Der Mann bedachte ihn mit einem verzweifelten Blick.

«Was soll ich dazu sagen? Ich dachte immer, Tiere werden

nicht so alt. Aber das kleine Biest hier ist schon sechzehn, und sie ist deutlich fitter als ich. Weil die da» – er zeigte mit dem Kopf in Richtung Wohnungstür, hinter der sich seine Frau befand – «sie wie eine Prinzessin behandelt. Aber der Tag wird kommen, da ich mir ein Kissen schnappen und sie ersticken werde. Ich meine natürlich die Hündin, nicht die Hausherrin, versteht sich. Dann muss ich wenigstens nachts nicht mehr raus. Denn es ist sicher immer noch verdammt kalt, oder, Vicecommissario?»

Pisanelli nickte lächelnd.

«Allerdings. Sie haben mein ganzes Mitgefühl, Commendatore. Aber üben Sie sich noch ein bisschen in Geduld, Ihre Frau hängt doch so an Baghira.»

Das Hündchen mit dem unpassenden Namen schaute Pisanelli aus seinen trüben dunklen Augen an, als hätte es verstanden, dass er von ihm sprach, und winselte.

«Sehen Sie?», ächzte Lapiana. «Sie versteht uns. Ich weiß, dass sie jedes Wort versteht. Anders als *die da*. Gute Nacht, Vicecommissario. Und übrigens: Sollten Sie jemals in einem Fall ermitteln, in dem die Leiche ein Hund ist, erwarte ich, dass Sie meine Worte nicht gegen mich verwenden.»

Während sein Nachbar sich gegen die Begegnung mit der Tundra wappnete und seine Kapuze über die Halbglatze zog, schloss Pisanelli seine Wohnung auf. Der Timer an der Heizung hatte zum Glück funktioniert, denn eine milde Wärme empfing ihn.

«Ciao», flüsterte er.

Ohne auf den Sender zu achten, schaltete er den Fernseher ein. Das tat er immer, um seine Stimme zu übertönen. Damit sein Nachbar Lapiana, die Hexe von seiner Ehefrau und sogar die alte Baghira nicht dachten, der Stellvertretende Kommissar Giorgio Pisanelli wäre verrückt geworden.

«Ciao», sagte er noch einmal. «Ciao, meine Liebste. Ich bin wieder da. Es gibt viel zu erzählen.»

Er ging in die Küche, um sich einen Teller Pasta zu machen. Er hatte Hunger, auch wenn er wusste, dass er eine so späte Mahlzeit kaum mehr verdauen konnte und sich im Bett herumwälzen würde wie ein Wiener Schnitzel in der Panade.

«Egal. Ist eh nicht der Magen, der mich umbringen wird. Du weißt das ja, Liebste. Nicht ich, sondern der Gast wird den Countdown bestimmen.»

«Der Gast» – so nannte er ihn, voller Zuneigung, als handelte es sich um einen alten Freund, der für ein paar Tage zu Besuch gekommen war. Nur dass sein Gast schon sehr viel länger da war und auch nicht wieder gehen würde, es sei denn mit ihm zusammen.

Der Gast.

Als hätte er es heraufbeschworen, musste er plötzlich dringend auf die Toilette. Wie immer war das Wasserlassen eine Tortur. Blut sprenkelte die weiße Kloschüssel. Der Gast. Sein Prostatakrebs.

Er sprach nicht darüber, genauso wenig wie über seine Depressionen und seinen Spleen, dass er sich seit Jahren mit seiner verstorbenen Frau unterhielt. Denn man hätte ihn gezwungen, seine Arbeit aufzugeben, eine leere Hülle zu werden, in der sich ein Kampf mit voraussehbarem Ende abspielte.

Mit einem schiefen Lächeln auf den Lippen kehrte er in die Küche zurück. Er wollte nicht, dass Carmen sah, wie traurig er war.

Er war überzeugt, dass seine Frau noch immer in der Wohnung lebte, heiter und glücklich wie damals, als es ihr noch gut ging, bevor sie in ihrem Bett immer weniger geworden war und beschlossen hatte, dass es sich nicht mehr lohnte, am Leben zu bleiben. Er war überzeugt, dass sie ihn anschau-

te und seinen Worten mit freundlicher Anteilnahme lauschte. Er war überzeugt, dass sie seine Mimik zu deuten wusste,
jede einzelne Falte in seinem Gesicht kannte, wie sie es getan
hatte, als sie noch Augen und Hände besaß.

Denn die Liebe, dachte Pisanelli, ist etwas Großes. Zu
schön, tief und wichtig, um von den Launen des Schicksals
abzuhängen.

«Ich muss dir was erzählen, Schatz. Das war vielleicht ein
Tag! Setz dich und hör mir zu, während ich die Pasta koche.»

Er war angekommen, zu Hause.

Lasst uns nach Hause gehen.

Lasst uns der Kälte entfliehen, dem Wind und der Dummheit der Menschen. Lasst uns nach Hause gehen, wo es sicher
und ruhig ist. Wo keine Gefahr herrscht.

Lasst uns nach Hause gehen, zu unseren Möbeln, in die
Räume, die wir so gut kennen, dass wir uns mit verbundenen
Augen und im Dunkeln darin bewegen können.

Lasst uns nach Hause gehen. An einen sicheren Ort.

Der einzige, an dem wir uns wohlfühlen und uns der zerstörerischen Illusion von Glück hingeben können.

Auch wenn es kalt war, eiskalt, konnte Francesco Romano
sich einfach nicht entschließen, das Haus zu betreten, in dem
er lebte. Der Wind pfiff durch die verlassene Straße, und der
Polizist stand da, mit dem Schlüssel in der Hand, ein kräftiger, finster blickender Mann, zaudernd vor der eigenen Haustür. Sein Anblick erinnerte an eine moderne Plastik, bei der
der Künstler versucht hatte, das Unbehagen des Individuums
gegenüber der Realität abzubilden.

«Lasst uns nach Hause gehen», hatte Palma gesagt. Als
wenn das so einfach wäre. Als wenn das ein Trost wäre.

Für Francesco Romano war sein Zuhause eine Person gewesen: Giorgia, seine Frau. Die Frau, die seit dem Studium an seiner Seite gewesen war. Die Frau, die ihn bei seiner Karriere unterstützt hatte. Die Frau, die ihm Halt gab und versuchte, seinen schwierigen Charakter zu bändigen.

Ich soll einen schwierigen Charakter haben?, fragte sich Romano. Vielleicht. Wenn alle das behaupten und dabei kein Blatt vor den Mund nehmen, wird wohl was Wahres dran sein. Ein schwieriger Charakter. Und doch konnte er genauso gut fröhlich und aufgeschlossen sein, und sein Herz gehörte den Schwachen, die der Brutalität der vermeintlich Stärkeren ausgesetzt waren. Aus diesem Grund hatte er beschlossen, Polizist zu werden: Er hasste Ungerechtigkeit. Jedes Mal, wenn ihm eine solche Übergriffigkeit begegnete, fühlte er das Bedürfnis, dem etwas entgegenzusetzen. Und so jemand hatte einen schwierigen Charakter? Nein, das konnte nicht sein.

Wenn nicht diese gewissen Momente gewesen wären.

Der Wind wurde stärker, fast, als wollte er mit eiserner Hand gegen jenen Mann vorgehen, der sich seinem kalten Atem zu widersetzen wagte. Doch Romano rührte sich nicht.

Diese gewissen Momente. Er hatte irgendwo etwas von einem roten Schleier gelesen, mit dem die Wut den Blick vernebele. Bei ihm war das nicht so. Für ihn waren dies Momente von absoluter Klarheit, wenn jene fremde und zugleich vertraute Kraft sich unter seiner Haut ausbreitete und bis in seine Fingerspitzen strömte. Momente, in denen jemand anders von ihm Besitz nahm und jedes Zaudern, jedes Prinzip und jede Konvention brüsk hinwegfegte. Momente, in denen der Zorn das Allesbeherrschende im Kopf und in der Seele Francesco Romanos wurde.

Die Wut war wiedergekommen, als er Martinas Texte gelesen und sich dieses Schwein vorgestellt hatte, das sich ans

Bett der eigenen Tochter schlich. Wäre der Typ in Reichweite gewesen, wer weiß, was dann passiert wäre.

Romano und Giorgia hatten selbst keine Kinder. Sie hatten versucht, welche zu bekommen, vor allem Giorgia hatte immer vom Muttersein geträumt, und er hatte ihr diesen Wunsch erfüllen wollen. Die Untersuchungen hatten nichts Negatives ergeben. Es gab keine körperlichen Ursachen, weder bei ihm noch bei ihr. Der Arzt hatte mit den Schultern gezuckt und gesagt: «Manchmal sind zwei Menschen einfach inkompatibel.»

Inkompatibel. Aber wie konnten zwei, die zusammen groß geworden waren, inkompatibel sein? Die nie länger als drei Tage am Stück voneinander getrennt waren? Die sich von ganzem Herzen liebten?

Falsch, dachte Romano: die sich von ganzem Herzen *geliebt hatten.*

Ein Auto fuhr vorbei. Aus dem geöffneten Fenster brüllte eine raue Männerstimme ihm zu: «Geh nach Hause, Kumpel! Du siehst doch, sie kommt nicht mehr!» Lautes Gegröle der anderen Wageninsassen, ein Kavaliersstart folgte. Sogar du besoffenes Arschloch sagst mir, ich soll nach Hause gehen? Aber wo ist mein Zuhause?

Denn auch dort konnte es passieren. Vielleicht hat jemand gerade eine schlechte Phase, und im Job läuft es nicht gut. Vielleicht wurde jemand beurlaubt, nachdem er einem Kleinkriminellen, der ihm dreist ins Gesicht gelacht hat, an die Gurgel gegangen ist. Ich möchte euch mal in so einer Situation sehen! Vielleicht wird jemand strafversetzt in ein Loch im kaputtesten Viertel der ganzen Stadt und von den Lästermäulern und Spöttern auf eine Stufe mit Leuten gestellt, die mit konfiszierten Drogen gedealt haben.

In einem solchen Moment kann es schon mal vorkommen,

dass jemand nervös wird. Dass er überempfindlich reagiert, seiner inneren Unruhe nicht Herr wird. Dass er in einer normalen Unterhaltung völlig ausrastet.

Dass er seiner Frau eine Ohrfeige gibt.

Warum bist du weggelaufen, Giorgia? Warum hast du mir keine zweite Chance gegeben? Warum hast du nicht verstanden, dass ich mich in einer Ausnahmesituation befunden habe, dass ich verletzt und unglücklich war? Warum begreifst du nicht, dass ich dich brauche?

«Lasst uns nach Hause gehen», hatte Palma gesagt. Aber das war nicht sein Zuhause. Nicht ohne Giorgia.

Er stellte fest, dass ihm innerlich kälter war als äußerlich. Er würde sich eine Bar suchen, die noch geöffnet hatte. Und ein Bier trinken, mindestens eins. Um den Mut zu finden, die Tür aufzuschließen und die drei Stufen hochzugehen.

Sonst würde er im Auto schlafen und dort vielleicht wegen der Eiseskälte erfrieren. Vielleicht würde Giorgia es dann endlich begreifen.

Lasst uns nach Hause gehen.

Dort, ja dort ist alles so, wie es sein muss. Dort ist alles so wie immer, das übliche Chaos. Und menschliche Wärme. Dort mögen sie dich so, wie du bist.

Lasst uns nach Hause gehen.

Aragona trat auf die Rezeption zu.

«Ciao, Peppino. Und, was gibt's Neues?»

Der Nachtportier begegnete ihm mit dem üblichen professionellen Charme.

«Guten Abend, Herr Polizeioberwachtmeister. Alles ist in bester Ordnung, danke. Soll ich Ihnen was zu essen aufs Zimmer bringen lassen?»

Das Hotel *Mediterraneo*, dachte Aragona, nicht wirklich ein Zuhause, aber was gibt's schon Geileres, als in einem Luxushotel zu wohnen?

«Danke, das wäre nett. Ich habe heute nicht mal Zeit für ein Butterbrot gehabt. Die Stadt wird immer schlimmer, und wenn wir nicht wären, um diesen ganzen Kriminellen die Stirn zu bieten ...»

Der Mann nickte verständnisvoll.

«Keine Frage, Herr Polizeioberwachtmeister. Wir anständigen Leute sind Ihnen und Ihren Kollegen wirklich dankbar. Ich sage sofort der Küche Bescheid. Sie müsste noch offen sein, wir hatten heute einen Empfang.»

Aragona seufzte und nahm mit großer Geste seine Sonnenbrille ab.

«Ja, ja, das Volk gibt Empfänge, amüsiert sich. Und hat keine Ahnung von den Gefahren, die da draußen lauern. Erst heute haben sie zwei junge Menschen in ihrer eigenen Wohnung umgebracht. Ganz nah beim Kommissariat.»

Der Portier riss entsetzt die Augen auf.

«Tatsächlich? Und Sie leiten die Ermittlungen?»

«Ich darf keinerlei Informationen rausgeben, Peppino. Das ist alles streng geheim, verstehst du? Die Gangster könnten uns sonst bis nach Hause verfolgen und, um uns zu erpressen, unser näheres Umfeld bedrohen. Zum Beispiel den Nachtportier in dem Hotel, in dem wir wohnen.»

Der Mann fuhr sich mit dem Finger unter den Hemdkragen, Schweiß glänzte auf seiner Stirn. Misstrauisch ließ er seine Blicke durchs Foyer schweifen.

«Wirklich? So was kommt vor, oder? Verstanden, Herr Polizeioberwachtmeister. Ich werde Sie nicht mehr mit meinen Fragen belästigen.»

«Bist ein anständiger Kerl, Peppino. Gute Nacht!»

Mit einem komplizenhaften Zwinkern wandte Aragona sich ab und trat zum Aufzug, der ihn zu seinem Zimmer im zehnten Stock bringen sollte.

Dass er in einem Viersternehotel wohnte, war ein Luxus, den er seinen Kollegen nur schwer hätte erklären können. Deshalb wussten sie auch nichts davon. Das Zimmer mit Frühstück fraß sein ganzes Gehalt auf, aber Aragona konnte jeden Monat mit den üppigen Zuwendungen rechnen, die seine Mutter ihm ohne Wissen des Vaters zukommen ließ. Es würde nicht einfach sein, auf die Bequemlichkeiten zu verzichten, die dieses Top-Etablissement ihm bot.

Und dann war da noch Irina. Irina, die hübsche blonde Kellnerin, die das Frühstück auf der Dachterrasse servierte und deren morgendliches Lächeln genügte, seinem ganzen Tag einen Sinn zu geben. Irina, die ihn in wenigen Stunden mit den herrlichen, klangvollen Worten «Was darf ich Ihnen bringen, Signore?» empfangen würde.

Auf seine unnachahmliche Weise würde er seine Sonnenbrille abnehmen und sich mit der Hand über die Haare fahren, um sich zu vergewissern, dass diese lästige kleine Stirnglatze, die sich in Richtung Kopfmitte vorarbeitete, nicht zu sehen war. Er würde Irina tief in die Augen schauen und mit kerniger Stimme den Satz sagen, auf den sie bestimmt schon den ganzen Morgen sehnsuchtsvoll gewartet hatte: «Einen doppelten Espresso in einer großen Tasse.»

Danach würde Polizeioberwachtmeister Marco Aragona, unermüdlicher Kämpfer gegen das Verbrechen, wieder bereit sein für neue gefährliche Abenteuer.

Lasst uns nach Hause gehen.

Zu Hause sind die, die uns gernhaben. Die Welt ist schlecht, kompliziert, argwöhnisch, die Straßen sind gepflastert mit

Hass und Schmerz. In den vertrauten vier Wänden umgeben uns Liebe und Wärme.

Lasst uns nach Hause gehen. Denn zu Hause ist die Familie, das Nest, in dem wir uns geborgen fühlen. Zu Hause versteht man uns, kennt man uns. Dort sind die Menschen, vor denen wir uns geben können, wie wir sind.

Lasst uns nach Hause gehen.

Alex versuchte, so wenig Lärm wie möglich zu machen, doch dann sah sie den Lichtschimmer, der aus der Küche kam.

Vorsichtig stieß sie die Tür auf. In Bademantel und Schlafanzug saß ihr Vater vor einer Tasse Tee am Küchentisch.

«Ciao, Papa. Wie kommt's, dass du noch wach bist?»

Eine unnötige Frage, denn die Antwort kannte sie bereits.

Prompt erwiderte ihr Vater:

«Glaubst du vielleicht, ich kann einschlafen, solange du unterwegs bist? Außerdem weißt du, dass ich ans Wachsein gewöhnt bin. Gib mir einen …»

… Cent für jede …

«… Cent für jede Nacht, die ich …»

… schlaflos …

«… schlaflos verbracht habe, um meinem Vaterland zu dienen, und …»

… ich wäre …

«… ich wäre Millionär. Hast du was gegessen?»

«Ja, Papa, ein Sandwich, vor ein paar Stunden im Kommissariat. Uns ist ein Fall reingekommen, der …»

Der General hob die Hand.

«Lass gut sein. Ich habe jahrelang kein Wort über meine Missionen verloren, da werde ich einen Teufel tun, dich über deinen Fall auszuquetschen. Sag mir nur …»

… ob es dir gutgeht und du …

«… ob es dir gutgeht und du Hilfe brauchst. Mehr will ich gar nicht wissen.»

«Es geht mir gut, Papa. Und ich schaffe das schon alleine, danke.»

Der General schenkte ihr ein flüchtiges Lächeln, das so etwas wie Stolz ausdrücken sollte.

«Ich weiß. So warst du schon als kleines Mädchen. Stark und dickköpfig. Ich habe mich nie in deine Angelegenheiten eingemischt, weil ich denke, dass Kinder …»

… schneller reif werden, wenn …

«… schneller reif werden, wenn die Eltern sie ihr eigenes Ding machen lassen. Und du weißt genau, dass …»

Bitte, Papa, sag es nicht! Sag es nicht schon wieder.

«… ich vollstes Vertrauen in dich habe. Ich bin mir sicher, du wirst mich niemals enttäuschen. So ist es doch, oder?»

Ich wünschte, du wärest jetzt hier, Rosaria Martone. Mit deiner sonnengebräunten Haut, deinem wunderschönen Lächeln. Mit deinen hungrigen Küssen und deinen gesegneten Händen, die mir so viel Lust verschaffen. Ich würde dich gerne mal erleben, wenn der General dich fragt, ob du ihn jemals enttäuschen würdest.

«Ja, Papa.»

Der General nickte zufrieden, streichelte seiner Tochter noch einmal sacht über die Wange und ging schlafen.

Kaum hatte er die Küchentür hinter sich geschlossen, schaltete Alex das Licht aus und begann, lautlos zu weinen.

Lasst uns nach Hause gehen.

Hier draußen gibt es nichts mehr zu tun. Schlussendlich ist die Welt doch stehengeblieben, und ein paar Stunden lang wird nichts weiter geschehen.

Ja, lasst uns nach Hause gehen.

Leise klopfte Ottavia an die Tür von Palmas Büro. Sie waren als Einzige noch im Kommissariat.

«Darf ich kurz stören? Inzwischen sind alle gegangen, Commissario. Ich habe meinen Computer angelassen, für ein paar Updates.»

Palma blickte von dem Papierberg auf seinem Schreibtisch auf. Vor lauter Erschöpfung hatte er tiefe Ringe unter den Augen. Trotzdem sah er mit seinen wirren Haaren, dem offenen Hemdkragen unter der gelockerten Krawatte und den hochgekrempelten Ärmeln aus wie ein kleiner Junge. Als hätte er ihre Worte gar nicht richtig wahrgenommen, sagte er:

«Danke, Ottavia. Du warst mal wieder großartig heute. Unglaublich, was du in der kurzen Zeit an Informationen zusammengetragen hast! Es ist ein echter Glücksfall, dich hier im Team zu haben.»

Ottavia schoss das Blut in die Wangen.

«Danke, Commissario, das ist wirklich nett. Aber ich tue nur meine Pflicht. Es wäre wirklich eine Schande, wenn das Kommissariat zumachen müsste.»

Palma musterte sie schweigend. Wie hübsch sie war, dachte er. Und so weiblich. Er empfand plötzlich eine große Zärtlichkeit für sie. Und zugleich etwas anderes, das er lieber gar nicht erst ergründen wollte.

«Du schaffst es einfach nicht, mich zu duzen, was? Dabei wäre mir das wirklich ein Anliegen. Du bist die Erste, die morgens kommt, und die Letzte, die abends geht – wir sehen uns jeden verdammten Tag in diesem Tal der Tränen! Meinst du nicht, wir sollten allmählich Freunde werden?»

«Irgendwann schaffe ich es bestimmt. Es braucht einfach seine Zeit, wie so vieles.»

Ottavias Stimme war so samtig und weich, dass ihm ganz warm ums Herz wurde.

«Ja, vermutlich», sagte Palma melancholisch. «Am Ende ist alles eine Frage der Zeit. Jedenfalls werden wir unser Bestes tun, dieses elende Gauner-von-Pizzofalcone-Image loszuwerden. Wenn sie uns dann trotzdem dichtmachen, bleibt uns wenigstens die Gewissheit, alles versucht zu haben.»

Besorgt schaute Ottavia ihn an. Irgendwie wirkte er noch erschöpfter als sonst.

«Wir kriegen das hin, Commissario, Sie werden sehen. Wir sind allesamt gute Polizisten, wenn nicht gar in dem einen oder anderen Fall herausragende. Und vielleicht hat Marco sogar recht: Ein Gauner zu sein ist wie ein Markenzeichen.»

Palma schüttelte den Kopf.

«Dieser Aragona ... Wenn wir den auf Kurs bringen, können wir uns wirklich auf die Schulter klopfen. Aber jetzt musst du gehen, Ottavia. Es ist schon spät, und mir gefällt die Vorstellung gar nicht, dich um diese Uhrzeit alleine unterwegs zu wissen.»

In Ottavias Kopf blitzten die Bilder ihrer Familie auf: Auf der einen Seite ihr Sohn Riccardo, der eingeschlossen war in seine eigene Welt und immer nur dieses eine Wort wiederholte: «Mama, Mama, Mama». Ein permanenter Vorwurf, weil sie nie bei ihm war. Als könnte er ihre Gedanken lesen, als wüsste er, dass er für sie eine Last war, ein Hindernis, die Frau zu sein, die sie sein wollte. Auf der anderen Seite ihr Ehemann Gaetano, der ihr mit einem Lächeln auf den Lippen jeden Wunsch erfüllte und alles tat, um sie glücklich zu machen. Der sogar die Schuld an dem Drama mit Riccardo auf sich zu nehmen schien. Gaetano, der keine Ahnung davon hatte, dass sie ihn nicht mehr liebte, dass sie ihn vielleicht noch nie geliebt hatte.

Zuhause, dachte sie. Wenn es Sid, ihren Hund, und seinen wissenden Blick nicht gäbe, wäre ihr Zuhause an diesem Abend der letzte Ort, an den sie sich zurückziehen wollte.

«Keine Sorge, Commissario: Ich habe eine Pistole in meiner Handtasche, und ich weiß sogar, wie man sie benutzt. Nur
weil ich immer am Computer sitze, habe ich noch lange nicht
verlernt, was es heißt, Polizistin zu sein.»

Palma konnte nicht anders, er musste seinen Blick über
ihren sanft gerundeten und doch festen Körper schweifen
lassen.

«Alles würde ich über dich denken, Ottavia, nur nicht,
dass du verweichlicht bist. Das kannst du mir glauben.»

Palmas Stimme, die einen leicht rauen Klang angenommen hatte, ließ sie zusammenzucken. Es war wirklich an der
Zeit zu gehen, dachte sie.

«Aber bitte, Sie müssen auch nach Hause gehen! Sie dürfen nicht schon wieder im Büro übernachten. Der Mord an
den beiden Geschwistern wird uns die nächsten Tage noch
zu schaffen machen – einen nicht funktionstüchtigen Chef
können wir uns nicht erlauben. Versprochen, Commissario?»

«Versprochen, Ottavia. Und gute Nacht!»

«Gute Nacht! Und ... schlaf gut!»

Als wäre sie erschrocken über die eigene Kühnheit, hatte
sie schon die Flucht ergriffen, noch bevor er etwas erwidern
konnte.

Welch ein Traum, dachte er. So eine Frau!

19

Am nächsten Morgen war die Temperatur noch mehr gesunken, auch wenn das niemand für möglich hielt.

In den Nachrichten war die Wettervorhersage an die erste Stelle gerückt. Den Meteorologen zufolge hatte es eine solche Eiseskälte seit Jahrzehnten nicht mehr gegeben. Auch die Zeitungen ließen sich lang und breit über das Thema aus, das jedes Gespräch in der Öffentlichkeit, in Bus und Bahn und in den privaten Haushalten beherrschte. Alle stellten sich die gleiche Frage: «Wie lange hält diese Kälte noch an?»

Und doch waren letztlich kaum diejenigen davon betroffen, die das Phänomen in ihren gut beheizten Büros und Wohnzimmern diskutierten, geschützt vor dem brutalen Nordwind, der den Atem stocken und die Worte zerbersten ließ. Es betraf vor allem die Obdachlosen, die Umherziehenden, die armen Leute. In den letzten Nächten waren fünf Menschen erfroren, unter Brücken oder in Hauseingängen. Freiwillige versuchten, Hilfe zu leisten, konnten aber nicht allzu viel ausrichten.

«In Wirklichkeit», sagte Lojacono zu Alex, «ist diese Stadt einfach nicht für eine solche Kälte gemacht.» Sie war nicht dafür gerüstet. Fenster und Türen schlossen nicht richtig, die Heizungen funktionierten unzuverlässig oder gar nicht. Klimaanlagen gab es nur selten. Die Kälte schlüpfte wie die Mauersegler in jede Öffnung, die die wärmegewohnten Bewohner der Stadt nicht abgedichtet hatten.

Direkt nach der Meldung über die Eiseskälte und noch vor den Neuigkeiten zur aktuellen innen- und außenpolitischen Lage inklusive der Kriege überall auf der Welt brachten die Medien Berichte über den Mord im Vico Secondo Egiziaca. Offenbar gab es im ganzen Land kein Verbrechen, das brutaler oder beeindruckender war als der Fall der beiden in der großen Stadt so grausam niedergemetzelten Geschwister aus Kalabrien.

Alex und Lojacono hatten den halben Vormittag damit zugebracht, mit Ottavias Hilfe weitere Informationen zum Vater der beiden und zu Grazias Freund zusammenzutragen.

Ersterer schien wie vom Erdboden verschluckt. Als gesichert galt, dass er mit dem Bus zum Bahnhof gefahren war, aber danach verlor sich seine Spur. Es war nicht unwahrscheinlich, dass er tatsächlich in einen Zug gestiegen war, doch eine hundertprozentige Garantie dafür gab es nicht, denn niemand am Fahrkartenschalter konnte sich an einen Reisenden erinnern, auf den die Beschreibung passte: untersetzt, schütteres schwarzes Haar, dunkle Augen, stechender Blick.

Der Bekannte, der als Letzter mit ihm gesprochen hatte und dem er anvertraut hatte, seine Tochter zurückholen zu wollen, war ein Nachbar, auch er Hilfsarbeiter, aber schon in Rente. Er hatte die Fragen der Carabinieri nur sehr einsilbig beantwortet, mit dem üblichen Argwohn von Dörflern gegenüber den Organen des Staates. Ganz offensichtlich wollte er Cosimo nicht in Schwierigkeiten bringen, aber noch weniger wollte er sich selbst schaden. Also war es am klügsten, den Mund zu halten oder nur das Allernötigste zu sagen.

Über Domenico Foti, genannt Nick Trash, hatten sie mehr herausfinden können. Ein unruhiger Junge, so seine ehemalige Lehrerin, aber auch nicht auffälliger als andere. Als er sechzehn war, hatte man bei ihm Dope gefunden. Er hatte ein paar Ohrfeigen kassiert und Besserung gelobt, ansonsten war höchstens von ein paar nächtlichen Streichen an den verschlafenen Wochenenden von Roccapriora zu berichten. Der Vater war verstorben, vier ältere Geschwister waren berufsbedingt auf ganz Italien verteilt, und im Dorf lebten die alte Mutter und eine verheiratete Schwester, mit der er einmal in der Woche telefonierte. Seine große Leidenschaft war das Gitarrespielen. Er zog ständig mit dem Instrument umher, was ihm den Spitznamen «Nick, die Gitarre» eingebracht hatte, dem die Bezeichnung «Rastaman» gefolgt war, nachdem er sich eine entsprechende Frisur zugelegt hatte, die er offenbar noch immer trug. Seine bevorzugte Stilrichtung war Reggae, aber er war auch bereit, anderes zu singen, Hauptsache, man ließ ihn.

Die Fotos von ihm in den sozialen Medien zeigten einen hübschen Jungen mit einem traurigen Lächeln. Auf manchen Aufnahmen war auch Grazia zu sehen, die so fotogen war, dass selbst Schnappschüsse mit ihr gestellt schienen.

Kurz bevor der Pub öffnete, in dem Domenico Foti arbeitete, machten Alex und Lojacono sich auf den Weg dorthin. Der Wind, gegen den sie sich anstemmen mussten, hatte alle Wolken vom Himmel gefegt und für eine glasklare Luft gesorgt. Doch er hatte auch der Sonne, die bis dahin in voller Pracht erstrahlt war, jede Kraft genommen.

Der Inspektor fragte sich, wie kalt es wohl in der Nacht werden würde. Er machte sich Sorgen um Marinella, die wie alle Mädchen in ihrem Alter dazu neigte, die Temperatur zu unterschätzen und sich viel zu leicht anzuziehen. Er war versucht, sie anzurufen, um sich zu vergewissern, dass sie einen Schal trug, wenn sie zur Schule ging. Aber dann hätte Alex das Telefonat zwangsläufig mit angehört, und seine Tochter ging vermutlich sowieso nicht ans Handy, wenn sie mit Klassenkameraden unterwegs war.

Sie hatten Glück, im *Marienplatz* waren die Vorbereitungen für den Abend bereits im vollen Gang. Auf ihr Klopfen an der gläsernen Eingangstür machte ihnen ein nachlässig gekleidetes Mädchen auf. Mit offenem Mund auf ihrem rosa Kaugummi kauend, nuschelte sie, das Lokal sei noch geschlossen, und Mittagessen gebe es bei ihnen sowieso nicht.

«Wir wollen nichts essen», erwiderte Alex schroff. «Wir sind vom Kommissariat Pizzofalcone und möchten mit Herrn Domenico Foti sprechen.»

Unbeeindruckt musterte das Mädchen die beiden Polizisten von Kopf bis Fuß. Dann sagte sie:

«Und wer soll das sein? Hier arbeiten keine Herren und ein Domenico Foti schon gar nicht.»

Lojacono seufzte.

«Hören Sie, Signorina, hier draußen ist es ziemlich kalt. Scheißkalt, um genau zu sein. Lassen Sie uns jetzt für einen Moment eintreten, oder muss ich erst jemandem Bescheid sagen, der euch den Laden für drei, vier Monate dichtmacht?»

Schweigend trat das Mädchen beiseite und ließ sie herein. Trotz des strengen Putzmittelgeruchs fühlten die beiden Polizisten sich gleich viel besser aufgehoben als draußen in der Kälte. Lojacono zählte mindestens drei junge Leute, die mit Saubermachen beschäftigt waren. Ein Eimer mit Schrubber in einer Ecke deutete darauf hin, dass auch das Kaugummimädchen zu der Putztruppe gehörte.

«Also, Signorina, wie ich bereits sagte, suchen wir einen jungen Mann namens Domenico Foti, der hier arbeiten soll.»

«Und wie ich Ihnen bereits sagte, habe ich keine Ahnung, wer das sein soll. Im Prinzip weiß hier zwar jeder, wer wer ist, aber durch den Schichtwechsel sind wir insgesamt ungefähr dreißig Leute, Köche und Barmänner mit eingeschlossen. Und natürlich nennt hier nie einer seinen Nachnamen.»

«Unser Kandidat dürfte ziemlich groß sein und ein wahres Gebirge an Frisur haben», erklärte Alex. «Alles voller Rastazöpfe, falls er sie nicht erst kürzlich abgeschnitten hat.»

«Ach so, Sie meinen Nick! Ich dachte immer, er heißt Nicola. Wie soll man denn da auf Domenico kommen? Sie haben Glück, er gehört zu der Besetzung von heute Abend. Entweder ist er schon hier, oder er kommt jeden Moment. Aber was hat er denn angestellt? Hat er sie etwa wieder geschlagen?»

Lojacono und Alex wurden hellhörig. Immer schön cool bleiben, dachte der Inspektor.

«Geschlagen? Kann schon sein. Wann genau war es denn das letzte Mal?»

Das Mädchen lächelte, als handelte es sich um ein vergnügliches Erlebnis.

«Mannomann, der hat ihr vielleicht eine geknallt! Ein paar Tage ist das jetzt her. Das muss am Wochenende gewesen sein, denn der Laden war rappelvoll. Auf jeden Fall stand sie plötzlich da, atemberaubend schön, und allen Jungs fielen die Augen aus dem Kopf. Wenn man an einem solchen Abend Aufmerksamkeit erregen will, dann braucht man entweder eine Atombombe oder so einen Feger wie die.»

Alex versuchte, zum Kern vorzustoßen.

«Nick war also hier. Und was hat er gemacht?»

Das Mädchen starrte sie an, als wäre sie nicht ganz dicht.

«Wie – ‹was hat er gemacht›? Bedient natürlich! Und zwar ohne eine Sekunde zum Verschnaufen. Jedenfalls ist da plötzlich diese Schnitte aufgetaucht, mit Minirock und High Heels, wie eine Schauspielerin, und ist direkt auf ihn zu. Hätte nicht viel gefehlt, und die Leute wären aufgestanden und hätten ihr applaudiert. Aber Nick hat so getan, als würde er sie nicht sehen – zufällig war ich direkt in der Nähe und habe alles mitgekriegt. Es war total absurd: Er hat einfach weitergearbeitet, als gäbe es sie gar nicht.»

«Und dann?», hakte Lojacono nach.

«Und dann hat sie ihn am Arm gepackt und festgehalten. Um ein Haar wäre ihm das Tablett mit den leeren Gläsern runtergefallen. Auf einmal hat er ihr mit der flachen Hand ins Gesicht geschlagen: *Paff*! Trotz der lauten Mucke hier in dem Laden, die dafür sorgt, dass wir alle nach der Schicht immer halb taub sind, habe ich das Klatschen gehört, über gut zwei Meter hinweg. Das Mädchen hat sich an die Wange gefasst, ihn angestarrt und gesagt: ‹Du Scheißkerl!› Ich habe es genau gehört. Natürlich haben sich sofort alle weggedreht und so getan, als wäre die Welt in bester Ordnung.»

«Und dann?»

«Dann hat Nick sein Tablett abgestellt, ganz ruhig, und zu mir gesagt: ‹Tatiana, bitte übernimm mal kurz für mich.› Und dann hat er sie am Arm nach draußen vor die Tür gezerrt. Eine Szene wie aus einer Vorabendserie, genau so!»

«Und wie ist die Geschichte ausgegangen?», fragte Alex.

Tatiana zuckte mit den Schultern. Sie kaute noch immer auf ihrem rosa Kaugummi herum.

«Woher soll ich das denn wissen? Nach einer Viertelstunde kam er mit düsterer Miene wieder rein und hat weitergearbeitet. Und das Mädchen ward nicht mehr gesehen.»

«Und Sie haben nicht mit Nick gesprochen? Also ihn gefragt, wer das war, oder so …»

«Sie machen wohl Witze? Ich stecke doch meine Nase nicht in fremde Angelegenheiten, andernfalls bist du hier schnell weg vom Fenster. Und ich brauche meinen Job, was denken Sie denn? Ah, da ist er ja! Nick, dein Typ ist gefragt.»

20

Im Türrahmen vom *Marienplatz* stand ein hochgewachsener junger Mann mit Rastalocken. Er zögerte kurz, als wollte er sich am liebsten auf dem Absatz umdrehen, aber dann fing er Lojaconos Blick auf und trat näher.

«Wer sind Sie?»

Alex und Lojacono sahen zu Tatiana hinüber, die allen Beteuerungen zum Trotz, sich nur um ihren eigenen Kram zu kümmern, keine Anstalten machte, Eimer und Schrubber zur Hand zu nehmen. Vielleicht dachte sie, mit ihrem Bericht das Recht erworben zu haben, das Verhör mit anhören zu dürfen.

«Domenico Foti, nehme ich an», begann der Inspektor. «Wir sind vom Kommissariat Pizzofalcone, ich heiße Lojacono, das ist meine Kollegin Di Nardo. Wir müssen mit Ihnen reden. Können wir uns irgendwohin zurückziehen?»

Der junge Mann schaute abwechselnd von einem zum anderen, als könnte er dadurch ihre Absichten erraten. Schließlich nickte er und ging hinaus, zur Enttäuschung Tatianas, die sich wieder an die Arbeit machte.

Gegenüber dem Pub befand sich eine Bar, in der Lojacono zwei Espressi bestellte. Nick schüttelte den Kopf, als er ihn nach seinen Wünschen fragte.

Der Inspektor musterte den jungen Mann und beschloss, erst mal das Terrain zu sondieren.

«Signor Foti, haben Sie eine Vorstellung, warum wir hier sitzen?»

«Nicht die geringste.»

Tat er nur so, als hätte er keine Ahnung? Selbst wenn er mit dem Mord nichts zu tun hatte, so musste er doch etwas mitbekommen, die Nachrichten gesehen oder den Tratsch von der Straße gehört haben.

«Wir wissen, dass Sie mit Grazia Varricchio, wohnhaft im Vico Secondo Egiziaca, in Kontakt stehen. Dem ist doch so, oder?»

«Was heißt ‹in Kontakt stehen›? Sie ist meine Freundin. Warum?»

«Stimmt es, dass Sie kürzlich einen handfesten Streit hatten?», warf Alex ein.

«Ah, deswegen. Tatiana hat es wohl gar nicht abwarten können, das weiterzutratschen, was? Ja, wir hatten eine Auseinandersetzung, vielleicht ein bisschen heftiger als sonst, aber es war eine ganz normale Auseinandersetzung. Ich weiß nicht, was Sie …»

Lojacono unterbrach ihn.

«Seit wann haben Sie sie nicht mehr gesehen?»

«Seit … seit dem Abend, als sie hier war. Das war am Samstag. Nach dem Streit sollte sie ruhig erst mal im eigenen Saft schmoren – das verstehen Sie doch, oder? Sie wird sich schon wieder melden. Und ich …»

Alex hakte nach.

«Seit diesem Abend haben Sie nichts mehr voneinander gehört? Sie sind nicht zufällig zu ihr gegangen, um sie zu besuchen, oder …»

Nick sprang auf.

«Würden Sie mir endlich sagen, was los ist? Falls sie sich über die Ohrfeige beschwert haben sollte: Sie ist mit den

Fäusten auf mich los und hat mich gekratzt, als wir draußen waren – hier, schauen Sie mal!»

Er zeigte auf die Kratzspuren an seinem rechten Unterarm.

Lojacono stand auf und legte ihm die Hand auf die Schulter, damit er sich wieder setzte.

«Ich habe leider schlechte Nachrichten für Sie, Signor Foti: Grazia und ihr Bruder sind gestern Morgen tot in ihrer Wohnung gefunden worden. Sie wurden ermordet.»

Im ersten Moment verzog der Junge keine Miene. Dann malte sich ein Ausdruck von Überraschung auf seinem Gesicht ab. Seine Lippen verzerrten sich sogar zu einem schiefen Lächeln, als wäre er überzeugt, Lojacono mache mit ihm einen schlechten Scherz.

Er versuchte, etwas zu sagen, brachte aber kein Wort heraus. Hilfesuchend sah er Alex an, wie um Unterstützung von ihr zu erbitten. *Über so was macht man keine Witze – sagen Sie ihm, dass er das sofort zurücknehmen soll. Schon klar, Sie beide sind Freunde von Grazia oder ihrem Bruder, und gleich springt sie hinter irgendeinem Busch hervor und sagt mit einem Grinsen: «Siehst du, so würdest du dich fühlen, wenn du mich für immer verlierst.»*

Für immer.

Schweigend ließen Alex und Lojacono die Sekunden und Minuten verstreichen. In solchen Momenten hassten sie ihren Job. Ihre Gesichter würde Domenico Foti später jedes Mal vor Augen haben, wenn er sich daran erinnerte, wie er von Grazias Tod erfahren hatte.

Falls er nicht Theater spielte.

Falls nicht er das Leben der beiden Geschwister im Vico Secondo Egiziaca ausgelöscht hatte.

Falls die Kratzspuren an seinem Arm, auf die er noch immer wie paralysiert zeigte, nicht Folge des verzweifelten Todeskampfes der Frau waren, die er geliebt hatte.

Nicks Unterlippe begann zu zittern, ebenso wie seine Hände, die er vor sich auf dem kleinen Tisch abgelegt hatte.

«Wie … wie ist das passiert? Was heißt ‹ermordet›? War es vielleicht ein Unfall? Der Gasofen … Es ist eiskalt draußen, sie hat ständig gefroren. Was heißt ‹ermordet›?»

Lojacono seufzte. Er hoffte, dass der Junge kein Theater spielte, der Schmerz wirkte zu echt.

«Nein, es war kein Unfall. Wir können leider keine Details verraten, aber es handelt sich um Mord. Genauer gesagt: um einen Doppelmord.»

Nick kniff die Augen zu einem Spalt zusammen.

«Der Vater. Der Vater. Haben Sie mit ihm gesprochen?»

«Wir haben ihn noch nicht erreicht.»

«Sie … sie hatte Angst vor ihm. Sie glaubte, dass er herkommen würde, hierher in die Stadt, um sie mit nach Hause zu nehmen. Er hatte sie angerufen und ihr gedroht. Er … Wissen Sie Bescheid über ihn? Er war jahrelang im Gefängnis, er hat jemanden umgebracht.»

«Signor Foti, wo waren Sie in der Nacht von vorgestern auf gestern?»

Alex hatte ihre Frage in einem ganz freundlichen Tonfall gestellt, doch sie schlug trotzdem ein wie eine Bombe. Vollkommen verblüfft, als hätte man ihn nach seinem Basiswissen in Quantenphysik gefragt, riss der junge Mann die Augen auf und legte sich die Hand auf die Brust.

«Wo ich war? Sie denken doch nicht etwa … Unser Streit war einer unter Liebenden, wir haben Dutzende von Auseinandersetzungen dieser Art gehabt. Sie war die Liebe meines Lebens, ich hätte ihr niemals etwas angetan, niemals.»

Lojacono beschloss, weiterhin die sanfte Tour zu fahren. Egal, ob Nick schuldig oder unschuldig war, das war einfach nicht der richtige Moment für irgendwelche Spielchen.

«Bitte haben Sie Verständnis für unsere Fragen, wir haben unsere Vorschriften. Man hat Sie beide erst vor zwei Tagen in einen heftigen Streit verwickelt gesehen – wir haben die Pflicht, sämtliche Eventualitäten zu überprüfen. Das heißt nicht, dass wir gegen Sie oder jemand anderen einen konkreten Verdacht hegen würden. Dazu ist es noch zu früh. Aber wir müssen uns ein genaues Bild von der Situation machen. Ich nehme an, es ist auch in Ihrem Interesse, wenn wir den Fall rasch lösen.»

Wie im Rausch starrte Nick ihn weiter an. Er sah aus, als würde er einen fürchterlichen Albtraum durchleben und darauf warten, endlich wach zu werden. Er stieß einen tiefen Seufzer aus.

«Ich war zu Hause, im Bett. Wie immer, wenn ich nicht gerade arbeite oder Musik mache. Ich bin Sänger und Gitarrist; manchmal habe ich die Möglichkeit, bezahlte Gigs zu geben. Das ist auch der Grund, warum ich in die Stadt gezogen bin, damit mich jemand entdeckt. Und sie, Grazia, ist wegen mir gekommen. Mein Gott ...»

Alex und Lojacono kannten die Entwicklung gut, bei der das Gehirn peu à peu die Ereignisse verarbeitete, die Bilder sich verdichteten und Schuldgefühle aufkamen. Wenn er nicht wegen seiner scheiß Musik unbedingt in die Stadt hätte gehen müssen, dachte der Junge, würde Grazia jetzt noch leben.

Falls natürlich nicht alles Teil einer einzigen großen Inszenierung war.

«Wo wohnen Sie? Kann Ihnen vielleicht jemand ...»

«Nein, niemand kann mir ein Alibi geben. Ich wohne allein in einer Kellerwohnung im Spanischen Viertel. Via Speranzella 18. Weil ich nachts immer erst spät nach Hause komme, brauche ich ein Zimmer mit separatem Eingang, das noch dazu nicht viel kostet. Dieses Loch ist sogar den Ratten zu schäbig, aber das ist mir egal. Auf jeden Fall bin ich um zehn zu Bett und am nächsten Morgen erst spät raus. Ich musste nicht zur Arbeit, weil das Lokal Ruhetag hatte.»

Also kein Alibi. Keine Zeugen. Lojacono beschloss, das Thema zu wechseln.

«In welchem Verhältnis standen Sie zu Grazias Bruder? Waren Sie befreundet?»

Nick war nicht in der Lage, zur Tagesordnung zurückzukehren. Er stand unter Schock.

«Wer, Biagio? Wir kannten uns schon von früher, im Dorf kennt jeder jeden. Aber als ich und Grazia … Als wir ein Paar wurden, war er schon weg. Wir haben uns ein paarmal gesehen, ein paar Worte gewechselt, aber er war ein zurückhaltender Typ, ziemlich verschlossen. Er hat seine Schwester sehr geliebt, was uns miteinander verbunden hat. Vielleicht war er nicht wirklich glücklich mit mir als ‹Schwager›. Ich glaube, ihm wäre lieber gewesen, wenn sie einen Banker gedatet hätte oder noch besser einen Professor. Aber Grazia hat sich eben in mich verliebt.»

Er brach in Tränen aus. Ein Schluckauf schüttelte ihn, und Lojacono dachte schon, er würde sich jeden Moment übergeben. Seine Schultern bebten, die Tränen liefen ihm übers Gesicht, und seine Gesichtsmuskeln zuckten.

Von Schluchzern unterbrochen, begann er zu sprechen.

«Vor ein paar Wochen haben wir zu dritt einen Abend in ihrer Wohnung verbracht. Wir haben zusammen gegessen und uns unterhalten. Biagio hat mich nach meinen Projekten gefragt. Er hat auch gesagt, wenn ich wirklich unbedingt eine CD rausbringen wollte, dann könnte er mir vielleicht helfen, das Geld dafür zusammenzukriegen. Wir waren total verschieden, aber wegen unserer gemeinsamen Liebe zu Grazia

hätten wir womöglich doch eines Tages Freunde werden können. Und jetzt ... auch er. Mein Gott, mein Gott ... Was soll ich
jetzt tun? Können Sie mir sagen, was ich tun soll?»

Alex und Lojacono schauten sich an.

Auf diese Frage gab es keine Antwort.

21

Der Wagen, in dem sie saßen, parkte direkt vor einer Bank-filiale. Romano kam es so vor, als wären sie zwei Räuber in einem schlechten amerikanischen Film aus den siebziger Jahren, nur dass es im Fernsehen nie so scheißkalt war.

Erst als Aragona entrüstet die Stimme hob, wurde Romano bewusst, dass er offenbar laut gedacht hatte.

«Ich verstehe nicht, was ihr immer alle gegen amerikanische Filme aus den Siebzigern habt! Das waren noch Zeiten, mit phantastischen Schauspielern, die ehrbare Polizisten dargestellt haben – nicht so wie heute, wo sie uns die Gauner von Pizzofalcone nennen, aber eigentlich unsere korrupten Junkie-Kollegen meinen. Damals waren die Hüter des Gesetzes noch Helden, die ...»

Romano fiel ihm ins Wort.

«Aragona, kennst du den Witz, wo einer sagt: ‹Es könnte alles noch schlimmer kommen: Es könnte regnen›, und dann fängt's tatsächlich an zu regnen? Genau das habe ich gerade gedacht: Es könnte alles noch schlimmer kommen: Aragona könnte seine üblichen Storys erzählen. Und prompt legst du damit los! Ich komme mir jetzt schon wie ein Idiot vor, weil wir hier rumsitzen und die Zeit totschlagen und ich noch nicht mal weiß, wofür. Also fehlte nur noch, dass du mir einen Vortrag zur Filmgeschichte hältst.»

«Ich wollte die Sache nur richtigstellen. Einen kulturellen

Beitrag leisten sozusagen. Muss ja nicht jeder so ein Banause sein wie du. Abgesehen davon haben wir gemeinsam beschlossen, uns den Typen mal genauer anzuschauen. Um dann zu entscheiden, wie wir weiter vorgehen.»

«Und woran erkennen wir, dass er ein Perverser ist? An der Augenfarbe vielleicht? Glaubst du etwa, dass Sittenstrolche irgendwelche besonderen Merkmale haben oder im Karnevalskostüm rumlaufen?»

Aragona zog eine Grimasse.

«Nein, aber ich bin der Ansicht, dass es vollkommen sinnlos ist, die Ermittlung fortzuführen, ohne ihm nicht wenigstens ein Mal ins Gesicht geschaut zu haben. Vielleicht versuchen wir es danach noch mal bei der Mutter – kann ja sein, dass sie ihre Zurückhaltung aufgibt. Und wenn nicht, werden wir der Schule sagen, dass wir nichts rausgefunden haben. Von mir aus können sie trotzdem Anzeige erstatten, wenn sie das wollen, dann schalten wir das Jugendamt ein, so wie Palma gesagt hat. Das hatten wir doch so besprochen, oder nicht?»

Romano hielt den Blick stur auf die Eingangstür der Bank gerichtet. Er hatte einen Dreitagebart und sah aus wie jemand, der die ganze Nacht kein Auge zugetan hatte.

«Die Mutter … Sie hat echt einen komischen Eindruck auf mich gemacht. Als würde sie sich irgendwie schuldig fühlen. Wenn sie gesagt hätte, sie glaubt nicht daran und was wir uns erlauben würden, ihren Mann in den Dreck zu ziehen, und so weiter, dann hätte ich ein anderes Gefühl bei der Sache. Wenn sie aus allen Wolken gefallen wäre. Aber so hatte ich den Eindruck, sie weiß was, aber eben … eben was anderes. Ich kann es nicht richtig in Worte fassen.»

Aragona war sich nicht sicher, ob er seinen Kollegen richtig verstanden hatte.

«Also, ich habe gelesen, was das Mädel geschrieben hat, und das reicht mir, um rausfinden zu wollen, was in diesem Haus vor sich geht. Und dafür muss ich dem Typen in die Augen gucken. Achtung, da kommt er!»

Die Filiale gehörte zu den kleineren, und da die allgemeine Sparpolitik inzwischen auch vor den Banken keinen Halt machte, bestand das Personal lediglich aus dem Bankdirektor, einem eleganten Herrn mit zurückgegelten Haaren, der etwas älter war als die anderen, und drei Angestellten, zwei Frauen und Martinas Vater. Romano und Aragona waren übereingekommen, die Mittagspause abzuwarten, in der nur wenig Kundenverkehr herrschte. Sie wollten unnötiges Aufsehen vermeiden.

Am Morgen hatten sie Ottavia gebeten, für sie ein paar Informationen im Internet zu recherchieren und den anderen davon noch nichts zu sagen. Selbst Palma nicht, weil sie sich erst einmal einen Überblick verschaffen wollten.

Ottavia, die beim Thema Kindesmisshandlung besonders allergisch reagierte, hatte ihnen ihre Unterstützung zugesichert. Nach einer Stunde Herumsurfen im Internet hatte sie den Kollegen unauffällig ein Zeichen gegeben.

«Jungs, gebt ihr mir einen Espresso aus? Einmal am Tag wenigstens will ich eine Ahnung davon kriegen, wie ein richtiger Kaffee schmeckt. Die Brühe, die Guida uns da mit seiner schrecklichen Maschine braut, wird ja von Tag zu Tag abscheulicher. Sofern das überhaupt möglich ist.»

In der Bar hatte sie ein paar bedruckte Blätter aus der Tasche gezogen.

«Also, der Typ heißt Sergio und scheint die Inkarnation eines armen Schweins zu sein. Er hat ganze einundzwanzig Freunde auf Facebook – was so viel heißt, wie gar keine –, und das sind vor allem ehemalige Klassenkameraden. Ihre Reaktionen auf seine euphorischen Posts, wie toll doch früher alles war, sind entsprechend verhalten. Er ist ein absolut durchschnittlicher Typ, dessen einziges Hobby das Fotografieren ist, worin er aber auch nicht gerade brilliert. Immerhin sind die vielen Bilder, die er von seiner Frau und Tochter gemacht hat, wirklich sehenswert. Vor allem die Ehefrau scheint mir weit über Mittelmaß zu sein.»

Aragona hatte einen tiefen Seufzer ausgestoßen.

«Sie hat wirklich Klasse. Ich frage mich, warum sie so eine Pfeife geheiratet hat.»

Ottavia hatte ein weiteres Blatt hervorgezogen.

«Aus den Social-Media-Posts – darunter übrigens Gedichte und Aphorismen diverser Geistesgrößen – geht hervor, dass die beiden ein Paar wurden, als die Frau kaum älter als ein Teenager war. Natürlich ist sie prompt schwanger geworden. In einem der Chats mit einem ehemaligen Kommilitonen erzählt er lang und breit davon, dass er nicht zum Seminar kommen konnte, weil sein Kind krank war. Damals war er vierundzwanzig, ging schon nicht mehr regelmäßig zur Uni und hat auch kein Examen gemacht. Heute müsste er also sechsunddreißig sein.»

«Das erklärt so einiges», hatte Aragona erwidert. «Manche Entscheidungen prägen dein ganzes Leben.»

«Hast du noch mehr gefunden?», wollte Romano wissen. «Keine Ahnung, so was wie Sexfotos, schlüpfrige Kommentare …»

«Nein. Die Fotos sind absolut im grünen Bereich. Martina mit ihrer Mutter bei einer Fahrradtour, bei einem Ausflug in die Berge, am Meer … Allerdings lächelt das Mädchen fast nie auf den Bildern. Aber auch das muss nichts heißen.»

«Und er, wie sieht er aus?»

«Wie ich schon sagte, total nullachtfünfzehn. Mittelgroß,

Geheimratsecken, nicht sehr stilbewusst. Einer wie viele. Oder sagen wir, einer wie alle. Hier, das ist er!»

Sie hatte auf einen der Ausdrucke gezeigt.

Und nun stand er plötzlich leibhaftig vor ihnen: Sergio Parise, eingepackt in eine aus der Mode gekommene Winterjacke, die wenigen Haare vom Wind zerzaust und strammen Schrittes unterwegs zu der neben der Bankfiliale befindlichen Metzgerei.

Romano und Aragona stiegen aus dem Auto und hefteten sich an seine Fersen.

In der Metzgerei war es relativ voll, doch Parise musste einen Deal mit dem Besitzer haben, denn der Mann reichte ihm sogleich ein in gelbes Papier gewickeltes Paket, woraufhin er zahlte und zu der Bar am Ende der Straße ging. Er setzte sich an einen kleinen Tisch, bestellte einen halben Liter Mineralwasser, wickelte das gelbe Papier aus und biss heißhungrig in sein Mortadella-Sandwich.

Romano, der seinen Beobachterposten am Tresen bezogen hatte, fand, er sah so normal aus, dass es fast schon beängstigend war. Mit seinen sechsunddreißig Jahren war Parise zu alt, um noch auf einen beruflichen oder auch privaten Neuanfang hoffen zu dürfen, aber noch nicht alt genug, um mit allem abgeschlossen zu haben und nur noch Nabelschau zu betreiben. Für einen Moment ertappte Romano sich bei dem Gedanken, was er selbst denn noch vom Leben erwartete. Unangenehm berührt, schob er den Gedanken zur Seite und richtete seine volle Aufmerksamkeit wieder auf den Bankangestellten.

Parises Kleidungsstil war alles andere als ausgefallen. Er trug ein geschmackloses braunes Jackett, ein ungebügeltes Hemd und eine bunt gemusterte Krawatte. Eine No-Name-Jeans und glänzende Lederschuhe mit Gummisohle ergänzten das Outfit. Bestimmt war es seiner Frau, dieser eleganten Schönheit, peinlich, mit einem wie ihm samstagabends ausgehen zu müssen.

Aragona hatte zur Tarnung zwei Kuchen essende junge Mädchen ins Visier genommen. Ihrem unablässigen Geplapper nach schienen sie aufs Gymnasium zu gehen und kurz vor dem Abitur zu stehen. Beide waren hübsch und auf provokante Weise aufgetakelt, mit Tattoos über dem niedrigen Hosenbund und knappen Push-up-BHs. Kichernd versuchten sie, einen gutaussehenden Jungen am Nachbartisch, der mit Kopfhörern auf den Ohren ein Buch las, auf sich aufmerksam zu machen.

Romano wollte seinen Kollegen gerade mit einem Ellbogenstoß daran erinnern, dass sie die Bar nicht etwa aufgesucht hatten, um Schulmädchen anzubaggern, als Aragona sich eine Packung Kekse aus dem Regal nahm und an Parises Tisch trat.

«Entschuldigung, ist hier noch frei?»

Sowohl Romano als auch Parise waren überrumpelt von der Initiative. Der Bankangestellte, der sich voller Hingabe seinem Sandwich gewidmet hatte, blickte sich suchend nach einem weiteren freien Platz um, musste jedoch einsehen, dass es keinen gab.

«Bitte», sagte er mit vollem Mund und zeigte auf den Stuhl neben sich.

Aragona setzte sich.

«Vielen Dank, sehr nett von Ihnen. Bei dieser Kälte einen freien Platz in einer Bar zu finden ist ja fast unmöglich. Keine Sorge, ich werde Sie nicht lange stören. Nur ein paar Kekse, und dann gehe ich wieder, in einer halben Stunde ist meine Mittagspause sowieso vorbei.»

Parise nickte kauend.

«Ist bei mir nicht anders. Ich arbeite in der Bank hier um die Ecke. Eigentlich könnte ich genauso dort essen, aber der Gedanke, den ganzen Tag nicht aus dem Büro rauszukommen, macht mich depressiv.»

Aragona nickte verständnisvoll.

«Wem sagen Sie das. Den ganzen Tag die schlecht gelaunten Kollegen vor der Nase. Manche sind wirklich schlimm, nie kriegt man ein Lächeln zu sehen.»

Romano, der in gerade mal einem Meter Distanz seinen Kaffee schlürfte, konnte jedes Wort verstehen. Er nahm sich vor, Aragona bei der nächstbesten Gelegenheit kräftig in den Hintern zu treten. Trotzdem musste er ein Grinsen unterdrücken.

«Bei uns sind nicht die Kollegen das Deprimierende», erwiderte Parise. «Wir sind zu viert in der Abteilung. Nein, bei uns ist es der Ort selbst, der einen runterzieht. Man kann es kaum erwarten, endlich nach Hause gehen zu dürfen.»

«Verstehe. Ich bin Partner in einer Anwaltskanzlei, am anderen Ende der Stadt. Ich war zum Termin bei einem Mandanten hier in der Nähe. Auf zu Hause freue ich mich allerdings nicht unbedingt, da wartet eh niemand auf mich. Ich lebe allein. Und Sie, sind Sie verheiratet? Kinder?»

Eine völlig unverfängliche Frage, genau im richtigen Moment fallen gelassen. Nicht die Spur Verdacht erregend, staunte Romano. Eines musste man Aragona lassen: Er wusste, wie er ein Gespräch dorthin lenken konnte, wo er es hinhaben wollte.

«Ja, eine Tochter. Sie ist zwölf. Man kann kaum zugucken, so schnell wird sie erwachsen. Aber für mich bleibt sie immer meine Kleine. Meine Frau arbeitet auch, abends ist sie meistens total erschöpft. Aber Familie ist Familie – Sie kennen das ja.»

Aragona lachte auf.

«Um ehrlich zu sein, nein. Aber ich kann's mir vorstellen. Ich persönlich habe ja lieber meine Freiheit. Ist doch besser, wenn man jeden Abend eine andere mit nach Hause nehmen kann. Finden Sie nicht?»

Ein typisches Gespräch unter Männern, voller Anzüglichkeiten. Romano fragte sich, worauf der Kollege hinauswollte. Ihm war nicht entgangen, dass Aragona ab und zu verstohlene Blicke zu den beiden Gymnasiastinnen warf, als wollte er sich vergewissern, dass sie noch da waren.

«Nein, finde ich nicht. Ich brauche nicht mehr. Mir wäre nur lieber, meine Frau würde abends nicht so spät nach Hause kommen. Manchmal koche ich nur für mich alleine. Nach der Arbeit heimkehren und niemand ist da, stelle ich mir schrecklich vor. Sie können einem wirklich leidtun.»

«Ach, nein. Ich fühle mich sehr wohl dabei. Ist ja vielleicht auch nur eine Phase. Kann gut sein, dass ich irgendwann den Wunsch verspüre, eine Familie zu gründen. Aber hatten Sie nicht gesagt, Sie haben eine Tochter? Wenn Ihre Frau noch bei der Arbeit ist, ist sie doch wenigstens da, oder?»

Romano hielt den Atem an. Das war jetzt wirklich dreist. Bestimmt würde der Mann gleich sagen: «Was geht Sie das an, wie es bei mir zu Hause abläuft?» Er zumindest hätte das getan.

Doch Parise schien nicht viel Gelegenheit zum Smalltalk zu haben, denn er ging prompt in die Falle.

«Ja, aber meine Frau nimmt die Kleine meistens mit. Sie soll nicht so viel alleine sein, findet sie … finden wir. In Zeiten wie diesen fühlt man sich ja nicht mal zwischen den eigenen vier Wänden sicher. Geht es Ihnen nicht auch so?»

Aragona tat, als hätte er den Mund voller Kekse, und nuschelte eine unverständliche Antwort.

Unbeirrt fuhr Parise fort.

«Deswegen bin ich oft alleine zu Hause. Meine Frau arbeitet in einer Designerboutique und genießt das absolute Vertrauen des Besitzers. Er lässt sie sogar seine Bücher führen, weshalb sie manchmal auch nach Ladenschluss arbeiten muss. Wie gesagt, ich würde sie gerne von dieser Last befreien, aber dazu verdient sie einfach zu gut. Gelegentlich sogar mehr als ich. Kinder kosten schließlich Geld, also muss man auch Opfer bringen.»

«Kann ich mir vorstellen. Und Ihre Tochter? Sie geht sicher noch zur Schule, oder?»

Diesmal meinte Romano, einen Hauch Misstrauen aus Parises Stimme herauszuhören.

«Klar geht sie noch zur Schule, sie ist ja noch nicht mal dreizehn! Und ich hoffe auch, sie wird zur Uni gehen und anders als ich einen Abschluss machen. Sie ist eine gute Schülerin, ihre Lehrer sind sehr zufrieden mit ihr. Leider kann ich wegen meiner Arbeitszeiten oft die Elternsprechstunden nicht wahrnehmen, aber meine Frau geht hin und hört von allen Seiten nur Gutes. Sie ist klug, meine Tochter. Schön und klug.»

Schwang da noch mehr mit als nur väterlicher Stolz? «Schön» – ein so großes Wort bei einem so kleinen Mädchen?

Aragona beschloss, seinen letzten Trumpf auszuspielen. Er lenkte seinen Blick auf den Hintern der einen Gymnasiastin, die im Takt der laut plärrenden Radiomusik mit dem ganzen Körper wippte.

«Keine Frage, solche jungen Dinger sind schon was anderes als Frauen im reifen Alter. Haben Sie die beiden da gesehen? Bei solchen Knackärschen kann einem schon mal die Luft wegbleiben.»

Unwillkürlich war der Mann Aragonas Blick mit den Augen gefolgt. Beim Anblick des Zielobjekts drehte er sich abrupt weg.

«Die sind doch noch nicht mal sechzehn», flüsterte er errötend. «Die darf man nicht mal anschauen.»

Aragona gab sich überrascht.

«Aber nein, die sind mindestens achtzehn! Und außerdem, haben Sie nicht gesehen, wie die rumlaufen? Glauben Sie mir, die beiden warten nur darauf, dass sie von ein paar echten Männern angesprochen werden.»

Abrupt stand Parise auf und griff nach dem Einwickelpapier und dem Rest Sandwich.

«An kleinen Mädchen vergreift man sich nicht», sagte er mit hartem Unterton. «Ich habe eine Tochter, schon vergessen?»

Ohne sich noch einmal umzudrehen, verschwand er zur Tür hinaus.

22

Außer Atem und leicht verspätet erreichte Giorgio Pisanelli den Park der Biblioteca Nazionale. Er hatte zwar keine Verabredung im eigentlichen Sinne, aber er hatte sie schon einmal knapp verpasst, und dieses Risiko wollte er kein zweites Mal eingehen.

Das Problem war nur, dass durch den Doppelmord und die erhöhte Aufmerksamkeit dem Kommissariat von Pizzofalcone gegenüber der allgemeine Druck erheblich gestiegen war. Palma war in ständigem Kontakt mit dem Präsidium, das über jeden noch so kleinen Fortschritt bei den Ermittlungen informiert werden wollte, den es bis dato nicht gab; die Kollegen, die in der Stadt unterwegs waren, gaben sowohl ihm als auch Ottavia unaufhörlich neue Informationen durch; und Ottavia selbst, wie immer die Ruhe in Person, hatte neben ihrer Computerrecherche begonnen, unzählige Telefonate zu führen, und brauchte seine Unterstützung. Zum Beispiel hatte sie ihn gerade noch gebeten, erneut zu überprüfen, ob Biagio Varricchio an der Universität ein besonderes Verhältnis zu jemandem unterhielt, von dem sie noch nichts wussten. Doch der Junge hatte, abgesehen von ein paar Laborbekanntschaften, zu niemandem Kontakt.

Pisanelli verließ die Hauptallee und blickte sich um. Wegen der Kälte war von dem üblichen bunten Treiben nichts zu sehen. Der von Bäumen umgebene Platz mit dem Brunnen, der normalerweise bevölkert war von schwatzenden Müttern und Kinderfrauen, war menschenleer. Nur zwei Katzen balgten sich um den schmalen Streifen Sonne, der sich über die Rasenfläche zog.

Allmählich kam er wieder zu Atem. Die weiß bestäubten Blätter und die dünne Eisschicht auf dem Wasser erinnerten ihn an eine nordische Landschaft. Wäre der Nikolaus mit seinem Schlitten plötzlich einen Monat zu früh am Himmel aufgetaucht, er hätte sich kaum gewundert.

Aus den Augenwinkeln nahm Giorgio eine Regung wahr. Auf einer der hinteren Bänke saß eine Frau, die mit langsamen und mechanischen Bewegungen in eine Tüte griff und Brot auf die Erde warf. Um sie herum Vögel, die mit ihren Schnäbeln in den Kies hackten.

Sie war noch da.

Vor einer Woche hatte er sie kennengelernt, als der milde Herbst noch nicht von der sibirischen Kälte abgelöst worden war. Pisanelli hatte keine Lust gehabt, schon nach Hause zu gehen, und wollte auch nicht länger als nötig im Büro bleiben. Zu angenehm war an diesem Tag die Brise, die mit ihren verheißungsvollen Gerüchen vom Meer herüberwehte, zu wärmend die späten Sonnenstrahlen. Er hatte schon immer ein Faible für den kleinen Park des Palazzo Reale gehabt, in dem sich die Nationalbibliothek befand. Er sah gern den Kindern beim Spielen zu, den ins Gespräch vertieften Müttern, den Studenten, die mit Kopfhörern und Büchern bewaffnet auf der Wiese saßen. Szenen, die etwas Familiäres ausstrahlten; sie erinnerten ihn an Zeiten, da er glücklich war, ohne es zu merken.

Das Glück sah man immer erst hinterher. Das war der Preis, den man dafür zahlte, dass man stets auf die Zukunft ausgerichtet lebte, auf die Tage, Wochen, Monate, die noch kommen würden. «Ist dir das schon mal aufgefallen?», hatte Pisanelli irgendwann zu Bruder Leonardo gesagt, dem kleinwüchsigen Franziskanerpater aus der Gemeinde der Santissima Annunziata, seinem einzigen Freund. «Wir sind immer nur retrospektiv glücklich. Die Erinnerung an einen Morgen, ein Fest, ein Abendessen, vielleicht zusammen mit einem geliebten Menschen, den es nicht mehr gibt, wie in meinem Fall, oder einfach nur an die verlorene Jugend ... Erinnerungen speisen sich immer aus der Vergangenheit. Und sofort überkommt dich die Wehmut. Aber warst du denn wirklich glücklich in dem Moment, an den du dich erinnerst? Nein, warst du nicht. Du hast an deinen Kredit gedacht, an die Ferien, an neue Schuhe – du hattest nicht die leiseste Ahnung, dass du ein paar Jahre später voller Sehnsucht an diesen Moment zurückdenken würdest.»

Solchen Gedanken hatte Giorgio Pisanelli an jenem sonnigen, duftgeschwängerten Spätnachmittag nachgehangen, als er sie plötzlich bemerkte. Auch da war sie damit beschäftigt gewesen, den Vögeln Brot zuzuwerfen. Und sofort hatte er sie an ihrem Blick erkannt: Augen, die ins Leere starrten, ausdruckslos, dumpf. Augen, die keine Zukunft mehr sahen. Und er hatte einen Stich im Herzen verspürt.

Er hatte keine Erklärung dafür, was ihn an dem Phänomen Selbstmord so faszinierte. Warum er wie besessen Zeitungsartikel sammelte, Zeugen befragte, Fotos hortete von Orten, an denen Menschen ihrem Leben – nach Meinung aller anderen – freiwillig ein Ende bereitet hatten. Er konnte den tieferen Grund für sein Interesse, das nicht wenige als eine krankhafte Neigung, als eine Persönlichkeitsstörung abtaten, nicht benennen.

Carmen, seine Carmen, hatte das Leid nicht mehr ertragen

können. Sie hatte beschlossen, den Kampf gegen die verfluchte Krake, die sie von innen heraus auffraß, aufzugeben und zu gehen. Sie hatte beschlossen zu sterben.

Aber sterben wollen ist eine Sache. Und nicht mehr leben wollen eine andere.

Er verstand den Impuls, den Qualen zu entfliehen. Er verstand, wenn jemand keine Kraft mehr hatte, das sich immer höher auftürmende, unwegsame Gebirge zu erklimmen. Das verstand er durchaus.

Doch dies war eine sanfte Krankheit. Sie beraubte dich deiner Energie, dein Herz wurde leer, die Dinge um dich herum interessierten dich nicht mehr, die Einsamkeit wuchs und die Sehnsucht nach jemandem, der nicht mehr da war – aber all dies war nichts im Vergleich zur Grausamkeit des physischen Leidens, all dies genügte nicht, um den Freitod zu wählen. Die vielen Gesichter in seinen Akten, die auf Passbildern oder Leichenfotos festgehaltenen Augen, lebendig oder vom Tod gebrochen, diese Menschen waren bloß erschöpft. Von einem Tag auf den anderen, in einem Monat, in zehn Jahren konnte es jederzeit einen Grund für sie geben, das Leben wieder zu umarmen.

Er selbst zum Beispiel: Er war alt und krank und hatte die Frau verloren, die er liebte. Gut, da war sein Sohn, Lorenzo, der aber erwachsen war, sein eigenes soziales Umfeld hatte und in der Ferne wohnte; er brauchte keinen Vater mehr und auch nicht die faden Telefonate jeden Samstag. Und trotzdem wollte Giorgio Pisanelli nicht sterben, im Gegenteil. Er musste leben und vor allem seiner Arbeit nachgehen, um herauszufinden, wer sich anmaßte, an der Stelle des Herrn diese Leute zu töten, und warum.

Er hatte es klar und deutlich zu Leonardo gesagt, dem Einzigen, mit dem er darüber sprach: «Man braucht eine Mission, um weiterzumachen. Deine Mission ist, Seelen zu retten, und meine ist, diejenigen in den Knast zu bringen, die die Seele vom Körper trennen wollen.» Der Mönch beharrte darauf, dass niemand so etwas tun würde, sondern dass in diesen Fällen bedauerlicherweise die Sünde über das Leben triumphiere. Aber er glaubte das nicht. Und deshalb fuhr er damit fort, jene fremden Existenzen zu erkunden, um den einen schicksalhaften Moment herauszukristallisieren, da der vermeintliche Selbstmörder den Blick und die Hände seines Henkers auf sich gespürt hatte.

Seit einiger Zeit war er überzeugt, seine Ermittlungserfolge steigern zu können, wenn er versuchte, die nächsten Schritte des Mörders vorherzusehen, statt einen Mordfall nach dem anderen mühsam anhand der von lustlosen Kollegen runtergetippten Protokolle zu rekonstruieren.

Weil die Fälle sich in seinem Viertel häuften, lief Pisanelli die Straßen auf und ab, um mögliche Opfer auszumachen, Menschen, die sich mit erkennbarer Lebensmüdigkeit durch den Tag quälten. Männer und Frauen, die Psychopharmaka nahmen, vor kurzem jemanden verloren hatten, krank geworden waren, ihre Firma in den Sand gesetzt hatten – kurz: alle, die in den Teufelskreis der Depression abgerutscht waren.

Noch hatte er kein Glück gehabt. Aber er war sich sicher, dass er den richtigen Weg gewählt hatte.

In der vergangenen Woche war Agnese, die Frau, derentwegen er in den Park gekommen war, genauso gekleidet gewesen wie jetzt, nur dass es da mindestens dreißig Grad wärmer war. Sie trug einen bis zum Hals zugeknöpften leichten Mantel, unter dem ein langer Leinenrock und blickdichte schwarze Strümpfe hervorblitzten. Ihr Haar hing glatt herunter und verdeckte ihr ausdrucksloses Gesicht. Sie konnte jedes Alter zwischen dreißig und sechzig Jahren haben, aber vermutlich war sie um die vierzig. Die dunklen Augen, die in einer fernen Vergangenheit vielleicht einmal strahlend gewesen waren, wirkten wie erblindet, gerichtet auf etwas, das nicht existierte.

Pisanelli war auf Agnese aufmerksam geworden, als ein Mann mit einem Schnurrbart die Frau rüde angeherrscht hatte, kein Brot mehr auf den Boden zu werfen, weil dies nur Ratten und Ungeziefer anlocken würde. Das sichtliche Erschrecken der armen Frau, die dem Angriff schutzlos ausgeliefert war, hatte Giorgios Mitleid geweckt. Er hatte sich ausgewiesen und gesagt, dass er sich der Sache annehmen werde. Er hatte sich zu ihr gesetzt und mit ruhiger Stimme auf sie eingeredet, während der Schnurrbärtige ein paar Meter weiter stehen geblieben war und die Szene missmutig beobachtet hatte. Erst nach einer Weile hatte Agnese auf sein Zureden reagiert, zunächst noch einsilbig, dann mit wachsender Zutraulichkeit.

Sie war verheiratet gewesen. Eine Fehlgeburt hatte ihren Ehemann von ihr entfremdet. Er hatte sie kurz vor dem Tod ihrer Mutter verlassen, die plötzlich schwer erkrankt war. Sie lebte mehr schlecht als recht von den Einnahmen aus der Vermietung eines kleinen Hauses und hatte weder Familie noch eine Arbeit noch Freunde.

Mit ihr zu reden kam Pisanelli vor, wie in ein tiefes, dunkles Moor einzusacken, aus dem man nicht mehr herauskam. Und doch war in dieser immensen Einsamkeit ein schwacher Lichtstreif zu erkennen, der verzweifelte Wunsch zu überleben.

Agnese träumte. Manchmal, in einem Zustand des Dahindämmerns, begegnete sie ihrem Sohn, der nicht auf die Welt gekommen war und vielleicht genau aus dem Grund ihr Schicksal bestimmt hatte. Sie sah ihn in seiner Schuluniform am Tag vor der Einschulung, hörte, wie er sich zu ihr umdrehte und «Mama» sagte.

Das hatte sie ihm bei ihrer dritten Begegnung erzählt, im-

168

mer auf derselben Bank und stets auf der Hut, dass niemand ihre Worte mitbekam. Sie hatte Angst, verrückt geworden zu sein und ins Irrenhaus gesteckt zu werden. Dann hätte ihr Sohn, den sie Raimondo getauft hatte, sie nicht mehr aufgesucht.

Agnese war sich bewusst, dass Raimondo nicht real war. «Aber auch Engel hat nie jemand gesehen, nicht wahr?» Was war dann daran falsch, dass sie sich wenigstens in ihrer Phantasie das bisschen Glück gönnte, das ihr im Leben versagt geblieben war?

Das Glück liegt in der Vergangenheit, hatte Pisanelli sich zum wiederholten Mal gesagt. In der Erinnerung oder in der Wehmut. Er war erleichtert, dass die Frau sich ihm geöffnet hatte, froh, das Floß sein zu können, das sie vor dem Ertrinken rettete. Und er hatte sich in seiner Annahme bestätigt gefühlt: dass Menschen wie Agnese nicht sterben wollten. Sie wollten ihr Leben weiterführen, ein Leben, zusammengesetzt aus den Trümmern der Vergangenheit.

Er setzte sich neben sie. Die Bank war eiskalt; die Kühle des Metalls schnitt ihm durch die Hose ins Fleisch. Er kuschelte sich tief in seinen Mantel, um es möglichst warm zu haben.

«Ciao, Agnese», sagte er. «Ist es nicht ein bisschen frisch, um hier draußen zu sitzen? Wäre es nicht besser, an einen gemütlicheren Ort zu gehen?»

Mühsam löste die Frau ihren Blick von der Leere, in die sie gestarrt hatte. Vor Kälte war sie blau angelaufen, aber sie zitterte nicht. Sie schaute ihn an, als nähme sie ihn gar nicht wahr, dann, langsam und unwiderstehlich, löste sich ein Lächeln aus der Düsternis ihrer Gedanken.

Wenn sie lächelte, sah sie mindestens zehn Jahre jünger aus. Vielleicht war sie es ja auch.

«Ciao, Giorgio. Ich habe auf dich gewartet. Siehst du diesen Spatz da? Er ist neu. Gestern war er noch nicht da.»

Pisanelli hätte einen Sperber nicht von einem Spatz unterscheiden können, und doch nickte er.

«Stimmt. Wie schön, Agnese. Er ist tatsächlich neu. Freust du dich?»

Sie senkte die Stimme.

«Weißt du, vielleicht würde ja auch Raimondo mich gerne sehen. In meinen Träumen sehe immer nur ich ihn, und ich bin mir gar nicht sicher, ob er mich auch sieht. Kann doch sein, dass er darum gebeten hat, mir in Gestalt von einem Spatz erscheinen zu dürfen. Denn es ist schon seltsam, dass bei dieser Eiseskälte plötzlich ein neuer Spatz auftaucht, findest du nicht?»

«Natürlich, Agnese. Das kann schon sein, wer weiß. Aber jetzt erzähl mal, hast du heute jemanden getroffen? Hat sich dir jemand genähert, ein Mann oder eine Frau? Vergiss nicht, du hast versprochen, mir Bescheid zu sagen.»

Ihr Gesicht wurde ausdruckslos. Sie schüttelte kaum merklich den Kopf.

Der Polizist griff in die Tüte, nahm ein paar Brotstückchen heraus und warf sie dem Spatz zu, der sogleich eins aufpickte.

Agnese lächelte. Pisanelli auch.

23

Seit einer halben Stunde waren Lojacono und Alex zurück im Kommissariat. Noch immer war es Guida nicht gelungen, die Heizung auf eine gemäßigte Temperatur zu drosseln. Der Inspektor ertappte sich bei einem sehnsuchtsvollen Gedanken an das arktische Klima, das draußen herrschte.

«Vor lauter Temperatursprüngen kriegen wir bestimmt noch eine fette Erkältung», sagte er. «Ich fühle mich schon ganz fiebrig. Wo sind eigentlich die anderen?»

Ottavia, die sich von zu Hause ein leichtes Oberteil mitgebracht hatte und keinerlei Problem mit der Hitze zu haben schien, erwiderte:

«Aragona und Romano sind in der Sache mit dem Mädchen unterwegs. Pisanelli meinte, er habe so was wie eine Verabredung – seit ein paar Tagen geht er um die Mittagszeit immer raus. Der Kommissar ist schon wieder im Präsidium, der Arme. Sie haben ihn einbestellt, um mit ihm gemeinsam eine PR-Strategie zu entwickeln. Und bei euch? Gibt's was Neues?»

Alex berichtete von dem Verhör mit Domenico, dem Freund der Toten. Als sie fertig war, fügte sie hinzu:

«Irgendwie habe ich das Gefühl, dass er uns was vorenthält. Zumindest ansatzweise. Zum Beispiel hat er sich kaum zu seinem Streit mit der Varricchio geäußert. Ich meine auch, ein Zögern aus seiner Stimme rausgehört zu haben. Was sagst du dazu, Lojacono?»

«Ja, kann gut sein. Auf jeden Fall stand er ziemlich unter Schock. Vielleicht sollten wir noch mal mit ihm reden, wenn er sich beruhigt hat.»

Ottavias Gesicht nahm einen spitzbübischen Ausdruck an.

«Wollt ihr meine These zum Grund für ihre Auseinandersetzung hören? Ohne mich eine Sekunde vom Schreibtisch zu rühren, bin ich da auf was Interessantes gestoßen.»

Die beiden Polizisten wechselten einen verblüfften Blick.

«Könntest du vielleicht etwas konkreter werden?», bat Alex.

Ottavia deutete auf ihren Computer.

«Ihr habt keine Vorstellung, was alles in diesem Gerät steckt. Heute Morgen, als hier nichts los war, habe ich die Gelegenheit genutzt, mir mal die Facebook-Profile der jungen Leute näher anzusehen und mich überhaupt ein bisschen in den angesagten Foren umzuschauen. Ihr wisst doch, dass Grazia Varricchio seit ein paar Monaten für eine Modelagentur gearbeitet hat, die sowohl für Modeschauen als auch für Fotosessions gebucht wird, oder?»

Lojacono schüttelte den Kopf.

«Nein, wusste ich nicht. Was ist das für eine Agentur?»

«Sie heißt *Charles Elegance* und befindet sich im Centro Direzionale, diesem Bürocenter. Der Besitzer ist ein gewisser Carlo Cava. Laut Internet ist er in der Modeszene ziemlich angesagt. Seine Models werben für Brautkleider und lokale Designer, aber auch für Bademode und Dessous.»

Alex war baff.

«Und wie hast du das rausgekriegt?»

«Ganz einfach: Die Agentur hat auf ihrer Profilseite Backstage-Fotos von einem Shooting hochgeladen und die Initialen des Fotografen angegeben. Ich musste nur die beiden Buchstaben in die Suchmaschine eingeben und ein bisschen rumrecherchieren. Schaut euch das mal an.»

Sie drehte den Monitor in ihre Richtung. Auf dem Bildschirm waren junge Mädchen zu sehen, die in Badekleidung posierten. Alex und Lojacono erkannten Grazia sofort, sie war mit Abstand die Schönste von allen.

«Ich glaube, es könnte sich lohnen, dem nachzugehen», nahm Ottavia den Faden wieder auf. «Welche Art von Modeschauen hat sie gemacht, wie viele, was für ein Verhältnis hatte sie zu der Agentur und so weiter. Die Telefonnummer und Adresse habe ich hier notiert.»

Lojacono steckte den Zettel ein, den Ottavia ihm reichte.

«Der Chef hat recht, du bist absolut unschlagbar. Von dem Vater haben wir keine Neuigkeiten?»

Ottavia hob den Zeigefinger wie eine strenge Lehrerin.

«Eins nach dem anderen! Wolltet ihr nicht wissen, was der Grund für den Streit zwischen Grazia und ihrem Freund war? Wenn ihr mich fragt, hat der Junge das mit den Fotos und den Modeschauen spitzgekriegt und war damit gar nicht einverstanden. Ich habe eine Statusmeldung zu dem Thema gefunden. Ihr wisst, was ein Status ist, oder?»

Alex nickte, während Lojacono verneinte. Ottavia klärte ihn auf.

«Ein Status kann eine Äußerung, eine Überlegung oder eben ein Seelenzustand sein, den jemand seinem Profil in den Social Media hinzufügt. In der Praxis heißt das: Ich denke dies und jenes und möchte das mit euch teilen.»

Lojacono war baff.

«Ach? Und wen interessiert das?»

Alex und Ottavia brachen in Gelächter aus.

«Verdammt viele. Mehr, als du dir vorstellen kannst. Damit du die Dimensionen begreifst: Unser Nick Trash hat jede Menge Follower. Ich habe auch ein paar Musikvideos auf YouTube von ihm gesehen – die Aufrufe gehen in die Tausende, und die Kommentare, vor allem die von seinen weiblichen Fans, sind enthusiastisch. Mein Geschmack ist das zwar nicht, aber sei's drum.»

Alex kehrte zum eigentlichen Thema zurück.

«Und was hat der Status besagt?»

Ottavia betätigte ihre Maus und machte ein paar Klicks auf der Tastatur.

«Hier, lies. Das hat er letzten Freitag geschrieben, zwei Tage vor dem Mord.»

Auf dem Bildschirm erschien Nicks Porträt oder besser: seine Rasta-Mähne und dazu der Spruch: «Manch einer denkt, es genügt, seinen Arsch in die Kamera zu halten, um was Besonderes zu sein. Aber ein Arsch bleibt ein Arsch und wird nie so viel wert sein wie ein unschuldiges Gesicht.»

Lojacono zog eine Grimasse.

«Sehr tiefgründig. Von wem ist das: Konfuzius oder Marx?»

Ottavia lachte.

«Na gut, ich gebe zu, ich würde es mir nicht über die Haustür schreiben, aber ich glaube, die Wahrscheinlichkeit, dass er sich hier an Grazia wendet, ist ziemlich hoch.»

Alex dachte nach.

«Ich kann mir nicht vorstellen, dass einer so was im Internet veröffentlicht, um anschließend seine Freundin umzubringen.»

«Nicht, wenn der Mord geplant war», warf Lojacono ein. «Aber wenn es sich um eine Kurzschlussreaktion gehandelt hat …»

Ottavia zuckte mit den Schultern.

«Das müsst ihr rausfinden. Was den Vater betrifft, so gibt es immer noch nichts Neues. Ich habe meinen Carabinieri-Freund noch mal angerufen: Sieht so aus, als würde in Roccapriora über nichts anderes mehr gesprochen. Offenbar ist das

Dorf randvoll mit Journalisten, und sämtliche Dorfbewohner buddeln ihre Erinnerungen aus und versteigen sich zu wilden Mutmaßungen, sobald ein Mikro in der Nähe ist. Er hat auch mit dem Hilfsarbeiter-Kollegen gesprochen und ist ziemlich sicher, dass der versucht hat, sich mit Cosimo Varricchio in Verbindung zu setzen, aber genauso sicher ist, dass er kein Glück hatte. Wir haben den Namen und erkennungsdienstliche Fotos der Bahn- und Straßenpolizei übermittelt. Mal gucken, was passiert.»

Palma kam ins Büro gestürmt und riss sich Mantel und Jackett vom Leib.

«Himmelherrgott! Dieser Guida wird uns alle noch umbringen mit seiner scheiß Heizung! Vermutlich tut er das auf Anordnung des Polizeipräsidenten, der sich dann keine Gedanken mehr machen muss, was mit dem Kommissariat hier geschehen soll. Und, irgendwelche Neuigkeiten?»

Schweigend lauschte er dem Bericht seiner Mitarbeiter. Schließlich sagte er:

«Immerhin haben wir jetzt so was wie eine heiße Spur. Lasst euch mal bei dieser Modelagentur blicken. Gott sei Dank ist Ottavia der Presse zuvorgekommen. Ihr könnt euch nicht vorstellen, wie die uns die Hölle heißmachen, das Präsidium steht enorm unter Druck. Wir müssen bald eine Pressemeldung raushauen, hat die PR-Abteilung gesagt, irgendeinen Fraß müssen wir ihnen vor die Füße werfen.»

Lojacono nickte.

«Auf jeden Fall haben wir Nick befohlen, sich nicht von der Stelle zu rühren. Wir gehen jetzt einen Happen essen, Chef, und dann machen wir uns wieder an die Arbeit. Vorrang hat erstmal, den Vater der beiden toten Geschwister zu finden, auch um die Pressemeute zu füttern. Bei dem Jungen haben wir einfach zu wenig Anhaltspunkte.»

24

Die Trattoria *Da Letizia. Cucina tipica* war nicht allzu weit vom Kommissariat von Pizzofalcone entfernt. Wenn man gemächlich durch die Gassen schlenderte, war man in zehn Minuten dort. Im Sommer war es ein äußerst angenehmer Spaziergang, die frische Luft streichelte einem auf dem Weg vom Hügel hinunter zum Meer übers Gesicht.

Doch jetzt war der Sommer nur noch eine ferne Erinnerung. Das laue Lüftchen vom Hügel hatte sich in einen bösartigen, schneidenden Wind verwandelt, gegen den man mühsam ankämpfen musste. Ein Gefühl, als würden einem gleich die Ohren abfallen, um auf dem Boden in tausend kleine Stücke zu zerspringen.

Trotzdem hatte Lojacono Alex überredet, dort mit ihm zu Mittag zu essen. Außerdem hatte er Letizia seit mehr als zehn Tagen nicht gesehen und wollte sie etwas Persönliches fragen.

Der Inspektor hatte Letizia kennengelernt, kurz nachdem er in die Stadt gekommen war. Inzwischen war sie eine gute Freundin geworden. Er war zufällig zu einem Abendessen in ihrem Lokal gelandet, als ihn auf dem Nachhauseweg ein Regenguss überraschte. Letizia hatte sich sofort für den stattlichen Mann mit den asiatischen Gesichtszügen interessiert, der allein an einem Tisch in der Ecke Platz nahm und wie ein ausgehungerter Wolf das Tagesmenü verschlang. Aus Sorge, er könnte wegen einer zu hohen Rechnung nicht wiederkommen, hatte sie ihm einen ordentlichen Rabatt gewährt, beinahe fünfzig Prozent, sehr zum Erstaunen des Personals.

Aber als Chefin konnte sie schließlich tun und lassen, was sie wollte.

Letizias Trattoria war eher volkstümlich und bodenständig, galt aber bald schon als Geheimtipp und war inzwischen dank Mundpropaganda ständig ausgebucht. Man aß dort hervorragend, der Service war gut, und einige Spezialitäten des Hauses führten zu regelrechten Pilgerzügen der städtischen Gourmetszene. Ein paar Gurus der feinen Küche hatten von Letizias Kochkünsten gehört, waren inkognito im Lokal erschienen und hatten danach in den einschlägigen Zeitschriften, Blogs und Gastroführern regelrechte Lobeshymnen veröffentlicht.

Abgesehen von der Qualität des Essens war ein weiterer Grund, das Restaurant zu besuchen, Letizia selbst: eine attraktive Mittvierzigerin mit weiblichen Rundungen und einem offenen, ansteckenden Lachen. Sie besorgte persönlich den Einkauf und kümmerte sich um jedes Detail, streifte über die Märkte und suchte die Lebensmittel mit der Sorgfalt einer Mutter aus, die für ihre Familie einkaufen ging. Danach begann sie mit den Vorbereitungen für die Mahlzeiten, überließ den weiteren Kochprozess dann aber ihren bewährten Helfern und widmete sich ganz ihren Gastgeberpflichten, die sie mit aufrichtiger Herzlichkeit versah. Gar nicht so selten griff sie zu vorgerückter Stunde zur Gitarre und gab etwas aus ihrem breiten Repertoire an neapolitanischen Liedern zum Besten. Mit ihrer Stimme hätte sie durchaus auf jeder Bühne bestehen können, und die Gäste, die später am Abend kamen, blieben extra lange sitzen, in der Hoffnung, sie singen zu hören.

Lojacono war gar nicht bewusst, welche Privilegien er in Letizias Trattoria genoss. Auch war ihm nicht klar, was alle anderen, von der Küchenhilfe bis zum Kellner, umso besser wussten: dass er der Hausherrin gefiel, und zwar sehr. Letizia, die schon länger keine Beziehung mehr hatte, war umringt von Verehrern, denen sie gern ein Lächeln und ein Stückchen Kuchen schenkte, die sich aber keinerlei Hoffnung auf Erfolg machen durften. Lojacono hingegen schien nicht einmal zu bemerken, dass er mit besonderer Aufmerksamkeit bedient wurde. Der Tisch an der Ecke, mit dem kleinen «Reserviert»-Schild und der stets frischen Blume darauf, wurde freigehalten, selbst wenn die Gäste vor der Tür Schlange standen. Ein Anflug von Traurigkeit trübte Letizias gute Laune, wenn seine Besuche, wie in letzter Zeit, zu lange ausblieben. Immerhin hielt sie indirekten Kontakt zu dem faszinierenden Kommissar durch seine Tochter Marinella, der sie eine mütterliche Freundin geworden war. Dank Marinella wusste Letizia stets, was im Leben des Inspektors vor sich ging und vor allem, was der beunruhigende Schatten tat: die Staatsanwältin Laura Piras, die bei jeder Gelegenheit zum Hörer griff und Lojacono anrief, etwas, das Letizia sich selbst streng untersagte.

Als die Tür aufging und Lojacono und Alex halb erfroren das Lokal betraten, machte Letizias Herz einen Freudensprung. Wäre sie ihrem ersten Impuls gefolgt, dann hätte sie sich vor Lojacono aufgebaut und ihn wegen seines langen Schweigens und des tagelang verwaisten Tischs zur Rede gestellt. Aber stattdessen ging sie strahlend auf ihn zu.

«Na sieh mal einer an, der Herr Inspektor! Dass du dich hier mal wieder blickenlässt! Und dann auch noch zum Mittagessen. Dabei bist du doch eine richtige Nachteule.»

Lojacono ließ sich nicht täuschen, er spürte sehr wohl die Verletztheit, die sie mit ihrer Ironie kaschierte.

«Du hast ja recht, ich war zu lange nicht mehr hier. Aber

ich habe harte Tage hinter mir. Und bei dieser Kälte hatte ich nach der Arbeit nur noch Lust, sofort nach Hause zu gehen und zu schlafen. Aber jetzt bin ich da! Obwohl es mich fast an deiner Tür vorbeigeweht hätte, so heftig tobt die Tramontana da draußen!»

Letizia wandte sich an Alex.

«Ciao! Du gehörst auch zum Team, stimmt's? Ich habe dich gesehen, als ihr vor ein paar Monaten mal abends zu einer Feier hier wart. Warte ... Alessandra, richtig?»

«‹Alex› reicht vollkommen, danke. Ich kann bezeugen, dass Lojacono unbedingt herkommen wollte, obwohl wir nur wenig Zeit haben.»

«Keine Sorge, es geht ganz schnell mit der Küche, heute Mittag ist nicht viel los. Kein Wunder, bei der Kälte. Klar, wenn Peppuccio vorher Bescheid gesagt hätte ... Setzt euch!»

«Peppuccio?», murmelte Alex und ließ sich an Lojaconos Stammtisch nieder.

Der Inspektor breitete die Arme aus. Seit er Sizilien verlassen hatte, war Letizia die Einzige, die ihn so nannte. Eines Abends, als er ihr besonders traurig schien, hatte sie ihn gefragt, wie seine Familie und seine Freunde ihn nannten, und er hatte es ihr zögerlich erzählt.

Alex beugte sich zu ihm hinüber.

«Wie viel lässt du springen, damit ich Aragona nichts verrate?»

Glücklicherweise rettete ihn Letizia, die mit zwei dampfenden Tellern Rigatoni *al ragù* an ihrem Tisch erschien, gefolgt von einem Kellner mit Rotwein und Gläsern.

Lojacono protestierte.

«Hör mal, das ist aber ein bisschen zu viel des Guten – so ein üppiges Mittagessen? Wir können uns leider keine anschließende Siesta erlauben ...»

«Wie ich dich kenne, verputzt du das Ganze in null Komman nichts und hast danach immer noch Hunger. Und unsere Alex hier scheint mir eins von diesen superschlanken Mädchen zu sein, die einen wahren Wolfshunger haben und trotzdem nicht zunehmen. Stimmt doch, oder?»

Alex hatte sich bereits die erste Gabel in den Mund gestopft und war im siebten Himmel.

«Großartig, einfach köstlich! Besser als die von meiner Mutter.»

«Das nenne ich ein Kompliment! Und, Peppuccio, was gibt's Neues? Wie geht es Marinella?»

«Bestens. Sie liebt diese verrückte Stadt und fühlt sich noch immer wie in den Ferien. In der Schule kommt sie ebenfalls gut klar; offenbar alles ohne Probleme.»

Letizia stand neben dem Tisch und sah den beiden mit der Genugtuung desjenigen, der mit Liebe gekocht hat, beim Essen zu.

«Marinella ist ein cleveres Mädchen. Mir war von Anfang an klar, dass sich die Stadt vor ihr in Acht nehmen muss, nicht umgekehrt.»

Lojacono ergriff die Gelegenheit. Er tupfte sich den Mund mit der Serviette ab, trank einen Schluck Wein und sagte:

«Wo du gerade von ihr sprichst, Letì: Ich wollte dich um einen Gefallen bitten.»

«Lass hören!»

«Ich habe morgen Abend was vor, und ich lasse Marinella nicht gern allein, wie du weißt. Aber in diesem Fall kann ich sie wirklich nicht mitnehmen. Wäre es dir recht, wenn ich sie hierher zum Abendessen schicke? Ich beeile mich und hole sie dann wieder ab. Sollte es tatsächlich später werden, rufe ich dich an, dann kann sie vielleicht bei dir schlafen. Du weißt ja, du bist die Einzige, der ich vertraue.»

Letizia zögerte einen Moment, und nur Alex bemerkte, wie sich ihr Gesichtsausdruck verdüsterte. Gleich darauf hatte sie sich wieder gefangen.

«Selbstverständlich, Peppuccio, mach dir keine Gedanken. Du weißt, dass ich das gern mache. Sie kann jederzeit herkommen. Oder du bringst sie vorbei, wenn dir das lieber ist.»

Lojacono stand auf und gab ihr einen Kuss auf die Wange.

«Da fällt mir ein echter Stein vom Herzen. Aber jetzt müssen wir los – was bin ich dir schuldig?»

«Wärst du alleine gekommen, hätte ich dir wegen deiner Untreue für die beiden Portionen Rigatoni hundert Euro in Rechnung gestellt. Aber weil ich mich freue, dass deine Kollegin mitgekommen ist, geht das aufs Haus. Und jetzt raus hier, damit Platz ist für die eigentliche Kundschaft! Ciao, Alex, lass dich bald wieder mal sehen. Es war mir ein Vergnügen!»

Mit einem Dankeschön machten sich Alex und Lojacono wieder auf den Weg in die Kälte.

Letizia räumte das Geschirr auf dem kleinen Ecktisch ab und hing ihren Gedanken nach. Vermutlich hatte sie gerade Lojaconos erstes Rendezvous in dieser Stadt ermöglicht. Nur leider kam ihr dabei nicht die Rolle zu, die sie für sich vorgesehen hatte.

Die Erkenntnis ließ ihr das Herz schwer werden, aber gleichzeitig spürte sie eine unerwartete Entschlossenheit: Sie, Letizia Piscopo, würde nicht zulassen, dass eine Juristin aus Sardinien ihr den ersten Mann abspenstig machte, dem es gelungen war, nach langer, viel zu langer Zeit wieder ihr Interesse zu erregen.

Die Schlacht, liebe Dottoressa Piras, hat gerade erst begonnen.

Leise vor sich hin trällernd, ging sie zurück in die Küche.

25

Hübsch. Hübsch sind sie.

Einige sogar ausnehmend hübsch. Aber es sind auch Hässliche darunter; unglaublich, was manche Leute für ein falsches Bild von sich haben. Einmal hat sich wohl eine vorgestellt, die wog neunzig Kilo. Das wurde mir später erzählt, sie ist gar nicht erst bis zu mir vorgedrungen. Meine Leute wissen, dass ich ziemlich ungnädig reagiert hätte.

Ich habe nichts gegen hässliche Menschen, Gott bewahre! Wer wüsste die Schönheit noch zu schätzen, wenn es sie nicht gäbe? Hässliche Menschen sind ein notwendiges Übel. Die meisten von ihnen wissen, dass sie hässlich sind, und halten sich im Hintergrund. Einige verbergen ihr Aussehen unter entsprechender Kleidung oder widmen sich intellektuellen Aktivitäten.

Ich bin besessen von Schönheit. Um genau zu sein, von Eleganz – was etwas völlig anderes ist. Was Eleganz angeht, bin ich unnachgiebig. Vor allem behaupte man in meiner Gegenwart bitte nicht, Eleganz diene dazu, von Hässlichkeit abzulenken! Das stimmt einfach nicht. Als wäre Eleganz lediglich eine Frage der Kleidung und der Schuhe, als genügte es, eine Designerhandtasche oder ein schickes Tuch zu tragen, um ein asymmetrisches Gesicht oder eine Warze auf der Nase zu kaschieren.

Der unpräzise Gebrauch von Sprache ist eines der großen Übel unseres Jahrhunderts. «Sie ist elegant», sagen wir. Oder, noch schlimmer: «Wenigstens ist sie elegant.» Als sprächen wir von etwas, das die Schönheit ausbalancieren oder unterstützen würde. Leute mit Geld versteigen sich sogar hin und wieder dazu zu glauben, mit Hilfe von Eleganz ließe sich der Müll der Hässlichkeit unter den Teppich der Schönheit kehren.

Aber Eleganz ist etwas ganz anderes. Eleganz, das ist Schönheit, die voller Stolz zur Schau getragen wird, eine natürliche Anmut der Bewegungen, eine erhabene Haltung des Körpers. Eleganz, das ist Symmetrie. Noch mehr, es ist Harmonie. Eine klassische Statue ist elegant, eine Sonate von Mozart oder eine Couch von Matteo Thun. Eine rote Rose, ein afghanischer Windhund. Eleganz, das ist die unmittelbare Erkenntnis, die vollkommene Perfektion vor sich zu haben. Eleganz, das ist die Spur Gottes in der Schöpfung.

Viele, die hierherkommen, glauben, Schönheit allein sei genug. Sie haben nicht ganz unrecht, die Leute sind abgestumpft, sie sind leicht zufriedengestellt. Auf Plakaten, den Titelseiten von Zeitschriften, in der Fernsehwerbung – Ärsche, Titten, Schweinsgesichter. Diese Appelle richten sich nicht an die Herzen oder den Geist, sondern an die Genitalien. Wenn die Mädchen einmal von irgendwem gehört haben, «Du hast wirklich einen schönen Hintern», bilden sie sich sofort ein, sie wären zum Modeln geboren, die Welt läge ihnen zu Füßen und sie könnten mit dem, was sie zwischen den Beinen haben, irgendein reiches Arschloch dazu bringen, ihretwegen den Kopf zu verlieren.

Und dann kommen sie hierher, setzen sich hin, schlagen die Beine übereinander und blicken sich um: Hier bin ich, die Königin, macht Platz. Schrecklich, diese unerfahrenen Hühner, diese oberflächlichen und vulgären Landeier. Sie haben nicht vor Augen, wie ihre Zukunft aussieht: mit ausladenden Hüften und Brüsten, die der Schwerkraft nachgeben wie nach unten drängende Gesteinsmassen, mit den Folgen falscher Diäten und des natürlichen Verfalls, die aus ihnen cellulitisgeplagte Wesen machen, dazu bestimmt, den Rest ihres Lebens auf dem Sofa zu fristen. Wie ihre Mütter.

Klar, einige akzeptiere ich natürlich. Irgendwie muss ich ja mein Geld verdienen. Wenn ich meine Kriterien jedes Mal und auf sämtliche Kandidatinnen anwenden müsste, hätten wir den Laden hier schon längst dichtmachen können, und ich würde mein Geld als Finanzberater oder Staubsaugervertreter verdienen. Doch nein, wir expandieren sogar. Obwohl ich das Unbehagen mancher Kunden natürlich spüre. Sie ahnen, dass ich mir andere Aufträge wünschen würde als «Guten Tag, ich brauche zwei Mädels mit saftigen Titten, denn Werbung für ein Lebensmittelgeschäft macht man schließlich nicht mit zwei Hungerhaken, da vergeht einem ja der Appetit».

Kein Thema, für diese Zwecke sind sie bestens geeignet. Schöne Mädchen, ganz jung und gut genährt, die man schick anzieht und herrichtet und dann von einem guten Fotografen ablichten lässt. Meine Fotografen sind wahre Könner, und wenn man dann das Ergebnis sieht, käme man nicht auf den Gedanken, dass das Model eine Landpomeranze ist, die keinen vernünftigen Satz herausbringt.

Doch wahre Eleganz ist etwas ganz anderes. Wir erschaffen hier lediglich eine Imitation, eine billige Kopie, die gerade so für ein Shooting reicht oder für ein paar Meter auf dem Laufsteg mit Absätzen, die so hoch sind, dass sie sich von alleine vorwärtsbewegen.

Man sollte nicht glauben, in Rom oder Mailand wäre es besser. Ich fahre jedes Jahr dorthin und sehe schlimme Dinge. Sie denken, man muss bloß vierzig Kilo wiegen, 1,80 groß sein und lasziv mit den Wimpern klimpern, um elegant zu sein. Auch an dieser Stelle wird der Begriff missverstanden, während zugleich die Kleider bei dem Versuch, besonders zu sein, immer scheußlicher werden. Früher brachten die Trägerinnen die Kleider zur Geltung, heute ist es umgekehrt. Man sieht es einfach.

Eine weitere bittere Wahrheit habe ich erst ziemlich spät begriffen: Eleganz kann man auch wieder verlieren. Anders als einen

Nachnamen oder eine Augenfarbe. Die Jahre, die Exzesse, die Wechselfälle des Schicksals sorgen leicht dafür, dass Frauen das eigene Gespür und das richtige Maß verlieren, zwei wichtige Komponenten. Ich habe so viele von ihnen gesehen, die sich von einem Paradebeispiel an Eleganz zu einer Parodie derselben gewandelt haben.

Meine Frau zum Beispiel war elegant. Ich konnte ihr stundenlang zuschauen, wie sie ihre Hände bewegte, sich mit angezogenen Beinen aufs Sofa setzte – eine Katze auf dem Sprung. Sie war ungemein elegant. Dann begann sie zu trinken. Niemand würde beim Anblick ihrer geplatzten Äderchen, ihrer Krampfadern und ihres immer schwabbeliger werdenden Bauchs vermuten, dass mir ihre einmalige Art zu gehen einst den Atem geraubt hat.

Man kann sich nach der Eleganz sehnen wie nach einem Menschen, der nicht mehr unter uns ist, wie nach der Jugend. Ich habe aufgegeben, ihr nachzuspüren, die Erinnerung muss genügen.

Aber dann habe ich sie gesehen.

Ich habe sie nicht etwa hier getroffen, sie war nicht unter all den jungen Mädchen, die uns die Bude einrennen, weil sie Probeaufnahmen oder eine Setkarte machen lassen wollen. Sie war auch nicht unter den kleinen Nutten, die meinen, unsere Agentur sei in Wirklichkeit eine Art Escortservice, was ihnen erstrebenswerter vorkommt als ein Uniabschluss. Nein, ich habe sie auf der Straße entdeckt, sie sah aus wie tausend andere: billige Jeans, Stoffschuhe, eine unförmige Tasche mit weiß Gott was drin, Kopfhörer auf den Ohren.

Sie ging einfach nur.

Beinah wäre ich meinem Vordermann hinten draufgefahren. Ich musste voll auf die Bremse steigen, die Leute drehten sich um, sie jedoch nicht, sie hörte ja Musik. Ich habe den SUV in zweiter Reihe geparkt, alle hupten wie verrückt, aber ich hätte auch auf der Autobahn angehalten, wenn es nötig gewesen wäre.

Sie ging einfach nur.

Nein, das stimmt nicht: Sie tanzte. Ich kenne die Partitur ihrer Schritte wie ein Choreograph den «Schwanensee»: ein Tanz der Muskeln unter der Hautoberfläche, ein Navigieren durchs Leben mit der Gewissheit desjenigen, dem der Kurs vertraut ist.

Obendrein war sie bildschön. Ihr Gang allein wäre genug gewesen, aber sie war auch noch bildschön.

Ich hielt sie an, ohne vorher überlegt zu haben, was ich ihr sagen wollte. Mit ausgesprochener Anmut nahm sie die Kopfhörer aus den Ohren und sah mich mit ihren großen Augen an. Sie strahlte jene aufrichtige Neugierde aus, der jegliches Misstrauen fremd ist.

Ich war befangen, fühlte mich außerstande, mit dieser Göttin zu sprechen.

Um mich herum wurde das Hupkonzert immer lauter, ich konnte nicht länger mit dem Wagen dort stehen bleiben. Ich bat sie - es war eher ein Flehen -, mich kurz mit ihr unterhalten zu dürfen, nur einen Augenblick. Ich kam mir vor wie Doktor Schiwago, der Lara begegnet und Angst hat, sie wieder zu verlieren.

Da war sie wieder, die Eleganz. Ich sah sie vor mir, just in dem Moment, da ich sie verloren geglaubt hatte. Ich konnte die Befürchtung beiseitewischen, sie mir immer nur eingebildet zu haben, die Angst, sie hätte nie existiert.

Auch als ich sie sprechen hörte, wurde ich nicht enttäuscht, dabei hatte ich genau das befürchtet. Ihr kalabresischer Akzent, die offenen Vokale, die sich in ihrem Mund bildeten, all dies war Teil eines faszinierenden Ganzen. Sie war so schön. So wunderschön.

Ich konnte sie dazu überreden, in mein Auto einzusteigen. Im Schritttempo fuhr ich an den Häuserblocks vorbei, bis ich einen Parkplatz fand und wir in ein Café gehen konnten. Ich hatte ganz eindeutig den Ton eines Bittstellers am Leib. Ich, der ich mir von morgens bis abends das Gewinsel von Frauen aller Art anhören muss und über ihr Wohl und Wehe entscheide, ich bettelte sie an. Ich durfte jenen pantherhaften Gang, den Schwanenhals, den schlanken, vibrierenden Körper nicht verlieren. Ich durfte sie nicht verlieren.

Ich versuchte herauszufinden, ob sie einen Job gebrauchen konnte, und sah in ihren dunklen Augen die Gedanken hin und her huschen wie dunkle Wolken über dem Meer.

Schließlich sagte sie, dass sie vielleicht mal in die Agentur kommen würde, um Probeaufnahmen zu machen. Vielleicht.

Sie kam, und es lief wunderbar.

Daraufhin erzählte ich ihr von Scheinwerfern, Kleidern und Schuhen, von Taschen und Schmuck, sondierte so ihre Empfänglichkeit für Luxus. Doch sie zeigte keinerlei Interesse. Schon fürchtete ich, sie würde einen Rückzieher machen.

Dann nannte sie eine Summe. Ich platzte innerlich vor Lachen, weil ihre Forderung so unbedeutend, so geringfügig war.

Aber ich ließ mir nichts anmerken und sagte: «Kein Problem.» Wir einigten uns. Ich war so glücklich wie noch nie.

Ich musste alles über sie erfahren. Alles. Nichts von all den Jahren, die sie entfernt von mir verbracht hatte, durfte mir verborgen bleiben. Ich fragte sie etwas, und sie antwortete. Sie erzählte mir von ihrem Bruder, ihrem Vater, dem Mann an ihrer Seite.

Mir war sofort klar, dass die beiden Letztgenannten für die Realisierung meiner Pläne mit ihr ein Hindernis darstellten. Ich redete lange, unterstrich mit gewichtigen Worten die Gründe, die für Freiheit und Unabhängigkeit sprachen. Und ich fügte hinzu, dass man, um jemandem Gutes zu tun, zuweilen die – durchaus schöne, befriedigende und vergnügliche – Art und Weise, wie man dies bewerkstelligte, verheimlichen musste.

Ich durfte nicht zulassen, dass Bedenken und Gewissensbisse sie aus der Balance brachten.

Als sie aufstand und ging, blieb ihr Abbild auf meiner Netzhaut zurück.

Damals ahnte ich nicht, dass just in diesem Moment meine Verdammnis ihren Lauf nahm. Denn heute weiß ich nicht, wie ich leben soll, ohne ihr beim Gehen zuzusehen, beim Lachen, beim Tanzen, beim Essen.

Jetzt, da sie tot ist.

26

Pater Leonardo Calisi stapfte mühsam mit seinen kurzen Beinen den Hügel hinauf. Kleine Dampfwölkchen traten aus seinem Mund. Die Hände in die Taschen seiner Kutte vergraben, wirkte er durch seine geringe Körpergröße und die hochroten Wangen ziemlich drollig und einmalig. Unter anderen Umständen hätte er den Passanten bestimmt ein Lächeln entlockt, doch an diesem eiskalten Novembernachmittag ließen sich nur die wenigsten zu einer freundlichen Miene verleiten.

Dabei war auch ihm selbst nicht zum Lächeln zumute. Denn er war schlichtweg besorgt. Es war nicht die Kälte, die ihm Sorgen bereitete, obwohl er sich wie viele andere Geistliche in der Stadt um Unterschlupf für die Obdachlosen bemühte und ihnen zum Entsetzen von Bruder Teodoro, dem Koch, sogar das Refektorium des Klosters angeboten hatte. Es bekümmerten ihn auch nicht die zahlreichen Pflichten, die sein Amt mit sich brachte, da er die Kraft besaß, es mit jeglichen Schwierigkeiten aufzunehmen. Im Grunde, so sagte man doch, war alles, was geschah, Gottes Wille, und daher mussten die Menschen es akzeptieren und ertragen.

Während die Sonne sich bemühte, die Temperatur wenigstens auf null Grad anzuheben, dachte Leonardo an etwas ganz anderes. Er dachte an seine geheime Mission.

Nachts, nach dem letzten Gebet und vor dem Einschlafen, verglich er sich und das eigene Wirken mit einem Geheimagenten. Mit jemandem, der in der Lage war, aus einem fahrenden Zug auf ein Motorrad aufzuspringen, wie in einem der Filme, die ab und zu im Aufenthaltsraum gezeigt wurden und die seine Mitbrüder unbedingt sehen wollten. Nur dass er «in göttlicher Mission» unterwegs war.

Unwillkürlich musste er schmunzeln, weil ihm die berühmte Filmkomödie über die Blues Brothers mit John Belushi in den Sinn kam. Es gab wohl kaum jemanden, der weniger mit diesem lang verstorbenen Schauspieler, diesem Opfer seiner Exzesse, gemeinsam hatte als er. Leonardo wusste nicht einmal, was Exzesse überhaupt waren. Er war über die Maßen sittsam: keine cholerischen Anfälle, keine unterdrückten Leidenschaften, nie eine Regung des Fleisches. Auch spürte er nie das Bedürfnis, seine Franziskaner-Sandalen gegen geschlossene Schuhe einzutauschen, selbst wenn dies angesichts der Wetterlage mehr als ratsam schien.

Genauso wenig drückte er sich vor dem Dienst an den Gläubigen, obwohl er bereits zahlreiche Aufgaben innerhalb der Gemeinde versah. Insbesondere für die Beichte meldete er sich häufig freiwillig.

Er bog um die Ecke und stand plötzlich vor einem alten Ehepaar, eifrigen Kirchgängern, die ihn begrüßten und offensichtlich stehen bleiben wollten. Doch er hastete weiter und erteilte nur im Vorübergehen einen raschen Segen: Hätte er sich auf einen Schwatz mit ihnen eingelassen, insbesondere mit Signora Caterina, die nie ein Ende fand, wären sie alle drei zu Eiszapfen erstarrt. Außerdem hatte Bruder Leonardo es eilig. Sehr eilig.

Gerade die Beichte war es nämlich, die ihm bei seiner geheimen Mission half, auch wenn er das den anderen Brüdern, die er so sehr liebte, nicht erklären konnte. Ihr schwacher Geist hätte dieses schwere Kreuz nicht zu tragen vermocht.

Er warf einen Blick auf den Zettel, den er aus der Tasche gezogen hatte, und überprüfte die Hausnummern.

Sicher, die vielen Verpflichtungen raubten ihm Zeit, und die Aufgabe, die er sich gestellt hatte, erforderte Sorgfalt und Hingabe. Ungenauigkeiten konnte er sich nicht leisten. Einmal, als er fortmusste, um die Weihnachtsmesse zu zelebrieren, wäre ihm beinah ein riesiger Fehler unterlaufen, der schwerwiegende Konsequenzen nach sich gezogen hätte. Nein, er musste achtsam sein.

Er war Gott dankbar, dass er ihn auserwählt hatte. Dass er ihm gezeigt hatte, wie schön die Welt und wie wunderbar das Leben war, dass er ihn gelehrt hatte, sich der Sünde entgegenzustellen und seinen Nächsten vor dem Dämon zu beschützen. Bei einer Predigt in der Vorwoche hatte er die Gläubigen vor den Versuchungen des Gottseibeiuns gewarnt, die oft gar nicht so leicht zu erkennen waren. Denn der Teufel, das musste er sich immer wieder in Erinnerung rufen, hatte es faustdick hinter den Ohren.

Das Übel des Jahrhunderts, daran hatte Leonardo keinerlei Zweifel, war die Einsamkeit. Ihretwegen gerieten Männer wie Frauen auf Irrwege und schafften es nicht einmal mehr, das Mitgefühl anderer zu erregen, da sie sich in einem uneinnehmbaren Turm verschanzten, den sie selbst um ihre Verzweiflung herum errichtet hatten. Die Wissenschaft hatte in ihrer überheblichen Kurzsichtigkeit tatsächlich geglaubt, dieses Leiden heilen zu können. Als ließe sich eine Depression, die Entfremdung von der Liebe, wie eine Migräne mittels einer Pille kurieren.

Für Leonardo war Einsamkeit die Konsequenz einer fortschreitenden Abwendung von Gott.

Es war doch offensichtlich, oder? Je weiter man sich von Gott entfernte, desto einsamer wurde man. Die Entscheidungsfreiheit war im Grunde ein Geschenk, aber Satan zog sie in den Schmutz und verwandelte sie in einen furchtbaren Fluch, da sie den Menschen ermöglichte, selbst zu bestimmen, ob sie einsam sein und Gefangene ihrer Angst bleiben wollten. Dadurch wurden sie zu einer leichten Beute für den Beelzebub, der sie zur schlimmsten aller Sünden verführte und mit sich ins Höllenfeuer riss.

Die schlimmste aller Sünden war für Bruder Leonardo der Selbstmord.

Wie oft hatte er im kühlen Dunkel seines Beichtstuhls, eingehüllt vom Duft des Weihrauchs und der brennenden Kerzen unter dem Marienbild, jenen Satz gehört: «Ich möchte sterben, Pater, mir fehlt nur der Mut, mich umzubringen.»

Als junger Priester, als seine Locken, die ihn wie ein Heiligenschein umgaben, noch dunkel waren, hatte er stundenlang auf jene Unglücklichen eingeredet, sie möchten doch das Leben, das größte Geschenk Gottes, nicht einfach wegwerfen. Er hatte es mit Vernunft versucht, hatte sogar geweint. Und manchmal hatte er – untröstlich und mit verheulten Augen – die Leichen derjenigen identifizieren müssen, die schließlich doch den Mut zu jener schändlichen Tat aufgebracht hatten.

Schließlich hatte er begriffen, dass sein Auftrag, seine Mission just darin lag zu vermeiden, dass jene schwachen Seelen Luzifer in die Hände fielen: Das Kräftemessen zwischen Gott und dem Teufel durfte nicht mehr mit dem Sieg des Letzteren enden.

Doch was konnte er schon ausrichten – ein armer, gerade mal 1 Meter 50 großer Klosterbruder, dessen einzige Waffe in einem besänftigenden Lächeln unter zwei strahlend blauen Augen bestand? Was konnte er tun, wenn ihm nur das Evangelium zu Hilfe kam, das immer weniger Menschen zu hören bereit waren?

Leonardo fand die Hausnummer, die mit der Adresse auf dem Zettel übereinstimmte. Er trat ein und bat den Pförtner, der in seiner bullig warmen Loge saß, um die gewünschte Auskunft.

Die Erleuchtung war ihm eines Morgens vor zehn Jahren gekommen, während er beim Beten über das Schicksal eines Jungen nachsann, der sich erhängt hatte, um der Familie nicht seine homosexuellen Neigungen gestehen zu müssen. Mit tränenüberströmtem Gesicht und ganz deprimiert vom Gefühl der Unzulänglichkeit, hatte Leonardo den Wink Gottes in Gestalt des ersten Sonnenstrahls empfangen.

Er musste es tun.

Er musste sie töten, bevor sie selbst Hand an sich legten.

Das war die einzige Möglichkeit, sie vor den Klauen des Dämons zu bewahren: Nur auf diese Weise begingen sie nicht die Todsünde, sich das Leben zu nehmen.

Aber würde er selbst sie dann nicht begehen? Das hatte er Gott gefragt, mit bangem Herzen und voller Entsetzen beim Gedanken an die ewige Verdammnis, die ihn womöglich erwartete. Der Herr hatte ihm nicht direkt geantwortet, dennoch war Leonardo im Lichte der Doktrin, die er viele Jahre lang mit Gewinn studiert hatte, zu einer Überzeugung gekommen: Er würde nicht bestraft werden. Was im Namen Gottes geschah, damit sein Wille erfüllt wurde und er den Kampf gegen das Böse gewann, war keine Sünde. Im Himmel würden sich beim Jüngsten Gericht viele, viele Engel um ihn scharen und Gottvater berichten, dass diese unbedeutende Seele sie vor einer Tat bewahrt hatte, die sie in die Verdammnis geführt hätte.

Aber es war kein leichtes Unterfangen. Der kleinste Fehler in seiner Beurteilung, und er würde jemanden umbringen, der tief in seinem Innersten doch noch einen Grund zum

Weiterleben hatte oder ihn in der Zukunft vielleicht noch fand. Von Leonardos extremem Akt der Barmherzigkeit profitierten nur diejenigen, die in absoluter Verzweiflung durch das Dickicht der Bekümmernis tappten und jede Hoffnung aufgegeben hatten, jemals wieder herauszufinden. Männer und Frauen, denen jede Bindung ans Leben verlorengegangen war. Die irgendwann, an einem regnerischen Vormittag, während im Fernsehen eine Werbesendung plärrte und auch der letzte Freund nicht mehr auf ihren Telefonanruf reagierte, das Fenster oder das Gas geöffnet hätten, um eine Existenz zu beenden, die keinen Frieden mehr fand.

Die Gewissheit, sich nicht zu täuschen, ergab sich nicht aus einer einfachen Beichte oder einem Schwatz in der Sakristei. Er musste mit jedem einzelnen Kandidaten viele Male sprechen, musste die Gründe genau verstehen und dessen Gefühle und Erinnerungen erkunden. Er musste in aller Ruhe herausfinden, ob es für die Person tatsächlich nichts mehr gab, das ein Weiterleben lohnte. Es ging schließlich auch um sein eigenes Seelenheil! Der Herr hätte ihm ein oberflächliches, eilig gefälltes Urteil nicht verziehen, und dann hätte sich vor ihm der Schlund der Hölle aufgetan.

Während er die Treppe hinaufstieg, musste er an Giorgio Pisanelli denken, ein Gottesgeschöpf, das ihm eines der liebsten war.

Nach dem Tod von dessen Ehefrau Carmen, die er in jener letzten entsetzlichen Phase ihres Lebens selbst begleitet hatte, hatte er oft gedacht, dass Giorgio eigentlich der perfekte Anwärter für seine Dienste wäre: der leere Blick, die tonlose Stimme, beides untrügliche Anzeichen. Zudem wusste Leonardo als Einziger von der Krankheit des Kriminalbeamten, die dieser nicht behandeln lassen wollte. Wie oft hatte er ihn angefleht, endlich einen Arzt aufzusuchen und dem Krebs ins Auge zu sehen. Doch Giorgio weigerte sich hartnäckig: Er fürchtete, dann in Frühpension geschickt zu werden.

Was aber Bruder Leonardo eigentlich daran hinderte, dem Freund endlich den ewigen Frieden zu schenken, war die Tatsache, dass Giorgio Pisanelli der Einzige war, der hinter all den Selbstmorden, die im Viertel geschahen, einen Zusammenhang, eine einzige Handschrift erkannt hatte. Und seither verfolgte er verbissen einen Mörder, an dessen Existenz sonst niemand glaubte.

Und er, Pater Leonardo selbst, war das Ziel dieser Jagd.

Giorgio hegte keinen Verdacht, dass sein bester Freund, den er einmal pro Woche zum Mittagessen im *Ristorante del Gobbo* traf, beim «Buckligen», dem er seine Geheimnisse anvertraute und mit dem er die schmerzliche Erinnerung an seine verstorbene Frau teilte, dass ausgerechnet der jener Mensch war, auf den er Jagd machte. Und sollte er jemals die Wahrheit herausfinden, dann konnte Leonardo nichts zu seiner Verteidigung vorbringen. Aber er war kein Mörder. Abgesehen von seiner persönlichen Beziehung zu Giorgio hätte er niemals einen Mann töten können, der eindeutig einen Grund hatte weiterzuleben – und zwar ihn, Leonardo, zu fassen.

Doch das war es nicht, was dem Mönch Kummer bereitete, der nun seine halbmondförmige Brille aufsetzte, um die Namen auf dem Klingelschild lesen zu können. Pisanelli hegte nicht den geringsten Verdacht und hielt ihn ohnehin über den Stand der Ermittlungen auf dem Laufenden, sodass es ihm ein Leichtes war, die Schläge zu parieren. Nein, seine Unruhe rührte daher, dass er sich in wenigen Tagen geistlichen Exerzitien zu unterziehen hatte.

Es war eine einwöchige, sehr heilsame und gewinnbringende Woche des Schweigens, der Lektüre und der Meditation in einem römischen Kloster unter Anleitung eines ehrwürdigen, gebildeten Paters. Sonst konnte Leonardo es kaum erwarten, zu diesen Treffen zu gehen, da dann seine Seele sich im Angesicht der Doktrin von den Schlacken der Beichtgeheimnisse reinigte. Diesmal fielen die geistlichen Übungen jedoch in einen Zeitraum, in dem er die Unterredungen mit einem Kandidaten beinah abgeschlossen hatte und kurz vor der Gewissheit stand, dass die Person kein Fünkchen Lebenswillen mehr besaß.

Er drückte auf die Klingel. Was sollte er tun? Den Prozess zu beschleunigen war gefährlich, da er auf keinen Fall zulassen durfte, dass ihm nachträglich Zweifel kamen. Weil er dann einem Leben ein Ende gesetzt hätte, das noch nicht hätte enden dürfen.

Wenn er jedoch alles auf die Zeit nach seiner Rückkehr verschob, riskierte er, dass die betreffende Person den letzten Schritt zu früh machte und so für immer dem Satan anheimfiel. Wer hätte ihm jemals diese Last von der Seele nehmen sollen?

Die schreckliche Zwickmühle drohte ihn zu zermalmen, und das war der Grund, weshalb er sich eine Stunde Zeit für dieses Gespräch genommen hatte. Er würde vorgeben, zufällig in der Nähe gewesen zu sein, und über dies und jenes plaudern, stets auf ein Wort, einen Ausdruck, einen Seufzer lauernd, der ihn in der einen oder der anderen Richtung bestätigte.

Er hörte schlurfende Schritte, dann ging die Tür auf.

Leonardo setzte ein sanftes Lächeln auf.

«Friede sei mit dir, liebe Agnese.»

27

Das Centro Direzionale war auch an sonnigen Tagen oder an einem warmen Frühlingsnachmittag ein düsterer Ort, doch an jenem eisigen Winterabend, als das Büroviertel einsam und verlassen dalag und auch die wenigen umliegenden Geschäfte und Bars geschlossen waren, erinnerte es an das Science-Fiction-Szenario einer postnuklearen Apokalypse.

Alex und Lojacono hatten den Dienstwagen in der Tiefgarage abgestellt, in furchterregenden, düsteren Gewölben, durch die der Wind wie ein verwundetes Tier heulte, und waren über die Treppe wieder an die Oberfläche gelangt: ein perfekter Ort für Vergewaltiger und andere Verbrecher, die sich bei dieser Kälte jedoch vermutlich in den Spielhöllen verkrochen hatten oder gleich zu Hause geblieben waren wie jeder anständige Mensch. Um keine Missverständnisse aufkommen zu lassen, hatten sie beide instinktiv die Hand auf ihre Schusswaffe im Achselholster gelegt und sich so unbewusst Mut gemacht.

Ihre Schritte hallten in der Stille wider. Es war kurz nach sieben Uhr abends, hätte aber ebenso gut zwei Uhr morgens sein können, so wenige Leute waren auf den Straßen des ultramodernen Viertels unterwegs. In den gläsernen Wolkenkratzern leuchteten viele Fenster; es herrschte also noch Leben, und die Erde war doch noch bewohnt, allerdings wagte sich kaum jemand hinaus in die Kälte, wenn es nicht unbedingt nötig war.

Bei der Adresse, die Ottavia ihnen gegeben hatte, handelte es sich um ein mittelhohes Gebäude, eingezwängt zwischen zwei Kolosse aus Stahl und Glas. Die unbeheizte großzügige Eingangshalle schien unbewacht. Sie studierten die zahlreichen Firmenschilder und fanden schließlich das, was sie suchten: *Charles Elegance*. Dritte Etage, Raum 32.

Der Fahrstuhl erinnerte an eine Kühlbox und gab ähnliche Geräusche von sich. Lojacono, der ein wenig klaustrophobisch veranlagt war, musste an die düsteren Folgen eines Stromausfalls denken und malte sich aus, wie am nächsten Tag ihre tiefgefrorenen Leichen gefunden würden. Doch sie gelangten unbeschadet ans Ziel.

Auf ihr Klingeln hin empfing sie eine hübsche brünette Frau mit künstlicher Höflichkeit. Als sie erfuhr, dass sie Polizisten waren, bekam ihre Maske einen Riss. Sie verließ ihren Posten und verschwand um die Ecke. Kurz darauf kam sie wieder und bat die Besucher, ihr zu folgen.

Die Agentur machte ihrem Namen alle Ehre. Der dicke braune Teppichboden dämpfte die Schritte, leise Musik aus verborgenen Lautsprechern schuf ein exotisches, angenehmes Ambiente. In dem einzigen Raum, dessen Tür offen stand, sahen Alex und Lojacono zwei Models in Abendkleidern, die sich auf einem Sofa im Scheinwerferlicht rekelten; ein Fotograf umkreiste sie und drückte dabei ständig auf den Auslöser. Die Empfangsdame entschuldigte sich, als hätte es sich um eine unanständige Szene gehandelt.

Am Ende des Korridors klopfte sie leise an eine dunkle Holztür, die schwerer als die anderen war und neben der ein kleines Schild mit der Aufschrift «Direktor» prangte.

Sie traten ein.

Das Büro wurde von zwei Deckenflutern und einer Lampe auf einem massiven Mahagonischreibtisch erleuchtet. Dahinter saß ein schlanker, etwa fünfzigjähriger Mann mit Brille und einem dunklen Pullover, der nun aufstand und ihnen die Hand entgegenstreckte.

«Guten Abend, mein Name ist Carlo Cava, ich bin der Chef der Agentur. Ich kann mir denken, weshalb Sie hier sind. Möchten Sie etwas zu trinken?»

Alex und Lojacono lehnten höflich ab und nahmen auf den beiden Sesseln Platz, die Cava ihnen angeboten hatte. Auf sein Zeichen hin zog sich die junge Frau vom Empfang zurück.

Jetzt konnte das Gespräch beginnen.

«Signor Cava, ich bin Inspektor Lojacono vom Kommissariat Pizzofalcone, und das ist meine Kollegin Di Nardo. Darf ich Sie fragen, weshalb Sie glauben, den Grund unseres Besuchs zu kennen?»

«Ispettore, ich gehöre zu den wenigen Leuten, die noch Zeitung lesen. Und die Nachrichten im Fernsehen gibt es ja auch, wo seit zwei Tagen von nichts anderem mehr die Rede ist, mit Ausnahme der Kälte. Ich weiß leider, was Grazia Varricchio zugestoßen ist. Und natürlich weiß ich, dass sie eines unserer Mädchen war, wenn auch noch nicht sehr lange. Ich habe also einfach eins und eins zusammengezählt.»

«Und weshalb haben Sie uns nicht angerufen, um uns zu informieren, dass sie für Sie gearbeitet hat?», fragte Alex.

«Was hätte ich Ihnen da groß erzählen sollen? Dass das Mädchen sich hier ab und zu hat fotografieren lassen, dass sie regelmäßig bezahlt wurde und dass nicht einmal diejenigen, die mit ihr gearbeitet haben, Gelegenheit hatten, sie näher kennenzulernen?»

Instinktiv empfand Alex eine gewisse Antipathie gegen den Mann, der da lässig zurückgelehnt und mit verschränkten Armen in seinem Sessel saß und betont leise sprach. Er hatte die Situation unter Kontrolle und schien sehr darauf bedacht, dass dies auch so blieb.

«Seit wann genau hat Signorina Varricchio für die Agentur gearbeitet?», nahm Lojacono den Faden wieder auf.

«Seit weniger als zwei Monaten. Ich müsste nachsehen, aber ich bin mir fast sicher, dass sie nur zwei Shootings gemacht hat: eines für Bademode, das ganz erfolgreich war, und eines für Brautmoden, das noch nicht veröffentlicht wurde. Sie hat auch Modeschauen für uns gemacht, aber nicht hier.»

«Was bedeutet das, ‹nicht hier›?»

«Hier finden nur Fotoshootings statt. Wir sorgen für die Deko und den Aufbau, stellen unsere Fotografen zur Verfügung oder buchen extra welche und übergeben dann dem Auftraggeber die Aufnahmen. Die Modeschauen werden in Showrooms organisiert, in Cafés oder sonstigen Lokalitäten. Je nach den Erfordernissen. Für jedes Mädchen, das wir dort hinschicken, erhalten wir eine Provision.»

«Und Signorina Varricchio hat sowohl für Fotos als auch auf dem Laufsteg gemodelt?», fragte Lojacono.

«Genau, und nicht alle hier können beides machen. Es gibt unglaublich fotogene Mädchen, die wir bei Schauen nicht einsetzen können, und andere, die auf dem Laufsteg phantastisch sind, aber auf Fotos nicht zur Geltung kommen.»

«Aber sicherlich sind doch alle schön. Warum dann diese Unterscheidung?»

«Signorina, die Schönheit ist eine etwas komplexere Angelegenheit als allgemein angenommen. Es gibt, um den technischen Ausdruck zu verwenden, eine ‹statische› und eine ‹dynamische Schönheit›. Es wird Ihnen sicherlich schon einmal aufgefallen sein, dass eine Person, die wir für schön halten, auf Fotos manchmal ganz anders aussieht. Umgekehrt wird es vielleicht schon mal vorgekommen sein, dass Sie jemanden kennengelernt haben, der auf Fotos wunderschön wirkte, in natura aber blass blieb. Models, die sowohl für das Auge als auch für das Kameraobjektiv gleich schön sind, findet man nur sehr selten. Die Varricchio war so ein Model.»

Eine Art raunender Beschwörung lag in Cavas Stimme. Dieser Eindruck wurde noch verstärkt durch die angenehme Wärme und den Duft nach Sandelholz im Raum. Alex kam sich vor wie in der Höhle eines gefährlichen Tieres.

«Wie rekrutieren Sie die Mädchen? Geben Sie Anzeigen auf?», fragte Lojacono.

«Ispettore, wenn wir alle diejenigen, die sich für schön oder sogar elegant halten, hierher einladen würden, befänden wir uns in einem konstanten Belagerungszustand. Und in dem ganzen Haufen fände sich vermutlich keine Einzige, die den unterschiedlichen Anforderungen unseres Unternehmens entsprechen würde. Nein, Gott behüte. Wir haben unsere Kanäle, viele Mädchen kennen wir schon, oder sie kommen auf Empfehlung unserer Scouts. Dann sind da noch die Profis, die schon für uns gearbeitet haben, Schauspielerinnen oder Moderatorinnen aus dem Privatfernsehen zum Beispiel. Vielleicht stellt sich mal die eine oder andere spontan vor, und dann machen wir ein Probeshooting, aber das sind Ausnahmen.»

Lojacono blickte sich um. Vor den nummerierten Aktenordnern in den Regalen standen Bilderrahmen mit Fotografien von ein und derselben Person, die ziemlich unterschiedliche Kleidungsstücke trug. Der ganze Look inklusive des Gesichts der Frau ließ darauf schließen, dass die Aufnahmen mindestens zwei Jahrzehnte umspannten.

Cava folgte Lojaconos Blick.

«Das ist meine Frau, Ispettore. Das eleganteste Model, das wir je hatten.»

Dieser Satz erweckte Alex' Neugier.

«‹Elegant› – die Art, wie Sie dieses Adjektiv verwenden, lässt darauf schließen, dass Sie Eleganz mehr schätzen als Schönheit. Vorhin bezeichneten Sie die Mädchen als ‹schön oder sogar elegant›. Weshalb diese Differenzierung?»

Cava wandte sich ihr zu, schien aber durch sie hindurchzusehen.

«Signorina, Eleganz ist viel seltener als Schönheit. Vor allem aber gestattet sie keinerlei Tricks. Das ist etwas, das Ihnen kein Chirurg, kein Fitnessstudio, kein Visagist geben kann – man hat es, oder man hat es nicht. Aber mir ist sehr wohl bewusst, dass dies nicht so leicht zu begreifen ist.»

Sein Tonfall machte deutlich, dass er damit noch etwas anderes sagen wollte: Die Fragestellerin besaß nicht nur keine Eleganz, sondern war obendrein außerstande, sie zu erkennen. Alex empfand dieses unterschwellige Negativurteil keineswegs als beleidigend; es hätte sie wesentlich mehr irritiert, hätte sie feststellen müssen, dass sie diesem Reptil gefiel.

Lojacono versuchte, das körperliche Unbehagen abzuschütteln, das Cavas Stimme und die ganze Atmosphäre in dessen Büro bei ihm erzeugten.

«Und die Varricchio, sie besaß diese Eleganz?»

Cava starrte einen Moment auf die Schreibtischplatte, bevor er dem Inspektor in die Augen sah.

«Ja, sie hatte die.»

Kurz herrschte absolute Stille in dem Raum. Dann rührte sich Alex in ihrem Sessel.

«Können Sie uns sagen, wie Sie auf sie gestoßen sind? Gehörte sie zu denjenigen, die sich initiativ beworben haben?»

«Nein. Sie wurde zufällig entdeckt und gefragt, ob sie Probeaufnahmen machen wolle, und sie hat ja gesagt.»

«Und wer hat sie zuerst gesehen?», fragte Lojacono.

Cava drehte den Kopf zum Fenster zu seiner Linken, das einen beeindruckenden Ausblick auf die gesichtslose Hauptallee des Hochhausviertels bot. Ein paar Sekunden lang verharrte er in dieser Haltung. Lojacono wollte schon zu einer neuerlichen Frage ansetzen, als der Agenturchef erwiderte:

«Ich.»

28

In Carlo Cavas Büro hätte man in diesem Moment eine Steck-
nadel fallen hören. Dass der Agenturchef selbst der Entdecker
von Grazia Varricchio gewesen war, hatte die beiden Polizisten völlig verblüfft. Alex fand als Erste die Sprache wieder.

«Aber wie sind Sie auf sie gestoßen? Hat man sie Ihnen
vorgestellt, haben Sie sich in einem Lokal kennengelernt?»

Cava schaute unverwandt aus dem Fenster, als erwartete er
eine Offenbarung.

«Ich glaube kaum, dass wir dieselben Örtlichkeiten aufgesucht haben. Nein, ich habe sie auf der Straße kennengelernt.»

«Das heißt, Sie lesen Ihre Models auf der Straße auf? Sie
sehen eine Frau, die einen Spaziergang macht, und sprechen
Sie an?»

Mühsam löste der Mann seine Augen von dem tristen
Panorama hinter der Fensterscheibe und musterte Alex mit
kaltem Blick.

«Ich verstehe schon, jemand wie Sie kann gar nicht anders
denken. Sie wühlen immer im Dreck, Tag für Tag. Sie werden
mit der schlimmsten Seite der Menschheit konfrontiert. Sie
sind es nicht gewohnt, nach der Anmut, der Schönheit Ausschau zu halten. Das tut mir sehr leid für Sie.»

Lojacono wollte eingreifen, doch die Kollegin kam ihm zuvor.

«Schon gut. Schönheit, Anmut und all der Käse: Sie haben eine hübsche junge Frau gesehen, die die Straße entlangging. Weil sie einen schönen Arsch hatte, haben Sie sie angehalten. Darauf läuft es doch hinaus.»

Lojacono zuckte innerlich zusammen. Nicht schon wieder diese Nummer, dachte er. Sonst war Alex bei Vernehmungen viel sachlicher und besonnener. Diese neue Aggressivität war nicht nur unprofessionell, sie schadete auch den Ermittlungen. Womöglich führte sie dazu, dass Cava dichtmachte. Er war kein Hauptverdächtiger, und seine Informationen waren kostbar. Lojacono versuchte, das Gespräch wieder in ruhigere Bahnen zu lenken.

«Wo haben Sie sich getroffen? Und wie haben Sie Grazia überzeugt?»

Cava starrte weiterhin Alex an, seine Augen hinter den Brillengläsern wirkten vollkommen ausdruckslos.

«Der ‹Arsch›. ‹Weil sie einen schönen Arsch hatte› … Was für eine vornehme Ausdrucksweise, Frau Wachtmeisterin. Dieselbe Formulierung soll auch ihr Bruder verwendet haben, als Grazia ihm von unserer Begegnung erzählte. Sie haben offenbar eine ähnliche Geisteshaltung.»

Er wandte sich an Lojacono.

«Es war in der Via Filangieri, Ispettore. Ein Mädchen wie viele andere, Kopfhörer im Ohr, ganz unauffällig gekleidet. Normalerweise sehe ich über solche Leute hinweg, als gäbe es sie gar nicht. Die Frage, ob jemand einen ‹schönen Arsch› hat, stellt sich mir nicht.»

«Was ist Ihnen dann an ihr aufgefallen? Die Kopfhörer etwa?», fragte Alex sarkastisch.

Lojacono warf ihr einen warnenden Blick zu. Cava fuhr fort, als hätte er sie nicht gehört.

«Sie stach aus der Menge heraus wie eine Prinzessin. Sie

selbst war das Besondere. Sie wirkte wie die einzige Frau in Farbe in einem Schwarzweißfilm. Ich war im Auto unterwegs und habe in der zweiten Reihe angehalten – was für ein Chaos! Ich überredete sie, einen Kaffee mit mir trinken zu gehen, und wir unterhielten uns. Ich erzählte ihr, wie unser Metier funktioniert, und sie erzählte mir, dass sie im Moment weder studierte noch arbeitete, und wenn es eine anständige Arbeit sei, dann könne sie sich das vorstellen. Dann gab sie mir ihre Telefonnummer.»

«Und das ist alles? Haben Sie keine Probeaufnahmen von ihr gemacht?»

Alex ließ nicht locker. Sie schaute ihn unverwandt an, als wollte sie, dass er ihr gerade in die Augen sah.

«Natürlich gab es welche. Einer unserer Fotografen hat ein paar Schnappschüsse von ihr gemacht, um sie unseren Kunden vorlegen zu können. Außerdem haben wir sie gebeten, einmal den Flur auf hochhackigen Schuhen auf und ab zu laufen. Manche Mädchen schaffen nicht mal einen Meter auf High Heels, so sehr sind sie an diese armseligen Turnschuhe gewöhnt.»

«Und sie, wie hat sie sich geschlagen?»

«Phantastisch. Sie schien nie etwas anderes gemacht zu haben. Sie war dafür geboren, sich vor anderen zu zeigen. Seit Jahren bin ich keinem solchen Talent mehr begegnet. Der Fotograf weinte beinah vor Dankbarkeit.»

«Und die Bezahlung? Haben Sie an Ort und Stelle was vereinbart?»

Cava schüttelte den Kopf.

«Wir haben anfangs überhaupt nicht über ihre Gage gesprochen, sondern erst, als ich ihr erzählte, dass einer unserer Kunden sie für eine Bademodenkampagne buchen wollte, die immer im Herbst realisiert wird. Er war der Erste, dem wir ihre Setkarte gezeigt haben. Mit traumwandlerischer Sicherheit hat er sie unter dreißig anderen ausgewählt.»

«Und dann?»

«Ich habe Grazia einen festen Vertrag mit einem hohen Monatsgehalt angeboten, etwas, für das sich andere Models, selbst arrivierte, den kleinen Finger abhacken lassen würden. Sie hatte ein unglaubliches Potenzial, und sobald die Konkurrenz die Fotos von dem ersten Shooting gesehen hätte, wäre sie zu allem Möglichen bereit gewesen, um sie abzuwerben. Ich habe sofort überlegt, wie ich sie an mich binden könnte. Ihre Reaktion fiel jedoch völlig anders aus, als ich erwartet hatte.»

Lojacono dachte an die zugige Wohnung mit den kaputten Herdplatten und dem schlecht funktionierenden Heizofen. An die geflickte Tagesdecke, die er auf dem Bett der jungen Frau gesehen hatte, neben ihrer Leiche. «Das heißt, sie hat versucht zu verhandeln? Wollte sie mehr?»

«Nein, im Gegenteil. Sie wollte sich lieber nicht für einen längeren Zeitraum verpflichten. Offenbar hatte sie Angst vor der Reaktion ihres Freundes, von dem sie mir erzählt hatte. Sie wollten irgendwann heiraten und Kinder haben. Die Mädchen hier hüten sich wohlweislich, so etwas mir gegenüber auch nur zu erwähnen – ich würde sie auf der Stelle davonjagen, das wissen sie.»

Alex ergriff erneut das Wort.

«Aber Sie haben Grazia nicht davongejagt.»

«Nein, habe ich nicht. Und wissen Sie, warum? Weil ich einer wie ihr nie wieder begegnet wäre. Das ist die reine Wahrheit. Übrigens wollte sie eine lächerlich geringe Summe im Vergleich zu der, die ich bereit war zu geben. Sozusagen eine Pauschale für die Bademoden-Werbung und zwei Modeschauen.»

«Wie viel?», fragte Lojacono.

«3700 Euro. Keine 4000 und auch keine 3500 Euro. 3700 netto, betonte sie. Mehr brauche sie nicht.»

Das war in der Tat seltsam.

Cava schien sich in einer Mischung aus Schmerz und Amüsement an die Geschichte zu erinnern. Dann stand er auf, griff zielsicher nach einem der Fotoordner im Regal und ging damit wieder zurück zu seinem Schreibtisch. Als er die richtige Stelle gefunden hatte, drehte er den Ordner um und schob ihn in Richtung seiner Besucher.

Es waren Bilder von Grazia Varricchio.

Alex und Lojacono hatten sie tot gesehen, ihren schwer misshandelten Körper neben einer zerknitterten Tagesdecke, und sie hatten sie auf den Schnappschüssen am Meer gesehen, fröhlich in die Kamera ihres Bruders oder Freundes schauend. Sie wussten, dass sie schön gewesen war. Doch auf den Fotos aus dem Ordner blickte ihnen eine völlig andere Person entgegen. Eine Frau mit einer so außergewöhnlichen Ausstrahlung, dass durch ihre bloße Anwesenheit alles um sie herum verblasste.

Es waren circa fünfzig Posen, schwarzweiß und in Farbe. Grazia war ganz unterschiedlich angezogen: langes Abendkleid, Jeans und Shirt, weiter Rock im Country-Look und Strohhut. Auf fünf eher gewagten Aufnahmen war sie halbnackt zu sehen, auf einem zerwühlten Bett, nur von den Zipfeln eines Lakens verhüllt. Manchmal war sie ernst, dann wieder sanft, fröhlich, den Tränen nahe, raubkatzenhaft, zornig. Die geheimnisvollen tiefschwarzen Augen, der Schmollmund, die Stupsnase, das perfekte Oval ihres Gesichts – wie Instrumente, auf denen Modell und Fotograf gemeinsam spielten. Das Licht umschmeichelte ihren biegsamen Körper mit der Diskretion einer ergebenen Dienerin.

«Verstehen Sie jetzt?», sagte Cava. «Dieses Mädchen hatte eine glorreiche Zukunft vor sich. Wir hätten sie nicht lange halten können. Das hier ist zwar die beste Agentur Süditaliens, doch für Grazia war viel mehr drin. Spätestens in zwei Jahren wäre sie auf den Titelseiten der wichtigsten internationalen Modemagazine gelandet. Sie hätte mit den berühmtesten Fotografen des Planeten zusammengearbeitet, und dann hätte sich Hollywood gemeldet. Als sie mich um ihre 3700 Euro bat, hätte ich beinah laut losgelacht.»

Lojacono nickte.

«Also haben Sie sie ihr gegeben.»

«Sofort, in bar. Im Gegenzug habe ich von ihr die Exklusivrechte für ein Jahr verlangt. Sie hat gleich akzeptiert. Für sie hätte es sich damit sowieso erledigt, meinte sie.»

Alex konnte den Blick nicht von einer Fotografie abwenden, auf der Grazia auf einem Bett lag und so wohlig und zufrieden in die Kamera schaute, als hätte sie gerade den besten Sex ihres Lebens gehabt.

«Haben Sie sie denn nicht gefragt, warum? Warum sie nach einem einzigen Shooting wieder aufhören wollte? Das ergibt doch keinen Sinn. Entweder machst du gar keins oder ...»

Cava schaute wieder zum Fenster hinaus. Er schien einer Erinnerung nachzuhängen. Dann wandte er sich erneut zu ihnen um.

«Natürlich habe ich sie gefragt. Mit ihr bot sich mir eine einmalige Chance, so eine, wie man sie nur ein Mal im Leben bekommt. Und ich selbst hatte Grazia entdeckt. Sollte ich mir etwa eine solche Gelegenheit entgehen lassen?»

Lojaconos Mandelaugen hatten ihren üblichen undurchdringlichen Ausdruck angenommen.

«Und was hat das Mädchen geantwortet?»

«Dass man sie umbringen würde, wenn sie es noch einmal täte.»

Trotz der beißenden Kälte tauschten die beiden Polizisten gleich unten auf der Straße ihre ersten Eindrücke von der Begegnung mit dem Agenturchef aus.

Alex machte ein finsteres Gesicht.

«Er gefällt mir nicht, dieser Cava. Da behauptet eine junge Frau, sie könnte nur ein einziges Shooting machen, weil sie sonst umgebracht würde, und er fragt nicht mal nach, wer und weshalb? Dass es ihm einfach nur die Sprache verschlagen hat, kaufe ich ihm nicht ab.»

Mit eingezogenem Kopf, die Hände in den Manteltaschen vergraben, schritt Lojacono voran.

«Wenn sie es tatsächlich so lapidar zu ihm gesagt hat, wie er es darstellt, und ihm dabei tief in die Augen gesehen hat... Du hast doch gehört, er war ihr vollkommen verfallen. Außerdem scheint er mir nicht die Art von Mensch zu sein, der sie beschützt hätte. Er ist kein Mann der Tat.»

«Wieso verteidigst du ihn? Er ist einfach nur ein verdammter Irrer, mit seinem Schmierentheater des großen Ästheten. Ich finde, wir sollten da unbedingt noch mal nachhaken.»

«Sorry, Di Nardo, aber du scheinst mir etwas voreingenommen, was diesen Mann angeht. Im Grunde war er uns doch sehr nützlich. Konzentrieren wir uns lieber auf die Fakten. Der Einzige, von dem wir bislang mit Sicherheit wissen, dass er Hand an die Varricchio angelegt hat, ist ihr Freund, unser lieber Nick Trash oder wie immer sein Spitzname lautet. Dann ist da die Sache mit dem Vater. Wir müssen herausfinden, ob er tatsächlich derjenige war, mit dem Biagio am Abend zuvor gestritten hat.»

Zurück im Auto, fröstelte Alex noch mehr als draußen.

Konnte es sein, dass in dem Fahrzeug noch niedrigere Temperaturen herrschten?

«Du hast bestimmt recht, aber trotzdem: Ich traue Cava nicht über den Weg. Immerhin hat er zugegeben, dass er mit ihr eine Henne besaß, die ihm goldene Eier legte – die wollte er sich natürlich nicht wegschnappen lassen. Und was ist mit dieser seltsamen Summe? 3700 Euro. Warum brauchte das Mädchen sie so dringend? Und wozu?»

Lojacono fuhr langsam aus der Parklücke heraus.

«Ja, das müssen wir noch rausfinden. Ich halte die Summe allerdings für zu niedrig, um deshalb gleich zwei Menschen umzubringen. Wir sollten lieber der Frage nachgehen, ob der Bruder mit irgendjemandem gesprochen hat und ob er über Grazias Liebesleben Bescheid wusste. Morgen fahren wir zur Uni. Und die Ergebnisse der Spurensicherung bringen uns hoffentlich auch ein Stück weiter.»

Seine letzte Bemerkung erinnerte Alex daran, dass sie am kommenden Abend ja eine Verabredung mit Rosaria hatte. Sie hustete, um ihre plötzliche Verlegenheit zu überspielen.

«Ach, apropos ‹morgen›: Wirklich super, dass sie deiner Tochter morgen Abend in der Trattoria Unterschlupf gewähren. Konferenzen oder Vernehmungen stehen ja nicht an, soweit ich weiß. Geht es dabei vielleicht um einen privaten Termin?»

Lojacono versuchte es mit Ausflüchten.

«Nein, weißt du, ein paar Freunde von mir kommen von außerhalb: ein Männerabend in der Pizzeria. Aber ich möchte nicht, dass Marinella alleine zu Hause bleibt.»

Alex kicherte.

«Schon gut. Aber dir ist sicher klar, dass Signora Letizia selbst ein Auge auf dich geworfen hat, oder?»

«Quatsch, wir sind nur gute Freunde! Du gehörst doch

wohl nicht zu denen, die behaupten, es könne keine Freundschaft zwischen Männern und Frauen geben. Wir kennen uns, seit ich hier in der Stadt bin, zwischen uns war nie was anderes als Freundschaft.»

«Ich sage ja nicht, dass da keine Freundschaft möglich wäre. Ich sage nur, dass sie ganz schön in dich verknallt ist. Glaub mir, eine Frau erkennt so was sofort. Also bitte: Sie scheint mir echt in Ordnung, lass sie nicht leiden.»

«Danke. Das ist ja wirklich ein Rundum-Service hier beim Kommissariat von Pizzofalcone: Den Kummerkasten gibt's gratis dazu. Heilige, Dichter und Seefahrer – von wegen ‹Gauner›!»

Alex musste lachen.

«Schade, dass Aragona das nicht hören kann. Dem stellen sich garantiert sämtliche Nackenhaare auf, wenn du ihn als Heiligen bezeichnest! Wie es ihm und Romano wohl in der Angelegenheit mit dem Mädchen ergangen ist? Ich muss ihn mal fragen.»

29

Romano brach das Schweigen, in das er seit fast einer halben Stunde versunken war.

«Wir sind plötzlich in einem ganz anderen Film. Erst waren wir in einem amerikanischen Krimi aus den siebziger Jahren, und jetzt sind wir in einer schlechten Kopie von *Der Himmel über Berlin*.»

Aragona sah ihn überrascht an.

«Was? Den hab ich nicht gesehen. Geht es da um Bombenangriffe? Um Krieg? Was haben wir mit Krieg zu tun?»

Romano schüttelte den Kopf und starrte wieder zu dem Geschäft hinüber, in dem Martina Parises Mutter Antonella arbeitete. Es war kurz vor Ladenschluss, und die wenigen Kunden, die aus den Geschäften in der noblen Einkaufsstraße kamen, hasteten rasch weiter, um der Kälte zu entfliehen.

Diesmal hatte Signora Parise ihre Tochter dabei. Romano und Aragona hatten die beiden seit dem Nachmittag beschattet, als sie aus dem Haus gekommen und in den Bus gestiegen waren. Durch die Schaufenster, die einen guten, wenn auch nicht vollständigen Blick auf das Interieur des Ladens boten, hatten sie gesehen, wie das Mädchen seine Bücher aus dem Rucksack nahm und in eins der Hinterzimmer ging. Es war ziemlich wenig los, und so hatte die Mutter oft Gelegenheit, nach ihr zu sehen. Der Chef blieb die ganze Zeit über an der Kasse und begrüßte jeden Kunden mit einem breiten Lächeln.

«Was für ein Scheißberuf, Verkäufer», sagte Aragona. «In der Hoffnung, dass der Kunde etwas kauft, kriechst du ihm in den Arsch, bis dir fast die Luft wegbleibt, und der lässt sich alles zeigen und zieht dann zum Schluss mit einem ‹Vielen Dank, ich überleg's mir noch mal› Leine.»

Romano, der die Sache genauso sah, dachte gerade darüber nach, weshalb Antonella Martina mitgenommen hatte. Das Mädchen schien groß genug, um bis zur Rückkehr eines Elternteils ein paar Stunden lang auf sich selbst aufzupassen.

Es sei denn, hatte er sich dann selbst geantwortet, die Mutter fürchtete ausgerechnet die Rückkehr des Ehemannes.

Martina kam aus dem Hinterzimmer. Sie sah müde aus. Es waren keine Kunden mehr im Raum, und die vier Angestellten, darunter auch Antonella, räumten die Ware zurück in die Regale. Romano beobachtete, wie Mutter und Tochter miteinander tuschelten. Es schien, als wollte das Mädchen seine Mutter von etwas überzeugen, gegen das diese sich wehrte. Kurz darauf ging Antonella mit hängendem Kopf zu ihrem Chef, der seine Tageseinnahmen zählte. Es entspann sich ein kurzer Wortwechsel, und Romano glaubte zu erkennen, wie die anderen Verkäuferinnen sich vielsagende Blicke zuwarfen.

Der Mann zog so unauffällig wie möglich einen Schein aus einem Bündel Banknoten und steckte ihn der Frau zu.

Antonella verschwand kurzzeitig aus Romanos und Aragonas Blickfeld, als sie den Raum zwischen den beiden Schaufenstern durchquerte. Sie ging zu ihrer Tochter zurück und beugte sich zu ihr hinunter. Martina schlang ihr die Arme um den Hals, holte rasch ihren Mantel und ging hinaus.

Aragona stieß seinen Kollegen mit dem Ellbogen an.

«Folge ihr», sagte Romano. «Ich bleibe hier und schaue, was noch so passiert.»

Martina Parise steuerte ein Gebäude in der Nähe an, in dem sich ein bekanntes, bis spätabends geöffnetes Einkaufszentrum für Hightech-Geräte, Bücher und CDs befand.

Sie ging an der Mauer entlang, um sich vor der Kälte zu schützen, und zückte unterwegs ihr Handy, um jemanden anzurufen. Aragona folgte ihr in etwa zehn Metern Abstand. Sie war so in ihr Telefonat vertieft, dass sie ihn wahrscheinlich sowieso nicht bemerkt hätte, aber er wollte lieber kein Risiko eingehen.

Martina blieb vor einem Schaufenster mit Tablets stehen; die Unterhaltung am Telefon wurde lebhafter. Aragona liebäugelte mit dem Schutzdach der Bushaltestelle, von wo aus er lauschen konnte, ohne gesehen zu werden. Er huschte hinüber und spitzte die Ohren.

«... also habe ich zu ihr gesagt: ‹Du bist wirklich eine Versagerin. Was für eine Scheißmutter bist du eigentlich, wenn du nicht mal weißt, was deine Tochter sich wünscht? Erst heiratest du diesen Schlappschwanz, der sich den ganzen Tag für seine paar miesen Kröten in der Bank abstrampelt, und jetzt kannst du nicht mal ...› – Na klar habe ich ihr das gesagt! Und zwar genau so, ich schwör's! Und sie? Sie hat wieder diesen Blick aufgesetzt, voll geknickt und so, wie ein geprügelter Hund ist sie zu ihm hin und ... Nein, er hat es ihr sofort gegeben. Du weißt ja, je größer die Möpse, desto mehr Mäuse ... Er hat jedenfalls das Geld rausgerückt, aber es reicht nicht für die 64 Gigabyte. Der Idiot verdient nicht mehr so gut; bei der Krise und jetzt auch noch bei der Kälte kaufen die Leute so gut wie nix mehr. Was meinst du, soll ich den mit 32 GB nehmen oder das Geld erst mal sparen und warten? Letzte Woche habe ich ja erst das Handy gekriegt. Wer weiß, vielleicht gibt es hier einen netten Verkäufer, der mir die beiden Modelle zeigt. Ich habe eh eine ganze Stunde Zeit wegen ...»

Martina brach in hämisches Gelächter aus. Aragona war erschüttert von der Metamorphose des verschüchterten, misstrauischen Schulmädchens, das er in Anwesenheit seiner beiden Lehrerinnen kennengelernt hatte. Wenn er die Szene jetzt mit einem Film verglichen hätte, wäre ihm unweigerlich *Der Exorzist* eingefallen.

«Stell dir vor, ich würde reinplatzen, während sie es gerade miteinander treiben. Ich glaube, das wäre das Ende. – Was? Spinnst du? Das fehlte noch, dass ich ihn darum bitte. Der ist doch voll der arme Schlucker. Nein, nein, sie weiß genau, dass sein Lohn nicht mal für die Miete reicht. Sie übernimmt alles: Rechnungen, Kleidung bis hin zur Gebühr für den Tennisclub. Von daher ist er heilfroh, dass wir ... Okay, okay, wir hören uns später. Drinnen habe ich keinen Empfang, und hier draußen friere ich mir den Arsch ab. Ciao.»

Aragona wartete fast eine Minute, dann folgte er Martina in das Geschäft. Er ging geradewegs auf die Abteilung «Computer & Büro» zu, da er wusste, was für ein Ziel sie hatte. Dort stand sie bereits, im lebhaften Gespräch mit einem jungen Angestellten, ein rosa Tablet in der Hand.

Aragona wurde plötzlich leicht übel, als hätte er zu schwer gegessen.

Romano beobachtete vom Auto aus das Innere des Geschäfts, das inzwischen geschlossen hatte. Die drei Kolleginnen Antonellas waren beinah fertig mit dem Aufräumen und lachten fröhlich. Ab und zu warfen sie einen Blick auf die Stelle, an der Romano Antonella vermutete.

Ein paar Minuten später nahmen sie ihre Mäntel und verabschiedeten sich hastig, um zur Seilbahnstation zu gehen. Immer wieder flüsterten sie sich gegenseitig etwas ins Ohr, wie bei einem Telefon ohne Kabel. Gemessen an der Reaktion, schien es sehr lustig zu sein.

Die Beleuchtung im Geschäft ging stufenweise aus, nur das Licht im Hinterzimmer brannte noch. Aragona zufolge, der sich am Vortag in dem Laden umgeschaut hatte, musste es sich um eine Art Lagerraum handeln, in dem aber ein Tisch und ein Sofa standen.

Im Halbschatten sah Romano, wie Antonella sich gegen den Türpfosten lehnte, als müsste sie ihren Rücken entlasten. Man sah die hochgewachsene elegante Silhouette, das über die Schultern fallende Haar, den Busen. Dann tauchte der Ladenbesitzer in Romanos Blickfeld auf. Langsam näherte er sich der Frau. Anfangs sah es aus wie eine normale Unterhaltung, doch ihre Körperhaltung verriet eine Vertrautheit, die in Gegenwart der anderen Angestellten nicht ersichtlich gewesen war.

Die Parise hob geschmeidig den Arm und legte ihn dem Mann auf die Schulter, als wollte sie mit ihm tanzen. Er kam noch näher. Ihre Körper verschmolzen miteinander. Sie küssten sich.

Romano blickte sich um, als wäre es sein Problem, dass jemand sie sehen oder das Mädchen womöglich zurückkehren könnte. Auf der Straße war jedoch niemand. Nur der Wind blies ohne Unterlass.

Die beiden schlossen die Tür hinter sich.

Romano blieb im Auto sitzen, und versuchte, während er auf Aragona wartete, dem, was er da gesehen hatte, einen Sinn zu geben.

30

«Hallo, Laura? Ciao, ich bin's. Störe ich?»

«Ciao! Nein, nein. Du störst überhaupt nicht. Ich habe gerade die Notizen von Palma zum Stand eurer Ermittlungen gelesen.»

«Also, um ehrlich zu sein, haben wir ja nicht gerade große Fortschritte gemacht. Wir arbeiten wie verrückt, und trotzdem ...»

«Ich verstehe schon. Du weißt ja, ich tue mein Möglichstes, um Palma den Rücken freizuhalten, aber im Präsidium gibt es etliche, die ...»

«Das hat Palma uns erzählt. Aber glaub mir, niemand würde das hier besser hinbekommen als wir. Das klingt wahrscheinlich überheblich, aber es ist so, davon bin ich überzeugt. Für diese Dinge braucht man einfach ein wenig Zeit. Wir durchleuchten das Leben zweier Menschen, das ist nicht einfach ...»

«Das verstehe ich. Versucht jedoch, das Feld so bald wie möglich einzugrenzen, wir brauchen einen Verdächtigen, den wir festnehmen können, wenigstens das. Klar, wenn wir den Vater ausfindig machen würden, der ja vorbestraft ist ...»

«Mir gefällt die ganze Geschichte nicht. Wir haben keine Beweise, es liegen noch nicht einmal die Ergebnisse der Spurensicherung vor. Und nur, weil er vorbestraft ist, bedeutet das noch lange nicht, dass ...»

«Ich weiß, aber du musst zugeben, es ist einfach die nächstliegende Spur. Ich habe die Zeugenaussage der beiden Nachbarn gelesen, wie heißen sie noch ... Vincenzo Amoruso und Pasquale Mandurino, sie erwähnen ja diesen Streit zwischen zwei Männern wenige Stunden vor dem Verbrechen und ...»

«Ehrlich gesagt, habe ich dich gar nicht deshalb angerufen. Ich wollte ... Also, ich wollte wissen, ob ...»

«Nur heraus mit der Sprache!»

«Also, ich wollte wissen, ob wir morgen Abend endlich mal Pizzaessen gehen. Na ja, muss nicht unbedingt Pizza sein, ehrlich gesagt vertrage ich Pizza gar nicht so gut, kann also auch Fisch sein oder so. Oder auch Fleisch – bei dir in der Nähe gibt es ein paar phantastische Läden, ich kann mich da ja mal schlaumachen ...»

«Stopp mal eben: Lädst du mich da gerade zum Abendessen ein? Reden wir von einem Date?»

«Laura, bitte, mach es mir nicht noch schwerer, als es ohnehin schon ist.»

«Ja. Meine Antwort ist: ja. Wann treffen wir uns und wo?»

«Ich hole dich ab. Ich hab jetzt ein Auto, damit ich Marinella zu einer Freundin bringen kann, mit der sie ab und an gemeinsam lernt. Auch wenn sie lieber zu Fuß geht oder die öffentlichen Verkehrsmittel nimmt, wobei ich mich frage, wie das in dieser Stadt überhaupt gehen soll. Also, wenn es für dich in Ordnung ist, dass es nur ein Gebrauchtwagen ist, allerdings in gutem Zustand und ...»

«Es ist absolut in Ordnung. Und such ruhig irgendein Restaurant nach deinem Geschmack aus. Ich esse alles, ich bin nicht wählerisch. Mich muss man eher bremsen. Ich warte hier im Büro auf dich, vorher schaffe ich es nicht mehr nach Hause. Gegen neun Uhr?»

«Perfekt, danke. Ich ... ich werde pünktlich sein und kurz

vorher noch mal durchklingeln. Vielleicht finde ich um die Uhrzeit ja sogar einen Parkplatz.»

«Kann schon sein.»

«Denn tagsüber in der Nähe der Staatsanwaltschaft einen zu finden, ist so gut wie unmöglich – es sei denn, man ist Aragona, der auch gerne mitten auf dem Bürgersteig parkt.»

«Ich habe nicht vergessen, wie Aragona Auto fährt, schließlich war er eine Zeit lang mein Fahrer. Völlig irre, der Mann.»

«Ja, das ist er. Und ein Geck ist er auch. Aber ein guter Polizist. Die anderen genauso …»

«Ich werde für morgen Wechselsachen mit ins Büro nehmen, ich kann ja schlecht in dem Outfit mit dir ausgehen, das ich den ganzen Tag anhatte. Du würdest schreiend davonlaufen …»

«Von wegen! Wenn ich dich sehe, denke ich an alles andere als ans Davonlaufen.»

«Das ist nett, danke. Bis morgen!»

«Bis morgen. Ciao.»

«Lojacono?»

«Ja?»

«Bist du sicher? Ich meine, ich habe schon eine ganze Weile auf genau diesen Anruf gewartet. Bist du wirklich sicher, dass du das willst? Weil, ich suche niemanden nur so für …»

«Ich bin sicher.»

«Na gut. Ich umarme dich!»

«Ich dich auch!»

31

Wer weiß, warum ich ausgerechnet heute Nacht an unsere Umarmungen denken muss.

Wie oft haben wir uns umarmt! Wir haben unsere Träume geteilt, unsere Hoffnungen, haben uns mit leuchtenden Augen die Zukunft ausgemalt, in allen möglichen Versionen, auch den verrücktesten.

Aber das Leben hat uns so oft Steine in den Weg gelegt, dir genauso wie mir. Denn du musst nicht glauben, dass es für mich leicht war, im Gegenteil. Doch dann warst du plötzlich da, und alles war sofort anders; zu zweit schlägt sich eine Schlacht nun einmal leichter.

Ich kann es nicht fassen, dass du nicht mehr da bist.

Ich kann es nicht fassen, dass ich dich nicht einfach mal eben anrufen kann, gerade jetzt, wo ich den Wind heulen höre und an die Kälte draußen denke. Ich würde so gerne mit dir sprechen, auch ohne dass du hier neben mir liegst. Es würde mir helfen.

Heute Nacht denke ich an unsere Umarmungen.

Man denkt automatisch an Sex, wenn man bemerkt, dass einem der Hautkontakt mit dem anderen fehlt. Aber eigentlich verliert man sich doch in der Umarmung, oder nicht? Wenn zwei Körper sich aneinanderschmiegen, ohne irgendetwas dazwischen. Eine Umarmung gibt Sicherheit.

Ich kann mich noch an jedes einzelne Mal erinnern, als wir uns gegenseitig Sicherheit gaben.

Du kanntest mich gut, sehr gut sogar. So etwas hatte ich noch nie zuvor erlebt. Ich weiß, dass ich auf andere oft rätselhaft und verschlossen wirke, aber dir genügte mein Gesichtsausdruck, um zu wissen, was ich denke.

Sich verstanden zu fühlen ist etwas Großartiges. Es ist wunderbar, zu wissen, dass man für jemand anderen wichtig ist, dass das eigene Gefühl, dass ein einziges Wort darüber entscheiden kann, wie glücklich der andere ist.

Deshalb habe ich deinen Verrat nicht ertragen.

Wäre er von anderer Seite gekommen, hätte ich ihn vielleicht hingenommen, so ist das Leben nun einmal. Doch von dir nicht, das konnte ich nicht, ich hatte nicht damit gerechnet, mich vor dir schützen zu müssen.

Es war wie ein Dolchstoß in den Rücken, der das Beste in mir getötet hat, jenen Teil, der sich endlich einem anderen Menschen gegenüber geöffnet hatte.

Dein Verrat machte aus der Tatsache, dass ich mich hingegeben hatte, dass ich Stück für Stück meinen schützenden und mit so viel Mühe um mich herum gebauten Panzer fallen gelassen hatte, einen Fehler.

Nein, das konnte ich nicht ertragen.

Deinen Namen dort zu sehen.

Jenes Foto zu sehen.

Ich konnte es nicht hinnehmen, verstehst du? Ich musste tun, was ich getan habe.

Doch heute Nacht fehlt mir deine Umarmung. Heute Nacht möchte ich deinen Körper neben meinem spüren.

Und mich in einer langen, unendlichen Umarmung verlieren.

32

Es gibt einen Moment im Laufe des Tages, der sich von allen anderen unterscheidet, und doch sieht er überall gleich aus: das Abendessen.

Zunächst einmal unterscheidet sich das Abendessen vom Mittagessen, weil auf Letzteres noch ein ganzer Nachmittag und der größte Teil des Abends folgen und die Gedanken an das Alltägliche einen ablenken.

Es ist aber auch nicht mit dem Nachhausekommen zu vergleichen, wenn man zur Toilette eilt oder zum Rechner oder Fernseher, mit einem hastigen «Hallo!» oder allenfalls einem flüchtigen Kuss.

Anders beim Abendessen. Beim Abendessen schaut man sich an, berichtet, wie es einem ergangen ist.

Und wenn man am nächsten Tag etwas vorhat, dann erzählt man es sich.

Marinella summte den Refrain eines Liedes, das sie auf der Straße gehört hatte, während sie die Nudeln aus der Packung ins kochende Wasser schüttete.

Wenn es etwas gab, das sie an dieser Stadt bezauberte, dann war es die Musik. Überall, zu jeder Tages- und Nachtzeit, war Musik. Sie erinnerte sich, dass ihr Vater ihr davon erzählt hatte, als wäre es etwas Lästiges, ein unverschämtes Eindringen in die Privatsphäre. Sie dagegen mochte es.

Was die Stadt anging, war sie ohnehin in vielen Dingen völlig anderer Meinung als ihr Vater. Er sah noch immer eine Art Gefängnis in Neapel, einen Ort, an den er geschickt worden war, um eine Strafe abzubüßen. Seine Heimat indessen war für ihn das Paradies auf Erden, wo ewiger Sommer herrschte, es nie kalt wurde, die Luft von Blütenduft erfüllt war und man das ganze Jahr die Füße ins Meer tauchen konnte. Lauter unheimlich freundliche Menschen gab es dort, die dir einen Blütenkranz um den Hals legten, wenn sie dich auf der Straße antrafen: Aloha, Papa!

Marinella hingegen erinnerte sich vor allem an drei Kinos im Umkreis von hundert Kilometern, an eine unablässige mörderische Hitze, an Gleichgültigkeit, Geläster und Gerede und – das Schlimmste überhaupt – die Tatsache, dass alle alles voneinander wussten.

Nachdem ihr Vater wegen dieser nebulösen Geschichte mit der Mafia versetzt worden war und sie und ihre Mutter allein in Sizilien zurückblieben, hatte sich um sie beide – die überhaupt nichts dafür konnten – eine Kälte gelegt, gegen die das momentane Arktis-Klima wie ein laues Frühlingslüftchen wirkte. Keiner wollte mehr etwas mit ihnen zu tun haben, selbst die Verwandtschaft distanzierte sich.

Die Beweggründe dafür waren leicht nachzuvollziehen: Wenn es tatsächlich stimmte, dass Lojacono Informationen an die Mafia weitergegeben hatte, dann war er ein mieser Kollaborateur; wenn es nicht stimmte, war er ein potenzielles Vendetta-Opfer und damit in ständiger Gefahr. In beiden Fällen war es besser, sich auch von den Personen aus seinem näheren Umfeld fernzuhalten.

Zunächst schien der Umzug nach Palermo eine gute Lösung zu sein, doch dann tauchte ein anderes schwerwiegendes Problem auf: das Verhältnis zwischen Marinella und ihrer

Mutter Sonia. Ein schleichender, unterschwelliger Krieg, der schließlich in Marinellas Flucht an den Verbannungsort des Vaters gipfelte. Damals war ihr alles lieber als die ständigen Streitereien in Sizilien, die ihr zu Hause wie auch überall sonst die Luft zum Atmen raubten.

Mit ihrem Vater hatte sie sich immer gut verstanden. Nicht, dass sie viel über ihn wusste, er redete nur wenig, aber sie waren einander ähnlich, auch vom Wesen her, und sie verstanden sich ohne große Worte. Außerdem stellte er für sie einen Fixpunkt, eine Art Anker dar – im Sturm suchte man doch stets nach einem sicheren Hafen. Der Gedanke, zu ihm zu ziehen, war also naheliegend.

Ihr Vater war der Alte geblieben, im Verhältnis zu ihm gab es keine Überraschungen. Als Überraschung entpuppte sich hingegen die Stadt.

Marinella betrat eine Welt, die schon immer auf sie gewartet zu haben schien. Ihr gefiel selbst das, was ihr Vater als Mängel ansah – was sie objektiv betrachtet auch waren: das Chaos, die Unordnung, die unbekümmerten Gaunereien, die Kunst, sich mit jeder Situation zu arrangieren und dazu noch zu lächeln. All das machte ihr sogar Spaß.

Tags zuvor hatte sie einer kleinen theaterreifen Szene beigewohnt. Ein Typ am Steuer eines schwarzen Mercedes war in korrekter Richtung in eine Gasse eingebogen, die so schmal war, dass er beinahe die Mauern streifte. Nach etwa einem Drittel des Weges tauchte plötzlich ein zerbeulter Kleinwagen mit einer ziemlich hilflosen Dame am Steuer auf, die ihm verbotenerweise entgegenkam. Der Mercedesfahrer hatte vermutlich erkannt, dass es eine Ewigkeit dauern würde, bis die Frau im Rückwärtsgang die paar Meter wieder zurückgefahren war, und steuerte seine Limousine in einem spektakulären Ausweichmanöver zwischen die Stände der Obsthändler und die Stühle der Großmütter auf den Bürgersteig, sodass die Falschfahrerin unverdienterweise vorbeifahren konnte. Zum Dank für seine Freundlichkeit schenkte ihm die Dame ein strahlendes Lächeln, was er mit einem ebenso herzlichen «Leck mich» beantwortete.

Wie sollte man sich nicht in diese Stadt verlieben, dachte Marinella.

Tatsächlich gab es überall Musik: Gedudel aus den Radios an jeder Ecke, illegal kopierte CDs, geknackte MP3s, Autoradios in voller Lautstärke, deren Bässe über hundert Meter hinwegdröhnten. Eine fröhliche Kakophonie, ein Kaleidoskop aus Tönen. Man musste sich nur für etwas entscheiden, das man hören wollte, und den ganzen Rest möglichst ausblenden.

Marinella fragte sich, welchen Anteil Massimiliano an der instinktiven Zuneigung hatte, die sie für die Stadt empfand. Vermutlich einen ziemlich großen, gestand sie sich ein.

Massimiliano wohnte im selben Haus wie sie. Lojacono hatte diese Wohnung sicher nicht deshalb ausgesucht, aber Marinella war ihm für diesen Umstand dennoch äußerst dankbar. Denn Massimiliano Rossini, Student der Geisteswissenschaften mit Berufsziel Journalist, außerdem ältester Sohn einer netten Frau, von der sie sich – aus rein investigativen Gründen – bereits dreimal etwas geborgt hatte, mal Zucker, mal Salz, mal Pfeffer, war der attraktivste Junge der nördlichen Hemisphäre.

Er war ihr ein paarmal zufällig im Treppenhaus begegnet, bis er – offenbar neugierig geworden auf diese neue, etwas düster gekleidete Mieterin mit den ungewöhnlichen Mandelaugen und den hohen Wangenknochen – zum ersten Mal das Wort an sie richtete. Marinella hatte das Gefühl, im Lotto gewonnen zu haben, schließlich konnte sie sich nicht ständig Gewürze ausleihen und hätte nicht gewusst, wie sie sonst an ihn herankommen sollte. Anfangs hatte sie befürchtet, er würde sie nur auf den Arm nehmen, da es ihr undenkbar erschien, dass sich so einer ausgerechnet für sie interessierte. Es war nicht leicht gewesen, über ein «Hallo, wie geht's?» hinauszukommen. Sie hatte lange mit Letizia darüber gesprochen, die inzwischen mehr ihre Freundin als die ihres Vaters war. Letizia – immer voller Ironie und Witz und nie peinlich oder aufdringlich. Letizia – schön, herzlich, die geborene Trösterin. Wäre ihre Mutter doch so wie Letizia! Nur ihr Vater, dieser Dummkopf, merkte nicht, dass sie in ihn verliebt war. Was fand er bloß an dieser unsympathischen Sardin in ihren ewigen Kostümchen?

Jedenfalls hatte ihr Letizia ein paar kleine, entscheidende Schritte empfohlen, dank derer ihr Massimiliano glücklicherweise ins Netz gegangen war. Eine raffinierte Strategie aus halb gemurmelten Begrüßungen, vieldeutigen Worten und einem geheimnisvollen Lächeln von einem Balkon zum anderen oder im Treppenhaus. Und dann, ganz wie es die wunderbare Hexe, die zum Schein eine Trattoria betrieb, vorhergesagt hatte, fragte er sie endlich, ob sie mit ihm ausgehen würde. Nur sie beide.

Mit einem Mal herrschte also Alarmstufe Rot im Hinblick auf die Hindernisse, die es zu überwinden galt. Und eines dieser riesigen Hindernisse war ein gewisser Giuseppe Lojacono. Die Welt mochte untergehen, doch er fand sich unweigerlich um Punkt acht Uhr zu Hause ein und verbrachte den Abend mit seiner Tochter, die ihm voller Freude das Abendessen zubereitete; allenfalls besuchten sie ab und zu Letizias Trattoria. Ihm gerade ins Gesicht zu sagen, dass sie mit einem Jungen ausgehen wollte, war undenkbar. Für ihn war Marinella noch ein Kind, eine derartige Nachricht hätte ihn völlig aus der Bahn geworfen, und wer weiß, wie er reagiert hätte:

Womöglich hätte er Massimiliano zur Rede gestellt, was ein Desaster gewesen wäre. Nein, hier musste man ganz behutsam vorgehen.

Daher hatte sie ein System aus miteinander verwobenen Flunkereien ausgetüftelt; es schloss die Mitwirkung von immerhin zwei Schulfreundinnen und deren Müttern ein, die mögliche Kontrollanrufe abfedern mussten. Morgen war der alles entscheidende Tag, wenn Massimiliano zum ersten Mal mit ihr ins Kino ging. Jetzt, beim Abendessen, brauchte sie nur ganz zufällig zu erwähnen, dass eine entsetzlich schwierige Matheklausur bevorstand und sie sich abends zum Lernen bei ihrer Banknachbarin trafen.

Sie goss das Nudelwasser ab, atmete tief durch und ging ins Wohnzimmer, fest entschlossen, ihren sinisteren Plan in die Tat umzusetzen.

Das Abendessen.

Der perfekte Augenblick, um sich alles zu erzählen.

Der perfekte Augenblick, um der Familie die intimsten Gedanken zu offenbaren und die Ratschläge derjenigen anzunehmen, die einem am nächsten stehen.

Der perfekte Augenblick, um alle Bedenken und Skrupel hinter sich zu lassen und ganz man selbst zu sein.

Der beste Augenblick, um Flagge zu zeigen.

Alex setzte sich an den Tisch, auf dem schon der Teller mit der Nudelsuppe stand. Sie unterdrückte den Brechreiz, der sie immer befiel, wenn sie dieses Gericht mit den kleinen Nudeln, die in der Brühe schwammen, vorgesetzt bekam. Und doch aß sie dieses Zeug seit zwanzig Jahren Woche für Woche bis zum letzten Löffel auf, während sie immer wieder den Blick des Generals auf sich fühlte, der sehr darauf achtete, dass sie sich gesund ernährte. Ab und an erwiderte sie seinen Blick und tat, als schmeckte es ihr.

Manchmal kam sie sich vor wie eine Art Dr. Jekyll mit einem Monster in sich, das zum Entsetzen der Anwesenden plötzlich hervorspringen könnte.

Ihr Widerwille gegen die Nudelsuppe wurde noch verstärkt durch das grässliche Schlürfen des Vaters, das er bei jedem Löffel, den er in den Mund schob, hören ließ, gefolgt von einem dumpfen lustvollen Laut. Hätte Alex je beschlossen, ihre Eltern zu erschießen und aus diesem Haus zu fliehen, wäre es an einem Abend mit Nudelsuppe geschehen. Daran bestand kein Zweifel.

Das Abendessen verlief schweigend, wie man es ihr beigebracht hatte. Gab es etwas zu besprechen, musste man die zwei Minuten zwischen dem Ende der Mahlzeit und dem Einschalten des Fernsehapparats abpassen. Sie zersäbelte das farblose Stück Fleisch, das auf die fade Brühe folgte, und wartete in aller Ruhe auf den Moment.

Schließlich erzählte sie in dem festgeschriebenen Zeitintervall und im genervten Tonfall desjenigen, der eine lästige Pflicht zu absolvieren hat, dass sie am nächsten Abend wegen des zweifachen Mordes, an dessen Ermittlungen sie beteiligt war, zu einer Sitzung ins Kommissariat musste.

Im Geiste bat sie die beiden Geschwister um Vergebung, weil sie als Entschuldigung herhalten mussten. Doch unter Opfern herrschte ein stilles Einverständnis.

Der General murmelte etwas in Richtung, das sei ja wohl eine Unverschämtheit bei dem Hungerlohn, den sie ihr zahlten, doch Alex' geschultes Ohr hörte deutlich die Spur von Stolz heraus, die er dabei empfand, dass seine Tochter an der Aufklärung dieses wichtigen Falls mitwirkte, der Tagesthema in den Medien war.

Alex stellte sich zusammen mit Rosaria Martone im Bett liegend vor, nach einem Abendessen bestehend aus Austern und Weißwein bei Kerzenschein und Weihrauchduft. Sie musste sich zusammenreißen, um nicht den Apfel anzulächeln, den sie gerade zu schälen begonnen hatte.

Marinella wartete, bis ihr Vater aufgegessen hatte. Er wirkte stiller als sonst, schien sich unwohl zu fühlen, aber vielleicht war er auch nur müde.

Sie empfand plötzlich Zärtlichkeit für ihn: Manchmal kam er ihr so alt vor. Kurz hatte sie ein schlechtes Gewissen bei dem Gedanken, ihn allein zu lassen, und sei es nur einen Abend lang. Dann aber dachte sie an Massimiliano, an sein strahlendes Lächeln unter dem zerzausten Haarschopf, an seine kräftigen Hände, mit denen er die Trageriemen seines Rucksacks umklammerte, wenn er die Treppe herunterkam, und jeder Zweifel war verflogen.

Sie wollte gerade ansetzen, über ihre Hausaufgaben in Mathe zu sprechen, die so schwierig waren, dass man sie am besten zusammen mit seinen Freundinnen machte, als der Vater ihr zuvorkam.

«Hör mal, Schatz, würde es dir was ausmachen, wenn ich morgen nicht zum Abendessen nach Hause komme? Ein alter Freund, den ich noch vom Studium her kenne, auch ein Sizilianer, gibt ein Seminar hier in der Stadt. Da er erst ziemlich spät fertig ist, wollte ich ihn nicht zu uns einladen, aber ich möchte mich gerne mit ihm treffen, wir haben uns ewig nicht gesehen. Du könntest natürlich mitkommen, aber ich glaube, du würdest dich ziemlich langweilen. Du weißt schon: Erinnerungen an alte Zeiten und so weiter …»

Marinella hätte am liebsten auf dem Tisch getanzt, aber das wäre vermutlich missverstanden worden.

«Und wo geht ihr hin, Papa? Zu Letizia?»

«Nein, er … Er kennt die Stadt nicht, und da ist es zu kompliziert, ihn dort hinzulotsen. Aber da du gerade Letizia erwähnst: Ich habe mit ihr ausgemacht, dass du zu ihr gehst, ich möchte dich nicht allein hierlassen. Sie erwartet dich um acht, aber mach dir keine Sorgen, wenn es wegen deiner Hausaufgaben später wird.»

Ein kleines Hindernis, dachte Marinella, aber nicht unüberwindlich. Letizia war auf ihrer Seite, bestimmt war das kein Problem.

«In Ordnung, ich muss sowieso für die Matheklausur übermorgen lernen. Dann esse ich bei ihr.»

Die Erleichterung, auf eine sanft abfallende Straße gestoßen zu sein, wo sie einen steilen Abhang vermutet hatte, hinderte das Mädchen daran, sich über die geheimnisvolle Verabredung des Vaters zu wundern, was sie sonst sicherlich getan hätte.

Sie griff nach einem Apfel und biss herzhaft hinein.

Das Abendessen.

Der beste Moment des Tages für die ganze Familie.

Der beste Moment, um aufrichtig zu sein.

33

Endlich einmal kamen sie alle gleichzeitig ins Büro, und zwar noch vor dem eigentlichen Dienstbeginn. Für einige wie etwa Ottavia war das nichts Ungewöhnliches, bei Aragona grenzte es geradezu an ein Wunder.

Die tropische Hitze hatte sich noch nicht im Gebäude ausgebreitet, denn Guida hatte die Heizung erst kurz zuvor angeworfen. Alex behielt ihre Jacke an, während Romano nur im Hemd mit hochgekrempelten Ärmeln herumlief.

Palma blickte zufrieden in die Runde, doch in seinem Gesicht waren auch die Zeichen der Anspannung sichtbar, die ihn in letzter Zeit kaum noch zu verlassen schien.

«Schön, dass ihr alle da seid. Dann können wir also gleich unseren kleinen morgendlichen Kriegsrat halten. Ihr wisst, wie es aussieht: Zum Glück – oder leider – ist in den letzten Tagen nicht viel passiert, und die Presse sitzt uns im Nacken. Um ehrlich zu sein, machen wir in dem Mordfall keine großen Fortschritte. Der Vater der beiden Toten ist noch nicht auf der Bildfläche erschienen, obwohl wir die halbe Welt mit Fahndungsfotos bombardiert haben. Ich frage mich, wie einer, der den Ordnungshütern so gut bekannt ist, derart verschwinden kann.»

Selbst Ottavia schien einigermaßen entmutigt.

«So was kommt leider vor. Ich telefoniere ein paarmal am Tag mit den Carabinieri in Roccapriora, die in höchster

Alarmbereitschaft sind und auch die wenigen Freunde, Verwandten und Bekannten der Familie observieren. Ich habe sogar Domenico Fotis Gaunereien überprüfen lassen, aber es sind wirklich allenfalls Dummejungenstreiche. Also, Fehlanzeige in diesem Bereich.»

«Und Cava, der Typ von der Modelagentur, hat sich da was ergeben?», fragte Alex. «Er hat wirklich einen üblen Eindruck auf mich gemacht.»

«Ich habe von zu Hause aus mal ein bisschen im Netz recherchiert, nachdem ihr mir von dem Treffen berichtet habt. Es gibt nicht viel über ihn: seit zwanzig Jahren mit derselben Frau verheiratet, keine Kinder; sie war Model und ziemlich bekannt, inzwischen hat sie aufgehört. In einem Klatschblatt von vor etwa zehn Jahren habe ich gelesen, es habe einen handfesten Ehekrach in einem Lokal am Meer gegeben. Offenbar war sie betrunken und hat ihn beschuldigt, was mit einer anderen zu haben, auch ein Model, aber die Geschichte hatte wohl keine Folgen.»

Pisanelli mischte sich ein.

«Die Agentur ist ziemlich bekannt. Ich habe eine Freundin von mir gefragt, eine Modejournalistin: Es scheint eine der größten in Süditalien zu sein, vielleicht *die* größte.»

«Also landesweit auf dem zweihundertsten Platz», brummelte Aragona. «Wie alle Unternehmen im Mezzogiorno.»

Pisanelli zuckte mit den Achseln.

«Jedenfalls hat die Agentur einen guten Ruf. Ich habe mit dem Gericht telefoniert, beim Arbeitsgericht ist kein Verfahren anhängig – was ziemlich ungewöhnlich ist für die Art von Arbeitgeber. Die machen wasserdichte Verträge und legen alles offen, inklusive Steuern und Abgaben.»

«Wie schön», sagte Lojacono, «aber es geht hier nicht um Steuerflucht, und Cava ist auch nicht Al Capone. Ich hatte den Eindruck, er hatte sich sehr unter Kontrolle, zu sehr sogar, wie es typisch ist für jemanden mit Obsessionen. Das Profil des Mörders deutet auf eine cholerische Person hin, die an plötzlichen Wutanfällen leidet.»

«Ja, so wie dieser Junge, der Musik macht, zum Beispiel», sagte Romano in Gedanken versunken. «Ihr habt ihn als amoralischen, ganz von seinen Emotionen gesteuerten Menschen beschrieben. Und dass er seiner Freundin eine Ohrfeige verpasst hat, macht ihn für euch gleich zum Hauptverdächtigen des Tages!»

Palma breitete die Arme aus.

«Ehrlich gesagt stochern wir total im Nebel. Wir warten auf den Abschlussbericht des KTI, wir warten darauf, dass wir den Vater aufspüren und verhören können, wir warten darauf, dass jemand sich verrät. Wir warten. Inzwischen verrinnt die Zeit, und ihr wisst, dass laut Statistik …»

Aragona vollendete den Satz.

«… der Schuldige innerhalb von vierundzwanzig Stunden gefunden werden muss, ansonsten sinken die Chancen, den Fall jemals aufzuklären.»

Der Kommissar warf ihm einen schiefen Blick zu.

«Ganz genau. Und das weißt nicht nur du, das wissen sie auch bei der Staatsanwaltschaft, wo sie nur darauf geiern, sich auf uns zu stürzen und uns den Fall zu entziehen. Ein paar Tage haben wir noch, mehr nicht, dann müssen wir Ergebnisse vorweisen.»

«Das war noch nicht alles», sagte Lojacono düster. «Abgesehen vom Bericht des KTI fehlen auch noch andere Ergebnisse. Wir müssen herausfinden, weshalb die Varricchio bei ihrem Arbeitgeber eine so seltsame Summe gefordert hat: 3700 Euro. Wir müssen zur Uni, um festzustellen, ob Biagio sich jemandem anvertraut hat. Vor allem aber müssen wir

Cosimo Varricchio finden, den Vater der Opfer. Sie dürfen uns den Fall nicht wegnehmen, bevor wir nicht ein vollständiges Bild davon haben. Wir legen uns ins Zeug, aber du musst uns den Rücken freihalten.»

Palma bemerkte, dass alle ihn ansahen. Sie hatten alle ihre Macken, waren «Gauner», aber immerhin ein Team. Und zwar eines, das nicht so schnell aufgab.

«Ich werde mein Bestes tun. Aber noch einmal: Uns bleiben maximal zwei Tage. Ihr kriegt von mir Rückendeckung, doch wenn wir bis dahin nichts haben, muss ich klein beigeben. Lojacono, spann alle Leute im Kommissariat ein, mich einge-schlossen, wenn es nötig ist. Ihr zwei», sagte er an Romano und Aragona gewandt, «wenn ihr nichts Neues über das Mädchen rausfindet, das angeblich sexuell belästigt wurde, dann schließt die Akte und übergebt sie dem Jugendamt, an-schließend könnt ihr uns zur Hand gehen.»

Romano warf Aragona einen Seitenblick zu.

«Gib uns noch Zeit bis heute Mittag, Chef, dann stehen wir euch zur Verfügung.»

Palma deutete mit ausgestrecktem Zeigefinger auf ihn.

«In Ordnung, noch diesen Vormittag, dann will ich euren Bericht hören. Legt los, Jungs!»

Und damit verschwand er in seinem Büro.

Aragona schaute verträumt in die Runde.

«Ach, wie ich es liebe, wenn er so ist.»

34

Lojaconos Unizeit lag schon etliche Jahre zurück, zudem hatte er weit weg von hier studiert, in einer anderen Region. Bei Alex hingegen war es noch nicht so lange her, und sie hatte ihre Vorlesungen hier besucht, in diesem düsteren Palast mit seinen steinernen Treppen und marmornen Büsten. Dennoch empfanden sie bei diesem Ausflug in die akademische Welt beide gleichermaßen jene Mischung aus Bedauern, Freude und Ausgrenzung, wie sie Erwachsene spüren, wenn sie unter Kindern sind.

Ein Meer aus Köpfen wogte in alle Richtungen. Einzelne Studenten ebenso wie angeregt diskutierende Grüppchen stießen in der Menge versehentlich gegeneinander und tauschten Entschuldigungen aus. Brillenträger und Pferdeschwanzmädchen, Bärtige und Irokesen-Punks, Freaks im Military- oder Hippie-Look: Alle waren sie unterschiedlich und doch alle gleich in ihren Blicken und Gesten.

Auf großen Pinnwänden hingen Aushänge in mehreren Schichten übereinander: Da wurden Jobs oder Wohnungen gesucht, Haustiere zur Adoption freigegeben, Vespas oder gebrauchte Kleidung, Privatunterricht oder Babysitterdienste angeboten. Wie in kleinen Bienenschwärmen sammelten sich die Interessierten vor den verknitterten Zetteln, rissen Papierschnipsel mit Handynummern ab und zogen weiter.

Die Treppenhäuser waren von Studenten bevölkert, die

normalerweise draußen in der Sonne über schwierige Klausuren und intime Beziehungen geredet hätten, doch an jenem Tag waren die Bänke vor den mit Graffiti beschmierten Mauern von Eis überzogen, und die Einzigen, die der Kälte trotzten, waren die unverbesserlichen Raucher, die der Hausmeister und das Aufsichtspersonal rüde aus der Eingangshalle verbannt hatten.

Lojacono und Di Nardo hatten Ottavia gebeten, ihren Besuch anzukündigen, um sicherzugehen, sowohl Professor Forgione als auch dessen Sohn anzutreffen, den sie erneut verhören wollten. Am Morgen des Leichenfunds war Renato zu traumatisiert gewesen, um klar denken zu können.

Die beiden Kriminalbeamten waren überzeugt, dass Grazias Welt facettenreich gewesen war, beeinflusst durch völlig unterschiedliche Bezugspersonen – ihren Freund, den Vater und die Leute von der Modelagentur. Biagios Leben aber hatte hier stattgefunden, in diesem Gebäude, in dem sie sich gerade befanden.

Durch den Korridor im obersten Stockwerk flutete das Sonnenlicht herein. Die beiden Polizisten hatten das Gedränge in den unteren Etagen hinter sich gelassen. Eine Frau in einem mit Akten vollgestopften Büro empfing sie und führte sie durch einen schmaleren Flur über eine kleine Metalltreppe bis zu einer Tür, an der sie anklopfte. Im Stillen wünschte sich Lojacono auch für den Rückweg eine solche Begleitung; er war nicht sicher, ob sie sonst den Ausgang finden würden.

Professor Antimo Forgione, Direktor des Lehrstuhls für Industrielle Biochemie an der Fakultät für Biotechnologie, kam auf sie zu. Er war ein stattlicher, gepflegter Mann um die sechzig und glich seinem Sohn aufs Haar. Er war nicht sehr groß, doch die streng gescheitelte, grau melierte Frisur und der energische Unterkiefer verliehen ihm ein imposantes

Auftreten, das durch die breiten Schultern und den Bauch-
ansatz, den man unter dem perfekt geschnittenen marine-
blauen Blazer erahnen konnte, noch unterstrichen wurde.

Er begrüßte Alex und Lojacono mit einem herzlichen Lächeln, in dem ein Hauch von Trauer mitschwang.

«Guten Morgen. Ihre Kollegin hat gestern im Sekretariat
angerufen. Ich hätte eigentlich an einer Konferenz in der
Stadt teilnehmen sollen, aber ich habe abgesagt; es war mir
wichtiger, Sie gleich zu treffen. Was mit Biagio passiert ist,
ist einfach schrecklich. Wir sind hier am Lehrstuhl alle sehr
mitgenommen.»

Das eher kleine Büro wirkte einigermaßen improvisiert
und unordentlich, es war ein Arbeitsplatz, kein repräsentati-
ver Ort. Mit Hilfe des Professors befreiten sie zwei Stühle vor
dem Schreibtisch von Grafiken und Fachzeitschriften.

«Verzeihen Sie das Chaos, die Dinge sammeln sich mit
beeindruckender Geschwindigkeit hier an. Ich frage mich,
wann die berühmte Revolution des papierlosen Büros, von
der seit Jahren die Rede ist, endlich stattfinden wird. Aber
machen Sie es sich doch bequem und sagen Sie mir, wie ich
Ihnen bei Ihren Ermittlungen helfen kann. Von unserer Seite,
also vonseiten der Universität, meine ich, haben Sie vollste
Unterstützung.»

Lojacono dankte ihm mit einem Kopfnicken.

«Professore, es geht uns weniger um etwas Konkretes als
darum, so viele Einzelheiten wie möglich zusammenzutragen. Ich hätte gern gewusst, was für einen Eindruck Sie von
Biagio hatten, vielleicht wissen Sie, mit wem er Umgang
pflegte, ob er in letzter Zeit eine Auseinandersetzung mit
jemandem hatte, einen Streit. So etwas in der Art.»

«Einen Streit? Biagio Varricchio? Undenkbar. Er war der
sanfteste und freundlichste Mensch des Universums. Fast

zu wohlerzogen, zu integer. Manchmal stand er hier vor mir, ohne dass ich ihn bemerkte; er wartete dann still, bis ich das Wort an ihn richtete. Nein, es ist ausgeschlossen, dass er hier am Lehrstuhl irgendeine Auseinandersetzung hatte.»

Alex schrieb etwas in ihr Notizbuch.

«Kannten Sie ihn schon lange?»

Forgione zog die Stirn kraus.

«Lassen Sie mich überlegen: Zum ersten Mal ist er mir vor sechs Jahren aufgefallen, bei einer Prüfung in Biochemie, damals studierte er noch. Er war brillant. Ein echtes Naturtalent. Hinter seiner Ruhe und Bedächtigkeit verbarg sich ein kreativer, intuitiver Geist. Leider gibt es nur sehr wenige wie ihn.»

«Leider? Weshalb leider?»

Der Professor seufzte.

«Nun, viele der Studierenden, die zu uns kommen, haben anderswo keinen Platz gekriegt. Wer an den Zugangstests für Medizin, Pharmazie oder Ingenieurwissenschaften gescheitert ist, schreibt sich übergangsweise hier bei uns ein, um es dann im nächsten Jahr noch einmal bei seiner Wunschfakultät zu versuchen. Das führt zu einem Anstieg von Immatrikulationen im ersten Semester und einem rapiden Schwund in den Folgejahren. Es sind wenige, die sich tatsächlich unseren Fächern widmen wollen, obwohl sie doch so schön und wichtig sind und auch gute Zukunftschancen bieten. Aber das verständlich zu machen ist schwierig.»

«Aber bei Varricchio war es anders», sagte Lojacono.

«Biagio war hier, weil er hier sein wollte. Wie gesagt, es kommt selten vor, aber zum Glück passiert es doch ab und an. Er schrieb sich sofort nach dem Abitur hier ein, und zwar nicht etwa, um gute Noten zu bekommen – nein, das war echte Leidenschaft bei ihm. Für mich war er wie ein Sohn.»

Alex studierte die Gesichtszüge des Professors. Er schien aufrichtig betrübt zu sein.

«Heißt das, Sie hatten ein engeres Verhältnis zu ihm als zu anderen?»

«Ja. Sie haben Renato kennengelernt, meinen tatsächlichen Sohn. Ich bin ein glücklicher Vater, auch Renato ist ein tüchtiger Junge und tritt zum Glück in meine Fußstapfen. Er ist einer der beliebtesten Assistenten hier am Lehrstuhl. Nun, Biagio war sein bester Freund. Sie kannten sich seit dem zweiten Studienjahr und arbeiteten an einem Forschungsprojekt. Außerdem veröffentlichten sie wichtige Artikel in Fachzeitschriften, die sie gemeinsam verfasst hatten, und einige von ihnen angeregte Projekte werden von amerikanischen Universitäten weitergeführt, mit denen wir in Kontakt stehen. Darauf bin ich sehr stolz.»

«Dann haben Sie Biagio also wirklich gut kennenlernen können.»

Forgiones Miene verdüsterte sich.

«Natürlich, er war ja immer bei uns. Hätte ich jedes Mal einen Euro bekommen, wenn ich ihn morgens in meiner Küche über die Bücher gebeugt antraf, nachdem er wieder mal die ganze Nacht mit Renato durchgearbeitet hatte – ich wäre ein steinreicher Mann. Immer hatte er ein Lächeln auf den Lippen, unglaublich bescheiden. Ein Goldjunge.»

«Und was genau hat er hier bei Ihnen gemacht?», fragte Lojacono. «Was waren seine Aufgaben? Hat er unterrichtet?»

«Ja, aber das war nicht seine Haupttätigkeit. Wir versuchen, unsere Ressourcen bestmöglich zu nutzen, und Biagios Stärke lag, wie auch im Fall Renatos, im Bereich der Forschung. Zusammen waren sie eine Naturgewalt. Als Vater sage ich Ihnen, dass ich mir große Sorgen mache, welche Auswirkungen sein Tod auf Renato haben wird: Seit zwei Tagen spricht er so gut wie gar nicht, er steht unter Schock. Jedenfalls verbrachte Biagio die meiste Zeit im Labor und forschte.»

«Können Sie das etwas genauer erklären?»

Forgione kramte auf dem Ablagebrett über dem Schreibtisch.

«Nun, er hat eine sehr schöne Abschlussarbeit bei mir über ‹Perspektiven der Biomedizinischen Technik bei Stoffwechselenzymen› geschrieben. Ziemlich innovativ, nicht so sehr vom Thema her, als vielmehr aufgrund seiner Schlussfolgerungen. Selbstverständlich hat er ein Summa cum laude dafür bekommen. Ah, da habe ich es ja.»

Er schlug eine Zeitschrift auf. Unter der Überschrift «Die jungen Wilden der Biotechnologie» schaute ihnen durch seine Brillengläser ein ziemlich verlegener, aber lebendiger Biagio Varricchio entgegen.

«Die können Sie gerne behalten», sagte Forgione. «Es ist eine Publikation der Universität, das lesen auch die anderen Studierenden. Die Arbeit von Biagio und meinem Sohn ist nicht unbedeutend. Sie führen eine Studie über rekombinante Proteine durch. Ich glaube, detailliertere Erklärungen würden jetzt etwas zu weit führen, aber wenn Sie wollen, kann ich …»

Lojacono hob die Hand.

«Nein danke, das ist nicht nötig. Bitte entschuldigen Sie, Professor Forgione, wenn ich noch mal nachhake: Kam da kein Neid auf? Möglicherweise hatte ja jemand Interesse daran, sich an die Stelle von …»

Voller Entschiedenheit fiel Forgione ihm ins Wort.

«Absolut nicht. Jeder erfüllt hier die ihm zugeteilte Aufgabe: Es gibt keine Rivalitäten, weil alle etwas anderes tun. Außerdem schwimmen wir nicht gerade im Geld – von daher scheiden wirtschaftliche Gründe, sich zu bekriegen, schlichtweg aus. Unsere Doktoranden werden schlecht bezahlt. Sie arbeiten aus Liebe zur Forschung oder allenfalls, um sich eines Tages einen Platz in der Industrie zu sichern.»

Lojacono ergriff die Gelegenheit, um ein neues Argument ins Spiel zu bringen.

«Ist Ihnen aufgefallen, dass Biagio in letzter Zeit Geldprobleme hatte? Hat er vielleicht einen Vorschuss erbeten oder sich von jemandem etwas geliehen?»

Konzentriert versuchte Forgione, sich an eine Episode zu erinnern, die der von dem Inspektor skizzierten Notlage entsprach.

«Mir fällt nichts ein. Aber ich glaube nicht. Bestimmt hätte er sich an mich gewandt, wäre er in Schwierigkeiten gewesen. Meine Tür steht allen offen, und für ihn galt das ganz besonders. Außerdem werden die Doktoranden immer mit beträchtlicher Verspätung bezahlt, Ispettore: Er hätte doch zumindest einen Teil des wenigen verlangt, das ihm zustand, und wie in anderen Fällen hätten wir das Notwendige veranlasst.»

«Haben Sie denn in letzter Zeit irgendeine Veränderung, irgendeinen blinden Fleck bemerkt?», fragte Alex.

Der Professor dachte erneut nach. Lojacono fiel auf, dass er jede einzelne Frage sehr ernst nahm; für ihn gab es keine Selbstverständlichkeiten, und er schien nicht zeigen zu müssen, dass er alles unter Kontrolle hatte.

«Schauen Sie», sagte Forgione schließlich, «leider ist meine Arbeit inzwischen eher bürokratischer als wissenschaftlicher Natur, und ins Labor komme ich nur noch selten. Dennoch versuche ich, den Kontakt zu meinen Mitarbeitern aufrechtzuerhalten: Ich informiere mich über das, was sie tun, und treffe mich in regelmäßigen Abständen mit ihnen, und sei es nur für einen kleinen Schwatz. Die Stimmung, die geistige Freiheit sind essenziell für einen Wissenschaftler. Damit Sie eine Antwort auf Ihre Frage bekommen, die wenigstens eine gewisse Aussagekraft hat, sollten Sie mit meinem Sohn sprechen, aber wenn ich ehrlich sein darf, so wirkte Biagio in letzter Zeit tatsächlich verschlossener und sogar zerstreut. Seine Leistungen, obschon immer noch beachtlich, ließen leicht nach, und ich glaube, Renato half ihm dabei, die Qualität seiner Ergebnisse zu steigern. Sie dachten, ich hätte es nicht bemerkt, aber ich kenne meine Pappenheimer.»

«Und wovon hing Ihrer Meinung nach dieser Leistungsabfall ab?»

Forgione zuckte mit den Achseln.

«Ich weiß es nicht. Mein Sohn meint jedoch, seit seine Schwester hergekommen ist, der ich übrigens nie persönlich begegnet bin, sei Biagios Leben irgendwie … in Unordnung geraten. Vielleicht brachte sie auch nur ein wenig Bewegung hinein, woran er nicht gewöhnt war. Ich nehme an, Sie wissen sicher, dass Biagio mietfrei in einem unserer Apartments wohnte. Mir war von der Hausverwaltung das Kommen und Gehen einiger … seltsamer Personen signalisiert worden.»

«Zum Beispiel?»

«Anscheinend hatte die junge Frau vor knapp einem Monat im Hausflur eine lautstarke Auseinandersetzung mit ihrem Freund. Eine ältere Dame, die im ersten Stock wohnt, bekam es mit der Angst zu tun und beschwerte sich bei der Eigentümerversammlung.»

Die beiden Polizisten sahen sich an; es musste sich um den Streit handeln, den Paco Mandurino erwähnt hatte. Grazia und Nick Trash hatten zweifellos eine stürmische Beziehung geführt.

«Danke, Professore», sagte Lojacono, «Sie waren sehr freundlich. Jetzt wollen wir uns mal Varricchios Arbeitsplatz ansehen. Und außerdem müssen wir nochmals mit Ihrem Sohn sprechen. Vielleicht fällt ihm ja etwas ein, das uns nützlich sein könnte.»

Forgione erhob sich.

«Aber natürlich. Kommen Sie mit, ich begleite Sie ins Labor.»

35

Antonella Parise trat oben an der Endhaltestelle aus der Seilbahn. Mit ihrer großen, schlanken Figur, dem eleganten Gang und den zusammengebundenen roten Haaren stach sie deutlich aus der Menge der Passanten heraus, die um sie herum hastig ihrem Ziel zustrebten.

Romano und Aragona verließen ihre Deckung und bauten sich vor ihr auf.

Die Frau tat, als erkennte sie sie nicht, und versuchte, ihnen auszuweichen, doch Aragona vertrat ihr den Weg.

«Buongiorno, Signora. Sie haben es heute Morgen aber eilig. Wollen Sie nicht einen Kaffee mit uns trinken?»

Antonella Parise zuckte zusammen.

«Sie haben kein Recht, mich immer wieder zu belästigen. Wenn Sie nicht damit aufhören, beschwere ich mich bei Ihren Vorgesetzten. Weder ich noch meine Familie haben etwas getan, das ...»

«Tatsächlich werden wir um Entschuldigung bitten müssen, und zwar bei Ihrem Mann», unterbrach Romano. «Er hat nicht die leiseste Ahnung, was man in der Schule seiner Tochter so über ihn erzählt. Ach, wissen Sie was? Gehen wir doch gleich mal gemeinsam dorthin.»

Antonella sagte nichts, sie starrte die Polizisten mit ihren grünen Augen an. Dann drehte sie sich um und steuerte auf die Kaffeebar an der Haltestelle zu.

Nachdem sie an einem der Tische Platz genommen und Kaffee bestellt hatten, sagte die Frau aufgebracht:

«Verstehen Sie denn nicht? Da ist nichts! Nichts, das man aufdecken oder enthüllen müsste. Meine Tochter ... phantasiert, sie träumt und schreibt dann ihre Träume auf. Das ist alles.»

«Wissen Sie, Signora», sagte Aragona und nahm seine Sonnenbrille ab, «uns müssen Sie ja gar nicht überzeugen. Wir sind uns im Klaren, dass Martina die ganze Story erfunden hat.»

«Was? Soll das heißen ... Also, wenn das so ist, warum sind Sie dann hergekommen? Ich muss zur Arbeit, ich kann jetzt nicht ...»

Romano sagte leise:

«Interessiert es Sie denn gar nicht zu erfahren, wie wir zu dieser Schlussfolgerung gekommen sind? Ihnen ist doch sicher klar, dass die Tat, die Ihre Tochter ihrem Vater unterstellt, so ziemlich das Abscheulichste ist, was es gibt, und dass ein derart schwerwiegender Fall normalerweise ganz genau unter die Lupe genommen wird, unter Einbeziehung von Psychologen und Richtern. Es sind lange, schmerzhafte Prozesse, die ein Leben ruinieren können. Oder sogar mehrere Leben.»

Antonella schwieg. Wie in Zeitlupe schüttelte sie den Kopf, als wollte sie selbst die geringste Möglichkeit für einen solchen Fall, wie Romano ihn angedeutet hatte, weit von sich weisen. Ihr traten die Tränen in die Augen, die sie mit einer brüsken Geste wegwischte.

«Nein, es interessiert mich nicht, wie Sie es herausgefunden haben. Mich interessiert nur eins: dass Sie uns endlich in Ruhe lassen, vor allem meinen Mann. Er ist ein anständiger Kerl und hat es nicht verdient, dass man ihm ...»

Aragona brach in schallendes Gelächter aus.

«Auch da sind wir ganz Ihrer Meinung, Signora. Ihr Mann ist ein anständiger Kerl und hat so etwas nicht verdient. Einen Haufen Dinge hat er nicht verdient. Glauben Sie nicht?»

Romano wusste, dass sein Kollege diesmal einen guten Grund für seinen rüden Ton hatte, und gönnte ihm die kleine Genugtuung.

«Wir möchten Ihre Beziehung nicht auf den Prüfstand stellen», sagte er. «Glücklicherweise geht uns das nichts an. Aber die Tatsache, dass Ihre Tochter Dinge verbreitet, die bei Menschen in ihrer Umgebung den Eindruck erwecken, ihr Vater habe sie sexuell belästigt, die geht uns etwas an. Wir müssen herausfinden, weshalb sie das tut, um die Leute zu beruhigen, die möglicherweise irgendwann Anzeige erstatten. Von daher, entweder reden Sie, oder wir sehen keine andere Lösung, als uns an Ihren Mann zu wenden.»

Ein paar Sekunden saß die Parise unbeweglich da, ohne eine Miene zu verziehen. Dann brach der Damm, und sie beichtete Romano und Aragona alles, als wären sie Geistliche und keine Polizisten.

«Mein Mann verdient sehr schlecht. Mir ist klar, dass es viele Leute gibt, die mit weit weniger Geld eine Familie durchbringen müssen und dabei womöglich noch mehr Kinder haben. Ich habe mich oft gefragt, ob das vielleicht unser Fehler war: Zwei oder mehr Kinder hätten vermutlich weniger Flausen im Kopf gehabt als so ein Einzelkind.

Martina ist klug, wissen Sie? Sehr klug. Und durchtrieben. Das war sie immer, mehr als die anderen Mädchen in ihrem Alter. Sie schafft es, die Leute nach Belieben zu manipulieren; intuitiv erfasst sie die Schwächen eines Menschen und nutzt sie zu ihren eigenen Gunsten aus. Ich weiß, es ist nicht schön, wenn eine Mutter so von ihrer Tochter spricht, aber es ist die Wahrheit.

Eltern versuchen immer ihr Bestes, nur begreifen sie manchmal nicht, dass das Beste nicht immer das ist, was sie dafür halten. Wir zum Beispiel wollten, dass unsere Tochter eine Eliteschule besucht, auf die auch die Kinder von Besserverdienenden und Unternehmern gehen. Wir dachten, auf die Art und Weise käme sie in Kontakt mit den oberen Gesellschaftsschichten und würde vielleicht jemanden kennenlernen, der sie aus ihrer durchschnittlichen Existenz befreit.

Wir haben uns geirrt.

Wir haben uns geirrt, denn sie hat im Gegenteil ein Gefühl der Unzulänglichkeit entwickelt. Sie hat gelernt, etwas darzustellen, anstatt etwas zu sein. Und sie hat ein Gefühl des Neids entwickelt.

Meine Tochter hat ihre Freundinnen oder vielmehr Klassenkameradinnen vom ersten Schultag an beneidet. Sie hat sie um ihre Schuhe, Jacken, Rucksäcke beneidet, um den Chauffeur, der sie zur Schule brachte, um die herrschaftlichen Wohnzimmer, in die sie zu Partys eingeladen wurde. Da sie mit den anderen Mädchen in puncto Kleidung und Wohnverhältnissen nicht gleichziehen konnte, beschloss sie, ihre Anführerin zu werden. Und das ist ihr gelungen.

Sie hat angefangen, ihren Vater zu hassen, vor drei Jahren etwa. Es begann mit Vorwürfen, weil er ihr nicht das geben konnte, was ihr ihrer Meinung nach zustand. Irgendwann hat sie beschlossen, dass er ein Versager ist, unfähig, uns das zu ermöglichen, was wir verdienen. Mich hat sie geschont, weil ich attraktiv bin. Ich bin attraktiv, also hätte ich ihrer Logik zufolge einen reichen Mann verdient, der dann auch sie reich macht. Ihr Vater hingegen, der war nur ein Klotz am Bein für sie.

In gewisser Weise war sie es, die mich in Pasquales Arme getrieben hat. Die Beziehung hatte schon begonnen, bevor ich dort anfing zu arbeiten; wir lernten uns im Wartezimmer des Zahnarztes kennen, zu dem ich Martina immer brachte. Sie nennt ihn Onkel Lino. Er erkauft ihr Schweigen und ihre gespielte Zuneigung mit Geschenken, und zum Ausgleich ermöglicht sie ihm, dass … na, ich denke, Sie wissen, was ich meine.

Fragen Sie sich, ob ich mich schmutzig fühle? Ja, ich fühle mich schmutzig. Aber nicht wegen dem, was Sie glauben.

Mein Mann weiß, dass ich eine Affäre habe. Vor circa sechs Monaten hat Martina es ihm gesagt, in der Hoffnung, dass er sich dann von mir trennen und weggehen würde. Sie denkt, wenn es uns gelänge, ihn loszuwerden, würde Pasquale seine Frau vor die Tür setzen, und wir drei würden dann im Luxus leben. Natürlich ist es nicht so einfach. Einem Mädchen ein paar hundert Euro hinzulegen, um in Ruhe ab und an mit seiner Mutter ins Bett gehen zu dürfen, ist das eine. Das eigene Leben wegzuwerfen, ist dagegen etwas ganz anderes. Außerdem gehört das ganze Vermögen seiner Frau, die ihn sicherlich auflaufen lassen würde.

Ich habe versucht, Martina das zu erklären, aber sie ist überzeugt, dass alles zu unseren Gunsten ausgeht, wenn wir uns nur geschickt anstellen. Das einzige Hindernis in ihren Augen ist Sergio. Als sie ihm alles erzählt hat, ist er ausgerastet und meinte, er würde das nicht mal glauben, wenn er es mit eigenen Augen sähe. Er wollte nicht, dass ich den Job aufgebe, denn in dem Fall hätten wir auf vieles verzichten müssen: das Auto, die schöne Wohnung … Und es wäre alles noch schlimmer gekommen als vorher. Lieber dreht man sich auf die andere Seite und tut so, als wäre nichts geschehen.

Martinas neueste Manie ist die Mär von der sexuellen Belästigung. ‹Du willst nicht freiwillig gehen?›, hat sie sich gesagt. ‹Na gut, dann sorge ich dafür, dass du gehen musst.›

Sie hat die Idee aus einem Fernsehfilm, in dem einem Vater untersagt wurde, sich seinen Kindern auf mehr als einen Kilometer zu nähern. Absurd, oder?

Ich liebe meinen Mann nicht mehr, damit wir uns recht verstehen. Wir waren noch ganz jung, als Martina zur Welt kam. Aber ihn jetzt einer derartigen Scheußlichkeit zu bezichtigen, liegt mir fern. Ich ziehe es vor, so weiterzumachen wie bisher, denn ich kann nicht mehr umkehren. Dafür ist es zu spät.»

Die ganze Zeit hatten Romano und Aragona keinen Ton gesagt, sondern Antonella lediglich unverwandt angesehen.

Als sie nun aufstanden, um zu gehen, fühlten sie die Last eines Unbehagens auf sich, das sie beim Betreten der Bar noch nicht gekannt hatten.

Eine letzte Sache blieb ihnen noch zu tun, bevor die Akte geschlossen wurde.

36

Lojacono und Alex folgten Professor Forgione durch ein weiteres Labyrinth aus Korridoren und Treppen. Der Inspektor war inzwischen mehr denn je überzeugt, dass sie ohne einen erfahrenen Pfadfinder lebenslang Gefangene dieses Gebäudes sein würden.

Am Labor angekommen, waren sie beide ziemlich erstaunt. Es war geräumig, ordentlich und blitzsauber. Lojacono musste insgeheim zugeben, dass seine Vorurteile über diese schmutzige und chaotische Stadt den Tatsachen nicht standhielten.

Renato stand vor einem komplizierten Aufbau aus Glasröhrchen und Reagenzgläsern. Er blickte ins Leere und war leichenblass; mit den Fingern nestelte er unablässig am Saum seines Hemds. Den Tod seines Freundes und das Trauma, die Leiche gefunden zu haben, hatte er noch längst nicht verwunden.

Es waren noch acht bis zehn weitere Personen anwesend, die Haltung annahmen, als sie den Professor eintreten sahen. Er ließ sich offenbar nicht allzu oft im Labor blicken, und alle bemühten sich, einen guten Eindruck zu hinterlassen.

«Guten Tag zusammen», sagte Antimo Forgione. «Verzeihen Sie, dass wir Ihre Arbeit unterbrechen. Wie Sie wissen, haben wir hier an der Universität und an unserem Institut im Besonderen einen Verlust zu beklagen, den unseres lieben Dottor Varricchio. Die Herrschaften sind von der Polizei und führen die Ermittlungen in dem Fall durch. Bitte gewähren Sie ihnen Ihre volle Unterstützung und beantworten Sie alle damit verbundenen Fragen.»

Lojacono war ihm dankbar für die klare Ansage.

«Danke, Professore. Im Augenblick genügt es uns, mit Ihrem Sohn zu sprechen, den wir ja schon kennengelernt haben.»

Aufatmend blickten die anderen Anwesenden sich an, bevor sie sich wieder schweigend den Tätigkeiten zuwandten, die sie gerade unterbrochen hatten.

Renato kam auf sie zu und begrüßte sie.

Der Professor führte sie in ein separates Büro, das durch eine Glaswand vom Hauptraum getrennt und akustisch abgeschirmt war.

«Renato», sagte er zu seinem Sohn, «die Herrschaften hier möchten wissen, wie es Biagio in letzter Zeit ging, ob er irgendwelche Sorgen hatte. Ich habe ihnen erzählt, was ich weiß, aber befreundet warst du mit ihm. Ich habe auch erwähnt, dass du seit geraumer Zeit seine schwächeren Leistungen durch deine Arbeit aufgefangen hast.»

Der junge Mann machte eine abwehrende Geste.

«Papa, ich habe dir schon tausend Mal gesagt, dass das nicht stimmt, er …»

Der Professor legte ihm sachte die Hand auf den Arm.

«Mein Lieber, glaubst du, ich wäre nicht in der Lage, meine Mitarbeiter zu beurteilen? Ich kann dir genau sagen, was ihr hier drin tut, und auch, was ihr nicht tut. Seit sechs Monaten erledigst du den Löwenanteil der Projekte, mit denen ihr beide beauftragt wart. Aber es spielt keine Rolle, ich weiß ja, dass Biagio fachlich brillant war und man nur abwarten musste, bis er seine negative Phase überwunden hatte. Leider kam es anders, wie wir wissen.»

Renato machte den Mund auf und schloss ihn wieder. Die Hand, mit der er seine Brille gerade rückte, zitterte.

Lojacono und Alex hatten die ganze Zeit geschwiegen. Bevor seine Kollegin eine falsche Tonlage anschlug, übernahm Lojacono lieber die Kommunikation.

«Professore, wir danken Ihnen, dass Sie sich so lange Zeit für uns genommen haben. Wir möchten Sie nicht unnötig weiter in Beschlag nehmen. Wir unterhalten uns kurz mit Ihrem Sohn, dann sind wir auch schon wieder weg.»

«Ich danke Ihnen für Ihre Feinfühligkeit; Sie wollen allein mit Renato sprechen, weil Sie glauben, es könnte ihm schwerfallen, in meiner Anwesenheit offen zu reden. Aber glauben Sie mir, zwischen mir und meinem Sohn gibt es keine Geheimnisse, und ...»

Der junge Mann unterbrach ihn entschieden.

«Lass nur, Papa. Biagio hätte es nicht gefallen, wenn ich vor dir seine privaten Dinge ausgebreitet hätte.»

Forgione nickte.

«Ja, wahrscheinlich hast du recht. Signori, auf Wiedersehen. Sie wissen ja, wo Sie mich finden, falls Sie mich noch brauchen.»

Er nickte den Forschern zu und ging hinaus.

Nachdem der Professor das Labor verlassen hatte, entspannte sich der junge Mann. Alex las in seinen Augen, was für eine Last ein autoritärer Vater sein konnte.

Renato bemerkte ihren Blick und seufzte.

«Mein Vater ist ein bedeutender Wissenschaftler, ein großartiger Mensch, aber manchmal begreift er bestimmte Situationen nicht.»

Lojacono versuchte, ihn zu beruhigen.

«Machen Sie sich nichts draus. Übrigens war er sehr kooperativ, und das passiert nicht oft, das können Sie mir glauben. Und nun zu uns: In der Wohnung der Opfer haben wir vor allem das Gespräch mit Ihnen gesucht, weil Sie die Toten gefunden hatten. Nun möchten wir Sie in Ihrer Eigenschaft als Freund Biagio Varricchios sprechen, denn es geht uns darum, sein Leben und das seiner Schwester besser zu verstehen. Nur so können wir die Spur desjenigen finden, der ...»

Renato hob die Hand.

«Jaja, schon verstanden. Kein Problem, ich bin der Erste, der denjenigen, der diese ... schreckliche Tat auf dem Gewissen hat, bestraft sehen will.»

Alex stellte fest, dass er seinem Vater viel ähnlicher war, wenn er seine sonst so unentschiedene Haltung ablegte.

«Der Professor hat angedeutet, Biagios Leistungen hätten in letzter Zeit nachgelassen. Können Sie uns darüber mehr erzählen?»

«Also, Sie müssen sich das so vorstellen: In unserem Job hat man am Anfang eine Eingebung, der eine lange Phase langweiliger Tätigkeiten folgt. Messungen, Überprüfungen, Experimente – all dies dient dazu, eine einzige Hypothese zu stützen, zu beweisen, ob sie richtig oder falsch ist. Schon eine winzige Nachlässigkeit genügt, und eine Reaktion oder ein Prozess liefert fehlerhafte Ergebnisse, die am Ende alles andere wertlos machen. Der Teufel steckt im Detail.»

«Das heißt?»

«Biagio war immer ein großartiger Forscher, ein Genie im Aufstellen von Thesen. Seine besondere Stärke aber lag in der unglaublichen Konsequenz, mit der er die nachfolgenden Schritte vollzog, wenn es ums Verifizieren der Ergebnisse ging. In letzter Zeit hatte er diese Fähigkeit, sich zu konzentrieren, irgendwie eingebüßt. Ich musste seine Daten gegenchecken, was die Fertigstellung des Forschungsprojekts verzögerte. Nicht, dass wir uns falsch verstehen: Ich tat das gern, denn Biagio hat mir während des Studiums und auch danach oft genug geholfen, in gewisser Weise waren wir nun quitt. Er hatte einfach eine schlechte Phase.»

Alex wollte es genauer wissen.

«Das Problem war also, dass Varricchios Arbeiten immer noch mal überprüft werden mussten?»

«Teilweise ja. Außerdem kam er nur noch selten in die Uni. Er sagte, er würde von zu Hause aus arbeiten, und ich sollte versuchen, ihn auf dem Handy zu erreichen. Allerdings hat er nie irgendwelche Ergebnisse mitgebracht. Es war klar, dass er mit anderen Dingen beschäftigt war.»

«Haben Sie ihm gesagt, dass Sie das beunruhigt?», fragte Lojacono.

Renato zuckte mit den Achseln.

«Biagio hat nie viel geredet, auch weil sich sein Leben hauptsächlich innerhalb der Uni abspielte. Er meinte, er würde erst dann anfangen, auszugehen und neue Leute kennenzulernen, wenn er seine beruflichen Ziele erreicht hätte. In Wirklichkeit war er bloß schüchtern, selbst mir, seinem einzigen Freund, gegenüber.»

«Aber Sie werden sich doch sicher Ihre Gedanken gemacht haben, oder?»

«Man verbringt nicht zehn, zwölf Stunden am Tag mit jemandem, ohne zumindest eine Ahnung von den Dingen zu haben, die ihn beschäftigen. Das Problem war seine Schwester.»

«Haben Sie ihn darauf angesprochen?», hakte Alex nach.

«Ja. Wenn er in der Uni war, aßen wir immer zusammen zu Mittag, und wenn wir bis spät in die Nacht arbeiteten, habe ich ihn nach Hause gebracht. Er hatte ja kein Auto. Bei solchen Gelegenheiten redet man natürlich miteinander.»

Der junge Mann ließ die Informationen nur spärlich tröpfeln. Muss an seinem Beruf liegen, dachte Lojacono.

«Können Sie uns erklären, weshalb die Schwester ein Problem darstellte?»

Renato sah ihn überrascht an.

«Haben Sie nicht mit Paco und Vinnie gesprochen? Also, Grazia hat Biagios Leben völlig durcheinandergebracht. Früher lief alles reibungslos. Doch als Grazia bei ihm einzog, brach das Chaos aus. Das ging so weit, dass er lieber mit zu mir kam, als nach Hause zu gehen, wenn wir nach Schließung des Labors noch weiterarbeiten mussten – wie zu Studienzeiten. Wenn ich ihn ein paar Tage nicht sah, habe ich mir tatsächlich Sorgen gemacht. Neulich bin ich just aus dem Grund bei ihm vorbeigegangen.»

«Was verstehen Sie unter ‹Chaos›?»

«Ständig war Grazias Freund in der Wohnung, was selten ohne einen lautstarken Streit ablief. Außerdem war da der Vater, der vorbeizukommen drohte, um Grazia zurück in ihr Dorf zu bringen. Biagio hatte entsetzliche Angst vor ihm; er beschrieb ihn als einen Besessenen, der gewalttätig sei und zu allem bereit. Und dann war da noch die Sache mit dem Foto.»

«Was für ein Foto?»

«Grazia hat Biagio ein Foto von sich mitgebracht, das eine Modelagentur von ihr gemacht hatte. Sie war halbnackt auf dem Bild und trug nur einen winzigen Bikini. Als ihr Freund das Foto sah, ist er ausgerastet und hat es in tausend Stücke gerissen. Er ist sogar mit den Fäusten auf sie losgegangen. Biagio, der sicher keine Kämpfernatur war, musste sie regelrecht vor ihm beschützen.»

Lojacono dachte nach. Die Geschichte passte zu dem, was Nick und Cava ihnen erzählt hatten. Die Reaktion von Grazias Freund schien ziemlich typisch für ihn gewesen zu sein.

«Was hatte Biagio vor?», fragte er.

«Er liebte seine Schwester sehr, beinah wie ein Vater. Er hat sich wirklich krumm und kaputt geschuftet, um gleichzeitig studieren zu können und ihr Geld zu überweisen, als sie noch bei ihren Verwandten wohnte. Ich glaube, er hätte sie auch weiterhin finanziell unterstützt, wenn sie eine Ausbildung hätte machen wollen, aber außer ihrer Schönheit besaß sie nicht viele Talente. Insofern war es wohl das Beste, dass sie Model wurde, und Biagio fand das auch gut. Doch ihr Freund und ihr Vater hätten es ihr niemals erlaubt.»

«Und das heißt?»

«Dass Biagio in einer Krise steckte. Normalerweise half ihm sein Verstand, Lösungen zu finden, aber jetzt kreiste er um ein Problem, ohne zu einem Ergebnis zu kommen. Und das hat ihn ausgelaugt. Leider.»

«Weil wir gerade von Geld sprechen», schaltete Lojacono sich ein. «Hat Varricchio Sie kürzlich um finanzielle Unterstützung gebeten? Und sei es nur um eine kleine Summe, die aber seine üblichen Bedürfnisse überschritt?»

«Nein. Er hat mich nie um Geld gebeten – vielleicht habe ich mich hier nicht klar genug ausgedrückt. Es war vielmehr so, dass ich gespürt habe, wenn er welches brauchte, und es ihm dann gab. Sein Apartment zum Beispiel habe ich ihm schon vor Jahren besorgt, als mir bewusst wurde, dass er im Wohnheim nur im Bett und beim Licht einer nackten Glühbirne pauken konnte. Manchmal habe ich ihm auch was aus dem Supermarkt mitgebracht, Essen, Putzmittel und solche Sachen. Alles andere konnte er von dem bezahlen, was wir hier bekommen – wenn wir es denn bekommen. Zumindest, bis seine Schwester zu ihm gezogen ist. Jedenfalls hat er mich nie um Geld gebeten.»

Lojacono tauschte einen flüchtigen Blick mit Alex.

«Das war's erst mal, danke für die Informationen. Wenn uns noch etwas einfällt, würden wir uns ...»

«Er war ein ganz außergewöhnlicher Mensch, verstehen Sie? Ein wunderbarer Freund. Und er wäre ein großartiger Wissenschaftler geworden, einer von denen, die wirklich etwas bewegen. Mein Vater findet, dass ich der Brillantere von uns beiden bin, aber da vertut er sich. Biagio war ein spröder Typ; auch als das Unimagazin ihn interviewte, war ihm die Angelegenheit unheimlich peinlich. Aber fachlich war er wirklich unschlagbar.»

«Ja, das glauben wir Ihnen», murmelte Alex, «das glauben wir.»

Renato starrte sie an. Seine Augen hinter den Brillengläsern standen voller Tränen.

«Er war mein Freund. Ich mochte ihn sehr. Niemandem fehlt er so wie mir.»

37

Tiziana Trani hätte nicht gedacht, schon so bald wieder Besuch von der Polizei zu bekommen. Eigentlich hatte sie sogar gehofft, Romano und Aragona nie wiederzusehen, denn dies hätte bedeutet, dass die hässliche Geschichte mit Martina Parise sich als heiße Luft erwiesen hätte.

Als sie die beiden nun in Begleitung der Sekretärin auf der Türschwelle stehen sah, beschleunigte sich ihr Herzschlag.

Romano begrüßte sie.

«Entschuldigen Sie, Signora, dass wir hier so unangemeldet auftauchen, aber wir müssen Sie sprechen. Dringend.»

Die Schulleiterin musterte ihre Besucher besorgt. Sie gab der Sekretärin ein Zeichen, worauf diese hinausging und die Tür hinter sich schloss.

«Dann stimmt es also? Ist es wirklich so? Oh mein Gott», sagte sie, sobald sie alleine waren.

Mit der üblichen großen Geste nahm Aragona seine Sonnenbrille ab.

«Nein, Signora. Wenn man so will, ist es sogar noch schlimmer. Könnten Sie Signora Macchiaroli rufen lassen? Vielleicht ist es besser, wenn sie auch dabei ist.»

In der 7b fand gerade Musikunterricht statt. Gelangweilt folgten die Schüler, wenn sie nicht gerade heimlich unter der Bank SMS-Nachrichten austauschten, dem monotonen Vortrag des alten Lehrers, der versuchte, ihnen die Solmisations-theorie näherzubringen.

Emilia Macchiarolis Klopfen an der Tür des Klassenzimmers riss sie aus ihrer Lethargie. Mit düsterer Stimme, als hätte sie eine Todesanzeige zu verlesen, nannte die Lehrerin den Namen von Martina Parise und bat die Schülerin, mit ihr zu kommen. Beim Verlassen des Raumes warf diese den beiden Mitschülerinnen in der Sitzreihe hinter ihr einen vielsagenden Blick zu.

Während des gesamten Wegs ins Büro der Schulleiterin sagte die Lehrerin kein einziges Wort. Das Mädchen nutzte die Zeit, seine triumphale Haltung abzulegen und die einer zerknirschten Pubertierenden einzunehmen, die sexuell belästigt worden ist.

Als sie Romano und Aragona vor dem Schreibtisch der Direktorin sitzen sah, gab sie sich überrascht. Tatsächlich hatte sie keine Sekunde daran geglaubt, dass die beiden Schulinspektoren sein könnten. Endlich zog sich die Schlinge zu. Klar, es bestand immer noch die Gefahr, dass ihre Mutter so bescheuert sein und alles leugnen würde, aber sie hatte gelesen, dass es normal war, wenn eine Frau, die von der sexuellen Belästigung ihrer Tochter durch ihren Ehemann erfuhr, die Wahrheit nicht akzeptierte. Sie würden ihr das nicht abnehmen, und sie hätte endlich ihr neues Leben genießen können.

Im Übrigen interessierte es sie nicht die Bohne, ob ihr Vater, dieser Versager, im Gefängnis landete. Hauptsache, er verschwand von der Bildfläche. Schließlich hatten von fünfundzwanzig Klassenkameraden neunzehn getrennt lebende oder geschiedene Eltern und lebten auf großem Fuß, da sie von den Schuldgefühlen des einen und der Missgunst des anderen Elternteils profitierten.

Die Schulleiterin redete nicht lange um den heißen Brei herum.

«Martina, neulich haben wir dir eine kleine Lüge aufgetischt. Die Herrschaften hier sind keine Schulinspektoren, sondern von der Polizei.»

Sieh an.

«Sie waren beunruhigt durch das, was du in deinen Klassenarbeiten geschrieben und hier im Gespräch erzählt hast, und haben beschlossen, die Angelegenheit zu überprüfen.»

Schön.

Der weniger lächerliche Polizist, der mit dem eckigen Schädel, wandte sich direkt an sie.

«Genau. Wir sind der Sache auf den Grund gegangen und zu der Überzeugung gekommen, dass das, was du in deinen Aufsätzen geschrieben hast, vermutlich der Wahrheit entspricht. Auch wenn du behauptest, es nur erfunden zu haben.»

Klasse, Leute.

«Aber wir brauchen Beweise, und die haben wir nicht.»

Ja, was wollt ihr denn? Ein Video auf YouTube?

«Es gibt also zwei Möglichkeiten: Entweder finden wir ihn, diesen Beweis, oder du erstattest Anzeige, eine schöne, eindeutige Anzeige.»

Aha … Na ja, könnte eigentlich ganz lustig sein: Interview in den Nachmittagssendungen im Fernsehen, Fotos in den Zeitungen … Schade, dass sie mein Gesicht verpixeln müssen, da ich minderjährig bin.

Dann schaltete sich der Lächerliche ein, der immer mit seiner schrecklichen Siebziger-Jahre-Brille spielte.

«Solange wir keine Beweise für den Missbrauch haben und deine Mutter dies nicht bestätigt, würde mit einer solchen Anzeige natürlich die Unterbringung in einer Einrichtung der Familienfürsorge einhergehen.»

Was erzählte der Mistkerl da für einen Unsinn?

«Was heißt das … eine ‹Einrichtung der Familienfürsorge›?»

Der Möchtegern-Cop fuhr in aller Seelenruhe fort.

«Eine kleine Gemeinschaft außerhalb der Stadt, die von Psychologen und Freiwilligen geleitet wird. Sie beherbergt Jugendliche, die sich nicht anpassen können und kleinere, nicht mit Haft bestrafte Delikte begangen haben. Oder eben solche, die Opfer von Gewalt in der Familie wurden.»

Also praktisch eine Gemeinschaft von Losern und Kriminellen.

«Du wirst auch auf eine andere Schule gehen müssen. Aber dafür bekommst du Unterricht bei Spezialisten, die erfolgreich in Problemvierteln agieren und Erfahrung im Umgang mit solchen Situationen haben.»

Der Polizist mit dem eckigen Unterkiefer schaute den Lächerlichen scharf an. Vielleicht wollte er nicht, dass der andere all diese Informationen rausgab.

Es war also doch noch nicht vorbei. Obwohl, ihre bescheuerte Mutter würde die Sache ja wohl bestätigen. Die hatte sie in der Hand.

Martina sprach leise, den Blick ins Leere gerichtet, mit verwirrter, leidender Miene.

«Aber … wenn meine Mutter bestätigt, dass alles wahr ist?»

Der mit dem massigen Kiefer nahm einen reumütigen Gesichtsausdruck an.

«Wir haben heute Morgen mit deiner Mutter gesprochen. Sie leugnet mit aller Vehemenz die These der sexuellen Belästigung.»

Die Blicke der Schulleiterin, der Lehrerin und der verdammten Polizisten waren starr auf sie gerichtet. Diese Arschlöcher steckten alle unter einer Decke.

«Du musst keine Angst haben, Martina. Klar, in dem Heim wirst du auf Handy, Computer oder Tablet verzichten müssen, und mit deinen jetzigen Freundinnen wirst du auch nicht sprechen können, aber bestimmt findest du neue unter den Mädchen, die dein schreckliches Schicksal teilen.»

Martina sprang auf. Sie hatte ein fröhliches, unschuldiges Lächeln aufgesetzt.

«Dann haben Sie es also tatsächlich geglaubt! Entschuldigen Sie, wenn ich Ihre Zeit gestohlen habe, aber mir war es enorm wichtig, dass meine Geschichte glaubhaft wirkt. Ich möchte nämlich einmal Schriftstellerin werden und wollte ein Experiment durchführen.»

Aragona blieb die Spucke weg.

Das Mädchen bedachte ihn mit einem honigsüßen Blick.

«Machen Sie sich keine Sorgen, Herr Polizist, ich lebe in einer glücklichen Familie. Einer sehr glücklichen sogar.»

Romano funkelte sie zornig an.

«Es gibt Dinge, über die sollte man keine Witze machen, kleines Fräulein! Mal darüber nachgedacht, was das für deinen Vater bedeuten könnte?»

Martina hörte nicht auf zu lächeln.

«Aber, Herr Kommissar, glauben Sie etwa, ich hätte meinen Vater in einem derartigen Schlamassel zurückgelassen? Ich wollte nur sichergehen, dass Sie mich ernst nehmen. Darf ich jetzt bitte zurück ins Klassenzimmer? Wir hatten gerade eine sehr interessante Musikstunde, und die möchte ich nicht länger versäumen.»

Tiziana Trani seufzte.

Aragona sagte:

«An deiner Stelle würde ich mir überlegen, ob du nicht lieber Schauspielerin werden möchtest. Dafür scheinst du mir noch mehr Talent zu besitzen.»

«Tatsächlich? Danke! Das werde ich auf jeden Fall beherzigen.»

Damit schlenderte sie auf die Tür zu. Doch als sie die Hand auf die Klinke legte, wurde sie von der schneidenden Stimme ihrer Lehrerin zurückgehalten, die bis dahin geschwiegen hatte.

«In Kürze steht ein mündlicher Test ins Haus, Parise. Ich kann es kaum erwarten zu erleben, wie fein du in deinem idyllischen Zuhause gelernt hast.»

Ohne sich umzudrehen, ging Martina hinaus. Nur ihre roten Ohren wiesen darauf hin, dass sie verstanden hatte.

38

Polizeimeisterin Ottavia Calabrese setzte sich an ihren Arbeitsplatz und verschwand sofort hinter dem Bildschirm ihres Computers. Sie hatte kurz in der Schule ihres Sohnes Riccardo vorbeischauen müssen. Normalerweise übernahm ihr Mann diese Art von Notfall, aber diesmal war er nicht zu erreichen gewesen.

Im Lauf der Zeit war es zu einer stummen Übereinkunft gekommen: Solange Ottavia im Büro war, kümmerte sich Gaetano um Riccardo. Die Tatsache, dass er ein namhafter Ingenieur und Chef von fünfzehn Angestellten war, dass er auch während der Finanzkrise das Zwanzigfache einer Staatsbediensteten verdient hatte und seine Zeit im Hinblick auf die ökonomischen Verhältnisse der Familie somit weitaus kostbarer war, zählte für Ottavia nicht. Und er brachte das Thema ebenso wenig zur Sprache.

In Wirklichkeit, dachte die Polizeibeamtin, während sie ihr Mailprogramm öffnete, war es so, dass Gaetano sich aus irgendeinem Grund für Riccardos Zustand verantwortlich fühlte. Als besäße er die Gewissheit, dass jenes geheimnisvolle Gen, das den Sohn von Geburt an in seiner eigenen Welt einschloss, von ihm stammte und Ottavias Leben deshalb verpfuscht war.

Genau so ist es, dachte sie voller Ingrimm. Genau so ist es. Denn es stimmte ja, dass ein Großonkel ihres Mannes irgendwie seltsam und behindert gewesen war und die Eltern und Geschwister es verheimlicht hatten, bis er sich mit zwanzig Jahren vom Balkon gestürzt hatte.

Und es stimmte auch, dass Gaetano in den ersten Jahren ihrer Ehe auf Verhütungsmitteln bestanden hatte, weil er keine Kinder wollte und ihr schließlich auf ihr Drängen hin diesen Wunsch erfüllt hatte.

Genauso wie es stimmte, dass sie Riccardo nie akzeptiert hatte und sein Dasein als unverdienten Schicksalsschlag ansah.

Was für eine bittere Ironie, dass der in seinem Kokon eingeschlossene Junge nur dann einen hauchdünnen Zugang zur Außenwelt fand, wenn sie in der Nähe war. Dass er sich schweigend auf den Boden setzte, ihr den Kopf in den Schoß legte und unablässig im gleichen Tonfall «Mama, Mama, Mama» murmelte: keine Beschwörung, kein Flehen, noch nicht mal eine Anklage.

Gaetano zog ihn an und aus, wusch ihn, brachte ihn zur Schule und war sich mit den Lehrerinnen darin einig, dass es ganz wichtig war, ihm immer wieder neue Anreize zu vermitteln. Er hatte ihn von tausend Ärzten auf der ganzen Welt untersuchen lassen und recherchierte ständig weitere Adressen; er las Fachartikel zu dem Thema, stand in Kontakt mit Elternorganisationen und Universitätskliniken.

Ab und zu, um ihm weh zu tun, fragte Ottavia ihn, ob er wieder einen Newsletter aus Lourdes oder Medjugorje bekommen habe oder ob er auf noch höher stehende Beziehungen bauen könne. Ihr Mann schüttelte dann den Kopf und ging hinaus, da er wusste, dass das wieder einer jener Momente war.

Es war immer einer jener Momente, hätte Ottavia ihm dann am liebsten zugerufen. Immer wenn sie zu Hause war.

Nur wenn sie mit dem Hund Gassi ging, fand sie einen Teil ihrer selbst wieder. Und nur bei der Arbeit war sie wirklich glücklich.

Hätte sie ihre alltägliche Gemütsverfassung in einer Graphik dargestellt, so hätte diese einen beständigen Anstieg der Kurve von 7 bis 15 Uhr sichtbar gemacht, gefolgt von einem beständigen Abfall zwischen 15 und 19 Uhr, einem kurzen Zwischenhoch in dem Augenblick, in dem sie sich von Palma verabschiedete, und einem Absturz bis zum nächsten Morgen.

Palma, Palma, Palma. Der schöne, verknautschte Kommissar, der Mann mit dem müden, freundlichen Blick, der das Lächeln, die Fürsorge, Sehnsucht, Befangenheit und Hoffnung in ihr Leben zurückgebracht hatte. Palma, dem zuliebe sie sich wieder nackt vor den Spiegel stellte, auf der Suche nach Makeln, die es auszumerzen galt. Palma, der – aber vielleicht machte sie sich da etwas vor – sie auf besondere Weise anlächelte. Nicht wie die anderen.

Sie sah kurz von ihrem Bildschirm auf. Die anderen.

Romano und Aragona waren zurückgekommen, als sie das Büro gerade verlassen wollte. Auf ihre freundliche Erkundigung, ob sie etwas bei dem Mädchen vom *Sergio Corazzini* erreicht hätten, das seinen Vater des sexuellen Missbrauchs beschuldigte, erhielt sie nur ein Grunzen zur Antwort. Ein besonders harmonisches Paar waren die beiden ja nicht, dachte sie. Aber wie sollte das bei so einem seltsamen Typen wie Aragona anders sein.

Sie musste lachen. Die Bezeichnung ‹seltsamer Typ› traf ja wohl viel eher auf Riccardo zu als auf ihren Kollegen Aragona, dessen Exzentrik sich maximal in einem knallbunten Hemd äußerte.

Ihr Sohn war heute Morgen auf die Schulbank geklettert

und hatte den Schüler vor ihm angepinkelt, was dieser erst in dem Moment bemerkte, als ihm die warme Flüssigkeit über den Rücken rann.

Ottavia hatte eine Viertelstunde bis zur Schule gebraucht und eine halbe, um ihren Sohn zu beruhigen, der sich lauthals schreiend aus der Umklammerung des Hausmeisters zu befreien versuchte. Sie hatten ihn mit Gewalt aus der Klasse gebracht. Eine Stunde hatte es gedauert, bis sie die Schulleiterin, die Klassenlehrerin und die Mutter des besudelten Jungen davon überzeugt hatte, dass man Verständnis aufbringen müsse: Riccardo begriff nicht immer, was er gerade tat. Weitere fünfzehn Minuten vergingen für die Rückfahrt. Zwei Stunden hatte sie also verplempert, während der fleißige Gaetano ein Gutachten erstellte oder auf irgendeinem Ortstermin in der Pampa war, wo er keinen Handyempfang hatte. Mutterschaft war doch wirklich etwas Großartiges!

Jetzt aber war sie endlich wieder im Gemeinschaftsbüro, zusammen mit Romano, Aragona und Pisanelli. Alex und der Chinese waren unterwegs, auf der Jagd. Die Tür zum Büro des Kommissars war geschlossen, wie immer, wenn er nicht da war.

Er wird bei der Staatsanwaltschaft sein, dachte Ottavia. Schon wieder. Hoffen wir mal das Beste.

Ihre Furcht, das Kommissariat könnte dichtgemacht werden, hatte verschiedene Stadien durchlaufen: Die Phase des verletzten Stolzes wegen der hässlichen Episode in ihrem alten Team war durch den Wunsch abgelöst worden, allen zu zeigen, dass sie etwas draufhatten, ihre neuen Kollegen genauso wie sie selbst. Inzwischen wollte sie um keinen Preis mehr auf dieses Umfeld verzichten, in dem sie sich lebendig fühlte und ein Ziel vor Augen hatte, in dem jene aus der Resignation geborene unbestimmte Apathie nicht existierte.

Die Resignation, die sie jedes Mal, wenn sie an ihren Sohn dachte, ein wenig starker empfand.

Doch damit die Hoffnung nicht erlosch, musste in dem Fall mit den toten Geschwistern so schnell wie möglich zumindest ein Indiz her. Das hatte Palma gesagt. Sie konnte nur beten, dass Alex und der Chinese bald mit irgendeiner Neuigkeit auftauchten.

Als sie die E-Mails checkte, die während ihrer Abwesenheit eingetroffen waren, erschrak sie freudig. Immerhin gab es etwas, das sie in der Sitzung verkünden konnte.

Palma verabschiedete sich und verließ das Büro des Polizeipräsidenten, um in sein ausgekühltes Auto zu steigen. Auch die x-te Konferenz hatte zu keinem Ergebnis geführt.

Das Betriebsklima war ähnlich frostig wie die Außentemperaturen. Die Gauner von Pizzofalcone waren nun mal nicht in Vertrauen gehüllt. Natürlich hätte niemand gewagt, sie so anzusprechen, aber im Grunde blieb alles beim Alten. Die erfolgreich gelösten Fälle der letzten Monate waren bereits vergessen, nicht aber der Kratzer, den das Image der Polizei durch die lange zurückliegende Episode mit den Dealer-Kollegen abbekommen hatte. Palma war inzwischen zu der Auffassung gelangt, dass es dabei eigentlich um etwas anderes ging.

Seine Vorgesetzten und die anderen Kommissare der Stadt hatten geglaubt, ihm eine Bande Nichtsnutze untergeschoben zu haben, die allesamt unfähig oder sogar gefährlich waren, und nun taten sie sich schwer, einzugestehen, dass dies ein Irrtum war. Vor allem wollten sie nicht wahrhaben, dass ein Jungspund wie er es geschafft hatte, aus der vermeintlichen Mischpoke ein ernstzunehmendes Team zu machen.

Ein Sizilianer, dem man Verbindungen zur Mafia nachsagte und den man ins Kommissariat San Gaetano strafversetzt hatte, wo sein Einsatz darin bestand, am Computer Solitär zu spielen, hatte sich als wahres Juwel erwiesen; aus einem Choleriker, der in Posillipo beinah einen Kleinkriminellen mit bloßen Händen erwürgt hätte, war ein disziplinierter, umsichtiger Polizist geworden; eine Waffennärrin, die durch Schießereien im Büro auffällig geworden war, hatte sich in eine sensible, entschlossene Beamtin verwandelt; ein Hanswurst, den sie nur deshalb nicht aus dem Polizeidienst gejagt hatten, weil er über Vitamin B hineingekommen war, stellte seine Fähigkeiten als intuitiver, scharfsinniger Ermittler unter Beweis. Und die beiden Überreste der echten Gaunertruppe, ein in die Jahre gekommener Vizekommissar mit spinnerten Ideen und eine sympathische Hausfrau mit einem Computer-Faible, hatten gemeinsam das effizienteste Informationszentrum der Region auf die Beine gestellt. Die Erkenntnis, dass man auch «aus Scheiße Gold machen» konnte, war offenbar ziemlich unverdaulich.

Palma wusste dies alles und hatte genau das auch dem Polizeipräsidenten gesagt, als dieser ihm erneut nahelegte, den Fall abzugeben. Der erfahrene Beamte mochte ihn – vielleicht, weil er in ihm denselben Enthusiasmus, dieselbe Hartnäckigkeit erkannte, die einst auch ihn beseelt hatten. Er wusste, dass Palma eine Niederlage nur schwer verkraften konnte, und versuchte daher, ihm eine goldene Brücke zu bauen. Doch Palma war überzeugt, dass sie der Ermittlung gewachsen waren. Er hatte ein cleveres Team, und sie alle wollten dem Rest der Welt beweisen, dass sie es noch immer draufhatten.

In diesem Kräftemessen hatte Palma eine unerwartete Verbündete gefunden: Laura Piras. Bekannt für ihre Unnachgiebigkeit und geringe Bereitschaft, Fehler zu verzeihen, hatte die Staatsanwältin indes von Beginn der Ermittlungen an ein besonderes Verständnis für die Arbeit der Polizeieinheit gezeigt. Zum Glück maß man ihrer Meinung im Präsidium große Bedeutung bei, da sie unermüdlich und stets gut vorbereitet war, sodass fast alle wichtigen Fälle über ihren Schreibtisch gingen.

Der Polizeipräsident und die Piras waren also auf ihrer Seite, der ganze Rest der städtischen Polizei gegen sie. Eine reichlich unausgewogene Partie, fand Palma. Und jetzt hatten sie auch noch die Medien gegen sich. Die Pressesprecherin kämpfte tapfer wie eine Löwin, doch wie lange konnten angesichts eines derart großen öffentlichen Interesses die laufenden Ermittlungen noch unter Verschluss gehalten werden?

Palma zitterte vor Kälte und Anspannung. Sie mussten endlich ein neues Detail zutage fördern, sofort. Egal, was.

Er hatte absolutes Vertrauen in sein Team und in sich selbst, glaubte aber nicht daran, dass auch das Glück auf ihrer Seite war. Also hoffte er von ganzem Herzen, dass er diesbezüglich endlich einmal eines Besseren belehrt werden würde und ihnen ein Glückstreffer gelang. Er wollte seine Mannschaft nicht verlieren. Er wollte die Gauner von Pizzofalcone nicht verlieren.

Vor allem aber wollte er Ottavia nicht verlieren.

Er biss sich auf die Lippen und trat aufs Gaspedal.

39

Palma traf quasi zeitgleich mit Lojacono und Alex im Büro ein.

Er war so angespannt, dass er kaum guten Tag sagte, sondern sofort mit seinem Bericht begann:

«Also, die Sache ist so: Sie haben bereits ein neues Ermittlerteam zusammengestellt, das uns im Fall Varricchio ablösen soll. Und zwar unter dem Vorwand, dass in dieser beschissenen Stadt im Fernsehen und in den Zeitungen von nichts anderem die Rede ist und die Polizei es sich nicht leisten kann, dazustehen wie ein Haufen Vollidioten. Ich habe mich aufgeführt wie ein Irrer und noch einmal gesagt, dass wir auf Hochtouren an dem Fall arbeiten, dass ganz viele Leute darin verwickelt sind und sie uns wenigstens die Zeit geben müssen, die alle zu befragen. Daraufhin wurde die Auseinandersetzung ziemlich lautstark, und ich verzichte lieber darauf, euch die Details wiederzugeben.»

Wenn jemand wie Palma, der sonst so korrekt war, seinen Bericht derart informell gestaltete, musste er schon ziemlich geladen sein, dachte Ottavia.

Lojacono fragte stellvertretend für alle.

«Und wie ist das ausgegangen?»

«Ich habe lauter gebrüllt als alle anderen und verlangt, dass sie mir schriftlich geben, was wir da angeblich falsch gemacht haben. Und dass ich gern von ihnen hören würde, was sie an unserer Stelle getan hätten. Zum Glück war die Piras dabei, die mir recht gegeben hat. Als Staatsanwältin, die die Ermittlungen leite, hätten wir ihr volles Vertrauen. Die Arschgeigen haben schwer geschluckt, aber fürs Erste mussten sie klein beigeben.»

Alle stießen einen Seufzer der Erleichterung aus.

Pisanelli überraschte die Kollegen durch einen ungewohnten Temperamentsausbruch.

«Großartig! Ich sehe sie förmlich vor mir, die Herren Kommissare, wie sie in der ersten Reihe sitzen und danach geifern, sich unseren Bezirk unter den Nagel zu reißen. Nicht nur wegen der zentralen Lage, sondern auch, weil hier viele hohe Tiere wohnen, mit denen man dann alltäglich zu tun hätte, mit dem Präfekten nebst Gattin, dem Bürgermeister und Ehefrau, dem Polizeipräsidenten und Ehefrau …»

«Genau! Außerdem wollen diejenigen, die euch damals abserviert haben, beweisen, dass sie recht hatten und ich, der Polizeipräsident und die Piras im Unrecht sind. Aber halten wir uns nicht länger mit diesem Mist auf: Romano, Aragona, wie weit seid ihr in der Sache mit dem sexuellen Missbrauch von dieser Siebtklässlerin?»

Romano fasste sich kurz.

«Der Fall ist abgeschlossen, Chef. Wie wir uns von Anfang an gedacht hatten, war alles frei erfunden. Das Mädchen wollte nur auf sich aufmerksam machen. Wir sind uns da ganz sicher. Und genauso sicher sind wir uns, dass es keine Anzeige geben wird.»

Palma nickte ihm und Aragona anerkennend zu.

«Prima, Jungs. Wenn wir etwas mehr Ruhe haben, könnt ihr mir das genauer erzählen. Ab heute arbeitet die gesamte Einheit nur noch am Fall Varricchio. Lojacono, Di Nardo, irgendwelche Neuigkeiten?»

Alex blätterte in ihrem Notizbuch und brachte die Kollegen auf den aktuellen Stand der Ermittlungen, der auch den Besuch an der Universität vom Vormittag einschloss.

Als sie geendet hatte, meldete sich Ottavia zu Wort.

«Ich habe auch noch was. Der Obduktionsbericht ist eingetroffen. Die Kollegen von der Gerichtsmedizin waren superschnell, man merkt, dass die auch gewaltig unter Druck stehen. Wenn ihr wollt, lese ich euch das Wichtigste vor.»

«Gerne», sagte Palma.

«Also: Bei Biagio gab es ‹im Okzipitalbereich und am angrenzenden linken Scheitelbein mehrere sternförmige Platzwunden, die von einem spitzen Gegenstand herrühren, welcher an mehreren deutlich erkennbaren Stellen ins Capillitium eingedrungen ist ...›»

«Das heißt, er hat eine Reihe von Schlägen abbekommen», sagte Aragona leise.

Ottavia las weiter, die Augen auf den Bildschirm geheftet:

«... nach Beseitigung des Gewebes zeigte sich eine Fraktur am Hinterhauptbein und am linksseitigen Scheitelbein mit mehreren Bruchspalten, zwei davon komplette Frakturen.»

«Was heißt das, ‹komplette Frakturen›?», fragte Alex.

«Dass sie ihm den Schädel zertrümmert haben», brummte Romano. «Und zwar so richtig.»

Ottavia fuhr fort.

«‹Intrazerebrale Blutungen und diverse Platzwunden im Okzipitalbereich, im Parietalbereich links hinten sowie im Cerebellum. Spuren starker Gewaltanwendung in Form von Platzwunden auch im Bereich des Lobus frontalis rechts, vermutlich durch gewaltsamen Aufprall.›»

Beklemmung machte sich im Raum breit. Die Verwendung der medizinischen Fachausdrücke ließ die furchtbaren Misshandlungen, die der junge Mann erlitten hatte, noch grausamer wirken.

«Das Opfer wurde von hinten angegriffen», bemerkte Aragona nüchtern. «Erst mit einem Schlag, und dann mit weiteren. Immer heftiger. Wer immer da zugeschlagen hat, muss eine unglaubliche Wut im Bauch gehabt haben.»

Lojacono, der wie üblich keine Miene verzog, nickte bestätigend. Es sah mal wieder aus, als rezitierte er stumm ein buddhistisches Mantra.

«Ganz genau. Und Wut steigert bekanntlich die Körperkräfte.»

Octavia holte tief Luft.

«Hört euch an, was im Bericht zur Schwester steht: ‹Extrem starke subkutane Blutungen im Bereich des Gesichts, Bruch des Nasenseptums, deutlicher Bruchspalt im rechten Jochbein. Starke Blutungen der Muskeln oberhalb und unterhalb des Jochbeins mit Fraktur des Zungenbeins. Rückstände von schaumigem Blut in der Trachea und den Hauptbronchien. Untersuchung der Knochenpartien der Halswirbelsäule erbrachte Fraktur am linken Processus articularis superior der Axis. Befund: obstruktive Asphyxie mit hämorrhagischer Infiltration der Halsorgane.›»

Instinktiv griff sich Ottavia an die Kehle. Bei den letzten Worten hatte ihre Stimme gezittert.

Alex riss die Augen auf.

«Heißt das, er hat ihr erst das Gesicht zertrümmert und sie dann erdrosselt?»

«Nicht unbedingt», erwiderte Lojacono. «Vielleicht hat er ihr die Hand aufs Gesicht gepresst, damit sie nicht schreit, und hat sie dann erwürgt. Klar, er muss es mit enormer Kraft getan haben.»

Romano nickte.

«Ja, das klingt logischer. Es werden keine Schläge in dem Bericht erwähnt. Der Mörder wollte also nicht, dass sie schrie.»

Pisanelli sprach in gedämpftem Tonfall, als befände er sich in einer Kirche.

«Bei dem Mädchen liegt die Sache anders. Bei Biagio war es Wut, bei ihr ist es Verzweiflung.»

Aragona wandte sich an Ottavia.

«Okay, aber hat er sie nun gehabt? Also, ich meine: Hat er sie vergewaltigt?»

Das war, mal abgesehen von der sehr direkten und wenig eleganten Art der Formulierung, die Frage, die allen auf der Zunge lag.

Ottavia scrollte nach unten und las dort weiter, wo sie aufgehört hatte.

«‹Befund: Asphyxie durch mechanische Gewaltanwendung in Zusammenhang mit starker Druckeinwirkung auf den Hals. Vasokonstriktion. Kein Hinweis auf sexuelle Gewalt. Perineal-, Vaginal- und Bukkalbereich o. B. Kein Hinweis auf Verletzungen der Haut oder der Schleimhäute, die auf Fremdeinwirkung hindeuten. Kein Hinweis auf vorherige sexuelle Aktivität.»

Wie eine schwere, erdrückende Decke legte sich das Schweigen über den Raum. Alex und Lojacono sahen den wunderschönen Körper Grazias vor sich, der auf dem Bett lag; die anderen stellten ihn sich vor.

Aragona murmelte:

«Nein. Nein, er hat sich nicht an ihr vergangen. Vielleicht hat sie sich erfolgreich gewehrt. Dann kam ihr Bruder und …»

Lojacono unterbrach ihn.

«Nein. Er saß am Tisch und schrieb, er hatte noch den Stift in der Hand. Das passt nicht.»

Alex schüttelte den Kopf.

«Diese Wut. Diese unglaubliche Gewalt. Biagio, der in aller Seelenruhe am Schreibtisch gesessen hat, und Grazia, die offenbar nicht vergewaltigt wurde. Das heißt, es kann ...»

Pisanelli vollendete den Satz, als wäre es sein eigener Gedanke gewesen:

«... jeder gewesen sein. Ihr Freund, der sie wegen der Fotos zur Rede stellen wollte ...»

Romano:

«... der Vater, der seine Tochter zurück nach Hause holen wollte ...»

Aragona:

«... Cava, der Typ von der Agentur, der sich nicht damit abfinden konnte, dass sie nicht mehr modeln wollte ...»

Ottavia:

«... einer der Jungs: Biagios Kollege oder die beiden aus der Wohnung nebenan ...»

Palma fuhr sich mit der Hand übers Gesicht.

«Bitte, lasst uns systematischer vorgehen und das Ganze unvoreingenommen betrachten. Sonst kommen wir nur durcheinander. Haben wir schon Ergebnisse vom KTI?»

Ottavia griff sofort nach dem Telefon. Nach einem kurzen Wortwechsel legte sie wieder auf.

«Sie sind fast fertig. Wir kriegen den Bericht heute Nachmittag.»

«Sehr gut», sagte Lojacono. «Dann bleibt uns genug Zeit, Vinnie und seinen Freund, diesen Mandurino, noch mal zu befragen. Hoffentlich treffen wir die beiden zu Hause an. Aber wir müssen auch rauskriegen, was es mit dieser Geldsumme auf sich hat, diesen 3700 Euro, die Grazia von Cava für die Fotos verlangt hat. Sie ist einfach zu eigenartig, um nicht irgendeine Bedeutung zu haben.»

Pisanelli zwirbelte seinen Hemdknopf.

«Ich habe meine Freunde bei den hiesigen Banken gefragt: Keins der beiden Opfer hatte hier im Viertel ein Girokonto oder ein Sparguthaben, zumindest nicht bei den großen Kontoinstituten. Dass sie eine derart bescheidene Summe bei einer anderen als den üblichen Banken angelegt oder sich eines Pseudonyms bedient hätten, scheint mir wenig wahrscheinlich. Und da meiner Ansicht nach auch ein Raubmord nicht in Frage kommt, bedeutet dies, dass sie das Geld entweder in der Wohnung aufbewahrt oder ausgegeben haben.»

«Fragt sich nur, wofür», sagte Palma. «Aber Schluss jetzt erst mal mit dem Rätselraten. Lojacono, Alex: Ihr schaut bei den Nachbarn der Varricchios vorbei. Romano und Aragona: Ihr fahrt nach dem Mittagessen direkt zum Labor vom KTI und lasst euch den Bericht geben, so sparen wir Zeit. Falls nötig, wartet ihr eben. Fragt auch gleich nach der Liste mit dem Wohnungsinventar, vielleicht war das Geld ja unter einer Fliese versteckt. Danach treffen wir uns wieder hier zur Lagebesprechung.»

40

Bruder Leonardo beugte sich über den Tisch und deutete auf die Pommes frites auf Pisanellis Teller.

«Isst du die nicht? Dann gib her!»

Giorgio staunte wie immer über den gesegneten Appetit seines zu klein geratenen Freundes: Er war das einzige menschliche Wesen, das er kannte, das gleichzeitig auf beiden Seiten kauen konnte, um früher fertig zu sein. Ab und zu warf einer der Gäste von den Nachbartischen des *Ristorante del Gobbo* einen Blick auf die drollige Gestalt des Mönchs, der sich ein Kissen unterschieben musste und dessen nackte Füße in den Franziskanersandalen ein paar Zentimeter über dem Boden baumelten.

«Kriegst du denn gar nichts zu essen in deiner Pfarrei? Oder lassen dir die anderen Brüder nichts übrig?»

«Das wäre ja noch schöner!», sagte Leonardo und schluckte einen Bissen hinunter. «Schließlich bin ich der Hausherr. Wart's nur ab, eines Tages werde ich beschließen, ganz alleine zu dinieren, während die anderen gregorianische Gesänge dazu liefern müssen. Du ahnst nicht, was für einen Heißhunger ich kriege, wenn ich Choräle höre. Mit Appetit hat das nichts zu tun, ich wehre mich nur gegen Verschwendung. Weißt du, dass man mit dem, was ihr alle übrig lasst, halb Afrika ewig lang ernähren könnte?»

«Natürlich. Erinnere mich heute Abend noch mal daran,

damit ich mein Abendessen in ein kenianisches Dorf schicke. Du weißt ja, ich esse nicht mehr so viel.»

Leonardo runzelte die Stirn. Er sah aus wie ein Gartenzwerg, wenn er so schaute.

«Wie geht es dir, Giorgio? Fühlst du dich gut? Wann wirst du endlich einsehen, dass du dich operieren lassen musst? Ich verstehe wirklich nicht, weshalb du so stur bist …»

Pisanelli hob die Hand.

«Stop. Erinnere dich an dein Versprechen: Über dieses Thema reden wir nicht. Meine Gesundheit ist da draußen irgendwo geparkt, wie ein Auto. Sonst gibt's kein Mittagessen. Und da ich dich ohnehin immer einladen muss, halte dich wenigstens an die Spielregeln.»

Leonardo ließ nicht locker:

«Ist dir denn nicht klar, was für ein Verbrechen du Gott gegenüber begehst, wenn du deinem eigenen Leben so wenig Aufmerksamkeit zuteilwerden lässt?»

Pisanelli steckte sich ein Stück Hackklößchen in den Mund.

«Mmmh … Diese Frikadellen schaffen es beinah, mich von der Existenz Gottes zu überzeugen. Sonst würden ja Hackklößchen mit Fleischsoße nicht existieren, oder das eine wäre im Chaos vor der Schöpfung von dem anderen getrennt worden. Das nenne wiederum ich Verschwendung!»

Gegen seinen Willen musste Leonardo lachen.

«Du bist der sympathischste Gotteslästerer, den ich kenne, Giorgio Pisanelli vom Kommissariat Pizzofalcone. Und um das noch mal aufzugreifen: Natürlich musst du zahlen. Du weißt doch, das Armutsgelübde … Aber erzähl mal, was machst du so Schönes?»

«Schönes eigentlich gar nichts im Moment. Wir stecken mitten in dem Fall mit dem Geschwisterpaar aus Kalabrien, das ermordet wurde – du hast sicher davon gehört.»

«Selbstverständlich. Man spricht ja hier in der Stadt von nichts anderem mehr. Die Ärmsten, Gott hab sie selig. Schon was rausgefunden?»

«Nein, leider nicht. Wir stochern total im Nebel. Dabei ist das ganze Team in die Ermittlungen involviert. Und die beiden Kollegen, die die Hauptverantwortung tragen, Lojacono und Di Nardo, sind wirklich clever. Ich bin sehr optimistisch, dass sie den Fall lösen werden.»

Leonardo sah ihn von der Seite an.

«Ja, aber was ist mit dir? Womit beschäftigst du dich genau?»

«Ich hole Informationen ein, wie üblich. Und ich verfolge immer noch die Sache mit den Depressiven, wenn du das meinst. Wir haben ja schon oft genug darüber gesprochen.»

«Und oft genug habe ich dir gesagt, dass du dich mit Dingen belastest, für die du nicht zuständig bist. Es ist bewundernswert, wie du versuchst, denjenigen zu helfen, die keine Lust mehr haben zu leben, aber diese Idee von dem mysteriösen Selbstmörder-Mörder ist doch absurd. Eine Wahnvorstellung.»

Pisanelli sah aus dem Fenster, wo die wenigen Passanten sich in die Geschäfte flüchteten, um dem eisigen Wind zu entgehen.

«Nicht schlecht. Das wäre ein guter Titel für einen Roman. *Der Selbstmörder-Mörder.* Hast du je in Erwägung gezogen, Schriftsteller zu werden, Leonardo? Ich glaube, da hättest du gute Chancen.»

«Ja, ja, spiel ruhig den Geistreichen, aber deine Kollegen halten dich unter Garantie für geistesgestört.»

«Kann schon sein. Vielleicht ist es ja wirklich eine Obsession, aber wenigstens hält sie mich am Leben. Dadurch habe ich einen Grund, morgens aufzustehen, zur Arbeit zu gehen und dem nächsten Tag entgegenzusehen. Es ist ein Anker, der mich daran hindert, Schluss zu machen, entwischen zu wollen.»

Leonardo hörte auf zu kauen und sah dem Freund tief in die Augen. Doch Giorgio, du hast Lust zu leben, auch wenn du deine Krankheit nicht behandeln lässt. Der Herr kann beruhigt sein: Du hast noch keine Absichten, dich dem Dämon auszuliefern.

«Und hast du schon irgendwelche Fortschritte bei deinem absur... absolut ehrenwerten Vorhaben erzielt? Du hattest mir von dieser Frau erzählt, Agnese. Weißt du, dass sie ein Mitglied meiner Gemeinde ist? Das heißt, sie wäre es, wenn sie denn in die Kirche ginge, aber in meinen Augen ist sie jemand, der aufgegeben hat und nicht mehr leben will.»

Pisanelli richtete den Blick wieder auf seinen Gesprächspartner.

«Nein, Leonardo. So ist es nicht. Sie hat ein Trauma erlitten, das heißt: mehrere Traumata. Sie hat ihr Kind verloren, ihr Mann hat sie verlassen, ihre Mutter ist gestorben. Sie hat keine Arbeit, keine Freunde ...»

«Und sagt dir das nichts? Fehlende soziale Kontakte sind für eine alles in allem doch ziemlich junge Frau ein Zeichen dafür, dass sie das Interesse an der Welt verloren hat. Ihr bleibt nicht mal der Trost des Glaubens, und ...»

«Siehst du», zischte Pisanelli, «darauf willst du hinaus: Sie ist nicht gläubig, also will sie sterben. Aber so ist das nicht, Leonardo. Man muss nicht unbedingt religiös sein, um einen Sinn im Leben zu sehen.»

Gelassen erwiderte Leonardo:

«Gut, dann erzähl mir mal, woran du die Lebensfreude deiner Freundin Agnese festmachst. Nenn mir einen guten Grund, weshalb nicht zu befürchten steht, dass sie morgen oder nächste Woche, wenn ihre Depression gerade mal einen neuen Tiefpunkt erreicht hat, den Gashahn aufdreht oder eine Schachtel Schlaftabletten einwirft. Überzeug mich.»

Zwei Freunde im Restaurant bei ihrem wöchentlichen Treffen. Ein in die Jahre gekommener Polizist, müde und krank, nur von einer aberwitzigen Überzeugung am Leben erhalten, und ein kleinwüchsiger, harmlos wirkender Mönch, eine Witzfigur, die den Märchen unserer Großmütter entsprungen schien: Niemand hätte vermutet, hier ein geheimes Tribunal vor sich zu haben, das über Leben und Tod entschied.

Pisanelli sah auf seine Hände hinab, die den Teller mit den Resten von Fleischsoße umklammerten. Dann sah er wieder auf.

«Der Spatz», sagte er.

«Was?»

«Der Spatz, Leonardo. Weißt du noch, was ich dir von unserer ersten Begegnung erzählt habe? Ich habe dir erzählt, dass ich sie kennenlernte, als sie die Vögel im Park der Biblioteca Nazionale fütterte.»

Leonardo nickte.

«Na ja, und seitdem gehe ich fast jeden Tag dorthin, um nachzuschauen, ob es ihr gut geht. Ich setze mich neben sie, lächle sie an, und sie lächelt zurück. Zunächst basierte meine Überzeugung, dass sie weiterleben will, nur auf einem Gefühl. Im Grunde hatte sie mir nie etwas gesagt. Ich hatte Angst, sie könnte die ideale Kandidatin für den ‹Selbstmörder-Mörder› sein, wie du ihn nennst, sein nächstes Opfer.»

Leonardo wand sich auf seinem Sitz.

«Giorgio, hör zu …»

Der Polizeibeamte unterbrach ihn.

«Nein, hör du mir zu. Ich habe ihr irgendwas erzählt, und

ich bin sicher, sie hat mir zugehört, auch wenn sie fast nie geantwortet hat. Sie fütterte weiter die Vögel mit Brot. Gestern dann ist etwas Seltsames passiert. Ich war sowieso erstaunt, sie zu sehen, bei dieser Eiseskälte ...»

«Ja, aber ...»

«Warte. Irgendwann hat sie angefangen zu reden. Aus eigenem Antrieb heraus! Sie erzählte, ein Spatz, einer dieser Spatzen, könnte Raimondo sein, ihr Sohn! Er könnte herbeigeflogen sein, um sie zu sehen.»

«Der Sohn? Raimondo? Aber hat sie ihn nicht noch vor seiner Geburt verloren?»

Pisanelli blickte sich verstohlen um.

«Doch, doch. Aber für sie, die ihn ja im Mutterleib trug, war er bereits lebendig.»

«Das ist doch absurd, ist dir das nicht klar?»

«Aber ihr seid doch diejenigen, die immer behaupten, das Leben beginne bereits bei der Empfängnis! Oder irre ich mich da?»

«Du meinst also, Agnese möchte weiterleben, weil das Kind, das sie nie gehabt hat, sie in Gestalt eines Spatzen besuchen kommt? Giorgio, Giorgio, muss ich mir ernsthaft Sorgen um dich machen?»

Pisanelli schlug mit der flachen Hand auf die Tischplatte, sodass das Besteck klappernd gegen die Teller schlug. Die anderen Gäste sahen zu ihnen herüber.

«Nein, verdammt, um mich muss man sich keine Sorgen machen! Ich sage ja nur, dass ich ein Gesprächsthema gefunden habe, ich kann mich mit ihr unterhalten, endlich! Und so absurd es dir auch vorkommen mag – sie hat Vertrauen zu mir gefasst.»

Schweigend blickte Leonardo seinen Freund an.

«Du nimmst da eine ganz schöne Verantwortung auf dich,

weißt du das? Vielleicht sollten wir mal überlegen, ob man sie nicht in irgendeine Einrichtung ...»

Pisanelli nahm seine Hand und drückte sie fest.

«Nein, Leonardo, nein. Sie würde eingehen wie eine Primel. Sie ist gerade dabei, sich wiederzufinden, da bin ich ganz sicher. Es braucht nur noch ein bisschen Zeit.»

Die Augen des Mönchs standen voller Schmerz, als er sie erneut auf den Freund richtete.

«Übermorgen verreise ich, um meine Exerzitien zu machen. Zehn Tage bin ich weg. Meine Abwesenheit birgt ein großes Risiko, verstehst du?»

Pisanelli blinzelte verwirrt.

«Warum soll das ein Risiko sein? Und für wen?»

Leonardo zog seine Hand aus der Umklammerung und streichelte nun diejenige des Polizisten.

«Für dich, mein Freund. Und für die arme Agnese. Zwei Seelen, die sich in dieser schrecklichen Einsamkeit da draußen zu verlieren drohen. Und außerdem, wie wirst du ohne unser gemeinsames Mittagessen klarkommen? Du musst dann ja auch meinen Anteil essen.»

«Unmöglich, Leonardo. Unmöglich.»

41

Zum dritten Mal klingelten Lojacono und Di Nardo an der Gegensprechanlage des Vico Secondo Egiziaca 32 bei «Varricchio/Amoruso und Mandurino», und zum dritten Mal warteten sie vergeblich auf Antwort. Die Kälte schien nicht einmal am frühen Nachmittag weichen zu wollen, und in der Gasse, in der sich der Schauplatz des Doppelmords befand, war es noch schlimmer. Lojaconos Hände und Füße waren taub. Der Winter, das wusste er inzwischen mit absoluter Sicherheit, würde niemals wieder aufhören. Auch die Stadt reagierte auf das anhaltend feindliche Klima und hüllte sich ihrerseits in unnatürliche Stille. Das übliche fröhliche Stimmengewirr war verstummt, die Fensterläden klapperten nicht im Wind, und selbst die Autohupen schienen sich an das allgemeine Schweigegebot zu halten.

Sie wollten schon wieder gehen, als plötzlich die Haustür aufging und Paco, in eine karierte Decke gehüllt, im Türrahmen auftauchte. Er musterte sie mit unverhohlenem Misstrauen, dann machte er die Tür ein Stückchen weiter auf und trat, ohne sie ausdrücklich zum Mitkommen aufzufordern, zurück in den dunklen Hauseingang.

«Die Gegensprechanlage ist kaputt», brummelte es aus der Finsternis. «Die hat noch nie funktioniert. Es klingelt, aber man hört nicht, wer spricht, und zum Aufmachen muss man runter.»

Lojacono und Alex folgten ihm die Treppe hinauf. Im zweiten Stock angekommen, warfen sie einen flüchtigen Blick auf die Wohnungstür der Varricchios, auf der eine mit Klebeband befestigte Verlautbarung der Staatsanwaltschaft hing.

Die Temperatur in der Wohnung der beiden jungen Männer war nur unwesentlich höher als draußen auf der Straße. Sie hatten die Balkontür mit Handtüchern und Lappen abgedichtet, doch durch einen Spalt pfiff noch immer kalte Luft herein, sodass die Wirkung des elektrischen Öfchens gleich null war.

Paco nahm die Decke von den Schultern – wie beim letzten Mal war er ganz in Schwarz gekleidet – und fragte mürrisch, ob sie einen Kaffee wollten. Das war keine Frage schlechter Erziehung, dachte Alex, das war einfach seine Art, mit anderen zu kommunizieren.

Die beiden Polizisten lehnten höflich ab.

«Entschuldigen Sie, dass wir Sie schon wieder behelligen», sagte Lojacono. «Wir bräuchten …»

«Vinnie ist nicht da», knurrte Paco, «er ist an der Uni. In ein paar Tagen hat er eine wichtige Prüfung, deshalb wollte er mit seinem Professor sprechen. Ich weiß nicht, wann er zurückkommt.»

«Macht nichts, wir wollten nur ein paar Informationen, die Sie uns genauso gut geben können. Falls es nötig sein sollte, kommen wir eben noch mal wieder.»

Paco antwortete nicht. Mit gesenktem Blick setzte er sich an den Küchentisch. Seine kurz geschnittenen Haare waren oben am Kopf schon ziemlich schütter. Ohne aufzusehen sagte er:

«Hier ist inzwischen echt die Hölle los. Ständig sind da irgendwelche Journalisten. Vinnie scheint sich einen Spaß daraus zu machen, er redet ja gern und viel, aber mich stört es. Die gehen mir echt auf den Sack. Ich muss mit Renato reden – wenn das so weitergeht, hauen wir hier ab.»

«Kann ich gut nachvollziehen», sagte Alex. «Aber nach all dem, was passiert ist, ist es nur zu verständlich, dass die Leute Genaueres wissen wollen. Haben Sie noch ein bisschen Geduld: So wie es begonnen hat, wird es auch wieder aufhören.»

«Ja, aber im Moment ist die Situation einfach unerträglich.»

Lojacono beschloss, das Geplänkel abzubrechen.

«Signor Mandurino, können Sie sich an irgendetwas Ungewöhnliches erinnern, das sich in den Tagen oder Stunden vor dem Mord ereignet hat? Haben Grazia oder Biagio vielleicht etwas Aufschlussreiches gesagt?»

Paco sah auf und schaute den Inspektor an.

«Na ja, also was Grazia betrifft: An der war ja alles ungewöhnlich. Weil sie halt kein normales Leben führte. Sie ging zu ganz unterschiedlichen Zeiten raus, redete total laut am Telefon, lachte, zankte rum. Und ihr Freund war genauso. Wenn die sich in ihrem Heimatdialekt stritten, hat man kein Wort verstanden.»

«War er in den letzten Tagen hier?»

«Nein. Es ist schon ein Weilchen her, dass wir ihn gesehen haben. Jedenfalls glaube ich, dass er Angst hatte, sie würde sich von ihm trennen. Deshalb zankten die sich immer.»

Lojacono wusste Pacos verknappte Beziehungsanalyse sehr zu schätzen. Endlich mal Tacheles, dachte er.

«Und diesen anderen Streit, den Sie gehört haben? Konnten Sie da auch nichts verstehen?»

«So gut wie kein Wort. Ich kann nur eins mit Sicherheit sagen: dass es zwei Männer waren, die sich da gestritten haben. Und dass einer von ihnen Biagio war. Schon komisch, denn Biagio wurde eigentlich nie laut.»

«Wie waren sie denn so, die Varricchio-Geschwister?»,

fragte Alex. «Kamen sie gut miteinander aus? Mochten sie sich?»

Paco starrte sie an. Dann entspannten sich seine Gesichtszüge immer mehr.

«Wissen Sie, Vinnie ist ein ziemlich merkwürdiger Charakter. Wenn er jemanden mag, wird das gleich sein bester Freund, und wenn er jemanden nicht leiden kann, wird das sein Feind. Und ich darf das dann immer ausbaden. Grazia war schön, und außerdem war sie voll in Ordnung. Aber ihre Schönheit zog die Leute an, oder sie stieß sie ab. Vielleicht ist es nicht leicht, schön zu sein. Ich weiß es nicht.»

Lojacono und Alex warteten. Sie wussten, dass Paco auf seine spezielle Art ihre Fragen beantworten würde.

«Also, ihr Freund, ihre Bekannten am Telefon, die Leute auf der Straße: Alle haben irgendwie von ihr erwartet, dass sie immer gut gelaunt und stark war. Aber in Wirklichkeit war sie weder das eine noch das andere. Nur in Biagios Gesellschaft konnte sie ganz sie selbst sein.»

Alex wurde hellhörig.

«Das heißt?»

«In letzter Zeit waren die beiden ziemlich oft zusammen. Vorher war Biagio ständig an der Uni, und ich bin ihm nur im Treppenhaus begegnet. Er hat gelächelt und gegrüßt, aber selten was gesagt. Wir haben uns ab und zu auf ein Glas getroffen, auch mal mit Renato, aber viel Kontakt hatten wir nie. Dann begann er auf einmal, zu Hause zu arbeiten, und zwar ziemlich viel. Vielleicht war er an einem Projekt dran, bei dem er nicht ins Labor musste.»

Lojacono legte den Kopf auf die Seite, als lauschte er intensiv.

«Und seine Schwester war immer bei ihm?»

«Nein, nein! Sie war ständig unterwegs, irgendein Grund

fand sich immer. Aber wenn sie allein waren, lächelten sie sich oft so komisch an, wie zwei Komplizen.»

Der Inspektor dachte konzentriert nach. Alex fragte sich, was es da wohl zu begreifen gab, was in seinem Kopf vor sich ging.

«Wann fing Biagio an, vor allem zu Hause zu arbeiten?»

Paco überlegte.

«Vinnie war gerade dabei, sich auf seine Prüfung in Zivilprozessrecht vorzubereiten, es muss also vor drei Monaten gewesen sein. Wenn er eine schwierige Prüfung vor sich hat, sitzt er die ganze Zeit hier am Küchentisch, und dann muss ich ihm einen Kaffee nach dem anderen machen. Ich habe auch Biagio einen gebracht. Er hatte die Tür offen stehen, wie wir auch, damit man wenigstens ein bisschen Luft bekommt. Jetzt haben wir diese Schweinekälte, aber glauben Sie mir, im Sommer ist das hier echt ein Backofen. Deshalb hatten wir alle Fenster geöffnet, sowohl wir als auch sie, und die Wohnungstüren auch. Das war früher eine zusammenhängende Wohnung, wussten Sie das?»

Lojacono hakte nach.

«Biagio blieb also immer zu Hause und widmete sich seiner Forschungsarbeit?»

«Ja, er saß da und starrte auf seinen Bildschirm, hackte was in die Tastatur, machte sich Notizen, schlug Dinge in Büchern nach oder in Datenbanken, die er auf einer externen Festplatte aus der Uni mitbrachte, starrte wieder auf den Bildschirm und so weiter. Ich nehme an, er arbeitete an seinem Projekt. Oder wie würden Sie das nennen?»

Seltsame Art zu antworten, dachte Alex. Der Junge schien Humor zu haben.

«Kam denn nie jemand zu Besuch?»

«Nein, ich glaube nicht. Ab und zu sprang er auf und

guckte bei uns rein. ‹Wenn meine Schwester fragt: Ich bin im Labor›, meinte er dann zu uns. Ein paar Stunden später saß er schon wieder vorm Bildschirm. Ich hab noch nie jemand gesehen, der so viel gearbeitet hat.»

«Und er hat Ihnen gegenüber nie eine Auseinandersetzung, einen Streit erwähnt.»

«Biagio und streiten? Undenkbar. Deswegen bekamen wir es ja so mit der Angst zu tun, als wir an dem Nachmittag das Gebrüll hörten. Das war nicht normal. Außerdem empfing er ja nie Besuch, außer Renato, der sich um ihn kümmerte und für ihn einkaufte und so. Es kam auch vor, dass wir für ihn die Tür aufmachten, weil unser kleines Genie eingeschlafen war und die Klingel nicht hörte. Einmal kamen wir rein, und er lag schnarchend quer überm Tisch. Mann, was haben wir gelacht. Nein, das war definitiv ein Ruhiger.»

«Und wenn er nicht da war, weil er sich ausnahmsweise mal wieder ins Labor begeben hatte, brachte seine Schwester dann andere Leute mit nach Hause? Oder bekam sie Besuch? Ist Ihnen zufällig irgendjemand aufgefallen, der sonst nie in die Wohnung kam?»

Alex dachte an Cava, den kalten, distanzierten Blick des Mannes, wie er die Arme um sich selbst geschlungen hatte, während er aus dem Bürofenster schaute.

Paco versuchte sich zu erinnern.

«Nein, die Eingangstür unten, das haben Sie ja gesehen, die können wir nicht von oben öffnen. Jeder hat seine eigene Klingel an der Wohnungstür, aber wenn einer unten läutet, hört man es sowohl bei uns als auch in der Nachbarwohnung. Wenn Biagio und Grazia Besuch bekamen, kriegten wir das definitiv mit, und umgekehrt genauso. Zumal der Handyempfang hier extrem mies ist. Das Klingeln ist also oft die einzige Möglichkeit, um auf sich aufmerksam zu machen. Irgendeiner von uns ging immer runter, wir mussten nicht regeln, wer dran war. Und wenn sich wirklich mal keiner rührte, hat eben einer laut über den Flur gebrüllt, und gut war's.»

Lojacono war wie immer hochkonzentriert.

«Lassen Sie mich das noch mal rekapitulieren: Es klingelt unten, und weil man hier oben oft keinen Handyempfang hat, muss man runtergehen, um zu erfahren, wer an der Tür steht. Und zu den beiden Geschwistern kam nie Besuch.»

«Abgesehen von Grazias Freund», sagte Paco. «Aber die letzten Male kam er nicht mal mehr rauf. Wir wussten trotzdem, dass er es ist, weil er wie ein Bekloppter klingelte, sie dann nach unten ging und die beiden sofort im Hausflur anfingen, sich zu zanken. Die anderen Mieter haben sich schon bei Renatos Vater beschwert, dem die Hälfte der Wohnungen hier im Haus gehört.»

Alex fragte:

«Und an dem besagten Nachmittag, wann genau haben Sie da den Streit gehört?»

«Biagio ging runter, um zu öffnen. Wir haben nicht gesehen, wem er die Tür aufgemacht hat. Nach ein paar Minuten hörten wir dann das Gebrüll und kurz darauf die Tür, die ins Schloss fiel. Und dann nichts bis zum nächsten Morgen, als Renato uns weckte und die Ihnen bekannte Situation vorfand.»

Lojacono rührte sich nicht. Seine zu zwei Schlitzen verengten Augen waren auf einen unbestimmbaren Punkt in der Ferne gerichtet.

Alex brach schließlich das Schweigen.

«Signor Mandurino, was ist Ihre Einschätzung zu dem, was vorgefallen ist? Wer, glauben Sie, könnte dieses Verbrechen begangen haben?»

Die Temperatur im Raum schien noch weiter gesunken zu sein. Paco starrte auf die Tischplatte.

«Ich weiß es nicht. Grazias Freund wurde schon mal handgreiflich, aber ich glaube, er hat sie wirklich geliebt. Dass jemand eine solche Tat aus Liebe begeht, halte ich für ausgeschlossen. Da teilt man eine Ohrfeige aus oder verlässt den anderen. Aber so etwas? Nein.»

Er sah auf und begegnete Lojaconos Blick.

«So etwas begeht man aus Rache, aus Hass oder aus Angst. Aber nicht aus Liebe. Aus Liebe bringt man niemanden um.»

42

Er schlug die Augen auf. Sein Kopf schmerzte noch mehr als vorher. Das Pochen, dieses unerträgliche Gewummer, schien von außerhalb zu kommen: eine verdammte Trommel, die permanent geschlagen wurde, ohne Pause, ohne Rhythmus.

Wieder hatte er sich vollgekotzt. Er ekelte sich vor sich selbst, vor dem Leben, vor der Welt, vor dieser gottverdammten Stadt.

Wie lange war er nicht mehr draußen gewesen? Er hatte für drei Tage im Voraus bezahlt, gleich bei der Ankunft. Noch hatten sie nicht an die Zimmertür gedonnert. Er war also noch im Plan.

Obwohl, dachte er, während er sich aufzurichten versuchte, vielleicht waren sie ja gekommen, und er hatte sie nur nicht gehört.

Vielleicht war das eine Erklärung für das Gewummer.

Er stand auf, ging zur Tür und öffnete sie einen Spaltbreit. Das Einzige, was er sah, war der dunkle Flur mit dem abgetretenen schmutzigen Teppichboden. Aus einem der Zimmer hörte er das dumpfe Geräusch von einem rhythmisch gegen die Wand stoßenden Bett. Die schwarze Prostituierte fiel ihm ein, die ihm die Pension gezeigt hatte. Vielleicht war sie es. Vielleicht auch nicht.

Er schloss die Tür wieder, versuchte, die Übelkeit und den Schwindel in Schach zu halten. Dieser Ort war einfach widerlich. Die schwarze Nutte war widerlich. Vor allem er selbst war widerlich.

Das Zimmer stank nach Erbrochenem, aber auch nach Schimmel. Es war viel zu warm, die Luft war feucht und drückend, was durch die Klimaanlage an der Decke noch verstärkt wurde. Er hatte das Gefühl zu ersticken und schleppte sich zum Fenster.

Nur mit Mühe konnte er den verrosteten, von einer dicken Staubschicht bedeckten Fensterriegel öffnen. Wie ein wildes Tier drang die Kälte in den Raum und raubte ihm den Atem. Schlagartig wich seine Benommenheit.

Trotz der Minusgrade war die Straße belebt. Sogar ein Roller düste vorbei. Der Fahrer war vermummt wie ein Astronaut.

Er atmete tief ein. Die Kälte gefiel ihm. Kälte, das bedeutete Freiheit. Im Gefängnis war es immer nur heiß gewesen, wie in diesem Zimmer. Eine Hitze, die aus den Ausdünstungen zu vieler ungewaschener Körper bestand, aus Trauer und Obsessionen. Kälte gab es bloß im Gefängnishof, jener Illusion vom Draußen, von einer Welt, in die zurückzukehren möglich erschien, wenn man nur wirklich wollte. Oder von der man zumindest träumen konnte.

Aber so war es nicht. Denn auch da draußen war kein Leben. Da draußen wartete ein anderes Gefängnis.

Entweder Freiheit oder Geld. Eins von beiden nahmen sie dir immer weg. Und dieses Dilemma hat dich wahnsinnig gemacht: im Gefängnis keine Freiheit und draußen kein Geld. Ansonsten war alles gleich.

Er hatte zu ihm gesagt: «Ich gebe dir Geld. Aber du lässt sie in Ruhe, lässt sie machen, was sie will. Und mich lässt du auch in Ruhe.»

Genau in dem Moment, als ihn das erste Frösteln ergriff, fiel ihm dieser Satz wieder ein. «Ich gebe dir Geld.»

«Leck mich am Arsch mit deinem Geld!», hatte er entgegnet, in seiner Sprache, seinem Dialekt, den auch er so lange nicht gesprochen hatte. «Dein Geld ist mir scheißegal! Ich will nicht mal wissen, wo du es herhast. Du, der du in diesem Loch haust wie ein Penner! Du hast doch nichts, außer Büchern und deinen komischen Plänen da an der Wand!»

Er hatte ihm Paroli geboten, wie ein richtiger Mann. Dabei war er noch grün hinter den Ohren. Wusste er denn nicht, wen er da vor sich hatte? Woher er kam und weshalb? Ganz dicht hatte er vor ihm gestanden, mit diesem entschlossenen Blick hinter den Brillengläsern, diesen Augen, die genauso geschnitten waren wie die, die ihn aus der Spiegelscherbe im Gefängnis angestarrt, die ins grelle Sonnenlicht geblinzelt hatten, als er plötzlich wieder draußen war.

Er hatte ihn an der Gurgel gepackt.

Hatte ihn angebrüllt und an der Gurgel gepackt.

Sein eigen Fleisch und Blut. Der einzige Grund, weshalb er sechzehn Jahre lang Tag für Tag, Minute um Minute, davon geträumt hatte, wieder rauszukommen.

Der einzige Grund, die endlosen Nächte zu überstehen, das ewige Schweigen zu ertragen.

Sein Sohn aber hatte den Blick nicht gesenkt. Sondern schützend die Hände an seinen Hals gelegt, wie ein Lämmchen, wie ein Kind.

Dass er nicht zugedrückt hatte, war nicht, weil seine Wut plötzlich verraucht war. Oder er sich besonnen hatte, wer da eigentlich vor ihm stand. Nein, er hatte nicht zugedrückt, weil im Blick seines Sohnes keine Angst lag. Sondern Mitleid.

«Ich gebe dir Geld», hatte er gesagt.

Wieder sog er die kalte Luft tief in seine Lungen ein. Dann übermannten ihn die Tränen.

43

Romanos und Aragonas Rückkehr vom Labor des KTI wurde sehnsüchtig erwartet. Auch der dritte Tag neigte sich dem Ende zu, und noch immer gab es keine Neuigkeiten.

«Verdammt noch mal», sagte Alex. «Das ist einfach der perfekte Ort für ein Verbrechen. Es gibt keinen Portier und nirgendwo im näheren Umkreis eine Bank oder irgendein Büro mit einer Überwachungskamera, ja nicht mal ein Restaurant oder eine Bar, von wo aus man irgendetwas hätte bemerken können.»

Ottavia starrte wie üblich gebannt auf ihren Bildschirm.

«Im Netz findet sich genauso wenig Brauchbares. Nur Blabla. Eine Menge Leute behaupten, sie hätten Biagio Varricchio von der Uni gekannt oder zusammen mit ihm eine Prüfung gemacht, aber niemand hat ihn in seinen letzten Lebensstunden gesehen. Auch im Dorf, in Roccapriora, reden alle von Grazia, wie schön sie gewesen sei und so weiter. Aber nichts davon bringt uns weiter.»

Palma, der auf der Kante von einem der Schreibtische saß, versuchte, Optimismus auszustrahlen.

«Konzentrieren wir uns erstmal auf das, was wir bereits wissen. Der Junge aus der Nachbarwohnung hat, wie Lojacono und Di Nardo soeben berichtet haben, weder jemanden kommen sehen noch gehört. Aber er hat bestätigt, dass es diesen Krach auf Kalabresisch gab, und wir können mit fast hundertprozentiger Sicherheit davon ausgehen, dass es sich bei dem zweiten Mann um Biagios Vater handelte. Solange wir keine anderen Erkenntnisse zutage fördern, müssen wir zumindest annehmen, dass er es war.»

«Wir haben keinerlei Beweise dafür», sagte Lojacono, «und Kalabresen gibt es in dieser Stadt viele. Lieber eine Niederlage eingestehen als einen Unschuldigen ans Messer liefern, heißt meine Devise. Ich würde wirklich zu gerne mit diesem Vater sprechen, vor allem um sein Verhältnis zu der Tochter zu verstehen. Im Übrigen, wenn er nach dem Streit mit Biagio den Mord begangen haben sollte, warum hätte er dann beim Rausgehen laut mit den Türen knallen sollen? Das ergibt doch keinen Sinn.»

Palma war nicht bereit, seine These so leicht zu opfern.

«Aber wo ist er dann jetzt? Warum hat er immer noch kein Lebenszeichen von sich gegeben? Er muss mitgekriegt haben, dass seine Kinder umgebracht wurden. Und vergiss nicht, dass eine zugeschlagene Tür sich auch wieder aufmachen lässt. Vielleicht ist er wenige Minuten später zurückgekommen, hat so getan, als täte es ihm leid, der Sohn hat ihn in die Wohnung gelassen, sich an den Computer gesetzt, und der Vater hat ihn umgebracht. Danach hat er gewartet, bis Grazia heimkommt, und auch sie getötet.»

«Okay, okay, aber das ist bloß eine These, die noch dazu auf ziemlich wackligen Füßen steht. Cosimo Varricchio scheint mir von seinem Naturell her eher jemand zu sein, der aus dem Affekt heraus agiert, und nicht einer, der sich die Sache erstmal durch den Kopf gehen lässt, um dann zurückzukommen und dir den Schädel einzuschlagen. Ohne ein starkes Motiv schenke ich dieser Version wenig Glauben. Warum hätte er seine Kinder umbringen sollen? Weil sie es ihm gegenüber an Respekt fehlen ließen? Weil sie ihm das Gefühl gaben, nutzlos zu sein, überflüssig? Wegen Geld? Wegen irgendwelcher alter Reibereien, von denen wir nichts wissen? Ich sage nicht, es ist vollkommen ausgeschlossen, aber ich möchte erst mit ihm reden und ihm in die Augen sehen.»

Vor Kälte fast steif gefroren, stürmten Romano und Aragona ins Büro.

«Ah, endlich Wärme! Draußen ist die reinste Tundra. Ist noch Kaffee da?»

Palma bedachte Aragona mit einem resignierten Blick.

«In einem solchen Moment denkst du an Kaffee? Also, was habt ihr uns Schönes mitgebracht?»

Romano legte einen Stapel Papier auf den Tisch.

«Die vom KTI haben saubere Arbeit geleistet. Die Chefin ist wirklich spitze und meinte, sie hätten dem Fall absolute Priorität eingeräumt. Trotzdem dauern manche Sachen eben einfach länger, deshalb …»

«Schon gut, schon gut. Sag uns, was wir hören wollen: ob's was gibt, das uns weiterbringt.»

Romano zog eine Grimasse.

«Ich fürchte, nichts wirklich Entscheidendes, Chef. Viele der Ermittlungsergebnisse bestätigen unsere bisherigen Annahmen. Wir wussten ja bereits vom Gerichtsmediziner, dass das Mädchen nicht vergewaltigt wurde. Nun haben wir schwarz auf weiß, dass sich auf ihrer Kleidung kein Sperma befindet, was im Klartext bedeutet, dass niemand sich an der Leiche vergangen oder sie noch lebend geschändet hat. Das Gewebematerial, das unter ihren Fingernägeln gefunden wurde, ist nicht organischer Natur, also hat sie sich nicht gegen ihren Angreifer gewehrt. Die Martone hat gesagt, sie hätten die Analyse so schnell vornehmen können, weil die Vollmacht von der Staatsanwaltschaft bereits vorlag – so was passiert sonst nie.»

«Und das Blut?», fragte Lojacono. «Das bei dem Jungen entdeckt wurde? Oder auch in ihrem Zimmer?»

Zwischen zwei Schlucken Kaffee beantwortete Aragona seine Frage.

«Alles von den Opfern. Der Mörder, wer auch immer er war, hat die Wohnung unversehrt verlassen. Übrigens gibt es nirgendwo auch nur die Spur einer Tatwaffe. Der Assistent von der Martone, so ein Unsympath namens Bistrocchi, wenn mich nicht alles täuscht, behauptet, bei der Schwere der Verletzung im Verhältnis zur Wucht der Schläge muss es ein Gegenstand aus Metall gewesen sein.»

Ein enttäuschtes Schweigen folgte seinen Worten. Wenn sich Spuren von organischem Gewebe unter Grazias Fingernägeln befunden hätten oder, noch besser, ein paar Tropfen Blut, das nicht den Opfern zuzuordnen gewesen wäre, dann hätte ihnen das wenigstens einen Anhaltspunkt geliefert.

«Haben sie Geld gefunden?», fragte Lojacono.

Romano wühlte in seinen Unterlagen.

«Ich habe hier die komplette Liste mit sämtlichen Resultaten. Also, das Einzige, was an Geld vor Ort war, sind 74 Euro im Portemonnaie des Jungen und 18,70 Euro in der Handtasche von ihr. Auf jeden Fall wissen wir jetzt, dass es kein Räuber war, sonst hätte er die Kohle mitgenommen.»

«Was haben sie bloß mit den 3700 Euro von Cava gemacht?», murmelte Alex. «Auf die Bank haben sie das Geld nicht gebracht, zu Hause war es auch nicht. Vielleicht haben sie damit irgendwelche Schulden bezahlt? Oder etwas Größeres gekauft?»

Aragona verzog angewidert das Gesicht.

«Mamma mia, der Kaffee ist ja ekelhaft! Dieser Guida ist wirklich eine Kanaille … Ich habe die Martone extra gefragt, ob es einen Gegenstand von größerem Wert oder eine Neuanschaffung in der Wohnung gab. Sie hat nein gesagt. Falls die beiden mit dem Geld etwas gekauft haben sollten, dann war das nicht im Hause.»

Palma gab ein enttäuschtes Schnauben von sich.

«Und die Fingerabdrücke?»

Romano leckte seinen Zeigefinger an und zog ein weiteres Blatt aus dem Stapel heraus.

«Einen kleinen Hinweis geben die Fingerabdrücke immerhin. Sie bestätigen nämlich unsere Vermutung, dass der Vater der Geschwister in der Wohnung war. Die Jungs vom KTI haben mit Hilfe des üblichen Magnetpulvers seine Fingerabdrücke eindeutig identifizieren können und sie mit denen aus ihrer Datenbank abgeglichen. Die Martone meint, es bestehe kein Zweifel, dass es sich um dieselbe Person handele.»

Palma machte keinen Hehl aus seiner Zufriedenheit.

«Aha! Da haben wir's doch. Und wo haben sie sie gefunden?»

«Sie waren überall in dem großen Zimmer verteilt. Bei dem Mädchen haben sie keine gefunden.»

«Haben sie die Handys überprüft?», fragte Lojacono.

«Ja», erwiderte Aragona. «Biagios Handy lag auf dem Tisch – was ja so ziemlich für den Arsch scheint, wenn der Empfang dort so schlecht war, wie alle behaupten. Laut Anruferliste wurde Biagio zwei Tage vor seinem Tod zum letzten Mal angerufen, und zwar von einem Gerät aus, das auf den Namen Renato Forgione angemeldet ist, seinem Busenfreund. Bei den ausgehenden Anrufen taucht die Nummer seiner Schwester auf, am Abend des Mordes. Er muss sie von außerhalb angerufen haben. Das war um 18.32 Uhr; sie haben sechs Minuten und ein paar Zerquetschte miteinander telefoniert.»

Romano, der seine Angaben auf einem Zettel überprüft hatte, starrte den Kollegen überrascht an.

«Bei Gelegenheit erklärst du mir mal, wie du dir solche Dinge merken kannst … Das Handy der Schwester ist jedenfalls im Flur unter einer Kommode gefunden worden; die Martone meinte, du hättest es entdeckt, Alex. Apropos: Ich soll dir herzliche Grüße ausrichten.»

Alex verbarg ihre Verlegenheit gekonnt hinter einem Hustenanfall.

«Gab es bei Grazia irgendwelche Anrufe?»

Romano nickte.

«Wir nähern uns dem interessantesten Aspekt der Angelegenheit. Zum einen ist das Display kaputt, weil jemand das Handy offenbar mit voller Wucht auf den Boden geknallt hat; es ist nachweislich nicht einfach nur runtergefallen und zufällig unter der Kommode gelandet. Das Display ist zersplittert, obwohl das Handy in einer Gummihülle steckte, einem schrecklichen Ding übrigens mit Hasenohren. Auf dem Gerät gab es nur Grazias Fingerabdrücke. Also hat sie es selbst auf den Boden geworfen, was ich mir irgendwie nicht vorstellen kann, oder ihr Angreifer trug Handschuhe.»

Aragona, der sich mit dem kleinen Finger seiner rechten Hand im Ohr herumgepopelt und anschließend seine ganze Aufmerksamkeit der gelblichen Substanz unter seinem Nagel gewidmet hatte, bemerkte scheinbar unbeteiligt:

«Auf jeden Fall hat sie nach dem Gespräch mit ihrem Bruder zwischen 18.38 und 21.13 Uhr weitere sechs Anrufe von ein und derselben Nummer erhalten. Den ersten und den vierten Anruf hat sie angenommen und einmal 3 Minuten 15 und das zweite Mal 2 Minuten 26 telefoniert.»

Romano starrte ihn wieder an.

«Weißt du eigentlich, dass du der ideale Kandidat für eine

302

Quizshow bist? Ich schwöre euch, er hat nur ein Mal mit mir zusammen auf das Blatt geguckt! Ich habe schon längst wieder vergessen, was ich da gelesen habe.»

Pisanelli lachte.

«Tja, ein leeres Gefäß fasst eben mehr als ein volles. Zu wessen Handy gehörte die Nummer, darf man das vielleicht auch erfahren?»

Aragona blies die Backen auf und ließ ein furzähnliches Geräusch in Giorgios Richtung ertönen.

«Von Carlo Cava. Dem Typ von der Modelagentur.»

Die anderen Polizisten wechselten erstaunte Blicke. Aragona setzte noch einen drauf.

«Was guckt ihr denn so verwundert? Ist doch klar, dass der Typ besessen von dem Mädel war. Außerdem ist er einer von unseren Verdächtigen – also ist das doch keine allzu große Überraschung!»

«In der Tat», sagte Lojacono, der nicht einmal beim Sprechen seine Gesichtsmuskeln zu bewegen schien. «Mich wundert auch eher die Uhrzeit. Wenn es in dem Wohnhaus keinen Empfang gibt, wovon wir uns am Tag des Leichenfunds selbst überzeugen konnten, weil Alex zum Telefonieren runter auf die Straße musste, dann heißt das, Grazia Varricchio war um 21.14 Uhr nicht zu Hause.»

Romano fügte hinzu:

«Die Jungs vom Labor haben rausgefunden, dass das Telefon des Mädchens in dem Moment, als es kaputtging, in voller Lautstärke Musik von der Playlist abgespielt hat. Als sie mit Kopfhörern auf den Ohren in die Wohnung kam, hat sie also keinen Kampflärm oder Ähnliches hören können. Der Hausschlüssel befand sich in ihrer Handtasche. Demnach muss sie die Tür aufgeschlossen und den Schlüssel zurück in die Tasche getan haben. Oder sie hat geklingelt.»

«Aber die Nachbarn haben kein Klingeln gehört.»

Palma nickte.

«Ja, sie muss den Schlüssel benutzt haben.»

Ein nachdenkliches Schweigen breitete sich in dem Groß-raumbüro aus. Schließlich fragte Lojacono:

«Haben sie bei ihm oder bei ihr etwas in den Taschen ge-funden? Irgendwas Außergewöhnliches – Dokumente, Brie-fe, Belege ...»

Romano zog eine Liste hervor.

«Nein, ich denke nicht. In Biagios Portemonnaie waren sein Personalausweis, die bereits erwähnten 74 Euro, der Mensa-Ausweis, die Kennkarte, ein Beleg für ein Einschrei-ben, eine Busfahrkarte, sein Führerschein, ein Heiligenbild-chen von Padre Pio. In ihrer Handtasche befanden sich ... Moment ... ja, hier: ein hell- und ein dunkelroter Lippenstift, Lidschatten, der besagte Hausschlüssel, ein Heftchenroman, einer von diesen Mini-Regenschirmen, das Portemonnaie mit dem Kleingeld, ihr Personalausweis, ein Foto von einer Frau, die ihre Mutter sein könnte, ein Zettel mit der Aufschrift ‹Das ist für dich. Ich liebe dich›, der vielleicht bei einem Geschenk dabei war, aber auf den ersten Blick schon älteren Datums zu sein scheint. Nichts Weltbewegendes also. Hier sind Kopien von allem, falls ihr einen Blick drauf werfen wollt.»

«Und in den Zimmern? In den Schubladen und Schrän-ken?»

«Auf seinem Schreibtisch und seinem Schlafsofa nur Zeug, das mit Biochemie zu tun hat. Was den Computer an-geht, so müssen wir uns noch gedulden, sie checken ihn gerade durch. Aber sie haben schon gesagt, er war nicht ans Netz angeschlossen, also werden sie keine Mails finden oder auf Internetseiten stoßen, die er besucht hat. Er hat das Gerät nur benutzt, um seine Berechnungen und dergleichen zu machen. In ihrem Zimmer: jede Menge Plüschtiere und Klamotten. Und diese Fotos an den Wänden, die ihr aber, glaube ich, schon gesehen habt. Sogar die unterschriebene Kopie vom Model-Release-Vertrag mit der Agentur Cava für die Werbefotos haben sie gefunden. Aber natürlich ohne eine Angabe zum Honorar.»

Wieder machte sich Schweigen breit. Vielleicht befand sich in dem Meer an Einzelinformationen tatsächlich der bahnbrechende Hinweis, nach dem sie suchten. Irgendein versteckter Fingerzeig, der sie auf die Spur des Mörders der beiden Geschwister bringen würde. Und auf sein Motiv.

Vielleicht aber auch nicht. Vielleicht konnte nichts auf der Welt eine so wahnsinnige und verzweifelte Tat erklären.

Palma fühlte sich alt und müde.

«Okay, lassen wir das erst mal sacken. Und wenn niemand von uns eine Eingebung haben sollte und auch sonst nichts passiert, treffen wir uns morgen zum letzten Mal zu einem Meeting und übergeben den Fall dann an die Oberspezialisten vom Präsidium. Dann sollen die uns mal zeigen, wie man richtig arbeitet. Gute Nacht allerseits.»

44

Guten Abend zusammen!

Bitte vergnügt euch, lacht, regt euch auf, lasst euch trösten. Tut, was ihr könnt, um die Kälte dieses langen Tages aus euren Knochen zu verjagen.

Befreit euch von allem Unrat, werdet neu geboren. Ihr könnt es schaffen, es kostet euch nur ein wenig Anstrengung und Mühen, die eiskalten Finger von den schlimmen Gedanken zu lassen.

Ihr könnt es schaffen. Oder es zumindest versuchen.

Lojacono war dabei, sich vor dem Badezimmerspiegel zu rasieren, als Marinella hereinkam, um ihre Schminksachen zu holen.

«Seit wann rasierst du dich zweimal am Tag, Papa?»

Der Inspektor gab eine ausweichende Antwort.

«Ach, weißt du, ich treffe doch diesen alten Freund von mir, den ich lange nicht gesehen habe. Ich will nicht, dass er mich für einen Penner hält.»

Das Mädchen brach in Gelächter aus.

«Und dabei sind alle meine Schulfreundinnen verliebt in dich! Sie haben dich gesehen, als du mich an meinem ersten Tag in die Schule gebracht hast, und sind seitdem ganz verrückt nach dir. Sie finden dich absolut hinreißend.»

«Ach, Quatsch, ‹hinfällig› trifft es viel besser ... Aber was ist mit dir? Ist es nicht ein bisschen übertrieben, dich so zu schminken, wo du nur auf einen Sprung in Letizias Trattoria gehst?»

«Papa, eine Dame sollte nie ungeschminkt das Haus verlassen. Du weißt doch: ein Hauch Rouge und Pumps mit kleinem Absatz.»

Er sah sie im Spiegel an.

«Eine Dame vielleicht, aber du bist noch ein Kind, vergiss das nicht. Und bitte, bleib in der Trattoria, bis Letizia fertig ist. Und dann ab nach Hause und ins Bett. Damit du auch ja ausgeschlafen bist, wenn du morgen die Mathearbeit schreibst.»

Die beiden Gesichter im Spiegel sahen einander unglaublich ähnlich: die schmalen, nach außen spitz zulaufenden Augen und die hohen Wangenknochen, das eine Gesicht halb mit Rasierschaum, das andere mit Make-up bedeckt.

«Keine Sorge, Papa. Alles in bester Ordnung. Ich liebe Mathe!»

Guten Abend!

Ja, seht zu, dass ihr einen wirklich *guten* Abend verbringt.

Ganz im Ernst, versucht es! Wer weiß, wann ihr wieder die Gelegenheit dazu haben werdet. Es geht nicht nur darum, die Zeit totzuschlagen.

Auf den ersten Blick sieht es vielleicht aus wie ein ganz normaler Abend, aber womöglich ist es *der* Abend eures Lebens.

Ein Abend, der so nie wiederkehren wird.

Alex legte das Ohr an ihre Zimmertür. Nichts zu hören.

Sie hatte behauptet, nach dem Meeting noch mit ihren Kollegen auf eine Pizza rauszumüssen. In genervtem Tonfall, als handelte es sich um eine beinah unerträgliche Last, hatte sie ihren Eltern erklärt, dem Kommissar sei sehr am Teamgeist gelegen, und wegen dieser fixen Idee sei sie gezwungen, auswärts zu essen, auch wenn sie liebend gern darauf verzichtet hätte. «Aber du weißt ja, Papa, ich wäre die Einzige, die nicht mitkommt.»

Sie hatte ihnen gute Nacht gewünscht und war in ihr Zimmer gegangen, um sich umzuziehen. «Geht ruhig schlafen, ich nehme den Schlüssel mit, wir sehen uns dann morgen.»

Jeder Gedanke: Rosaria. Jeder Herzschlag: Rosaria. Jede Pore: in Erwartung von Rosarias Berührung.

Sie hatte einen Stringtanga und einen Push-up-BH als Dessous gewählt. Beides hatte sie weitab von zu Hause und vom Kommissariat gekauft. Dazu trug sie Strapse und Netzstrümpfe.

Das Kleid, für das sie sich entschieden hatte, war weder besonders kurz noch besonders tief ausgeschnitten, aber eng anliegend, sodass ihre schlanke, muskulöse Figur betont wurde. Das dunkle Rouge ließ ihre Wangen wie ausgehöhlt erscheinen und verlieh ihr ein katzenhaftes Aussehen. Genau das, was sie wollte.

Heute Abend bin ich eine Wölfin, dachte sie, als sie sich im Spiegel betrachtete. Heute Abend, Rosaria Martone, landest du unweigerlich in meinen Fängen. Heute Abend hast einmal nicht du das Sagen. Heute Abend erteile ich die Befehle.

Mantel, Handtasche und dann los. Fünf Schritte über den Flur und dann nichts wie weg.

Ihr Vater, im Morgenrock, vertrat ihr den Weg.

Ich sterbe, dachte sie. Gott sei Dank hatte sie bereits ihren Mantel an, den sie sofort über ihrem Dekolleté zusammenzog, um das Kleid und die dünne Goldkette zu verbergen.

«Papa, du bist noch auf? Du hast mir aber einen Schreck eingejagt.»

Ihr Vater musterte sie. Wieder einmal fühlte sie sich wie als kleines Mädchen, durchbohrt von einem Blick, der ihre intimsten Gedanken freizulegen schien.

«So gehst du zu einer Besprechung mit deinen Kollegen? Geschminkt und alles?»

Das Blut rauschte ihr in den Ohren. Was mache ich jetzt? Wie komme ich da wieder raus?

«Nein, weißt du, Papa, ich ... na ja, es ist eine Besprechung, klar, aber danach gehen wir essen, und ich ...»

Unerwarteterweise lächelte der General plötzlich.

«Du bist jetzt erwachsen. Glaubst du, deine Mutter und ich wüssten das nicht? Du musst mir nichts erzählen, ich weiß, dass du ein zurückhaltender Mensch bist und nicht gerne über gewisse Dinge redest. Aber dass es da jemand unter deinen Kollegen gibt, der dir gefällt, das habe ich schon verstanden. Schön, das freut mich. Ich wünsche mir nur, dass es ein anständiger Kerl ist, denn das hast du verdient.»

Auf eine seltsame Weise fand sie sein verschwörerisches Lächeln schlimmer als die Strenge, mit der er sie jeden Tag terrorisierte.

«Nein, Papa, wirklich nicht ... Also, da ist niemand. Du glaubst doch nicht, ich würde ...»

Ihr Vater zwinkerte ihr zu. Das war in den achtundzwanzig Jahren, die sie auf Erden war, noch nie passiert. O Gott, gleich kotze ich ihm auf die Pantoffeln.

«Na, nun geh du mal. Vielleicht magst du ja morgen erzählen, wie es war. Aber sag deiner Mutter nichts, die regt sich sonst nur wieder auf. Du weißt ja, sie macht sich immer gleich Sorgen. Guten Abend.»

Ja, guten Abend.

Vielleicht ist es ja überhaupt kein guter Abend.

Vielleicht ist es nur wieder eine falsche Perle in einer Kette aus lauter identischen, sinnlosen Abenden.

Vielleicht kommt er und geht, ohne eine Spur zu hinterlassen, außer der üblichen leisen Melancholie.

Vielleicht wäre es besser gewesen, er wäre nie gekommen, dieser verdammte Abend. Denn tagsüber kannst du dich wenigstens in die Arbeit stürzen und dich um anderer Leute Sorgen und Nöte kümmern, während du dir jeden Scheißabend den Kopf stößt an deinem eigenen, anderen Ich.

Die Wirkung der Autoheizung ließ schon zwei Sekunden nach Ausschalten des Motors nach. Zu kalt da draußen.

Und drinnen war es genauso kalt, dachte Romano.

Er hielt es nie länger als ein paar Tage aus. Jedes Mal schwor er sich, nicht mehr herzukommen, und keine achtundvierzig Stunden später war er doch wieder da.

Selbst wenn draußen gefühlte minus tausend Grad herrschten. Selbst nach einem Tag wie heute, wo er sich echt den Arsch aufgerissen hatte. Selbst wenn er eigentlich schön warm im Bett liegen und schlafen konnte.

Stattdessen war er hier. Vor Giorgias Wohnung.

Oder genauer vor der Wohnung von Giorgias Mutter. Denn Giorgias Wohnung ist die, für die ich den Schlüssel einstecken habe. Giorgias Wohnung ist die, in die ich nicht zurückkehren mag, seit sie ausgezogen ist. Giorgias Wohnung ist die, in der ich eines Tages nur noch diesen scheiß Abschiedsbrief vorgefunden habe.

Im dritten Stock sah er das bläuliche Flackern eines Fernsehgeräts. Habe ich dir nicht mehr geboten, Giorgia? Hattest du es nicht besser bei mir?

Die Temperatur war noch mehr gesunken. Doch Francesco Romano, genannt Hulk, zeigte keinerlei Reaktion: kein

Frösteln, kein Niesen. Vielleicht stimmte es ja, und die Wut verlieh einem tatsächlich enorme Kräfte. Vielleicht werde ich wieder jung und frisch, dachte er. Ich bin richtig wütend, weißt du das, mein Schatz? Stinkwütend.

Die Ironie dabei war: Wenn zu ihm ins Kommissariat eine Frau gekommen wäre und gesagt hätte: «Wissen Sie, Herr Polizeihauptwachtmeister Francesco Romano, ich habe meinen Mann verlassen, weil er mir eine Ohrfeige verpasst hat – nur eine, zugegeben, aber was für eine, eine, die sich gewaschen hat. Und nun steht er jeden zweiten Abend vor dem Haus meiner Mutter, in das ich wieder eingezogen bin, und starrt zu meinem Fenster hinauf.» Wenn ihm so etwas zu Ohren gekommen wäre, dann wäre Polizeihauptwachtmeister Francesco Romano vermutlich hingegangen, hätte sich den Kerl gegriffen und ihm gesagt: «Pass bloß auf, Freundchen, wenn du so weitermachst, nimmt das hier ein böses Ende …!»

Stattdessen war ausgerechnet er, Polizeihauptwachtmeister Francesco Romano selbst, der Kerl, der nachts vor dem Haus seiner Frau stand und hinaufschaute. Und wartete.

Worauf? Er wusste es nicht. Wenn man ihn gefragt hätte, er hätte keine Antwort geben können.

Vielleicht geht sie noch weg. Wäre denkbar. Schließlich ist sie freie Bürgerin eines freien Staates. Vielleicht hat sie Lust, tanzen zu gehen, zum Beispiel. Wäre denkbar. Es wäre ihr gutes Recht. Leute wie er wurden dafür bezahlt, anderen ihre Rechte zu garantieren. Was hätte er gesagt, wenn er gesehen hätte, wie sie das Haus verließ, mit ihren wunderschönen Beinen, dem dichten kastanienbraunen Haar, dem großen sinnlichen Mund, um zum Essen und zum Tanzen zu gehen und danach, warum nicht, mit irgendjemandem ins Bett?

Was hätte er da gesagt?

Was hätte er da getan?

Er sah, wie das Licht hinter dem schmalen Badezimmer-
fenster anging. Vielleicht macht sie sich fertig. Das Licht ging
gleich darauf wieder aus. Nein, nur Pipi.

Er machte es sich etwas bequemer auf dem Autositz und
schlug den Mantelkragen hoch. Dann schob er die Hände unter die Achseln, um sie warm zu halten, und richtete sich aufs
Warten ein.

Guten Abend, Polizeihauptwachtmeister Francesco Romano, dachte er.

Guten Abend.

45

Da war etwas, dachte Lojacono. Keine Frage, da war etwas.

Mehr als nur «etwas».

Es war vom ersten Moment des Abends an klar gewesen, von dem Moment an, da sie auf dem Parkplatz der Staatsanwaltschaft vor ihm stand, geschminkt und zurechtgemacht – mit hohen Absätzen, geschlitztem Rock und kurzem Mantel darüber –, als käme sie gerade aus einem Schönheitssalon, perfekt frisiert, mit scharlachrotem Lippenstift und langen Ohrringen, die im Licht der Straßenlaterne glitzerten.

Auch die drei Anwälte, die ihr begegnet waren, hatten es bemerkt, sich mit dem Ellbogen angestoßen und ihr nachgeblickt, nachdem sie sie ehrerbietig gegrüßt hatten. Und ein paar Jugendliche, die in der Gegend herumlungerten und ihrer Bewunderung mit schamlosen Gesten und vulgären Sprüchen Ausdruck verliehen.

Vor allem war es klargeworden, nachdem sie in seinen alten Gebrauchtwagen wie in einen Bentley eingestiegen war und ihn mit einem raschen, unerwarteten Kuss begrüßt hatte.

Er trug seinen einzigen halbwegs passablen Anzug und fühlte sich sofort fehl am Platz. Wegen des Autos, der Schuhe, des billigen Aftershaves, weil er nicht beim Friseur gewesen war und nicht das Geld hatte, sie in ein schickes Restaurant auszuführen; wegen des eher ungeschliffenen Jargons eines einfachen Polizisten, wegen seines sizilianischen Akzents, auf den er sonst so stolz war, der aber rein gar nichts mit der eloquenten Ausdrucksweise zu tun hatte, mit der die aufstrebenden Nachwuchsstaatsanwälte zu glänzen wussten.

Das Gefühl der Unzulänglichkeit verschärfte sich noch, als er versuchte, einen legalen Parkplatz zu finden und daher einen Bogen um Behindertenparkplätze, Halteverbote, Einfahrten und Fußgängerzonen machte, bis er schließlich das Auto mehrere hundert Meter vom Restaurant entfernt abstellte und seine Begleiterin auf diese Weise zu einem unvorhergesehenen Parcours auf Stöckelschuhen zwang. Doch sie überraschte ihn erneut, indem sie sich wie selbstverständlich bei ihm einhakte.

Es wurde ein lustiger Spaziergang, weil Laura sich selbst auf die Schippe nahm, wie sie da hilflos über den Bürgersteig stakste. Und erotisch war es auch, da ihr ausladender Busen immer wieder seinen Oberarm streifte. Ein deutlicher Appell an seine fast vergessene Libido, durch den Stoff zweier Mäntel, zweier Blazer, einen Büstenhalter und ein Hemd hindurch. Obwohl es so schrecklich kalt war, wünschte er sich, es möge nie enden.

Die Akribie, mit der Lojacono sich auf die Suche nach einem passenden Restaurant für den Abend begeben hatte, war vor allem seinem Wunsch geschuldet, niemandem zu begegnen, der einen von ihnen beiden kannte.

Es war ein versteckter, angenehmer Ort mit einem Wintergarten aufs Meer hinaus, der sich durch seine Rückbesinnung auf die traditionelle Küche mit einem Touch Experimentierfreude auszeichnete; die Bewertungen im Internet waren allesamt hervorragend. Ihr Tisch bot einerseits einen atemberaubenden Ausblick, andererseits, da er ein wenig abseits lag, genügend Intimität.

Richtig aufregend wurde es für den Inspektor, nachdem er Laura aus dem Mantel geholfen hatte.

Die Staatsanwältin hatte wirklich schwere Geschütze aufgefahren. Das Kleid, das sie in ihrer Tasche mit ins Büro genommen hatte, um es nach Dienstschluss anzuziehen, war das Ergebnis eines für sie eher ungewöhnlichen Shopping-Marathons in der Innenstadt. Es hatte einen ziemlich tiefen Ausschnitt, den nur Frauen mit einem schönen Busen sich erlauben konnten. Zum Glück war sie so klug gewesen, sich einen Seidenschal um den Hals zu legen, sodass ihr Dekolleté halbwegs bedeckt war. Andernfalls hätten die männlichen Gäste und die Kellner sich kaum noch auf etwas anderes konzentrieren können. Um Lojacono war es ohnehin geschehen. Die körperliche Anziehung, die er verspürte, seit sie sich kennengelernt hatten, fand nun ihre definitive optische Bestätigung, und er sah in dem gemeinsamen Essen den entscheidenden Schritt zur Erreichung seines Ziels: sie endlich in die Arme zu schließen.

Es wurde ein berauschender Abend. Sie sprachen über gemeinsame Bekannte und über die Stadt, jenen seltsamen Ort, der so schwierig und doch so wunderschön war, für beide exotisch, aber auch voller faszinierender Möglichkeiten. Lojacono musste zugeben, dass beispielsweise die Tatsache ihres Kennenlernens für die Stadt sprach und die negativen Eigenschaften, die ihn sonst so störten, in den Hintergrund rückten.

Es herrschte ein stilles Einverständnis, nicht von der Vergangenheit zu reden, obwohl beide gern gewusst hätten, warum der andere keinen Partner hatte. Sie wollten aber nicht riskieren, dass sich über das lang ersehnte Treffen womöglich ein Schatten von Melancholie oder Trauer legte.

Laura musterte die Züge Lojaconos, seine Schultern, die

großen, kräftigen Hände. Sie spürte ein immer stärkeres Kribbeln in der Magengrube, und der eine Teil ihres Selbst machte dem anderen Vorwürfe, ihn so lange unter Verschluss gehalten zu haben. Sie wollte diesen Mann haben. Sie hatte ihn vom ersten Moment an gewollt, dessen war sie sich jetzt sicher. So etwas passierte ihr zum ersten Mal, zumindest seit sie eine erwachsene Frau war. Sie musste an Carlo denken, ihren ersten Freund, in dem sie den Mann ihres Lebens gesehen hatte und der nun schon so lange tot war, und an die gelegentlichen Flirts, die nicht einmal auf der Oberfläche ihres Herzens Spuren hinterlassen hatten. Sie verglich jene Empfindungen mit der wunderbaren inneren Unruhe, die sie jetzt an sich wahrnahm. Sie lachte und aß, ohne dass sie hinterher noch wissen würde, was sie gegessen hatte. Aber sie wusste eins ganz genau: Sie durfte sich diese Gelegenheit nicht entgehen lassen.

Lojacono erzählte von Marinella und überprüfte dabei seine Gefühle für Sonia, die Mutter seiner Tochter, doch da war nichts mehr. Eine alte Geschichte aus einem anderen Land, von einem anderen Mann. Die Möglichkeit, all dies für immer hinter sich zu lassen, lag zum Greifen nah.

Sie bedauerten beide, dass sich das Essen seinem Ende näherte, sie wären gern noch geblieben, um die angeregte Unterhaltung fortzusetzen, Wein zu trinken und hin und wieder betörte Blicke auf das von Tausenden Lichtern funkelnde Meer zu werfen. Doch sie spürten ein ebenso starkes Bedürfnis, zu gehen und allein zu sein.

Allmählich verstummte das Gespräch, und ihre Worte verloren sich wie Regentropfen am Ende der Nacht. Ihre Blicke versanken ineinander. Schließlich legte Laura ihre Hand auf die Lojaconos und sagte leise: «Komm, wir gehen.»

Die Fahrt bis zu ihrer Wohnung war kurz und endlos zugleich. Als hätte sie Angst, die Intimität könnte gleich wieder verlorengehen, strich Laura ihm immer wieder sanft übers Bein. Sein Verlangen nach ihr wuchs sich beinahe zum Schmerz aus. Dem eigenen Herzen lauschend, dessen Schläge sich beständig beschleunigten, stiegen sie die Stufen hinauf.

Seit jenem geflüsterten «Komm, wir gehen» hatten sie kein Wort mehr gesprochen. Es war nicht nötig.

In dem kleinen Aufzug standen sie dicht beieinander. Lauras Busen hob und senkte sich im Einklang mit ihrem Atem.

Sie schloss auf, und als sie in der Wohnung waren, lehnte sie sich gegen die Tür, in dem matten Licht, das durch die Fenster drang. Lojacono zog seinen Mantel aus und trat auf sie zu. Erst sachte, dann innig küsste er sie, während sich ihre Körper aneinanderschmiegten und ihre Hände gegenseitig Zentimeter um Zentimeter erkundeten. Sie stellte sich auf die Zehenspitzen, und er neigte sich ein Stück zu ihr herab. Ein unterdrücktes Stöhnen entfuhr ihr. Er legte ihr die Hand auf den Rücken.

In dem Moment begannen ihre Handys gleichzeitig zu klingeln.

46

Alex' Handy klingelte, als sie gerade losfahren wollte.

Es war Rosaria, ohne jedes Hallo fragte sie:

«Und wenn wir uns, statt in ein langweiliges Restaurant zu gehen, bei mir treffen? Meine Nudeln mit Tomatensauce sind berühmt.»

In Alex' Antwort schwang ein Lächeln mit:

«Nudeln mit Tomatensauce, das ist mein Lieblingsessen! Das hätte ich mir auch im Restaurant bestellt.»

«Sehr gut. Via Atri 8. Den Nachnamen weißt du ja. Fahr am besten ins Parkhaus, du findest hier nirgendwo einen Parkplatz.»

Am Ziel angekommen, kraxelte Alex die steile gewundene Treppe hinauf, bis sie vor einer offenen Wohnungstür stand. Rosarias Stimme begrüßte sie aus der Küche.

«Komm rein! Bin sofort da.»

Im Wohnzimmer gedämpftes Licht, an den Wänden Regale mit Büchern, CDs und DVDs, ein kuscheliges Sofa, ein für zwei Personen gedeckter Tisch, von langstieligen Kerzen erhellt. Das Augenmerk für die Details, das eher gemütliche denn stylische Ambiente und die sorgsam aufeinander abgestimmten Accessoires, Teppiche, Deckchen und Tücher verrieten eine weibliche Handschrift, die Alex so nicht vermutet hätte. Diese Wohnung schien gar nicht Rosarias zu sein. Sie hatte sich eine moderne, funktionale und kühle Einrichtung aus Glas und Stahl vorgestellt. Und nun freute sie sich, dass sie sich getäuscht hatte.

Sie legte ihren Mantel ab und atmete den feinen Duft von Weihrauch ein, der einem kleinen Gefäß auf einem Regal entströmte. Sie überflog die Titel der aufgereihten Bücher und begegnete einer eifrigen Leserin, die sich nicht auf ein bestimmtes Genre festlegte. Camus, Brecht und Amado standen da neben Rex Stout, Carlotto, Carrisi und Carofiglio, die gesammelten Werke von García Márquez, Borges und Galeano neben De Carlo und Baricco.

«Wann liest du das alles nur?», murmelte sie, eher zu sich selbst.

«Die Zeit nehme ich mir», sagte eine sanfte Stimme direkt hinter ihr.

Alex drehte sich um und blickte direkt in die Augen von Rosaria, die mit zwei Rotweinkelchen vor ihr stand. Sie trug ein farbenfrohes Kleid und darüber zum Schutz eine Schürze mit ein paar Saucenspritzern. Ihr Lächeln war durch das dezente Make-up noch bezaubernder als sonst.

«Wie schön du bist», sagte Rosaria Martone.

Alex errötete leicht und nahm hastig eines der Rotweingläser, um mit ihr anzustoßen.

Sie tranken in kleinen Schlucken, ohne den Blick voneinander zu lösen. Erst jetzt bemerkte Alex die Blues-Musik aus den zwischen den Büchern versteckten Lautsprechern.

«Himmel, der Sugo!», rief Rosaria plötzlich.

Sie setzte das Glas ab und lief in die Küche. Als sie zurückkam, stieß sie einen Seufzer der Erleichterung aus.

«Liebe Güte, eine Sekunde länger, und ...»

Sie vollendete den Satz nicht, sondern hielt mit offenem Mund inne. Alex hatte ihr Kleid ausgezogen und rekelte sich halbnackt auf dem Sofa.

«Ich habe keinen Hunger. Zumindest nicht die Art von Hunger», sagte sie leise.

Ihre Stimme klang wie das zufriedene Schnurren einer Katze.

Rosaria hatte gedacht, Alex erst langsam mit der Sinnlichkeit vertraut machen und sie daran gewöhnen zu müssen, auf ihre eigenen Bedürfnisse jenseits gesellschaftlicher Konventionen zu achten. Sie wusste nicht, dass Alex jene Barriere bereits vor Jahren überwunden hatte. Die Grenzen, die ihre komplizierte Psyche ihr auferlegte, waren ganz andere. Rosaria hatte keine Vorstellung von den vielen Kilometern, die Alex im Auto zurücklegte, von der Maske, die sie trug, um sich in schummrigen Sexclubs temporäre Befriedigung zu verschaffen. Sie ahnte nichts von der Frustration und der Ablehnung, nichts von den Phantasien, die in der Einsamkeit ihres Zimmers gediehen, während ihr Kerkermeister schlief.

Vor allem wusste sie nicht, wie lange Alex mit sich selbst gerungen hatte, um endlich ihre Einladung anzunehmen. Und dass sie mit dieser einmal getroffenen Entscheidung sofort begonnen hatte, sich in leuchtenden Farben auszumalen, wie dieser Abend aussehen würde.

Rosaria hatte hingegen eine klare Vorstellung davon, was sie wollte. Sie wollte die gegenseitige Anziehung spüren und berührt werden. Sie hatte genug von den Affären, die sich aus zufälligen Bekanntschaften in irgendwelchen Lokalen ergaben. Sie suchte jemanden, mit dem sie lachen und weinen konnte, mit dem man gemeinsam Filme sehen und streiten konnte. Sie wollte jemanden, mit dem sie alles teilen konnte.

Sie schliefen miteinander, über Stunden hinweg und in allen Variationen. Erforschten ihre Körper, erreichten ungeahnte Höhepunkte. Gemeinsam ergründeten sie, weshalb die körperliche Liebe zwischen zwei Frauen schöner, bereichernder ist, als Männer sich vorstellen können, weil sie kein Ende und keine Sättigung kennt, und wenn die rein körperliche Leidenschaft verebbt ist, stellt sich eine wunderbare Süße ein, verschwimmen die Grenzen zwischen Geben und Nehmen.

Sie lasen einander die vollkommene Lust und das Wiederaufflammen der Begierde von den Augen ab. Entdeckten, wie das Spiel aus Suchen und Finden funktioniert, nahmen sich bei der Hand und betrachteten gemeinsam die Welt aus glücklicher Entfernung.

In der von ihren zahlreichen Orgasmen erfüllten Luft strich Rosaria Alex mit der Hand übers Gesicht, als wollte sie sich etwas in ihr physisches Gedächtnis einprägen, das nicht verlorengehen durfte.

«Ich will dich», sagte sie. «Ich will dich jetzt, und ich will dich morgen und übermorgen. Ich kann mir nicht mehr vorstellen, dass du nicht in meiner Nähe bist.»

Alex lauschte der rauen Stimme wie einer neuen und doch altbekannten Melodie. Sie konnte sich nicht erinnern, jemals etwas so Zauberhaftes gehört zu haben.

«Ja, für mich war es auch wunderschön.»

Rosaria schüttelte sanft den Kopf, während sie sie weiterhin streichelte.

«Es geht nicht nur um Sex. Ich will dein Leben. Und schenke dir meins.»

Alex antwortete nicht. Ihr Herz klopfte wie wild.

Rosaria nahm einen neuen Anlauf.

«Ich weiß, es muss dir absurd vorkommen. Kaum haben wir einmal miteinander geschlafen, fange ich mit solchen Dingen an. Aber ich habe dich erkannt. Gleich als ich dich zum ersten Mal sah, habe ich dich erkannt. Ich wusste, wer du bist, und sah den Weg vor mir, den wir gemeinsam gehen können. Ich weiß nicht, ob das eine Phase meines Lebens ist, ob ich verrückt geworden oder es nur leid bin, gegen meine eigene Gleichgültigkeit anzukämpfen. Aber ich weiß, dass ich dich haben und mein Leben und meine Wünsche mit dir teilen will.»

Alex hörte mit halb geschlossenen Augen zu, das Blut rauschte wild durch ihre Adern. «Auch ich habe dich gleich erkannt», wollte sie Rosaria sagen. «Auch ich glaube, dass ich mein Glück hier finden werden, in diesem Bett, in deinen Armen und an deinem Mund. Auch ich habe es satt, Körper und Geist immer voneinander zu trennen ...»

Bestimmt wirst du mich nie enttäuschen, nicht wahr? – Ja, Papa.

Was kann ich ihr sagen, damit ich sie nicht verliere? Wird sie je verstehen, dass ich nicht denselben Mut habe wie sie und meine Kette tausend Mal schwerer zu sprengen ist?

«Ich möchte dir keine Angst einjagen», fuhr Rosaria fort. «Du bist jung und lebst dein eigenes Leben. Aber wenn du meine Gefühle nicht teilst, wenn du nicht dasselbe fühlst wie ich, dann sag es mir jetzt. Ich muss wissen, ob in deinem Herzen ein Platz für mich ist.»

Alex kniff die Augen zusammen. Ein schrecklicher Sturm tobte in ihrem Inneren. Sie hatte nie das Gefühl, etwas Falsches zu tun, etwas, das gegen ihre Prinzipien verstieß, wenn sie sich heimlich Vergnügen verschaffte – auch wenn es an anrüchigen Orten geschah.

Jetzt aber fühlte sie sich wie eine Verräterin, schuldbewusst, treulos. Und dabei so glücklich wie nie zuvor.

Bevor sie antworten konnte, klingelte ihr Telefon.

47

Sie beschlossen, getrennt zu fahren.

Für Laura Piras, die der Polizeipräsident persönlich zu sich gebeten hatte, war ein Wagen der Staatsanwaltschaft unterwegs; Lojacono, den Palma angerufen hatte, nahm seinen eigenen.

Als ihnen klarwurde, dass sie sich zum zweiten Mal ausgerechnet im schönsten Moment trennen mussten, sahen sie einander tief in die Augen. Laura strich ihm zärtlich über die Wange und sagte leise mit einem Lächeln:

«Ich bin hier. Ich gehe nicht weg.»

«Ich auch», hatte Lojacono erwidert. Und nun fuhr er zum Polizeipräsidium, wo er Alex treffen würde.

Er war innerlich ganz aufgewühlt. Das wiedergefundene Begehren, die Schönheit des Abends und vor allem die Leichtigkeit, der jugendliche Enthusiasmus, den er von neuem an sich entdeckt hatte – all dies machte ihm wieder Hoffnung: Er war also doch noch fähig zum Glücklichsein. Dann aber war er jäh in die Realität zurückgeholt worden. In seinen Job als Polizist, wo er jeden Tag mit Verbrechen konfrontiert war. Die große Stadt war ein schwieriges Pflaster, und in dieser großen Stadt war jetzt auch Marinella.

Der Gedanke an seine Tochter war etwas völlig Normales, gleichsam eine logische Konsequenz, wenn er an ein besonders schlimmes Verbrechen dachte. Wenn er in einem Fall ermittelte, bei dem ein Unschuldiger zu Tode gekommen war. Wenn er es mit den Auswirkungen von Wahnsinn und abgrundtiefer Bosheit zu tun hatte.

Und genau in dem Augenblick, als er an sie dachte, sah er sie.

Zuerst glaubte er, sein Verstand würde ihm einen Streich spielen. Die Augen folgten den Gedanken und gaukelten etwas vor, das gar nicht da war.

Er stand am Anfang der Uferstraße im Stau. Trotz der späten Uhrzeit waren noch Tausende von Nachtschwärmern unterwegs und steuerten auf die Buden zu, in denen auch bei dieser schrecklichen Kälte eisgekühlte Getränke verkauft wurden. Sein Wagen fuhr auf der zweiten der vier Spuren, und sie kam ihm auf der Promenade entgegen, etwa zehn Meter entfernt.

Ein zweiter, aufmerksamerer Blick bestätigte ihm, dass er nicht an Halluzinationen litt. Es war Marinella, kein Zweifel. Sie lachte, der Wind hatte ihr die Haare zerzaust. Sie lachte, er konnte sich nicht erinnern, sie jemals so fröhlich gesehen zu haben. Sie lachte, den glücklich strahlenden Blick aus ihren mandelförmigen Augen nach oben gerichtet, auf das Gesicht eines schlaksigen Jungen, der ihm irgendwie bekannt vorkam und der ihr gerade wild gestikulierend etwas erzählte.

Hinter Lojacono ertönte genervtes Hupen. Er musste weiterfahren.

Suchend blickte er sich nach einem Parkplatz um. Er wäre liebend gern auf seine Tochter zugerannt, hätte sie an ihrem hochgeschlagenen Mantelkragen gepackt und zur Rede gestellt, was ihr einfiele, mitten in der Nacht mit einem potenziellen Vergewaltiger in einer Stadt herumzulaufen, in der es von potenziellen Vergewaltigern nur so wimmelte, statt mit einem Teddybären im Arm zu Hause in ihrem Bett zu liegen und zu schlafen. Doch Parkplätze waren nicht in Sicht, auch nicht in zweiter oder gar dritter Reihe. Und im Präsidium warteten sie auf ihn.

Mit vor Kälte starren Fingern zog er das Handy aus der Innentasche seines Jacketts und fluchte leise. Er wählte die Nummer seiner Tochter und stellte fest, dass diese kleine Lucrezia Borgia klugerweise ihr Handy ausgeschaltet hatte. Währenddessen schleifte der Strom der Autos ihn immer weiter von ihr fort.

Seine Fassungslosigkeit wich ohnmächtigem Zorn. Er hatte seine Tochter jemandem anvertraut. Er hatte sich auf jemanden verlassen. Hektisch tippend fand er schließlich Letizias Nummer unter seinen Kontakten. Er kam nur im Stop-and-go-Modus voran; ein Wagen mit vier jungen Männern saß ihm im Nacken, die lieber einen reaktionsschnelleren Fahrer auf den wenigen Metern vor sich gehabt hätten, die sie Stück für Stück vorwärtskamen.

Ein Kellner aus Letizias Trattoria nahm den Hörer ab. Der Musik und dem Stimmengewirr im Hintergrund nach zu schließen, herrschte trotz der fortgeschrittenen Uhrzeit noch reger Betrieb.

Letizia kam sofort ans Telefon. Sie klang beunruhigt, zumindest kam es Lojacono so vor.

«Letizia? Ciao, ich bin's. Wie geht's, alles in Ordnung?»

«Ah, ciao! Ja natürlich, alles bestens, weshalb? Und du, wie geht's dir? Amüsierst du dich gut?»

«Ich? Aber selbstverständlich, danke. Könnte ich Marinella kurz sprechen?»

«Marinella? Weshalb? Ist was passiert?»

«Nein. Ich möchte sie nur sprechen. Sie ist doch bei dir, oder?»

«Hier? Ja, natürlich. Aber sie hatte Kopfschmerzen, da ist sie schon schlafen gegangen. Ich möchte sie nicht wecken …»

Lojacono ließ einen Augenblick nachdenklicher Stille verstreichen, dann sagte er: «Ich glaube, Aufrichtigkeit ist die Basis jeder Freundschaft. Zwei Freunde müssen sich aufeinander verlassen können, finde ich. Wo keine Aufrichtigkeit ist, kann es auch keine Freundschaft geben.»

Letizias Stimme bebte vor unterdrückten Tränen.

«Peppe, ich ... Du weißt, ich liebe Marinella wie meine Tochter. Ich würde ihr nie schaden wollen und ihr nichts erlauben, was irgendwie riskant für sie wäre. Ich ...»

Lojacono war kurz davor zu explodieren.

«Erstens, nenn mich nicht mehr Peppe. Zweitens, Marinella ist nicht deine Tochter, sondern meine. Und ich bin derjenige, der entscheidet, ob etwas für sie riskant ist oder nicht. Ich bin verantwortlich für das, was ihr zustoßen könnte, und jetzt ist sie mit jemandem unterwegs, den ich nicht kenne, in einer mordsgefährlichen Stadt. Das ist deine Schuld, und meine – weil ich dachte, du wärst anders.»

Er beendete das Gespräch, und als Letizia nach nicht einmal einer Sekunde wieder anrief, weigerte er sich in seinem Zorn, den Anruf anzunehmen. Er musste sich auf seine Arbeit konzentrieren, und dieses Komplott, das seine Tochter und seine Freundin da ausgeheckt hatten, drohte, ihn davon abzulenken. Ein weiterer unverzeihlicher Fehler.

Er hatte gerade im Hof der Staatsanwaltschaft geparkt, als Marinella anrief. Im Hintergrund hörte man das Rauschen des Verkehrs und die Stimmen von Passanten. Ganz offensichtlich hatte sie ihr Handy wieder eingeschaltet, gleich würde er erfahren, was geschehen war.

«Ciao, Papa, ich bin's. Tut mir leid ...»

Unter den neugierigen Blicken zweier Wachleute, die am Eingang zur Staatsanwaltschaft standen, zischte Lojacono in den Hörer:

«Du gehst sofort nach Hause! Sofort, hast du verstanden?»

«Aber, Papa ...», stammelte sie, «ich habe doch gar nichts Schlimmes getan. Ich war im Kino und danach noch einen Happen essen. Alle meine Schulfreundinnen gehen abends weg und ...»

«Es ist mir vollkommen egal, was deine Freundinnen tun. Geh sofort nach Hause. Wir reden später. Und ruf mich vom Festnetz aus an, sobald du da bist, damit ich Bescheid weiß.»

«Aber wenn ich dir sage, dass ich nach Hause gehe, vertraust du mir dann nicht? Brauchst du etwa einen Beweis? Ich ...»

«Du warst diejenige, die mir gezeigt hat, dass kein Verlass auf dich ist. Und wie es scheint, kann ich mich auf Letizia genauso wenig verlassen.»

Jetzt schwang Frustration in Marinellas Stimme mit.

«Letizia kann nichts dafür. Ich bin eine erwachsene Frau, Papa, ich bin kein Kind mehr. Und du willst das einfach nicht verstehen. Mann, ich bin doch bloß ins Kino gegangen! Ich habe nichts verbrochen!»

Lojacono schaute die beiden Wachleute scharf an, die daraufhin den Blick abwandten.

«Ich trage die Verantwortung für dich, auch deiner Mutter gegenüber. Und ich muss arbeiten, ich kann mich nicht so um dich kümmern, wie es sich für ein Mädchen deines Alters gehört. Ich glaube, es ist besser, du packst deine Sachen und fährst zurück nach Sizilien.»

Er drückte auf den Ausschaltknopf und eilte im Stechschritt durch das Eingangsportal.

48

Er war von mittlerer Statur, mit breiten Schultern und großen, knorrigen Händen, die er vor sich auf den Tisch gelegt
hatte. Auf den ersten Blick sah er aus wie ein Penner. Unra-
siert, fettige graue Haare, die im Nacken zu lang waren, eine
schwere Jacke und ein Pullover, unter dem der Kragen eines
ungebügelten, früher vielleicht einmal mittelblauen Hemdes
hervorblitzte. Er strömte einen säuerlichen Geruch nach Erbrochenem aus, und seine rot unterlaufenen Augen und die
Äderchen um seine Nase waren typisch für jemanden, der zu
viel trinkt.

Alles an ihm zeugte von Armut und einem miserablen
Leben.

Im Gegensatz dazu standen seine aufrechte Sitzhaltung
und noch mehr sein Gesichtsausdruck, der ruhige, stolze
Blick, der fast herausfordernd wirkte, der kantige Kiefer und
die harte Linie des Mundes.

Außer ihm und den beiden uniformierten Polizisten, die
neben der Tür standen, befanden sich bei Lojaconos Ein-
treffen fünf weitere Personen im Raum. Laura Piras, die keine
Zeit mehr gehabt hatte, ihr atemberaubendes Kleid gegen
ein nüchternes Kostüm einzutauschen; Palma, der trotz der
späten Stunde weniger zerknittert aussah als üblich und
eine seltsame Euphorie verströmte; der Polizeipräsident, ein
korpulenter Mann in den Sechzigern mit Glatze und gereizter

Miene; ein geschniegelter, leicht überheblich wirkender Vierzigjähriger, der ihm als Francesco Gerardi, Leiter des Mobilen Einsatzkommandos, vorgestellt wurde; und schließlich ein alter Bekannter: Kommissar Di Vincenzo. Der Mann, der dafür gesorgt hatte, dass Lojacono das Kommissariat von San Gaetano wieder verlassen musste, womit er ihm im Grunde einen Gefallen getan hatte, denn dort war er nach seiner Strafversetzung aus Sizilien ohne vernünftige Aufgabe gewesen.

Lojacono sah Palma mit einem fragenden Blick an, doch der zuckte nur mit den Achseln.

Der Polizeipräsident sorgte für Aufklärung.

«Kommissar Di Vincenzo ist hier, um dem Kommissariat von Pizzofalcone unter die Arme zu greifen, falls die laufenden Ermittlungen nicht bald befriedigende Ergebnisse zutage fördern.»

«Was im Übrigen mehr als wahrscheinlich ist», ergänzte Gerardi, um gleich mal seine Position klarzumachen.

Die gegnerischen Parteien waren leicht zu erkennen: Gerardi und Di Vincenzo auf der einen, Laura und vielleicht auch der Polizeipräsident auf der anderen Seite.

«Noch ist nicht gesagt, dass wir Unterstützung brauchen», erwiderte Palma pikiert.

Die Tür ging auf, und Alex trat ein. Sie hatte ihren Mantel bis zum Hals geschlossen und war vollkommen ungeschminkt. Sie grüßte mit einem Nicken und nahm auf einem der hinteren Stühle Platz.

«Damit sind wir vollständig», sagte Palma etwas ruhiger. «Inspektor Lojacono und Polizeioberwachtmeisterin Di Nardo leiten die Ermittlungen, ich fasse also für sie kurz zusammen. Wie ihr euch unschwer vorstellen könnt, auch weil in den letzten Tagen die ganze Stadt mit erkennungsdienstlichen Fotos zugepflastert war, ist der Herr am Tisch hier Cosimo Varricchio, der Vater der beiden Opfer aus dem Vico Secondo Egiziaca. Er ist aus freien Stücken vor einer guten Dreiviertelstunde im Präsidium aufgetaucht und wurde bisher noch nicht vernommen.»

Ein verächtliches Grinsen zeigte sich auf dem Gesicht des Mannes.

«Da habt ihr überall Fotos von mir aufgehängt, und dann bin ich doch auf meinen eigenen zwei Beinen hergekommen. Tolle Truppe!»

Der Leiter des Mobilen Einsatzkommandos sprang auf.

«Varricchio, Sie haben hier nichts zu sagen, wenn Sie nicht gefragt werden. Seien Sie sich bewusst, dass Ihre Position …»

Varricchio wandte nicht einmal den Kopf, um ihn anzuschauen.

«Meine ‹Position›, verehrter Herr, ist die eines Mannes, der gerade erfahren hat, dass seine beiden Kinder umgebracht wurden. Oder irre ich mich da?»

Seine Stimme klang wie ein Kratzen auf Eis. Der Ton war ruhig und der kalabresische Akzent stark ausgeprägt.

Der Polizeipräsident versuchte, das Verhör in geordnete Bahnen zu lenken.

«Nein, Varricchio, Sie irren sich nicht. Und als Erstes möchten wir Ihnen sagen, dass es uns um die beiden jungen Menschen sehr leidtut. Aber Sie müssen verstehen, dass es etwas seltsam anmutet, wenn Sie drei Tage nach dem Mord plötzlich aus dem Nichts hier auftauchen. Und da Sie …»

«… und da ich vorbestraft bin und aus Kalabrien komme, habt ihr mich ganz oben auf die Liste der Verdächtigen gesetzt. So ist es doch, oder?»

Diesmal war Di Vincenzo derjenige, dem der Geduldsfaden riss.

«Nein, so ist es nicht! Sie werden verdächtigt, weil Sie

am Tag des Mordes verschwunden und erst jetzt wieder aufgetaucht sind. Es scheint vollkommen absurd, dass Sie angeblich von nichts gewusst haben.»

Laura Piras bedachte Di Vincenzo mit einem kühlen Blick. Sie hatte noch nie einen Hehl aus ihrer Abneigung für ihn gemacht.

«Di Vincenzo, sofern die Verhörordnung nicht ohne mein Wissen geändert wurde, leitet immer noch der zuständige Staatsanwalt die Befragung. Und bis zum Beweis des Gegenteils habe ich diese Funktion inne. Solange Sie keine sachdienlichen Hinweise bringen, halten Sie also bitte Ihre Zunge im Zaum, oder ich sehe mich gezwungen, Sie rauszuschicken, denn Sie sind derjenige mit der geringsten Befugnis, hier zu sein. Haben wir uns verstanden?»

Die Härte des Rüffels überraschte die Anwesenden. Palma gelang es nicht ganz, seine Genugtuung zu unterdrücken.

Die Staatsanwältin wandte sich an Varricchio.

«Signor Varricchio, mein Name ist Laura Piras, und wie Sie gehört haben, bin ich die zuständige Staatsanwältin in der Mordsache an Ihren Kindern. Würden Sie uns bitte erklären, zur Beruhigung des Kollegen Di Vincenzo und aller anderen Anwesenden, wie wir zu der Ehre kommen, Sie ganze drei Tage nach dem Verbrechen hier begrüßen zu dürfen?»

«Ganz einfach: Ich habe gesoffen, eine Nutte gefickt, geschlafen, wieder gesoffen, noch mal geschlafen, und irgendwann bin ich wach geworden, runter auf die Straße für einen Kaffee, und in der Bar lief die Glotze. Ich habe gesehen, was passiert ist, mir den scheiß Weg hierher erklären lassen – und da bin ich.»

Mit honigsüßer Stimme sagte Gerardi:

«Dottoressa, müssen wir uns auf dieses sprachliche Niveau herabbegeben? Das ist …»

Genervt wedelte Laura mit der Hand, als wollte sie eine Fliege verscheuchen.

«Und wo waren Sie die ganze Zeit?»

«In einer Pension in der Nähe vom Bahnhof. Ich glaube, sie heißt *Da Lucia*. Die Nutte hat mich da hingebracht. Ich habe das Zimmer für drei Tage im Voraus bezahlt und hatte genug zu saufen dabei.»

Palma bat darum, eine Frage stellen zu dürfen:

«Signor Varricchio, können Sie uns sagen, warum Sie in die Stadt gekommen sind. Wegen Ihrer Kinder? Und wenn ja, haben Sie sie getroffen? Und wann?»

«Ich wollte Grazia mit nach Hause nehmen, und wie Sie gesehen haben, hätte sie gut daran getan, mit mir zu kommen. Ich war da, wo sie wohnen … wo sie gewohnt haben, aber Grazia war unterwegs. Nur ihr Bruder war da, mein Sohn.»

Nach einem kurzen Blickwechsel mit Laura fragte Lojacono:

«Erinnern Sie sich noch, um wie viel Uhr das war?»

«Mein Zug ist gegen halb sechs abends angekommen, mit einer Stunde Verspätung. Ich habe mich direkt auf den Weg zu ihnen gemacht. Zu Fuß, ich laufe gerne. Ich habe eine halbe Stunde gebraucht. Also muss es ungefähr sechs Uhr gewesen sein.»

«Wie lange waren Sie in der Wohnung?»

Der Mann schwieg einen Moment und runzelte die Stirn.

«Zwanzig Minuten vielleicht. Ich habe nicht auf die Uhr gesehen.»

Alex hatte den Mann die ganze Zeit gemustert. Ein Vater, eine Tochter. Keine Liebe, sondern Besitzansprüche.

«Und was ist in der Zeit passiert?», fragte sie.

Varricchio drehte sich zu ihr um.

«Ich habe meinen Sohn ewig nicht gesehen. Er hat sich

einen Scheiß um eine Besuchserlaubnis bei seinem Vater gekümmert. Sie kennen meine Geschichte, oder? Kein einziges Mal ist er in den Knast gekommen, um mir ins Gesicht zu sehen, und kein einziges Mal, seit ich wieder draußen bin. Auf der Straße hätte ich ihn nicht wiedererkannt. Man sagt doch, es gibt so was wie die Stimme des Blutes. Aber dann bin ich wohl taub, denn ich habe sie nicht gehört.»

Alex blieb hartnäckig.

«Ich frage Sie noch einmal: Was genau ist in der Wohnung passiert?»

«Ich habe zu ihm gesagt: ‹Du kannst machen, was du willst. Du hast dich für deinen Vater geschämt, hast hier in der großen Stadt studiert, hast immer nur dein eigenes Ding durchgezogen. Für dich hat die Familie nie gezählt, also mach auch jetzt, was du willst. Aber deine Schwester kommt mit mir nach Hause, denn ihr Platz ist dort.›»

«Und er, was hat er gesagt?», fragte Lojacono.

Eine Art Grinsen huschte über die harten Züge Varricchios.

«Dass ich die Familie kaputt gemacht hätte, weil ich jemanden umgebracht habe und im Knast gelandet bin. Dass er seine Schwester und sich alleine durchbringen musste. Dass Grazia ein gutes Mädchen ist und ein Recht auf ihr eigenes Leben hat. Ein eigenes Leben! Was das denn heißen soll, habe ich gefragt. Dass sie in der Großstadt einen auf Flittchen macht oder mit diesem nichtsnutzigen Sängerfuzzi zusammenlebt?»

Sein Tonfall war distanziert und kühl. Als würde er ein Gesprächsprotokoll ablesen.

Laura Piras schaltete sich ein.

«Mit anderen Worten, Sie haben sich gestritten, und der Streit ist eskaliert.»

«Frau Staatsanwältin, ich bin der Vater. So eine Unverschämtheit konnte ich mir ja schlecht gefallen lassen. Also habe ich ihm eine geknallt.»

Sein Eingeständnis überrumpelte die Anwesenden.

«Sie sind also handgreiflich geworden?»

«Ich habe gesagt, ich hätte ihm eine geknallt. Ein Vater kann seinem Sohn ja wohl mal eine Backpfeife verpassen, oder hat sich die Welt auch in dieser Hinsicht verändert?»

Der Polizeipräsident hüstelte nervös.

«Hat er sich gewehrt?»

Varricchio machte Anstalten, in Gelächter auszubrechen.

«Auch das noch! Heutzutage schlagen die Kinder wohl auch noch zurück, wenn dem Vater mal die Hand ausrutscht, was? Nein, er hat sich nicht gewehrt. Er hat gesagt, ich soll gehen, sonst ruft er die Polizei. Und dass ihr mich wieder in den Knast sperren würdet, wo ich sowieso hingehöre. Er würde nie mehr nach Hause zurückkommen und auch nicht wollen, dass seine Schwester zurückkehrt.»

«Und Sie?»

«Ich habe ihn ausgelacht. ‹Und was machst du, wenn ich nicht gehe?›, habe ich gefragt. ‹Wirfst du mich dann aus deiner Wohnung?› Er hat seinen Tonfall geändert und gesagt: ‹Versteh doch, deine Tochter ist erwachsen, auch ich bin erwachsen – wir sind nicht mehr die Kinder, die du zurückgelassen hast, als du ins Gefängnis gekommen bist.› Er hat mir sogar Geld angeboten.»

«Geld? Was für Geld?», hakte Lojacono sofort nach.

Über Varricchios Gesicht huschte erneut jenes seltsame Grinsen.

«Er hat gesagt, er verdient genug Geld, um seiner Schwester ein anständiges Leben zu ermöglichen, und er würde auch dafür sorgen, dass ich es mir in meinem Dorf gut gehen lassen kann, ohne dass ich mir einen Job suchen muss. Ich habe mich in dem Loch, in dem er wohnte, umgeschaut und ihn wieder ausgelacht und gesagt: ‹Das sehe ich, dass du viel Geld verdienst und ihr ein Luxusleben führt!›»

Lojacono war hochkonzentriert.

«Hat er nichts anderes zum Thema Geld gesagt? Wie glaubte er …»

Di Vincenzo, der offenbar dachte, nach Laura Piras’ Schweigegebot sei genug Zeit vergangen, wandte sich voller Ungeduld an den Polizeipräsidenten.

«Dottore, was soll die ganze Fragerei? Es bestehen doch wohl keinerlei Zweifel daran, dass dieser Mann, der bis vor kurzem wegen Totschlags im Gefängnis saß, nur aus einem einzigen Grund aus seinem Dorf in die Stadt gekommen ist. Um diese beiden armen jungen Menschen umzubringen, oder nicht? Ich verstehe den Sinn dieser …»

Erbost drehte sich Laura Piras zu ihm um. Sie sah aus wie eine Tigerin mit gefletschten Zähnen.

«Di Vincenzo», fauchte sie, «ich habe Sie gewarnt. Verlassen Sie den Raum. Diese Ermittlung geht Sie nichts an.»

Di Vincenzo stieg das Blut in die Wangen. Erneut wandte er sich an den Polizeipräsidenten.

«Dottore, wir befinden uns in Ihrem Büro, nicht in dem der Staatsanwaltschaft, daher sehe ich ehrlich gesagt nicht ein, dass ich hier Anordnungen von …»

Der Polizeipräsident lehnte sich in seinem Sessel zurück.

«Sie haben vollkommen recht, Di Vincenzo. Trotzdem sehe ich mich gezwungen, Sie dazu aufzufordern, den Anweisungen der Kollegin Piras zu folgen. Gehen Sie nach Hause. Wenn es erforderlich ist, dass Sie den Ausgang dieses Verhörs erfahren, werden wir es Ihnen erzählen. Gute Nacht.»

Sichtlich irritiert erhob sich Di Vincenzo von seinem Stuhl und verließ mit einem hasserfüllten Blick auf Lojacono, dem dieser ungerührt standhielt, den Raum. Palma hoffte im Stillen, dass sich ihre Wege nicht so bald wieder kreuzen würden: Dieser Mann war niemand, der Demütigungen schnell vergaß.

Die Piras wandte sich erneut an Varricchio.

«Beantworten Sie bitte die Frage: Hat Ihr Sohn Ihnen gesagt, wie er an das Geld gekommen ist?»

Varricchio schüttelte den Kopf.

«Er meinte nur, er braucht noch etwas Zeit und dass es mit seinem Job zusammenhängt. Alles Quatsch! Jedenfalls bin ich dann gegangen.»

Alex fragte ungläubig:

«Ohne irgendetwas zu sagen oder zu tun?»

Der Mann lehnte sich zu ihr vor.

«Was hätte ich denn tun sollen, junge Frau? Ihn umbringen?»

Der Witz war so abgeschmackt, dass den Anwesenden jedes weitere Wort im Hals stecken blieb.

Dieser Mann ist vollkommen gefühllos, dachte Palma. So einer war durchaus in der Lage, seine eigenen Kinder umzubringen.

Lojacono war der Einzige, der sich unbeeindruckt zeigte.

«Bitte konzentrieren Sie sich noch mal und schildern Sie mir ganz genau, wie Sie in die Wohnung reingekommen sind. Und ob Sie jemanden gesehen haben, als Sie raus sind.»

Die Frage löste allgemeine Überraschung aus, auch bei Varricchio selbst, der die Stirn runzelte und sich zu erinnern versuchte.

«Ich habe auf die Klingel an der Haustür gedrückt, und Biagio ist runtergekommen, um mir aufzumachen. Er hat mich sofort wiedererkannt. Was gut war, denn wie ich schon sagte, ich hätte ihn nicht erkannt. Und beim Rausgehen ...? Nein, ich habe niemanden gesehen. Ich habe die Tür hinter mir zugeknallt und bin gegangen.»

Palma warf einen bedeutungsvollen Blick in Richtung Laura Piras: Dieser Mann war ganz offensichtlich nicht in der Lage, die Verdachtsmomente gegen sich auszuräumen.

Der Polizeipräsident nickte, und der Kommissar fragte:

«Und was haben Sie danach gemacht?»

Varricchio zuckte mit den Schultern.

«Ich habe eine Weile vor der Tür gewartet, für den Fall, dass Grazia nach Hause kommt. Dann dachte ich mir, das Flittchen treibt sich bestimmt rum und bleibt womöglich die ganze Nacht weg. Weil mir inzwischen alles abgefroren war, bin ich weitergezogen, zur nächsten Bar. Dort habe ich getrunken und mir anschließend eine Nutte gesucht.»

Palma hakte nach.

«Um wie viel Uhr haben Sie die Prostituierte aufgegabelt?»

«Keine Ahnung. Ich war besoffen. Daran erinnere ich mich nicht.»

Niemand sagte mehr etwas. Alex war die Erste, die das Schweigen brach.

«Also haben Sie aufgegeben. Gleich beim ersten Versuch. So viele Kilometer, so viele Stunden im Zug, und Sie haben sich von einem einfachen Nein Ihres Sohnes entmutigen lassen. Sie hätten auch anrufen können, das hätte Ihnen viel Zeit und Geld erspart.»

«Nein, ich habe nicht gleich aufgegeben. Aber das waren keine Kinder mehr, verstehen Sie? Ich hatte sie verloren. Verschwendet waren nicht die Stunden im Zug, sondern die sechzehn Jahre im Knast, in denen ich mich danach gesehnt habe, sie endlich wiederzusehen. Sie waren zwei Fremde für mich geworden. Und außerdem habe ich begriffen, was ich in den sechzehn Jahren geworden bin: ein nutzloses Etwas. Die eigentliche Strafe, Signori, besteht nicht darin, dass sie dir die Freiheit nehmen: Sie bringen den Menschen in dir um. Ich bin heute toter als das arme Schwein, das ich damals wegen ein paar Bier zu viel umgebracht habe.»

«Warum sind Sie dann nicht nach Hause gegangen? Warum haben Sie nicht den ersten Zug zurück genommen?»

«Was hätte ich denen im Dorf denn erzählen sollen? Dass nicht mal meine Kinder mehr was von mir wissen wollen? Wenigstens konnten sie so denken, dass ich bei ihnen war und wir ein paar Tage zusammen verbracht haben. Dass sie womöglich gebeten haben: ‹Papa, bleib doch noch ein bisschen bei uns, damit wir dir erzählen können, was wir in den letzten Jahren so gemacht haben.›»

Der Polizeipräsident ließ Varricchio von zwei uniformierten Polizisten abführen. Allmählich wich die dunkle Nacht einem kühlen Dämmerlicht.

Laura Piras fuhr sich mit der Hand über die müden Augen.

«Was meint ihr dazu? Er hat kein Alibi, hat ein Motiv, hat genug Gelegenheit für die Tat gehabt. Er gibt zu, dass er am Tatort war.»

Der Polizeipräsident nickte.

«Außerdem ist er vorbestraft und bekannt für seine unkontrollierten Wutausbrüche. Auch im Gefängnis war er in ein paar Schlägereien involviert.»

Gerardi, der Leiter des Mobilen Einsatzkommandos, der aus Angst, dasselbe Schicksal wie Di Vincenzo zu erleiden, bisher geschwiegen hatte, hielt seine Stunde für gekommen.

«Jedenfalls ist er nicht infolge der Ermittlungen durch das Kommissariat von Pizzofalcone festgenommen worden, so viel steht mal fest.»

Sofort war Palma auf hundertachtzig.

«Jetzt aber mal Schluss mit dem Blödsinn! Wir waren ihm natürlich auf der Spur, hätten ihn aber wohl kaum finden können, in seiner Bahnhofspension da.»

Die Staatsanwältin eilte ihm zu Hilfe.

«Der Kommissar hat absolut recht. Sehen wir zu, dass wir zum Ende kommen und nach Hause gehen können.»

«Und wenn er es nicht war?», fragte Lojacono und brachte damit alle Anwesenden völlig aus dem Konzept. «Wollen wir ihn nur aufgrund eines Verdachts einsperren? Einen Mann, der gerade seine beiden Kinder verloren hat?»

Palma starrte ihn entsetzt an, als wäre er gerade von seinem eigenen Hund gebissen worden, während er ihn streichelte.

«Aber ... Aber was redest du da? Er hat kein Alibi ... Und hast du nicht gehört, in welchem Ton er gesprochen hat? Der Tod seiner Kinder macht uns mehr zu schaffen als ihm! Auch die Staatsanwältin ...»

Der Inspektor stand auf.

«Jeder reagiert auf seine Art auf Tragödien. Vielleicht ist es ja gerade das Trauma, das ihn so sein lässt. Abgesehen davon sage ich ja auch gar nicht, dass er unschuldig ist, Chef, sondern nur, dass wir noch ein paar Fragen klären müssen. Warum hätte er seine Kinder umbringen sollen? Und wie soll er das gemacht haben?»

Laura Piras betrachtete ihn finster. Ausgerechnet jetzt, wo die Schließung des Kommissariats von Pizzofalcone abgewendet schien, ausgerechnet jetzt stellte er sich quer.

«Was heißt das: ‹Wie soll er das gemacht haben?› Erst hat er seinen Sohn getötet, dann hat er nach dem Streit so getan, als würde er den Tatort verlassen, doch in Wirklichkeit hat er nur auf seine Tochter gewartet, um anschließend auch sie umzubringen.»

Lojacono schüttelte den Kopf.

«Ich weiß nicht, das überzeugt mich nicht. Aber das ist nur so ein Gefühl, mehr nicht.»

Auch der Polizeipräsident erhob sich.

«Na gut, ich denke, ein paar Stunden Schlaf werden uns alle auf klarere Gedanken bringen. Für heute Nacht behalten wir ihn hier, Laura. Schauen wir mal, ob er einen Anwalt hat. Wenn nicht, besorgen wir ihm einen Pflichtverteidiger und unterhalten uns mit ihm morgen weiter über das Wie und Warum. Und außerdem werden wir morgen eine Pressekonferenz abhalten, bei der wir verkünden, dass wir einen Verdächtigen haben. Gute Nacht allerseits.»

Beim Hinausgehen eilte Palma vor an Lojaconos Seite.

«Ich verstehe nicht, warum zum Teufel du immer auf solche verqueren Ideen kommst», ging er ihn in hartem Tonfall an. «Morgen früh treffen wir uns alle im Büro und arbeiten einen gemeinsamen Schlachtplan aus. Betonung auf ‹gemeinsam›, verstanden?»

Der Inspektor nickte. Ohne ein weiteres Wort ging er zu seinem Wagen.

49

Pfeifend betrat Aragona das Foyer des Kommissariats. Er war sehr stolz auf sich. Mit allergrößter Opferbereitschaft hatte er es tatsächlich geschafft, eine halbe Stunde vor Dienstbeginn am Arbeitsplatz zu sein. Er freute sich schon auf die verblüfften Gesichter der anderen beim Anblick ihres plötzlich so eifrigen Kollegen. Die Frotzelei, mit der sie ihn jeden Morgen begrüßten, würde ihnen im Hals stecken bleiben.

Außerdem wollte er Palma keine Gelegenheit für eine Standpauke geben. Die Angst, dass das ihm anvertraute Kommissariat wegen ausbleibender Erfolge im aktuellen Mordfall geschlossen werden könnte, hatte den Chef geradezu hysterisch gemacht. Besser, man legte sich nicht mit ihm an.

Energiegeladen eilte Aragona die Stufen hinauf, riss die Tür zum Gemeinschaftsbüro auf und sah sich der versammelten Mannschaft gegenüber. Er nahm seine Sonnenbrille ab, warf einen Blick auf seine Armbanduhr, die Uhr an der Wand und wieder auf seine Armbanduhr. Die Zeiten stimmten perfekt überein.

Resigniert breitete er die Arme aus und rief:

«Verdammt ... Jetzt aber mal ehrlich: Ihr übernachtet im Büro, stimmt's? Seid ihr eine Theatertruppe auf Tournee, werdet ihr hier abends an eure Schreibtische gefesselt, oder was ist los? Das kann doch nicht wahr sein – es ist noch nicht mal acht Uhr!»

«Aragona, spar dir heute Morgen deine blöden Sprüche», erwiderte Romano schlecht gelaunt. «Hast du Palmas SMS nicht gelesen? Dienstbesprechung genau jetzt. Dein Glück, dass du heute früher dran bist, sonst hättest du dir einen schönen Anschiss geholt.»

Aragona holte sein Handy aus der Tasche.

«Nein, es war abgestellt. Steht das etwa in der Dienstordnung, dass man sein Handy immer anhaben muss? Was ist denn überhaupt los?»

Palma betrat den Raum. Anders als üblich war er sehr korrekt gekleidet, mit Krawatte und Jackett. Sogar seine Haare schienen gekämmt zu sein, noch dazu war er frisch rasiert. In der Hand hielt er einen Packen Papiere.

Er überzeugte sich davon, dass sein Team komplett war, und ließ den Blick kurz auf Lojacono ruhen, der an seinem Platz saß, die Akte mit dem Mordfall im Vico Secondo Egiziaca vor sich.

«Guten Morgen! Danke, dass ihr so früh gekommen seid», begann er. «Wie einige von euch bereits wissen, ist gestern Abend unvermutet Cosimo Varricchio im Präsidium aufgetaucht, der Vater der beiden getöteten Geschwister. Staatsanwältin Piras hat ihn verhört, in Anwesenheit des Polizeipräsidenten und einiger höherer Chargen: dem Chef der Mobilen Einsatztruppe, Gerardi, und Kommissar Di Vincenzo, der die Ermittlungen weiterführen soll, falls wir hier baden gehen. Ich freue mich denjenigen, die gestern nicht dabei waren, berichten zu können, dass die Piras ihn am Ende rausgeworfen hat.»

Leiser Triumph machte sich bei den Anwesenden breit. Bei fast allen. Alex beschränkte sich darauf, ein Lächeln mit Ottavia auszutauschen, während Lojacono keine Miene verzog.

Palma durchbohrte ihn immer noch mit Blicken und fuhr fort.

«Nach dem gestrigen Verhör mit Varricchio, das sehr aufschlussreich war, werden wir heute Vormittag in einer Pressekonferenz den Medien verkünden, dass wir endlich einen Tatverdächtigen festnehmen konnten. Man hat mich eingeladen, daran teilzunehmen, was bedeutet, dass die Arbeit unseres Kommissariats gewürdigt wird. Das ist ein positives Ergebnis, weil dadurch ein paar Schreckgespenster verscheucht werden. Die Gefahr der Schließung ist zwar noch nicht gänzlich abgewendet, aber wenigstens haben wir gezeigt, dass wir unser Handwerk verstehen.»

Ein gewisses Unbehagen schwelte im Raum. Palma hatte dies in einem so kühlen Ton vorgetragen, der ganz im Widerspruch zum Inhalt seiner Worte stand.

Pisanelli fasste die allgemeine Irritation zusammen.

«Wenn alles nun in bester Ordnung ist, warum wirkst du dann so unzufrieden, Chef? Gibt es etwas, das dich stört?»

Ohne seinen Gesichtsausdruck zu verändern, erwiderte Palma:

«Ja, gibt es. Gestern Nacht, im Anschluss an das Verhör und in Anwesenheit von Gerardi, einem unserer stärksten Widersacher, hat Inspektor Lojacono die Hypothese von Varricchios Schuld angezweifelt, womit wir also in Bezug auf den Tatverdächtigen nicht einer Meinung sind.»

Ein peinliches Schweigen folgte. Lojacono machte keine Anstalten, Palmas unerbittlichem Blick auszuweichen.

«Was hat Varricchio denn gesagt?», fragte Romano. «Wenn ich recht verstehe, hat er ja kein Geständnis abgelegt, oder?»

Palma brauste auf.

«Weil Täter immer ein Geständnis ablegen, was? Wenn nur diejenigen, die ein Geständnis abgelegt haben, in den Knast müssten, hätten wir kein Problem mehr mit überfüllten Gefängnissen. Natürlich hat er *nicht* gestanden. Aber er hat kein Alibi, er hat ein Tatmotiv, er gibt zu, in der Wohnung gewesen zu sein und mit seinem Sohn gestritten, ja sogar, ihm eine Ohrfeige verpasst zu haben. Und er zeigt keinerlei Gefühlsregung angesichts dessen, was mit seinen Kindern passiert ist. Er hat nicht mal nach einem Anwalt verlangt.»

Ottavia wandte sich an Lojacono.

«Giuseppe, warum bist du der Ansicht, er war es nicht?»

Lojacono hatte seinen Blick noch immer nicht von Palma gelöst, der ihn jetzt mit einer brüsken Geste zu einer Antwort aufforderte.

«Ich sage nicht, er war es nicht. Ich sage nur, dass wir keine stichhaltigen Beweise haben. De facto befindet er sich in der gleichen Position wie der Freund des Mädchens oder wie jeder andere, der nicht belegen kann, dass er zur Zeit des Doppelmords an einem anderen Ort war. In Wirklichkeit hat Varricchio den Nagel auf den Kopf getroffen: Weil er vorbestraft ist und aus Kalabrien stammt, gilt er so lange als schuldig, bis das Gegenteil bewiesen ist.»

Palmas Stimme überschlug sich fast.

«Wie kannst du annehmen, dass ausgerechnet ich so denke? Wenn ich solche Vorurteile hätte, wäre kein Einziger von euch hier! Er hat kein Alibi, und außerdem …»

In ruhigem Tonfall unterbrach Lojacono ihn.

«Er hätte leugnen können, dass er mit seinem Sohn gestritten hat. Er hätte sagen können, dass er mit aller Herzlichkeit empfangen wurde und nichts mit der Auseinandersetzung zu tun hat, die die Nachbarn gehört haben. Er hätte so tun können, als wäre er vollkommen verzweifelt und am Ende. Er hätte jede Meinungsverschiedenheit mit seiner Tochter abstreiten können, und wir hätten nichts in der Hand gehabt.»

Aragona schaltete sich ein.

«Also, der Typ ist mit Sicherheit kein Softie, wenn er einen anderen mit bloßen Fäusten erschlagen hat. Und die beiden Geschwister sind dermaßen brutal abgeschlachtet worden, dass …»

Romano brachte ihn zum Schweigen.

«Aragona, du nutzt aber auch jede Gelegenheit, Stuss zu erzählen! Soll das etwa heißen, dass einer, der einmal in seinem Leben Mist gebaut hat, jedes Mal schuld daran ist, wenn im Umkreis von dreihundert Kilometern einem seiner Bekannten was zustößt? Lojacono hat völlig recht: Wenn wir keine Beweise haben, müssen wir eben weitersuchen.»

Aragona zog eine beleidigte Schnute. Er nahm sich eine Zeitschrift vom Tisch neben Lojacono und tat so, als interessierte er sich nicht im Geringsten für die Diskussion.

Entrüstet blickte Palma zu Romano.

«Jetzt haust du also auch noch in diese Kerbe … Habt ihr nicht gehört, dass ich gesagt habe, wir müssen nicht weitersuchen? Klar, dass der Fall damit noch nicht gelöst ist, aber wenigstens entziehen sie uns jetzt nicht mehr die Ermittlungen.»

Alex sprach mehr zu sich selbst als zu den anderen.

«Und in der Zwischenzeit sitzt ein Mann, der vielleicht unschuldig ist, im Gefängnis, brütet über das eigene verpfuschte Leben nach und fühlt sich womöglich indirekt verantwortlich für den Tod seiner Kinder. Das ist schlimmer als die Hölle.»

Palma fuhr sich mit der Hand durch die Haare.

«Okay, okay, machen wir Folgendes: Drehen wir den Spieß doch einfach um. Ihr überzeugt mich davon, dass Varricchio nicht der Täter ist. Nennt mir einen Grund, warum ich glauben soll, dass er es nicht war. Ist euch eigentlich klar, dass der Mann drei Tage lang von der Bildfläche verschwunden war und noch nicht mal wusste, dass wir nach ihm suchen? Kaum ist er entlassen, löst er sich in Luft auf – das muss man sich erst mal vorstellen! Und wir können ihn nicht finden.»

Ottavia spürte das Unbehagen des Kommissars und kam ihm zu Hilfe.

«Stimmt. Wir können aber trotzdem die Ermittlungen fortführen. Wenn wir einen anderen Schuldigen finden, wird Varricchio freigelassen. Abgesehen davon wird es ohnehin eine Beweisaufnahme geben. Auch die Staatsanwaltschaft verfasst keine Anklageschrift auf der Basis von simplen Verdachtsmomenten.»

«Für mein Gefühl passt da einfach zu viel nicht zusammen», sagte Lojacono. «Der Mann hat einen Wutanfall, bringt den eigenen Sohn um, tut so, als würde er gehen, indem er die Haustür zuschlägt, in Wirklichkeit wartet er auf die Rückkehr seiner Tochter, um sie dann zu überwältigen und eine Vergewaltigung vorzutäuschen. Außerdem ...» – er blätterte in den Papieren, die vor ihm lagen – «... gibt es da laut Anruflisten um 18.32 Uhr dieses sechsminütige Telefonat zwischen Bruder und Schwester. Was hat Varricchio getan? Ist er runter auf die Straße, hat seiner Tochter vom Telefon ihres Bruders aus befohlen, nach Hause zu kommen, und ist dann zurück in die Wohnung?»

Palma zuckte mit den Achseln.

«Theoretisch ist das möglich. Genauso wie es möglich ist, dass er einfach später zurückgekommen ist. Wie dem auch sei: Die These, dass er es war, basiert auf einer Vermutung, die These, dass er es nicht war, ebenfalls. Aber wenn das unsere einzige Chance ist, die Ermittlungen weiterzuführen, sollten wir ...»

«Das Geld», murmelte Alex. «Da ist immer noch die Sache mit dem Geld.»

«Was heißt das?», fragte Pisanelli.

Alex drehte sich zu ihm um.

«Ich frage mich die ganze Zeit, wo die 3700 Euro abgeblieben sind, die das Mädchen für die Fotos bekommen hat. Sie wusste, dass sie noch mehr hätte verdienen können, Cava hat es ihr gesagt, und das wird auch so gewesen sein. Der Typ war besessen von ihr, was auch die Aufzeichnungen von seinen Anrufen bestätigen. Also, warum wollte Grazia unbedingt genau diese bestimmte Summe haben, und das mit solcher Dringlichkeit?»

Lojacono bezog die Überlegungen der Kollegin in seine eigenen ein.

«Und nicht nur das: Biagio hat Nick gesagt, dass er ihm bei der Finanzierung seiner CD helfen könne. Und auch Cosimo Varricchio hat berichtet, dass sein Sohn sicher war, für sein eigenes Auskommen und das von seiner Schwester sorgen zu können. Und sogar für seins, wenn er ihn denn in Ruhe ließe. Es liegt also auf der Hand, dass Biagio mit dem baldigen Eingang einer ordentlichen Summe gerechnet hat. Mit sehr viel mehr als den 3700 Euro.»

Hartnäckig schüttelte Palma den Kopf.

«Vielleicht hat er das nur behauptet, um seinen Vater abzuwimmeln und den Freund seiner Schwester bei Laune zu halten. Oder er hat eine wissenschaftlich fundierte Lösung gefunden, wie man Pferdewetten gewinnt. Ich bitte euch, ersparen wir uns diesen Unsinn!»

Aragona, der auf seinem Stuhl herumlümmelte, blätterte noch immer in der Zeitschrift.

«Das mit den 3700 Euro scheint zumindest eine Familienmarotte zu sein», sagte er beiläufig, als befände er sich in einer Bar.

Palma wurde rot vor Wut.

«Aragona, kapierst du irgendwann noch, dass man in ernsthaften Diskussionen nicht herumblödelt? Ich ...»

Interessiert hatte Lojacono sich dem Kollegen zugewandt.

«Warum sagst du das?»

«Habt ihr den Artikel über diese Geschichte an der Uni nicht gelesen?», erwiderte Aragona. «Guckt ihr euch immer nur die Bilder an?»

Lojacono und Alex wechselten einen Blick.

«Das ist doch nur irgendein Studentenmagazin. Professor Forgione hat uns das mitgegeben, aber ...»

Aragona tippte mit dem Finger auf eine Textstelle.

«Lies mal hier!»

Mit lauter Stimme las Lojacono vor:

«‹Dottor Varricchio, Sie gelten als einer der vielversprechendsten Wissenschaftler des Landes. Erzählen Sie uns doch mal, was junge Menschen wie Sie dazu bewegen kann, sich der Welt der Forschung zuzuwenden.› Antwort: ‹Viele Leute denken, das sei eine sterile, langweilige Welt, die kaum Möglichkeiten bietet, wirklich Geld zu verdienen. Doch das stimmt so nicht. Man kann beispielsweise für ungefähr 3700 Euro ein Patent anmelden und seine Forschungsergebnisse dann an die Industrie verkaufen. Und zwar für ordentliche Summen. Manchmal wird man sogar richtig reich dadurch. Die jungen Menschen sollten die Welt der Forschung also eher als eine unerschöpfliche Einnahmequelle sehen.›»

Verblüffung machte sich im Großraumbüro breit.

«Und?», fragte Romano. «Was ist daran so besonders? Okay, hier wird ein Betrag genannt, der ...»

Alex sprang auf. Mit leuchtenden Augen starrte sie Lojacono an.

«Ein Patent! Sie hat ihrem Bruder ein Patent finanziert. Das ist auch der Grund, warum Biagio in den letzten Monaten lieber zu Hause gearbeitet hat, obwohl er keinen Internetanschluss hatte und ständig ins Labor an die Uni musste.»

Palma verstand nur noch Bahnhof.

«Aber ... was soll das heißen? Das hat doch mit dem Besuch des Vaters gar nichts zu tun ...»

Lojacono wühlte erneut in den Papieren auf seinem Schreibtisch herum.

«Romano, in dieser Liste ... Wo ist sie denn, verdammt? ... Ich erinnere mich, zwischen den Dokumenten in seiner Brieftasche ... Da ist er ja!» Triumphierend hielt er einen Einlieferungsbeleg hoch. «Der Rückschein von einem Einschreiben. Hier, Chef, da steht es schwarz auf weiß: ‹Patent- und Handelsmarkenamt, Rom›. Bingo, das ist es!»

Hilfesuchend drehte Palma sich zu Ottavia um.

«Verstehe ich nicht, was hat das mit dem Mord zu tun? Wir ermitteln doch nicht im Hinblick auf die Tatsache, dass Varricchio zu Hause war statt im Labor. Er wollte ein Patent anmelden – na und?»

Als hätte sie seine Worte nicht einmal gehört, sagte Alex zu Lojacono:

«Der Schlüssel ... Er musste noch nicht mal klingeln, um reinzukommen.»

Der Inspektor nickte.

«Er ist gekommen, um seinen Anteil zu kassieren. Seinen Anteil an allem; er dachte, das steht ihm zu.»

«Klar. Er hat alles bezahlt, also ging er davon aus, dass es ihm am Ende auch gehört.»

Alex und Lojacono führten einen Schlagabtausch, als wären sie ganz allein im Raum.

«Und natürlich wusste niemand was davon», fuhr Lojacono fort. «Das kam ihnen beiden gelegen.»

Auf Alex' Gesichtszügen breitete sich ein Lächeln aus.

«Bis seine Schwester gekommen ist. Plötzlich ging alles ganz schnell, und die Sache geriet außer Kontrolle.»

Aragona hatte genug von diesem seltsamen Duett.

«Also bitte, könnt ihr mal aufhören, in Rätseln zu sprechen?»

Lojacono stand auf und griff nach seinem Mantel.

«An deiner Stelle würde ich die Pressekonferenz verschieben, Chef. Ich nehme an, du wirst am frühen Nachmittag etwas ganz anderes zu berichten haben. Und verscherbel es nicht zu billig, denn wie du schon sagtest: Du hast ein tolles Team. Ein Spitzenteam! Komm, Alex, wir gehen.»

Bevor auch Alex das Büro und ihre verdutzten Kollegen verließ, drückte sie Aragona noch schnell einen Kuss auf die Wange.

«Polizeioberwachtmeister Marco Aragona, du bist echt ein verdammtes Genie!»

Mit der üblichen Geste nahm dieser sich die Sonnenbrille von der Nase.

«Ich weiß ... Aber nachher erzählst du mir auch, warum, ja?»

Doch da war Alex schon längst hinter Lojacono die Treppe hinuntergestürmt.

50

Um an ihr Ziel zu gelangen, mussten sie sich durchfragen. Sie konnten sich beim besten Willen nicht an den Weg erinnern, den sie beim letzten Mal gegangen waren.

Mit wenigen Worten und in Halbsätzen hatten sie versucht, sich über eine Strategie zu verständigen. Was nicht einfach war. Sie hatten keine wirklichen Beweise, um ihn festnageln zu können, und mit Sicherheit war er klug genug, um die Karten neu zu mischen. Sie mussten auf seine Unsicherheit setzen, auf die Instabilität seines Charakters, seine innere Anspannung, die in den letzten Tagen immer größer geworden sein musste.

Auf seine Reuegefühle.

Sie hatten kaum etwas in der Hand und nur eine geringe Chance, bevor sein Verstand instinktiv Alibis erfinden und Verteidigungsmauern hochziehen würde. Eine einzige Chance, um zu verhindern, dass ein Unschuldiger, der bereits seine Kinder verloren hatte, für all das bezahlen musste.

Damit nicht eine alte Schuld ein ganzes Leben zerstörte.

Alex hatte ein schlechtes Gewissen, weil sie Varricchio bereits in dem Moment innerlich verurteilt hatte, als sie ihn in der Nacht zuvor hatte sprechen hören. Sie hatte die Probleme ihrer eigenen Familie, die unterschwellige Diskriminierung und die daraus resultierende krude Dynamik, auf die Familie aus Kalabrien übertragen, sie hatte den Vater zum Henker seiner eigenen Kinder gemacht, der ihnen erst die Kindheit und dann das Leben genommen hatte. Nun, da sie wusste, wie die Dinge wirklich standen, war sie noch erpichter als sonst darauf, Gerechtigkeit walten zu lassen.

Lojacono war von ähnlichen Motiven getrieben. Um seines eigenen Seelenheils willen war er nicht bereit, die Prinzipien über Bord zu werfen, die ihn den Beruf des Polizisten hatten ergreifen lassen. Abgesehen davon hatte er nie geglaubt, dass Varricchio seine Kinder umgebracht hatte. Natürlich gab es so etwas: Egoismus, Dummheit oder Engstirnigkeit konnten durchaus in solche Verbrechen münden. Doch dieser Mann hatte sich auf die lange Reise aus seinem Dorf in die Großstadt aufgemacht, um seine Tochter zu bitten, zu ihm zurückzukehren, weil er nicht alleine alt werden wollte – in dem Gefängnis unter freiem Himmel, das demjenigen so ähnlich war, in dem er viele Jahre seines Lebens verbracht hatte. Er konnte einen solch barbarischen Mord nicht begangen haben.

In den wenigen Stunden, die er ausgestreckt auf seinem Bett gelegen und an die Decke gestarrt hatte, den unruhigen Atemzügen Marinellas lauschend, die voll bekleidet eingeschlafen war, hatte der Inspektor seine eigene immense Vaterliebe ausgelotet und begriffen, dass, was auch immer passieren würde, er seinem Kind gegenüber niemals so etwas wie Hass empfinden könnte. Und sein Zweifel an der Schuld von Cosimo Varricchio war noch größer geworden, ebenso wie das Widerstreben, sich mit der Lösung eines Falles zufriedenzugeben, die zu einfach war, um die richtige sein zu können: dass dieser Mann Biagio und Grazia getötet hatte, den einen im Affekt und die andere mit Vorsatz.

Dann war Aragona auf das Interview gestoßen, und die vielen Mosaiksteinchen hatten sich zu einem Ganzen gefügt.

In seiner tragischen Vollkommenheit hatte das Gesamtbild deutlich werden lassen, wie und vor allem warum das alles geschehen war. Ein Gesamtbild, das von Anfang an einer gewissen Logik gefolgt war, die aber erst jetzt sichtbar wurde und eine Antwort auf jede einzelne Frage lieferte.

Diese Erkenntnis allein half jedoch bei der Lösung ihres aktuellen Problems nicht weiter.

Bevor ihre Anwesenheit bemerkt wurde, konnten sie fast fünf Minuten lang den Laboralltag durch das Schallschutzglas beobachten. Als wären sie Zuschauer in einem Stummfilmkino, sahen sie den Wissenschaftlern dabei zu, wie sie flink und agil zwischen ihren Aufbauten hin und her wuselten; es erschien unglaublich, dass sie niemals zusammenstießen oder eines der Instrumente umrissen. Manchmal machte jemand einen Scherz, und die anderen lachten oder wechselten bloß einen amüsierten Blick, manchmal informierten sie einander auch über die Untersuchungsergebnisse, die sie von ihren Bildschirmen ablasen. Alex und Lojacono stellten fest, dass es letztlich keinen Unterschied machte, wie der Arbeitsplatz aussah, an dem man zusammenarbeitete – im Hinblick auf das Verhältnis unter Kollegen erschien dieses Labor jedenfalls wie ein Zwilling ihres Kommissariats.

Irgendwann schaute der junge Mann auf und entdeckte sie. Seine Augenlider flatterten, als wollten sie eine unschöne Sinneswahrnehmung wegblinzeln, und Lojacono bildete sich ein, gesehen zu haben, wie seine Schultern unter dem Kittel in sich zusammensackten.

Renato Forgione verließ das Labor und kam ihnen entgegen.

«Guten Morgen», sagte er mit ausdrucksloser Stimme. «Wie kann ich Ihnen behilflich sein? Gibt es Neuigkeiten?»

Die beiden Polizisten schwiegen. Schließlich zog Lojacono einige Papiere aus seinem Mantel hervor.

«Ich komme gleich zur Sache, Dottore. War Ihnen bekannt, dass Biagio Varricchio am 21. Oktober des letzten Jahres beim Patent- und Handelsmarkenamt in Rom vorstellig geworden ist und einen Antrag auf Erteilung eines Patents gestellt hat?»

Forgione riss erschrocken die Augen auf, als hätte man ihm eine Ohrfeige verpasst.

«Ich? Nein, wieso hätte ich …»

Alex setzte nach.

«Wollten Sie nicht genau darüber mit Ihrem Kollegen Varricchio sprechen, nachdem Sie das Interview in dem Studentenmagazin gelesen hatten?»

Renato trat einen Schritt zurück.

«Was reden Sie da? Ich wusste von nichts. Und wann soll ich angeblich zu Biagio gegangen sein?»

Lojacono ging zum Angriff über.

«Wir wissen, dass Sie am späten Montagabend bei ihm zu Hause waren. Sie brauchten nicht einmal zu klingeln, weil Sie als Sohn des Besitzers mehrerer Wohnungen in dem Gebäude einen Generalschlüssel besitzen. Und Sie sind ein paar Minuten nach der Rückkehr von Grazia Varricchio, die über Kopfhörer Musik hörte, wieder gegangen. Niemand sonst war zu dem Zeitpunkt in der Wohnung, also ist der Doppelmord in Ihrer Anwesenheit verübt worden. Wir haben die Tatwaffe gefunden und sind gerade dabei, die Fingerabdrücke abnehmen zu lassen.»

Alex hielt den Atem an.

Forgiones Antwort kam impulsiv und mit bebender Stimme:

«Was reden Sie da? Die Bronzeplastik befindet sich bei mir zu Hause und …»

Alex atmete aus. Geschafft.

Lojacono sah seinem Gegenüber fest in die Augen.

«Beruhigen Sie sich», sagte er. «Ab jetzt wird alles einfacher. Kommen Sie bitte mit.»

51

«Sie kennen meinen Vater nicht. Sie haben nicht die leiseste Ahnung, wie dieser Mann gestrickt ist.

Mein ganzes Leben war ich diesem verdammten Druck ausgesetzt. Wenn er mich zur Rede gestellt, wenn er mich geschlagen hätte, vielleicht wäre ich dann in der Lage gewesen, mich zu verteidigen, ein eigenes Leben zu führen. Aber so was macht er nicht. Er schaut einen bloß an, sonst nichts.

Sie müssen wissen, sein Blick brennt auf der Haut mehr als ein Dutzend Peitschenhiebe. Ein bitterer Blick, qualvoll, schmerzerfüllt. Ein Blick, der sagt: ‹Ich weiß, du hasst mich. Du hast mich immer schon gehasst. Das ist der Grund, warum du keine Leistung vollbringst, warum du nicht der Beste bist.›

Ich bin der einzige Sohn eines großen Mannes. Ich habe nie jemanden an meiner Seite gehabt, mit dem ich diese Last hätte teilen können. In der Hinsicht ist es Biagio besser ergangen als mir.

Das klingt absurd, oder? Jemanden glücklich zu preisen, der seinen Vater kaum gekannt hat, nur weil er eine Schwester hatte. Aber ich bin mir sicher, er war der Glücklichere von uns beiden. Er hatte so etwas wie eine Familie.

Mein Vater ist keine Familie, er ist ein großer Mann. Er ist ein Genie. Wussten Sie, dass er vor ein paar Jahren beinah den Nobelpreis bekommen hätte? Man hat uns gegenüber so was angedeutet. Er ist international bekannt, denn unsere

Branche ist klein. ‹Unsere› Branche, ja. Weil nie der geringste Zweifel daran bestand, dass ich in seine Fußstapfen treten würde.

Dabei hat es mich viel eher zur Musik gezogen, wissen Sie? Als kleiner Junge habe ich mir selbst Gitarre beigebracht; das war vielleicht das Einzige, wobei ich mich wirklich gut fühlte. Ich habe ihn gefragt, ob ich ein paar Unterrichtsstunden nehmen könnte. Er hat gesagt, alles, was mich vom Lernen abhält, würde er nicht gutheißen. Sie hätten sehen müssen, mit welchem Gesichtsausdruck er das gesagt hat: Als hätte ihm gerade jemand rücklings ein Messer in die Rippen gerammt. Also nichts mit Gitarrenunterricht für Renato. Nichts und wieder nichts.

Ich habe Biagio in meinem zweiten Studienjahr kennengelernt. Ich weiß, wie man lernt, müssen Sie wissen. Wenn es darum geht, Stoff auswendig zu lernen, sich dicke Wälzer einzuverleiben, Nachtschichten einzulegen, um für eine Prüfung zu pauken – dann bin ich darin Weltmeister. Aber ich habe keine Phantasie. Null. Mir fehlt es an Vorstellungskraft, an innovativen Ideen, ich sehe nichts, was andere nicht auch sehen. Biagio ja. Er hat sofort alles begriffen und mit Hilfe von Versuchen nachgestellt – genau wie im Lehrbuch.

Wie so viele wollte er ursprünglich Arzt werden, aber er hat nicht mal einen Versuch unternommen und die Aufnahmeprüfung gemacht. Ich bin mir sicher, er hätte jede Dimension gesprengt und die höchste Punktzahl im ganzen Land erreicht, aber er konnte sich ein Medizinstudium einfach nicht leisten. Zu lang, zu viele Bücher, zu hohe Studiengebühren. Biagio besaß ja nicht einen Cent.

Er hat sich für Biotechnologie entschieden, weil er glaubte, damit schneller einen Job zu kriegen. Um sich zu finanzieren, hat er egal was gemacht. Sogar Möbelpacker, stellen Sie sich das mal vor! Er hat Kisten und Möbel geschleppt und es bei alldem trotzdem noch geschafft, Geld nach Hause zu schicken, zu seiner Schwester.

Wir haben uns bei einer Prüfung kennengelernt. Wir sind ins Gespräch gekommen und haben beschlossen, für die nächste Prüfung gemeinsam zu lernen. Von da an waren wir unzertrennlich.

Bis Grazia gekommen ist.

Alles hat wunderbar funktioniert, wissen Sie?

Ich gab ihm Geld, das stimmt. Oder vielmehr, ich habe alles bezahlt.

Wir sind ziemlich wohlhabend. Der große Mann verdient viel Geld, aber es interessiert ihn nicht; er arbeitet für den Ruhm, der Rest ist ihm egal. Also konnte ich mir so viel Geld nehmen, wie ich wollte, und es Biagio geben. Damit er sich keinen Job suchen musste, damit er nicht weggehen und mich alleine lassen würde.

Wir waren ein Team, verstehen Sie? Ein echtes Team. Er hat die Ideen entwickelt, die grobe Linie abgesteckt, und ich habe für die Durchführung gesorgt. Wir haben gemeinsam Artikel publiziert und unser beider Namen daruntergesetzt, manchmal auch nur meinen Namen, wenn ich Biagio dafür bezahlt habe. Damit der große Mann stolz auf seinen genialen Sohn sein und ihm verzeihen konnte, dass er immer diesen kalabresischen Klotz am Bein mit sich rumschleppte. Er hatte keine Ahnung, dass es genau umgekehrt war. Letztlich passieren sogar einem großen Mann Irrtümer.

Wir hätten noch Jahre so weitermachen können. Ich hätte eine universitäre Laufbahn eingeschlagen, und in dem Moment, wo ich Lehrstuhlinhaber geworden wäre, hätte Biagio entweder auch einen Lehrstuhl bekommen oder wäre in die Industrie gegangen. Der große Mann hätte derweil seinen Ruhestand genießen können, und wir wären frei gewesen. Ja, so hätten wir auf ewig weitergemacht.

Aber dann war plötzlich seine Schwester da.

Die Bronzeplastik hat sie mit sechzehn bei einem Schönheitswettbewerb irgendwo an der Küste gewonnen und sie ihrem Bruder geschenkt. Biagio war stolzer darauf als auf alle unsere Veröffentlichungen. Er liebte Grazia abgöttisch. Sie war eine Mischung aus Tochter, Schwester und Freundin für ihn. Als er sie mir vorgestellt hat, hätten Sie ihn mal sehen sollen. Er schien völlig närrisch vor Freude. Was für ein Idiot!

Dann hat er angefangen, mir von Grazias bescheuertem Freund zu erzählen, diesem Möchtegern-Reggae-Sänger, und von seinem Vater, dem Mörder, der irgendwann auftauchen würde, um sie mit zurück in sein Kaff zu nehmen. Was ja auch eingetreten ist, nicht wahr? Letztlich ist doch genau das passiert.

Er hat sich eingebildet, das Leben seiner Schwester in eine gute Bahn lenken zu können. Er wüsste noch nicht, wie, aber er würde es schaffen. Die hochfliegenden Träume, die er für sie hatte, konnte ich natürlich nicht finanzieren. Selbst der große Mann hätte sich aufgeregt, wenn ich eine zu hohe Summe abgezweigt hätte. Ich bat ihn, sich zu gedulden, in einem Jahr würde das Bewerbungsverfahren stattfinden, er würde mir helfen, es mit Bravour zu durchlaufen, und danach würden ihm alle Möglichkeiten offenstehen.

Aber er wollte nicht warten.

Ich musste rauskriegen, ob er angefangen hatte, auf eigene Rechnung zu arbeiten. Ich musste es einfach wissen. Er hing einer alten Idee nach, ein Verfahren mit einer künstlichen Hefe, mit deren Hilfe, wenn alles glattging, bei gleichem Energieaufwand praktisch die doppelte Menge an Ethanol produziert werden konnte. Er kam ins Labor, blieb dort bis abends spät, notierte sich die Daten und ging nach Hause, um sie weiterzuentwickeln. Und ich Idiot dachte, er tat das, um ein Auge auf seine Schwester zu haben.

Ich frage mich, woher er das Geld für das Patent hatte. So was kostet, müssen Sie wissen. Man braucht fast 4000 Euro, und die hatte er nicht. Er wird sie von ihr bekommen haben; vielleicht hat sie ja als Nutte gearbeitet. Klar, sie war eine echte Schönheit. Keine Frage. Biagio meinte, sie sähe genauso aus wie ihre Mutter als junges Mädchen.

Dann ist dieses Interview mit ihm erschienen, und mir wurde alles klar. Sie kennen das doch, wenn es einem wie Schuppen von den Augen fällt, oder? Alles war auf einmal vollkommen logisch. Das Foto von Grazias Shooting, das Gerede über Patente, über die Möglichkeit, mit Forschung Geld zu verdienen, und so weiter. Mir wurde klar, warum er nicht mehr zur Uni kam, warum er nicht an neuen Aufsätzen arbeitete, sich einen Scheiß um unsere gemeinsamen Projekte kümmerte. Er war dabei, mich fallen zu lassen wie eine heiße Kartoffel. Er hat sich verpisst, um Geld zu verdienen.

Also bin ich zu ihm hin. Das war immerhin meine Wohnung, verstehen Sie? Er stahl mir meine Zukunft, meine Karriere – von meiner Wohnung aus! Ich bin zu ihm hin und habe ihn aufgefordert, mir klar und unmissverständlich zu sagen, was er da gerade machte.

Er hat nichts geleugnet. Nicht mal im Ansatz. Er hat gesagt, er wäre dazu gezwungen, es ginge um die Zukunft seiner Schwester. Ihm bliebe nur wenig Zeit, denn über kurz oder lang wäre sie weg mit diesem Typen und damit verbrannt. Er hat es wortwörtlich so gesagt: ‹verbrannt›. Und dann wäre da auch noch sein Vater, der plötzlich aufgetaucht sei. Seine einzige Chance, aus diesem Dilemma rauszukommen, wäre das Patent für seine Hefe.

‹Seine Hefe.›

Er hat sie im Labor meines Vaters entdeckt und weiterentwickelt, mit Hilfe meiner Geräte, die ich ihm zur Verfügung gestellt habe, meiner Wohnung, in der er schlafen konnte, meinem Essen, das ich ihm mitgebracht habe – und für ihn war es ‹seine Hefe›.

Ich habe kein Wort mehr rausgebracht. Ich habe ihn nur angestarrt. Irgendwann hat er sich einfach umgedreht, um irgendeine Reaktionsgleichung zu überprüfen, als wäre nichts geschehen.

In diesem Moment ist mir eine Sicherung durchgebrannt, und gleichzeitig war ich eiskalt. Ich habe mir selbst zugesehen wie einem Fremden, als wäre ich im Kino. Ich habe mich umgedreht und die Bronzeplastik von der Konsole genommen. Der erste Hieb. Dann noch einer und noch einer. Ich erinnere mich nicht mehr, wie viele.

Ich war gerade fertig und wollte gehen. Sie hätte weiterleben können. Sie war zwar genauso schuldig wie er, aber sie wäre davongekommen. Stattdessen schließt sie die Tür auf und steht plötzlich vor mir.

Mir war klar, dass ich verloren hatte, als Sie sagten, dass Grazia Kopfhörer trug. Woher wussten Sie das? Haben Sie sie etwa gesehen? Da draußen sind Überwachungskameras, oder? So steht's jedenfalls immer in der Zeitung.

Ich habe ihr die Hand auf den Mund gedrückt. Ich hatte Handschuhe an, bei dieser Affenkälte frieren einem ja sonst die Finger ab. Dann habe ich ihren Hals gepackt und erst aufgehört, sie zu würgen, als ich mir sicher war, dass sie nicht mehr schreien würde. Ich habe sie aufs Bett geworfen und es so aussehen lassen, als hätte jemand versucht, sie zu vergewaltigen. Hier in der Gegend wimmelt es doch von Migranten, und sie ist so wunderschön. *War* wunderschön.

Ich bereue nichts. Biagio war ein erbärmlicher Dieb. Ich dachte, er wäre mein Freund, mein bester Freund, aber – Fehlanzeige. Er war ein Verräter.

Ein Schuft, ein verdammter Verräter. Sagen Sie dem großen Mann, dass es nicht meine Schuld war. Ich bin unschuldig.

Er fehlt mir, muss ich zugeben. Nach den Prüfungen, den gemeinsam verfassten Aufsätzen, bei jedem Erfolg – wissen Sie, was wir dann gemacht haben? Wir haben uns umarmt. Ich umarme nie jemanden, aber ihn habe ich umarmt. Dieses miese Schwein.

Dieses miese Schwein.»

52

Man muss sich in Acht nehmen vor der Kälte. Denn irgendwann kriecht sie einem in die Knochen und nistet sich in der Seele ein.

Und wenn sich die Kälte einmal in der Seele eingenistet hat, dann verändert sie dort alles. Dann bringt sie die Quellen der Fröhlichkeit zum Versiegen und füllt jene Leerstellen mit Eis, die einem bis dahin erlaubt haben, auf dem schmalen Grat der Gefühle zu balancieren und den phantastischen Ausblick zu genießen, den man von dort aus hat.

Nehmt euch in Acht vor der Kälte!

Giorgio Pisanelli hatte sich erneut auf den Weg in den Park der Nationalbibliothek gemacht.

Wieder einmal war er spät dran. Die Nachricht von der Verhaftung Renato Forgiones hatte nicht nur das Kommissariat in Aufruhr versetzt, sondern die ganze Stadt. Pizzofalcone war belagert von Journalisten und Fernsehteams. Sie konnten es kaum erwarten, jeden noch so nebensächlichen Aspekt der Angelegenheit zu beleuchten, die einen Eklat versprach, wenn auch glücklicherweise im positiven Sinne: Innerhalb von nicht mal fünf Tagen hatte die Polizei den Fall der beiden ermordeten Geschwister gelöst. Und dann waren es ausgerechnet die Gauner von Pizzofalcone, die sich diesen Erfolg auf die Fahnen schreiben durften.

Trotz allem fühlte sich Giorgio Pisanelli von einer immensen Last niedergedrückt. Das Gespräch mit Leonardo hatte seine Überzeugungen ins Wanken gebracht: Und wenn sein Freund recht hatte? Wenn die Sache mit den Verzweifelten, Einsamen, Depressiven in Wirklichkeit sein eigenes Problem war? Nichts weiter als ein Kartenhaus, das er für sich gebaut hatte, um nicht völlig den Halt zu verlieren?

Als er die einsamen, mit Raureif bedeckten Beete erreicht hatte und den Atemwölkchen nachschaute, die aus seinem Mund aufstiegen, sah Pisanelli sich plötzlich, wie er wirklich war: ein alter kranker Mann an seinem Lebensende. Ein Mann, der Wahnvorstellungen hatte, der jeden Abend mit seiner toten Frau sprach. Carmen war tot, und er wollte diese simple Tatsache einfach nicht akzeptieren.

Vielleicht musste er sich aus dem Leben zurückziehen.

Er blickte sich um. Agnese war nicht da.

«Bist du nun auch tot, Agnese?», fragte er laut in die verlassene Parklandschaft hinein, in der keine Kinder spielten, keine Mütter nach ihnen riefen, keine Vögel sangen. Und kein Frühling war, vielleicht nie mehr sein würde.

Er ließ sich auf die Bank sinken und scherte sich nicht um die Feuchtigkeit, die durch seine Kleidung drang. Er war müde. Die Vorstellung, loszulassen, sich ein für alle Mal der Stille hinzugeben, schreckte ihn nicht, im Gegenteil, sie war tröstlich. Womöglich war es an der Zeit, von der Bühne abzutreten, denn das lächerliche Schauspiel, das er Tag für Tag darbot, erschien ihm plötzlich unerträglich.

Ein kleiner Vogel begann, zu seinen Füßen herumzuhüpfen. Für einen Moment lichtete sich der Eisnebel um sein Herz, und mit letzter Kraft trug er ihm einen Gruß an seine arme Freundin auf, die jetzt vielleicht schon von einem Strick herabbaumelte oder vollgepumpt mit Schlaftabletten leblos in ihrem Bett lag. Es tut mir so leid, Agnese, so unendlich leid. Ich habe es nicht geschafft, dich zu retten. Ich kann nicht mal mich selbst retten.

Er streckte sich lang auf der Bank aus. Die Kälte war schrecklich. Auch die bleiche Nachmittagssonne hatte sich resigniert aus diesem Winkel des Parks zurückgezogen. Er schloss die Augen.

Ciao, Leonardo, alter Freund. Um diese Tageszeit wirst du dich wohl gerade auf deine Exerzitien vorbereiten. Du brauchst dich nicht schuldig zu fühlen, weil du nicht da warst, als ich gegangen bin.

Ciao, Carmen, meine süße Geliebte. Wie sehr würde ich mir wünschen, dass wir uns bald wiedersehen, um dann für immer zusammenzubleiben. Wie sehr wünsche ich mir, dass es tatsächlich ein Leben nach dem Tod gibt und ich endlich wieder dein Gesicht streicheln kann.

Ciao, Agnese. Ich hoffe, du wirst deinen Frieden finden. Und ich hoffe, auch ich finde ihn.

«Hallo, Giorgio.»

Die Gleichzeitigkeit von seinem letzten Gedanken und dem Ertönen dieser Stimme war so perfekt, dass er nicht einmal zusammenzuckte. Pisanelli spürte eine Hand, die ihn sanft berührte, und richtete sich auf.

«Danke, dass du mir meinen Platz freigehalten hast. Ich hoffe, Raimondo hat nicht gedacht, seine Mama hätte ihn vergessen. Siehst du ihn? Er hat auf mich gewartet.»

Agnese setzte sich und begann, Brosamen auf die Erde zu werfen, die der Spatz zufrieden aufpickte.

«Ich habe verschlafen, stell dir vor. Und in meinem Traum hat er zu mir gesagt: ‹Los, Mama, du bist spät dran. Giorgio wird sich Sorgen machen.› Also bin ich schnell aufgestanden und hergekommen. Und, wie geht's dir?»

Pisanelli ließ seinen Blick auf ihr ruhen. Dann legte er ihr den Arm um die Schulter und sagte:

«Gut, Agnese. Gut.»

Nehmt euch in Acht vor der Kälte! Denn die Kälte kann euch verändern.

Die Kälte schafft es, euch hässliche Dinge einzuflüstern, traurige Geschichten, die eure Gemüter verfinstern.

Ihr könnt sie durchs Fenster sehen, wenn sie ihre nebelfeuchten, eisigen Finger nach der Nacht ausstreckt und ohne Gnade in Straßen und Gedanken hineinkriecht.

Keine Streitmacht dieser Welt vermag sich dem Eindringen der Kälte zu widersetzen. Wie eine Plage kommt sie über euch, und ihr könnt nichts dagegen tun.

Außer warten und beten, dass ihr sie noch einmal überlebt.

Ohne dass die Kälte euch zu sehr verändert.

Ottavia stand auf der Schwelle zu Palmas Büro, um sich zu verabschieden. Der Kommissar lehnte am Fenster, mit dem Rücken zur Tür, die Arme vor der Brust verschränkt, die Schultern eingesunken.

«Alles in Ordnung, Chef?», fragte sie leise.

Ohne sich umzudrehen, sagte er:

«Ach, Ottavia, du bist es. Ja, ja, alles in Ordnung. Schönen Abend.»

Sein eisiger Ton traf sie wie ein Peitschenhieb.

«Was ist denn los?», erwiderte sie kaum hörbar. «Wir haben den Fall doch gelöst. Oder etwa nicht?»

Palma drehte sich zu ihr um und rang sich ein gequältes Lächeln ab. In seinem Gesicht spiegelte sich die Erschöpfung, seine Augen waren von dunklen Ringen umschattet.

«Natürlich, keine Frage. Ihr wart großartig. Vor allem du,

wie du die Journalisten in Schach gehalten und aufgepasst hast, keine Gerüchte in Umlauf zu bringen. Ich habe die Nachrichten im Fernsehen gesehen, hier im Büro. Sie sind einfach Meister der bloßen Mutmaßungen.»

Ottavia ließ sich nicht so leicht abwimmeln, sie machte sich Sorgen.

«Was stimmt dann nicht, Chef? Sie wirken alles andere als glücklich und zufrieden. Wir haben den Täter geschnappt, alle reden über uns. Niemand kann jetzt mehr so einfach das Kommissariat von Pizzofalcone dichtmachen wollen. Das war's doch, was wir wollten, oder?»

Der Kommissar ließ sich auf seinen Schreibtischstuhl fallen.

«Ja, das war's, was wir wollten. Aber ich war nicht gut. Das ist die Wahrheit, darüber mache ich mir keine Illusionen.»

«Was reden Sie denn da? Sie waren doch derjenige, der den Einsatz koordiniert hat, der mit dem Präsidium im ständigen Kontakt stand, sodass wir in Ruhe arbeiten konnten. Ohne Sie würde es dieses Büro hier nicht mehr geben.»

«Nein, Ottavia. Lieb von dir, dass du das sagst, aber so war es nicht. Um in dieser verdammten Schlacht, in die ich mich da hineinziehen lassen habe, endlich den Sieg davonzutragen, hätte ich beinah einen Unschuldigen ins Gefängnis gebracht. Einen von Gewissensbissen zermarterten Vater, einen Mann, der für seinen Jähzorn teuer bezahlen musste, unverhältnismäßig teuer. Nur um am Ende zu gewinnen, nur um dieses Kommissariat zu retten, habe ich die erstbeste Option gewählt.»

«Aber Sie haben doch wirklich geglaubt, dass Varricchio der Mörder ist. Alle haben wir das geglaubt.»

«Lojacono nicht, und er hatte recht. Ich habe völlig außer Acht gelassen, warum ich eigentlich Polizist geworden bin:

um die Wahrheit ans Licht zu bringen. Vielleicht bin ich nicht der Richtige für diesen Job, vielleicht sollte ich kündigen.»

Ottavias Herz zog sich zusammen. Sie ging um den Schreibtisch herum und trat auf ihn zu.

«Das dürfen Sie nicht mal im Scherz sagen, Chef. Ohne Sie wären wir gar nichts, verstehen Sie? Wir brauchen einen Anführer, einen Fixpunkt, weil wir es alleine nicht hinkriegen. Nicht umsonst wollte uns niemand einstellen. Nur mit Ihrer Hilfe haben wir die Kraft wiedergefunden, von der wir dachten, wir hätten sie längst verloren.»

Palma hob den Kopf. Ihre Körper berührten sich fast.

«Vielleicht würde jemand anders es besser machen als ich. Ein anderer hätte niemals außer Acht gelassen, dass wir die absolute Gewissheit haben müssen, bevor wir …»

Ottavia hielt ihm den Mund zu.

«Pst, pst. Das reicht jetzt. Ich will mir diesen Unsinn nicht länger anhören. Ich versichere Ihnen, dass wir Sie brauchen. Dass ich Sie brauche.»

Palmas Augen füllten sich mit Tränen. Langsam hob er den Arm und streichelte über Ottavias Hand, die noch immer auf seinem Mund lag.

Sie spürte, wie sein Lächeln allmählich immer breiter wurde. Beinah ohne es zu merken, fuhr sie ihm mit den Fingerspitzen sanft übers Gesicht.

Dann verließ sie fluchtartig den Raum.

Die Kälte ist gefährlich.

Hat man den ersten Schock erst einmal überwunden, gewöhnt sich die Haut an sie, und der Schrecken scheint ein Ende gefunden zu haben. Aber so ist es nicht.

Die Kälte ist ein Feind im Hinterhalt, sie weiß, wie sie uns mit ihrer plötzlichen Milde täuschen kann. Sie macht uns benommen und gaukelt uns vor, das wäre eine normale Müdigkeit. Aber in Wirklichkeit ist es ein Vorbote des Todes.

Die Kälte ist niederträchtig, sie weiß, wie sie zwischen die Ritzen in unserer Rüstung kriechen kann, und ist ihr das erst einmal gelungen, bekommt man sie nie wieder heraus.

Die Kälte weiß, wie sie mit der Waffe des Schweigens töten kann.

Lojacono drehte den Schlüssel in der Wohnungstür herum, seufzte und trat ein. Marinella saß am Wohnzimmertisch und wartete auf ihn.

Bei seinem Auftauchen brach sie augenblicklich in Tränen aus.

«Papa, es tut mir so leid. Ich wollte dich nicht enttäuschen.»

Er blieb stehen, unbeweglich wie eine Statue aus Eis.

«Du musst mir glauben, Papa! Das war überhaupt nichts Besonderes, weißt du … Alle meine Klassenkameradinnen gehen mit Jungs aus. Er … er ist absolut in Ordnung, er wohnt hier im Haus. Ich habe ihn im Treppenhaus kennengelernt. Er ist Student und geht hier zur Uni.»

Lojacono sagte kein Wort. Fast schien es, als würde er nicht einmal atmen.

«Letizia ist völlig unschuldig, ich war diejenige, die sie dazu überredet hat. Sie ist so lieb und hat mich gern, sie ist wie eine Mutter zu mir. Ich wollte es unbedingt, ich habe sie angefleht, und am Ende haben wir verabredet, dass ich wieder da sein würde, bevor das Restaurant schließt.»

Schweigen. Eiseskälte.

«Papa, ich bitte dich, rede mit mir! Ich habe nichts Schlimmes getan, ich schwör's dir. Wir waren zusammen im Kino, haben einen Hot Dog gegessen, gelacht und geredet. Mehr nicht.»

Die Tränen rannen ihr übers Gesicht, Schluchzer unterbrachen ihre Worte.

«Papa, ich flehe dich an, schick mich nicht weg! Ich bin so glücklich hier. Schick mich nicht zurück zu Mama. Ich will bei dir bleiben. Ich werde dich nie mehr anlügen, das verspreche ich dir. Aber tu mir das nicht an. Lass mich nicht noch einmal allein. Bitte!»

Mit stoischer Miene durchquerte Lojacono den Raum, bis er vor der Tür zu seinem Zimmer stand. Ohne sich umzudrehen, sagte er:

«Das war heute ein langer Tag. Ich habe wahnsinnigen Hunger. Kümmere dich bitte um das Abendessen.»

Nehmt euch in Acht vor der Kälte! Denn man spürt sie nicht unbedingt.

In der Hektik des Alltags bemerkt man sie möglicherweise gar nicht. Vielleicht vergessen wir, ab und an innezuhalten, und übersehen sämtliche Warnsignale.

Vielleicht sind wir so beschäftigt mit unserer Nabelschau, als läge dort das Zentrum des Sonnensystems, dass wir die Kälte um uns herum nicht fühlen.

Genau solche Momente sind es, die die Kälte ausnutzt, um uns von Kopf bis Fuß einzuhüllen, uns zu überwältigen, ohne dass wir uns wehren können.

Genau solche Momente sind es, da die Kälte uns besiegt.

«Hallo, Alex? Ciao, ich bin's. Glückwunsch, du bist ja jetzt ein Superstar.»

«Aber nein, was redest du da? Ich habe doch gar nichts gemacht.»

«Natürlich hast du! Alle reden sie davon: ‹Hast du schon gehört, was die Gauner von Pizzofalcone für einen Coup gelandet haben?› Sieht ja ganz so aus, dass ohne euer Zutun der Vater der beiden Geschwister …»

«Rosaria, die Ermittlungen waren noch nicht abgeschlossen, das ist alles. Am Ende kam eins zum anderen, und wir haben die richtigen Schlüsse daraus gezogen.»

«Ich mag das, wenn du so bescheiden bist. Dann bist du noch verführerischer als sonst. Aber ich weiß genau, was hinter dieser bezaubernden Zurückhaltung steckt.»

«Hör bloß auf! Wenn das jemand mitkriegt!»

«Na und? Schämst du dich für mich?»

«Nein, das ist es nicht. Aber wir müssen vorsichtig sein, weißt du, das hier ist vermintes Terrain.»

«Das Terrain ist mir völlig schnurz. Ich habe dir schon einmal gesagt: Für mich ist das keine Affäre wie jede andere. Das ist mein Ernst, Alex. Außerdem will ich dich so schnell wie möglich wiedersehen.»

«Rosaria, ich … Heute geht es nicht, ich muss nach Hause, mit meinen Eltern zu Abend essen.»

«Morgen?»

«Bitte, lass uns ein paar Tage warten. Wenn es nach mir ginge, wäre ich schon längst bei dir, das weißt du, aber …»

«Darf man erfahren, wo dann das Problem liegt? Wenn wir beide gerne zusammen sind und …»

«Es ist nicht so, wie du denkst. Ich … Meine Eltern wissen nicht, dass … Sie haben keine Ahnung, was Sache ist. Sie wissen nicht, dass ich …»

«Aber begreifst du denn nicht, dass das völliger Quatsch ist? Du bist eine tolle Frau, so wie du bist, und du versteckst dich hinter …»

«Darum geht es nicht. Du kannst das nicht beurteilen, du

kennst sie nicht. Ich ... Das ist alles nicht so einfach. Überhaupt nicht einfach.»

«Okay, verstanden. Also, pass auf: Ich habe kein Interesse an ...»

«Bitte, Rosaria, sei nicht so. Mir ist nicht nach ...»

«... ich habe kein Interesse an einer Frau, die nicht den Mumm hat, sich im Spiegel anzusehen. Wie sollte so jemand mutig genug sein, um aufrichtig lieben zu können, jenseits aller Konventionen. Leb doch dein ...»

«Rosaria, bitte ...»

«... dein eigenes kleines Leben. Falls du eines Tages beschließen solltest, ganz du selbst sein zu wollen, kannst du mich gerne anrufen. Aber ich kann dir nicht versprechen, dass ich solange auf dich warte.»

«Bitte, Rosaria, nicht so. Bitte!»

«...»

«Bitte!»

Die Kälte bewirkt solche Dinge.

Und kaum hat sie sich breitgemacht, ist es so, als wäre sie schon immer da gewesen. Als hätte sie nie Raum gelassen für die Sonne, für ein Lachen und die Freude am Zusammensein.

Die Kälte bringt uns dazu, dass wir uns in unser Schneckenhaus zurückziehen und niemanden mehr sehen wollen. Alles wirkt bedrohlich mit der Kälte im Nacken. Alles wirkt düster und erschreckend.

Die Kälte löscht die Zukunft aus.

Francesco Romano saß im Auto, wieder einmal. Und wieder einmal waren seine Gliedmaßen, seine Nase, seine Ohren steif vor Kälte.

Wieder einmal starrte er hinauf zu den Fenstern von Giorgias Mutter, ohne den Blick abzuwenden.

In den Händen hielt er einen geöffneten Umschlag mit einem Brief darin. Einem einzigen Blatt, das nicht mal ganz beschrieben war. Gerade mal zur Hälfte.

Der Brief bewirkte mehr als jede Klimaanlage. Mehr als jedes Kühlhaus auf allerhöchster Stufe. Es ließ einen vor Kälte steif werden, erfrieren.

Ein Licht ging an. Vor seinem geistigen Auge sah Romano das Gästezimmer, in dem Giorgia mit Sicherheit jetzt wohnte. Was seine Frau wohl gerade machte? Seine Frau? Ja, seine Frau. Noch war sie es.

Er wog den Umschlag in den Händen. Als würden die paar Gramm etwas darüber aussagen, was darin geschrieben stand. Mein Gott, war der Brief leicht.

Er rutschte auf dem Autositz hin und her, um seine Verspannungen zu lockern. Irgendwann wirst du aus dem Haus gehen müssen, dachte er. Früher oder später wirst du aus der Tür kommen.

Und dann musst du mit mir reden. Du musst dich mir stellen, mir das ins Gesicht sagen, was hier in dem Brief steht. Du musst mich davon überzeugen, dass es wahr ist.

Denn eine Ehe ist eine ernsthafte Angelegenheit, das weißt auch du. Wenn Mann und Frau einfach so zusammenziehen, dann können sie beim erstbesten Krach auch wieder auseinandergehen. So etwas verpflichtet zu nichts. Man zieht zusammen, und wenn die Beziehung nicht mehr funktioniert, packt man seine Koffer. Bei einer Ehe hingegen handelt es sich um eine Verbindung der Herzen, die man vor Gott und seinen Mitmenschen eingeht. Eine solche Verbindung kann man nicht einfach wegen einer Ohrfeige lösen.

Ich kann es nicht glauben, Giorgia. Ich kann es nicht glauben, dass du mich erst in Anwesenheit eines Anwalts wiedersehen willst, um mir die Scheidungspapiere zu überreichen.

Ich will mich nicht von dir scheiden lassen, verstehst du? Ich will nicht. Ich bin nicht bereit dazu, ohne dich zu leben.

Er schaute erneut zu dem erleuchteten Fenster hinauf.

Früher oder später wirst du das Haus verlassen müssen. Und mir begegnen. Ohne deinen scheiß Anwalt dabei.

Du wirst es mir ins Gesicht sagen müssen, dass du mich nicht mehr liebst.

Und doch geht die Kälte irgendwann vorbei.

Wenn ihr es am wenigsten erwartet, werdet ihr eines Morgens von einer Brise umweht, die anders ist als zuvor, vielleicht duftet sie sogar nach Meer.

Eine besondere Brise, die eure von der Kälte unempfindlich gewordene Haut zum Kribbeln bringt und eine seltsame Lebenslust in euch entfacht. Eine Brise, die euch nach so langer Zeit wieder an ein Morgen denken lässt, das vielleicht gar nicht so übel sein wird.

Die Kälte geht vorbei, weil die Welt so funktioniert. Es gibt keinen wirklichen Grund dafür, sie geht einfach vorbei.

Und alles beginnt von vorn.

Aragona tat, als schaute er zu dem Fenster hinaus, das die Dachterrasse des Hotel *Mediterraneo* vor dem eisigen Nordwind schützte.

Er hatte sich sorgfältig vorbereitet. Sein Blick sollte die Geistesabwesenheit eines Mannes widerspiegeln, der mit den Gedanken bei seinen phantastischen Abenteuern in der Fremde war und zugleich den Horizont nach neuen Unternehmungen und einer besseren Zukunft absuchte. Der Blick eines Mannes, der über Mauern und Zeiten hinwegschaute und auf den Schultern die Verantwortung für seine Nächsten lasten fühlte.

Leider nahm niemand diesen Blick wahr.

Die anderen Tische waren von reisenden Geschäftsleuten und Kongressteilnehmern belegt, die Zeitung lasen, Berichte studierten oder SMS in ihre Handys tippten. Doch sie waren auch nicht die Adressaten von Aragonas Superhelden-Darbietung.

Er hatte nur ein einziges Ziel.

Irina, die Kellnerin, in die er verliebt war, wuselte leichtfüßig zwischen den Tischen und den mit anderen Dingen beschäftigten Gästen umher. Aragona fragte sich, warum sie nicht alle aufstanden und ihr begeistert applaudierten, wenn sie mit einem Tablett voller Tassen aus der Küche geschwebt kam. Sie war wunderschön mit ihren blonden Haaren unter der Servierhaube, den lebhaften blauen Augen, dem wohlgeformten Körper und dem aufregenden fremdländischen Akzent.

Sie war an seinen Tisch getreten, und er hatte mit wohltönender und anspielungsreicher Stimme – er hoffte zumindest, die Anspielungen waren herauszuhören – seinen Standardsatz hervorgebracht: «Einen doppelten Espresso in einer großen Tasse, bitte.» Er hatte den Verdacht, dass die junge Frau nur vorgab, sich nicht an seine Bestellung erinnern zu können, um diesen seinen Satz wieder und wieder zu hören, so wie man es mit seinem Lieblingslied auf einer CD machte. Abgesehen davon hatte ja auch er, obwohl er jeden Schritt von ihr mit Argusaugen verfolgte, so getan, als hätte er sie nicht kommen sehen, um zum x-ten Mal jenen einen Satz von ihr zu hören: «Was darf ich Ihnen zu trinken bringen, Signore?»

Nun wartete er auf sie. Den Blick hinter den blau verspiegelten Brillengläsern auf den Horizont gerichtet, dachte er, dass eben alles seine Zeit brauchte. Ein doppelter Espresso in einer großen Tasse war außerdem auch nicht so leicht zuzubereiten. Zunächst musste die Tasse die richtige Temperatur haben und dann der Kaffee angemessen stark sein, also in der punktgenauen Dauer und Pulvermenge zubereitet sein. Aber irgendwann würde Irina schon kommen und ihn in dieser faszinierenden, bis ins letzte Detail einstudierten Haltung vorfinden.

Er hörte das Klimpern des Löffels gegen die Tasse und die sinnliche Stimme der Frau, die das lang ersehnte Wort aussprach:

«Bitte schön!»

Er tat, als müsste er sich mühsam aus seinen bedeutsamen Gedankengängen lösen, widmete ihr ein zerstreutes, aber unwiderstehliches Lächeln und erwiderte wie gewohnt:

«Danke.»

Das war's dann wieder mal. Nun musste er bis zum nächsten Morgen warten, um sich mit der Frau seines Herzens erneut so intensiv austauschen zu können. Sein Tag, dachte er, bestand letztlich aus nichts anderem als einer überlangen Pause zwischen einem «Danke» und einem «Bitteschön».

Doch dann geschah das Unvorstellbare. Irina blieb stehen, drehte sich um und kehrte an seinen Tisch zurück, während er sich gerade einen Keks in den Mund stopfte. Sie strahlte wie ein Sommertag.

«Ich habe Signore im Fernsehen gesehen.»

Sie hatte ihn gesehen! Wie er da mit einem schwachsinnigen Grinsen hinter Ottavia gestanden hatte, die die mit dem Präsidium abgestimmte Meldung verkündete, gemeinsam mit dem alten Pisanelli, stolz wie Oskar, mit Hulk, der sich grimmig umsah, und mit Alex, die sich am liebsten verkrümelt hätte, und mit dem Chinesen, der wie immer keine Miene verzog. Sie hatte ihn gesehen!

«Mmpf», erwiderte er und prustete einen Sprühregen aus Kekskrümeln in die Luft und auf das Tischtuch.

Irina nickte und ging weiter.

Aragona trank einen Schluck Wasser, um den Keks hinunterzuwürgen und dem Erstickungstod zu entrinnen.

Als er endlich wieder zu Atem gekommen war, richtete er seinen tränenreichen Blick erneut auf den Horizont.

Immerhin, dachte er, wird das Wetter allmählich wieder besser.

Danksagung

Dank der Unterstützung einiger großartiger Leute entwickeln sich die Gauner von Pizzofalcone immer weiter. Ihnen allen gebührt mein herzlicher Dank.

Fabiola Mancone, Valeria Moffa, Gigi Bonagura, Paolo Cortis: die Schutzengel der Stadt und meine persönlichen Leibwächter.

Giulio Di Mizio, für alle Fragen zur Rechtsmedizin und für die vielen Gespräche über Leben und Tod.

Schwester Rosa vom Monastero delle Trentatre, für die einem völligen Laien geduldig erteilten Religionsstunden.

Roberto de Giovanni dafür, dass er mich in die Geheimnisse der Biotechnologie eingeweiht hat, und Giovanni de Giovanni, der mir Gesellschaft beim Schreiben geleistet hat.

Stefania Negro, die mit höchster Konzentration ein Buch nach dem anderen strickt.

Den Corpi Freddi, die in allen meinen Geschichten vorkommen.

Severino Cesari, Francesco Colombo, Paolo Repetti, Valentina Pattavina, Rosella Postorino, die an diesem und den vorhergegangenen Romanen viel mehr Anteil haben als ihr Verfasser.

Maria Cristina Guerra und Gigi Guidotti, die mich heldenhaft ertragen.

Und wie immer geht mein Dank auch an sie, Quelle meines Lebens und meines Schreibens, die mich jedes Mal ziehen lässt und mich mit einem Lächeln empfängt, wenn der Fluss versiegt ist: meine Paola.

Weitere Titel von Maurizio de Giovanni

Lojacono ermittelt in Neapel

Das Krokodil

Die Gauner von Pizzofalcone

Der dunkle Ritter

Frost in Neapel

Maurizio de Giovanni
Das Krokodil

Sie nennen ihn das Krokodil. Er ist die perfekte Mordmaschine. Aber warum weint er, wenn er tötet?

Am Tatort liegt ein junger Mensch, kaltgemacht durch einen Schuss aus nächster Nähe. Neben ihm ein mysteriöser Gruß des Täters: ein tränenbenetztes Taschentuch. Inspektor Lojacono, von Sizilien nach Neapel strafversetzt, sitzt in einem tristen Polizeibüro und dreht Däumchen. Bis ihn die schöne Staatsanwältin Laura Piras mit diesem Fall betraut. Und nun treffen der Inspektor und «das Krokodil» in der morbiden Szenerie Neapels aufeinander. Ein neues Kapitel des ewigen Kampfes zwischen Gut und Böse beginnt.

352 Seiten

«Der feinste italienische Krimi seit langem!»
Die Welt

«So genial konstruiert, dass man es nicht anders beschreiben kann als mit dem abgenutzten Wort atemberaubend.»
Corriere del Mezzogiorno

Ro 362/1